Selim Özdogan

Heimstraße 52

aufbau

Selim Özdogan

Heimstraße 52

Roman

aufbau

FSC
www.fsc.org
MIX
Papier aus verantwortungsvollen Quellen
FSC® C083411

ISBN 978-3-351-03337-8

Aufbau ist eine Marke der Aufbau Verlag GmbH & Co. KG

1. Auflage 2011

Einbandgestaltung hißmann, heilmann, hamburg
Satz Dörlemann Satz, Lemförde
Druck und Binden CPI – Clausen & Bosse, Leck
Printed in Germany

www.aufbau-verlag.de

I

Es ist ruhig.

Viel ruhiger, als Gül es sich vorgestellt hat.

Es gibt dort alles, hatten sie gesagt, ihre Schwiegermutter, ihre Stiefmutter, die Nachbarn, und alles viel besser als hier. Deswegen hatte Gül nur diesen Pappkoffer dabei.

In Istanbul ist sie in den Zug gestiegen, in der lauten Stadt, wo jeder etwas zu tun zu haben schien, wo sich die Stimmen der Straßenverkäufer mit den quietschenden Bremsen der Züge mischten, der Schrei eines Esel mit dem Rattern einer Kutsche, die von einem Auto überholt wurde.

So ähnlich muss Deutschland sein, hatte Gül gedacht, nur weniger Tiere und noch mehr Menschen.

An den Umsteigebahnhöfen hatte sie Angst gehabt, nicht den richtigen Zug zu finden und irgendwo in der Fremde verlorenzugehen. Dieser letzte Bahnhof ist so klein, dass Fuat, der am Bahnsteig steht, größer wirkt als in ihrer Erinnerung, obwohl er abgenommen hat. Von dem Bauch, den er beim Militär bekommen hatte, ist nichts mehr übrig, im Gegenteil, seine Wangen wirken eingefallen, und selbst sein Haar scheint noch lichter geworden zu sein.

Gül fällt ihm in die Arme, erleichtert, dass da jemand ist, der sie hält. Jemand, der den Weg kennt. Während sie seinen Körper spürt, taucht wieder dieses Bild in ihrem Kopf auf, wie Ceren beim Abschied geweint hat, am Fuß der Treppe im Haus ihrer Schwiegereltern.

Fuats Mutter Berrin hielt sie auf dem Arm, ein fast drei Jahre altes Kind, das schrie und tobte, während ihr die Tränen liefen und sie sich mit den Fingern das Gesicht zerkratzte und die Haare raufte, sie in Büscheln ausriss, obwohl Berrin versuchte, die Ärmchen festzuhalten. Ceyda, die bald sechs wird, stand neben ihrer Großmutter und schien weniger als ihre Schwester zu begreifen, was dieser Abschied bedeutete. Ceyda ist brav, folgsam und fleißig, hat Gül gedacht, dort am Fuße der Treppe, sie ist ein kluges Mädchen, sie wird das Beste aus der Trennung machen. Aber Ceren ist noch so klein, und auch wenn Gül keine Unterschiede in der Liebe zu ihren Kindern macht, ist ein Teil ihres Herzens dort geblieben, auf immer verbunden mit Cerens Schreien, Kratzen und Toben, das nicht zu ihrem Alter passt. So wird sie sich die nächsten 18 Monate an Ceren erinnern.

Doch in diesem Moment am Bahnsteig verschwindet das Bild, als sie sich aus Fuats Armen löst. Er nimmt ihr den Koffer ab, und sie gehen gemeinsam durch Straßen, die verlassen wirken. Gül kann sich nicht vorstellen, dass in diesen Häusern Menschen wohnen, obwohl man hinter den Vorhängen Licht sehen kann.

Auf der Straße kann man das leise Brummen einer flackernden Straßenlaterne hören.

Wie die Reise war, fragt Fuat, aber Gül mag nicht erzählen von ihrer Angst auf den Bahnhöfen, nicht einem Mann, der es kaum erwarten konnte, nach Deutschland zu fahren, der, ohne zurückzublicken, seine Frau und seine Töchter für länger als das geplante Jahr verlassen hat. Sie mag nicht erzählen, dass sie in den letzten drei Tagen nicht ihr Geschäft verrichten konnte auf dieser kalten, stinkenden Zugtoilette, sie mag nicht erzählen, wie groß ihre Freude und Erleichterung war, als sie Fuat auf dem Bahnsteig gesehen hat.

– Lang war die Reise, sagt Gül, lang wie die Reisen in Märchen.

– Ja, mit dem Zug ist es eine ganz schöne Strecke. Zurück

werden wir fliegen, so Gott will. Das geht schneller, als von uns mit dem Bus nach Ankara zu fahren, du wirst sehen.

Er hatte recht, denkt Gül, als sie die Wohnung sieht. In dem einzigen Zimmer stehen ein wuchtiges Bett, ein Nachttisch, ein eintüriger Schrank und eine Kommode, mehr würde auch nicht reinpassen. Es gibt eine kleine Küche mit einem Tisch und zwei Hockern und einen winzigen Flur.

– Das Klo ist im Treppenhaus, sagt Fuat, nachdem Gül ihren Koffer aufs Bett gelegt hat, komm, ich zeigs dir.

Im Haus ihrer Schwiegereltern war das Klo auf dem Hof, und es hatte keine Wasserspülung wie dieses hier, doch so eine winzige Wohnung hat sie noch nie gesehen, sie hat gedacht, Fuat übertreibt wie so oft, als er sagte, hier sei kein Platz für Kinder, selbst wenn man sie im Schrank im Stehen schlafen ließe.

– Ich muss los, sagt er, zur Arbeit, ich bin morgen früh wieder da.

Nachdem Gül die Tür hinter ihrem Mann geschlossen hat, setzt sie sich aufs Bett und öffnet ihren Koffer. Da sind ein Paar Schuhe, ein Schnellkochtopf, zwei Kleider, Unterwäsche, zwei Röcke, eine Strickjacke und nicht sehr viel mehr.

Was sollst du billigen Plunder von hier mitschleppen, haben sie gesagt, dort kannst du dir richtig gute Sachen kaufen.

Gül möchte ihre Wäsche in die Kommode räumen, doch als sie die Unordnung sieht, kippt sie die Schubladen einfach aufs Bett und fängt an zu sortieren. Als sie mit Kommode und Schrank fertig ist, geht sie in die Küche und zündet sich dort eine Zigarette an, eine Samsun, fast zwei Packungen hat sie unterwegs geraucht, und nach dieser bleibt ihr nur noch eine letzte Zigarette. Sie zieht die Füße auf den Hocker, lehnt den Rücken gegen die Wand, über der Spüle hängt ein kleiner Spiegel. Gül steht auf und sieht sich an. Sie sieht immer noch genauso aus wie in der Türkei, aber sie fühlt sich nicht so.

Ihr Gefühl geht über das Bild im Spiegel hinaus. Vielleicht kommt sie sich deswegen so fremd vor.

Als sie den Schlüssel in der Tür hört, ist sie schlagartig wach und weiß sofort, wo sie ist. Sie springt auf, begrüßt im Nachthemd ihren Mann und setzt in der Küche Teewasser auf. Fuats Augen sind klein und rot, beim Frühstück redet er nicht viel und nickt nur zu den Geschichten, die Gül von zu Hause erzählt. Nachdem er gegessen hat, nimmt er eine Flasche Whisky aus dem Kühlschrank und gießt sich dreifingerbreit in ein Wasserglas ein. Gül sieht ihn erstaunt an.

– Ja, so ist das, sagt er, Whisky, echter Whisky, wie in den Filmen, hier kann man nicht nur Geld verdienen, sondern man kann sich auch wirklich etwas kaufen dafür.

– Aber so früh am Morgen …

– Was denn? Ich war die ganze Nacht auf den Beinen, da kann ich mir doch zum Feierabend ein Gläschen gönnen.

Und wie zum Trotz schenkt er noch mal nach.

Schweigend nippt er an seinem Glas, während Gül spült. Sie ist immer noch im Nachthemd und war nicht mal auf der Toilette.

– Aah, entfährt Fuat nach dem letzten beherzten Schluck ein wohliger Seufzer. Komm, sagt er und geht vor ins Schlafzimmer.

Nachdem er eingeschlafen ist, spült Gül sein Glas, trocknet das Geschirr ab, setzt noch einen Tee auf, zündet sich ihre letzte Zigarette an und legt die Lektionen auf den Tisch, die sie in den vergangenen Wochen aus der Zeitung ausgeschnitten hat.

Mit diesen Zetteln hat sie gelernt, was Tür auf Deutsch heißt, Tag, Woche, Uhrzeit, Straße, Apfel, Haus, Schlüssel, Frühstück, Mittagessen, Bett, Stuhl, Tisch, Hose, Rock. Worte, die sie sich schlecht merken konnte und die ihr auch nicht weitergeholfen haben beim Zoll in Deutschland.

Zu Hause hatten sie ihr gesagt, dass sie durch den Zoll muss, aber das Wort hatte selbst auf Türkisch fremd geklungen für Gül, es hatte sich in ihrem Kopf mit der Vorstellung von einem hell erleuchteten Gang verknüpft, in dem Männer in Uniformen stehen, schwere Pistolen an den Hüften.

Sie hatte sich nicht einen Mann mit schwarzem Schnauzer vorgestellt, der aus ihrer Manteltasche eine Packung Zigaretten holte, dann ihren Koffer auf einen Tisch legte, öffnete und etwas darin suchte. Er schien auch Fragen zu stellen, doch Gül hatte ihn nur schulterzuckend angesehen. Die Worte Tür, Haus, Tag, Woche, Apfel hätte sie vielleicht erkannt, aber sie erriet nur das Wort Zigarette, das so ähnlich klang wie im Türkischen.

Keins der Wörter, die Gül kannte, half ihr zu sagen: Ich habe nicht mehr Zigaretten. Das ist meine letzte Packung, die in der Manteltasche.

Dabei hätte es doch wohl gereicht, *nein, Zigarette* zu sagen, würde sie später erzählen.

Doch die Augen und die Realität halfen, wo die Sprache nicht reichte.

Gül wiederholt alle Lektionen aus den Zeitungen, dann schreibt sie einen Brief an ihren Vater und einen an ihre Schwiegermutter, trinkt noch einen Tee, raucht noch eine Zigarette, die sie aus Fuats Schachtel nimmt und die ganz anders schmeckt als gewohnt. Sie schaut aus dem Fenster, reinigt die beiden Kochplatten, räumt die Schränke leer und wischt sie von innen aus, bevor sie sie wieder einräumt. Sie raucht noch eine Zigarette und sieht ein wenig aus dem Fenster. Die Straßen wirken immer noch leer, aber so sauber, als würden sie stündlich gefegt.

Gegen zwei schon wacht Fuat an diesem Tag auf und will Frühstück. Gegen vier geht Gül gemeinsam mit ihm nach draußen, nach Deutschland.

Gegenüber wohnen zwei griechische Männer, die stets in verschiedenen Schichten arbeiten und sich die Wohnung teilen, weil es billiger ist. Über ihnen wohnen ein griechisches Ehepaar und ein spanisches mit einem Kind. Im Erdgeschoss gibt es nur eine Wohnung, in der ein altes deutsches Paar lebt, das kaum rausgeht.

Der Sohn der Spanier heißt Rafa, zumindest ist es das, was Gül versteht. Er mag vielleicht acht Jahre alt sein, und wenn er aus der Schule kommt, ist er allein zu Hause, weil seine Eltern beide arbeiten. Gül sieht vom Küchenfenster aus, wie er mit seinem Ranzen auf dem Rücken heimkommt. Dann dauert es nicht mehr lange, bis er wieder vor der Haustür steht und hochguckt. Gül und er spielen jeden Tag Beştaş, ein Spiel mit fünf Kieselsteinen, das Gül ihm beigebracht hat. Sie sitzen dabei auf der Stufe vor dem Hauseingang, und Rafa bringt ihr deutsche Worte bei. Die Worte für Stock und Stein, für Arm und Bein, Kopf und Bauch, für Stift und Papier und noch einige mehr. Nach etwa fünf Tagen begreift Gül, dass Rafa seine gesamten Kenntnisse an sie weitergegeben hat. Wenn sie auf ein Motorrad zeigt, auf die Klingelschilder oder auf die Schnürsenkel, zuckt der Junge nur mit den Schultern.

Einige Wochen lang sitzen sie nachmittags gemeinsam vor der Haustür, ein Schuljunge und eine Frau Anfang zwanzig, Mutter zweier Töchter, spielen Beştaş, mal redet Gül auf Türkisch auf ihn ein, mal spricht Rafa Spanisch mit ihr. Gül genießt diese ein, zwei Stunden, bevor sie reingeht, um Fuat das Frühstück zu bereiten.

An den Wochenenden geht Fuat oft zur gleichen Zeit aus dem Haus, zu der er zur Arbeit geht. Was soll ich denn tun, sagt er, ich kann ja eh nicht schlafen.

Und er kommt auch etwa zur gleichen Zeit nach Hause, zu der seine Schicht zu Ende wäre. Manchmal so betrunken, dass er sich in Kleidern aufs Bett wirft und sofort so etwas wie

Schlaf zu finden scheint. Doch meistens ist er so betrunken, dass er Gül aus der Küche ins Schlafzimmer zieht oder ihr das Nachthemd hochschiebt, sollte sie noch im Bett liegen. Nur nüchtern kommt er nie.

Wenn er schläft, sitzt Gül in der Küche, kein Buch, kein Radio, keine Zeitung, die Tage wissen nicht, wie sie vergehen sollen. An den Wochenenden steht nicht mal Rafa vor der Haustür und schaut hoch zu ihrem Küchenfenster.

Doch an den Samstagen und Sonntagen gehen Fuat und Gül auch aus, treffen sich mit Landsleuten. In ihrer Straße wohnen keine Türken, aber insgesamt sind sie gut fünfzig in diesem Ort. Häufig sind es junge Männer wie Fuat, einige ledig, andere haben Frau und Kinder in der Türkei gelassen.

Ozan wohnt mit seiner Frau Nadiye und ihrem Sohn Ergün in der Nähe, und sowohl Fuat als auch Gül besuchen sie gerne. Fuat, weil Ozan ebenfalls gerne mal einen hebt, wie sich die beiden ausdrücken, und weil sie außerdem der Hang zum Glücksspiel und die Gier nach schnellem Geld verbindet. Gül, weil Nadiye wie eine bodenständige Frau wirkt, die genau weiß, was sie will, obwohl sie noch jünger ist als Gül. Manchmal erscheint sie Gül auch mitleidslos, wenn sie zum Beispiel über den ersten Sohn ihrer älteren Schwester spricht.

– Der war fast schon zwei Jahre alt, sagt sie, er hat zwar oft gekränkelt, aber sie haben gedacht, er kommt durch. Doch dann hat er einen Durchfall bekommen, der ihn innerhalb einer Woche ins Grab gebracht hat. Vielleicht war es besser so. Der Herr möge niemanden diesen Schmerz erfahren lassen, aber das Kind war einfach nicht hart genug für dieses Leben. Der hätte es nicht weit gebracht. Man wird nicht ständig mit Rosenwasser eingerieben auf dieser Welt.

Vielleicht sind die Menschen aus dieser Gegend ja so, sagt Gül sich, Nadiye und Ozan kommen aus der Schwarzmeerregion, und anfangs findet Gül es nicht immer einfach, ihren Dialekt zu verstehen.

– Ich habe die Türkei beim Militär kennengelernt, sagt Fuat, die Kurden, die Tscherkessen, die Aleviten, die Georgier, die aus den Gebirgen, die blonden Kerle von der Ägäis, die feinen Istanbuler, die Männer von der Schwarzmeerküste mit den großen Nasen, all die Menschen unseres Landes. Und du lernst sie hier in Deutschland kennen, das hier ist deine Militärzeit, sagt er lachend.

Keiner kann ahnen, dass diese Zeit noch über fünfzehn Jahre dauern wird.

Nadiyes Sohn ist kein Jahr alt, doch sie ist bereits erneut hochschwanger. Gül fragt sich, was aus diesen Kindern wohl mal werden wird.

Es ist ihr zweiter Monat in Deutschland, da bleibt Güls Regel aus. Die ersten Tage bangt und hofft sie noch, doch eines Morgens kommt Fuat nach Hause und findet Gül weinend in der Küche.

– Was ist passiert?

– Ich glaube, ich bin wieder schwanger.

Fuat sieht sie nur an. Gül kann nicht sagen, ob da Hoffnung auf einen Sohn in seinen Augen ist, Freude oder gar Enttäuschung.

– Ich bin doch zum Arbeiten gekommen, sagt sie, was sollen wir denn mit noch einem Kind. Soll ich es irgendwo bei Fremden lassen wie die beiden Mädchen? Soll auch dieses bloß aufwachsen, ohne Mutter, ohne Vater?

– Bist du dir sicher?, fragt Fuat.

– Nein, sagt Gül, wohl wissend, dass sich ihre Regel schon mal verschiebt und ihr Mann fast immer aufgepasst hat, egal, wie betrunken er war.

– Dann fragen wir einen Arzt.

Zu einem Arzt muss auch Nadiye, weil es sich nur noch um Tage handeln kann, bis das Baby kommt. Dieser erklärt ihr und ihrem Mann, indem er mit einem Kuli auf ein Blatt Papier zeichnet, dass das Kind sich nicht gedreht hat und dass sie einen Kaiserschnitt vornehmen werden. Nadiye wird einige Tage im Krankenhaus verbringen müssen.

Der Arzt, bei dem sich Gül untersuchen lässt, nimmt keine Zeichnung zu Hilfe. Gül ist eingeschüchtert von diesem grauhaarigen alten Mann, der ein wenig tattrig wirkt und immer wieder in seiner Brusttasche nach seiner Brille sucht, die er sich auf die Stirn geschoben hat. Sie versteht kein Wort von dem, was er sagt.

Als sie das Sprechzimmer verlassen haben, fragt sie Fuat:

– Ja oder nein?

– Du hast doch gehört, was er gesagt hat.

– Woher soll ich das denn verstehen?

– Er hat Baby gesagt, oder? Das Wort hast du doch schon mal gehört? Was gibt es denn da nicht zu verstehen?

Gül hält die Tränen zurück, bis sie zu Hause sind, und dann noch etwas länger, bis Fuat zur Arbeit geht.

– Was soll ich nur mit dem Kleinen machen, sagt Nadiye, den kann ich ja nicht mit ins Krankenhaus nehmen. Ob sie Ozan wohl freigeben von der Arbeit? Aber was soll dann der arme Mann den ganzen Tag mit dem Kind? Ach, Gül, wenn du nicht deine Leute hast, die dir den Rücken stärken, dann ist das Leben noch härter.

– Ich kann Ergün nehmen, sagt Gül, und an Nadiyes Augen kann sie erkennen, dass diese nicht mit dem Angebot gerechnet hat. Oder gar darauf spekuliert. Gül würde sie für diesen überraschten Blick am liebsten umarmen. Ein Mensch, dessen Herz rein ist.

– Du bist verrückt, sagt Nadiye nur, was willst du dir ein Kind aufbürden in diesen Tagen?

Gül hat nichts von ihrer Schwangerschaft erzählt. Spürt Nadiye, dass etwas nicht stimmt, hat sie deswegen *in diesen Tagen* gesagt?

– Doch, doch, sagt Gül, gib mir Ergün nur, du weißt, ich

habe auch zwei Kinder, du kannst den Kleinen doch nicht bei deinem Mann lassen, der ist zum Arbeiten hier. Das würde dem nicht gefallen, das weißt du auch.

– Was soll das denn? Was sollen wir mit so einem Säugling?, zetert Fuat. Du weißt, dass ich schlafen muss. Als würde es nicht reichen, dass ich nachts arbeite und du dauernd Lärm machst, muss da auch noch ein Kind her, oder was? Kaum fassbar, was dir so einfällt.

Gül sitzt still auf ihrem Hocker in der Küche oder spielt mit Rafa, wenn Fuat schläft. Sie kann nichts dafür, dass ihr Mann aufwacht, wenn man draußen ein Flugzeug hört. Selbst wenn sie sich eine Zigarette anzündet, versucht sie leise zu sein.

– Wir werden dich nicht stören, sagt sie nun, du wirst nichts von dem Kleinen mitkriegen, wir werden die ganze Zeit in der Küche sein, und du wirst keinen Mucks hören.

Es ist der Sohn deines feinen Freundes, könnte sie noch sagen, was tust du so, als ginge dich das nichts an? Es ist unsere Pflicht als Mensch, nach diesem Kind zu sehen. Könnte sie sagen, doch dann würde er sich noch mehr aufregen.

– Keinen Mucks, ja?, sagt Fuat. Das ist ein Kind, da weiß man nicht, wann es schreit und wann nicht, willst du mich verschaukeln? Keinen Mucks.

Er steckt sich eine Zigarette an und zieht wütend den Rauch ein.

Irgendwie war das wirklich eine Idee, für die man mir in den Kopf spucken müsste, denkt Gül. Den ganzen Tag warte ich in der Küche nur darauf, dass mein Mann aufwacht, wir haben überhaupt keinen Platz, meine eigenen Kindern sind weit weg, ich bin schon wieder schwanger, und da fällt mir ein, dass ich mich noch um ein fremdes Kind kümmern muss. Aber was sollte ich auch sonst tun?

Gül hat Glück. Ergün ist tagsüber tatsächlich still. Jeden

Morgen, nachdem Fuat zu Bett gegangen ist und sie den Abwasch erledigt hat, trägt sie den Kleinen auf dem Arm zu seiner Mutter. Das Krankenhaus liegt etwa zehn Minuten entfernt, und Gül hat zwar immer noch Angst, sich zu verlaufen, wenn sie alleine hinausgeht, aber zu Nadiye muss sie nur zweimal abbiegen.

Tagsüber ist Ergün still, aber nachts, Gott sei Dank nachts, wenn Fuat arbeitet, weint der Kleine. Er wacht auf und gibt zunächst nur Geräusche von sich, die auch Gül wecken. Sobald Ergün dann Güls Gesicht sieht, eine Fremde und nicht, wie er erwartet hat, seine Mutter, fängt er an zu heulen und lässt sich kaum mehr beruhigen.

Was vielleicht auch daran liegt, dass Gül bald nach ihm anfängt zu weinen.

– Siehst du, sagt sie zu dem Jungen, so ist das Leben, wir können nichts daran ändern. Meine Kinder sind auch nicht bei mir, und ich will das auch nicht.

Sie umarmt den Kleinen, drückt ihn an ihre Brust, gemeinsam weinen sie sich durch einen Teil der Nacht, bis Ergün erschöpft einschläft.

– So ist das Leben, sagt Gül, bald werde ich noch ein Kind bekommen, und es werden noch mehr Dinge geschehen, die ich mir nie gewünscht habe.

Das erste Mal hat Gül in der Küche ihrer Schwiegermutter Alkohol getrunken, Likör, den die zahlreichen Besucher, die wegen des Zuckerfestes gekommen waren, abgelehnt hatten und der Gül mit jedem Schluck besser geschmeckt hat. Schließlich war ihr schlecht geworden und sie hatte sich übergeben. An den folgenden Morgen hatte sie sich auch übergeben und gedacht, dass das immer noch eine Folge des Alkohols wäre, bis ihre Freundin Suzan sie aufgeklärt hatte, dass sie wohl schwanger war.

Bei Ceren war ihr morgens nur zwei-, dreimal übel gewesen, und an den Morgen mit Ergün, bevor Fuat nach Hause kommt, geht es ihr zwar auch nicht gut, ihre Augen sind geschwollen, sie hat nicht genug geschlafen, ihre Gedanken sind bei ihren Töchtern, doch ihr ist nicht schlecht.

Als sie Ergün nach vier Nächten zu seiner Mutter zurückgebracht hat, entdeckt sie zu Hause auf dem Klo im Treppenhaus einen großen dunkelroten Fleck in ihrer weißen Unterhose.

– Ich bin hierhergekommen, um zu arbeiten, sagt Gül, das war der Grund. Nicht, um hier in der Küche zu sitzen, so weit weg von meinen Kindern. Wir wollten doch Geld verdienen.

– Du wolltest das Geld ja nicht, sagt Fuat, du lehnst es ab, wenn man dir etwas anbietet.

Mittlerweile hat er die Hocker in der Küche durch Stühle ersetzt und sogar einen alten Sessel aufgetrieben, der gerade so neben die Tür passt und in dem er jetzt sitzt und Whisky-Cola trinkt.

– Das habe ich nicht für Geld gemacht, sagt Gül, sondern um Gott gefällig zu sein. Es ist nicht richtig, sein Brot mit der Not anderer Menschen zu verdienen. Wir sind hier in der Fremde, wir müssen zusammenhalten.

– Geld ist Geld, sagt Fuat, solange du das nicht verstehst, wirst du nie reich werden.

– Jetzt kann ich nicht mehr zu Nadiye gehen und sagen, dass ich es doch haben will, sagt Gül.

– Wenn du für jeden umsonst arbeitest, werden wir nie genug zusammenkriegen.

– Ich möchte eine richtige Arbeit, sagt Gül.

Fuat dreht das Glas in seiner Hand und nimmt noch einen Schluck.

– Schau, sagt er, in diesem Land hat alles eine feste Ordnung, man braucht für alles eine Erlaubnis. Weil du meine Frau bist, erlauben sie dir, hierherzukommen. Und dann haben sie eine Regel, dass du erst sechs Monate hier sein musst, bevor sie dir eine Arbeitserlaubnis geben. Ohne Arbeitserlaubnis kannst du hier nur schwarzarbeiten, und das ist nicht einfach. Ich werde sehen, was ich tun kann, in Ordnung?

Fuat weiß, dass seine Frau arbeitsam ist. Als sie noch in der Türkei waren, hatte sie ihn gebeten, eine Nähmaschine zu kaufen, damit sie ein wenig zum Familieneinkommen beitragen könnte. Er war skeptisch gewesen, doch die Anschaffung hatte sich schnell amortisiert.

Er hat auch schon eine Idee, was Gül machen könnte. Es wirkt zwar so, als würden in Deutschland andere Regeln herrschen als in der Türkei, doch Fuat weiß, dass man gewieft sein muss, wenn man zu etwas kommen möchte. Brave Leute bringen es nicht weit, nirgendwo, man muss die Augen offenhalten, ob einem nicht irgendwo ein Vorteil lacht und welche Menschen einem helfen können, den Weg zu ebnen.

Zwei Tage später steht Gül am Band einer Hühnchenschlachterei und rupft Hühner, acht Stunden am Tag, mittags hat sie eine Viertelstunde Pause, vor und nach der Pause darf sie jeweils einmal auf die Toilette.

In der ersten Nacht träumt Gül von diesen nackten und halbnackten Hühnern, überall rosafarbenes Fleisch. Fleisch, Fleisch und noch mehr Fleisch, der Geruch von Blut und die Gesichter der Männer, deren Aufgabe es ist, den bereits getöteten Hühnchen den Kopf abzureißen, die halbfertigen Eier, die aus diesem Fleisch entfernt werden und die Federn, die durch die Luft segeln. In ihrem Traum füllen sich die Meere mit nackten, toten Hühnern und drohen das Festland zu überschwemmen.

In der zweiten Nacht hat sie einen viel schrecklicheren Traum.

Ceren war in einem Schlamassel, und Gül musste sie retten, irgendwo herausholen, befreien, sie musste für ihre Tochter da sein, sie musste die Hand ausstrecken und helfen, aber

Ceren entschwand immer wieder, jeder Versuch war vergeblich. Gül strampelte und mühte sich, sie plackte und plagte sich, doch Ceren entschwand ihr in einem Strudel aus Not und Angst, Gül bekam sie einfach nicht zu fassen.

Als Gül aufwacht, ist es halb fünf morgens, noch mehr als eine Stunde, bis Fuat von der Arbeit kommt. Sie steht auf, die Bilder sind blass, doch das Gefühl aus dem Traum ist mit so starken Farben gemalt, dass Güls Hände zittern, als sie sich mit einem Stift an den Küchentisch setzt. Sie schreibt einen Brief an ihre Schwiegermutter: Was ist mit Ceren? Ist meine Tochter gesund? Ist irgendetwas mit ihr geschehen? Schreib, schreib schnell. Lasst mich nicht ohne Nachricht.

Sie macht Frühstück für sich und Fuat, doch der Traum hat eine Glocke aus Unbehagen über sie gestülpt, wohin sie auch geht, wie sie sich auch wendet in der Küche, irgendetwas trennt sie von der Welt, ist hinter ihr, über ihr, in ihr, und selbst wenn sie nicht daran denkt, spürt sie, dass es da ist.

Sie klebt eine Briefmarke auf den Umschlag, eine von den vielen, die Fuat gekauft hat, zusammen mit Papier und Kuverts. Was hast du denn vor, hat er gefragt, jeden Tag einen Brief schreiben? Was willst du mit zwanzig Marken auf einmal?

– Ja, hat sie geantwortet, ja, jeden Tag oder jeden zweiten, vielleicht jeden dritten, aber ich möchte schreiben, das ist unsere einzige Möglichkeit, einander nah zu sein.

Auf dem Weg zur Arbeit wirft Gül den Brief in den Kasten, und die Glocke um sie herum wird ein klein wenig durchlässiger, es kommt etwas Luft an das Unbehagen, und es formen sich ein, zwei klare Gedanken, doch dann steht sie wieder am Band und rupft Hühner, in ihrem Kopf Fetzen von Bildern der letzten Nacht, auf ihrem Gemüt noch das Gewicht dieses Traumes.

Man sagt, leicht wie eine Feder, sinniert sie, während sie die Daunen herausreißt, leicht wie eine Feder, diese Redensart muss entstanden sein, lange bevor es Hühnchenschlachtereien gab.

Kurz vor der Mittagspause kommt der Mann hereingestürmt, der Gül vor zwei Tagen gezeigt hat, was sie zu tun hat, Herr Mehl, ein hagerer Mann mit Brille, dessen Oberkörper leicht nach vorne zu kippen scheint und dessen Falten am Hals Gül an einen Truthahn erinnern. Ihm folgen zwei Frauen und einer der Männer, die den Hühnern den Kopf abreißen.

– Schnell, schnell, schnell, Kontrolle, sagt Herr Mehl und zerrt Gül mit sich.

Sie begreift, worum es geht.

In Istanbul hat Gül gesehen, wie Straßenverkäufer mit großen Blechen voller Sesamkringel vor der Polizei flüchteten. Die Händler hatten ihr leidgetan, sie verdienten sich ihr Geld ja im Schweiße ihres Angesichts, doch wenn die Polizisten sie erwischten, landeten die Kringel zertreten im Dreck.

Herr Mehl läuft mit den vieren in den Kühlraum, dort muss Gül sich in eine Box legen, in die sie nur hineinpasst, wenn sie die Knie bis ans Kinn zieht. Sie ist so zusammengekauert, dass sie gar nicht sehen kann, wie viele Hände das sind, die jetzt nackte Hühner auf sie legen.

Wenn jemand in die Kiste schaut, dann wird er mich doch sehen, ob mit oder ohne Hühner darüber, denkt Gül, als sie drinnen liegt und das Gewicht des Fleisches spürt. Und: Die Sesamkringelverkäufer waren wenigstens an der frischen Luft. Und: Jetzt hatte ich tatsächlich kurz den Traum vergessen.

Zwei Stunden hätte sie sagen können, zwei Stunden lag ich in dieser Kiste im Kühlhaus, vor Kälte ist das Mark in meinen Knochen schon gefroren, in meinen Fingern war kein Gefühl mehr und in meinen Zehen auch nicht. Zwei Stunden lag ich da mit diesen kalten toten Hühnern auf mir. Das ist nicht, wie in einem Haus zu sein, in dem die Kohlen ausgegangen sind, diese Kälte und dann noch die Angst. Woher soll ich wissen, was passiert, wenn sie mich finden? Ob sie mich mit zur Polizei nehmen, ob sie mich in einen Zug stecken und nach Hause schicken. Ich kann die Sprache nicht, kann nicht mal links von rechts unterscheiden auf Deutsch, was hätte ich gemacht, zitternd auf einer Polizeiwache, bloßgestellt, herausgeholt aus einer Kiste toter Hühner.

Zwei Stunden. Dass sie ein wenig hätte übertreiben können, fällt Gül erst hinterher ein. Sagt Fuat nicht selber immer, dass man gewieft sein muss auf dieser Welt, damit man nicht untergeht, damit einem nicht alles verwehrt bleibt?

– Etwa zwanzig Minuten, sagt sie, etwa zwanzig Minuten habe ich da gelegen und kaum gewagt zu atmen, weil man den Dampf aus meinem Mund hätte sehen können. Ich möchte da nicht mehr hin.

– Man kann sich nicht aussuchen, wo man arbeitet, wenn man keine Arbeitserlaubnis hat. Nicht mal mit Arbeitserlaubnis kann man sich das aussuchen.

– Ich möchte da nicht mehr hin, sagt Gül, wer weiß, wann es die nächste Razzia gibt, ich habe keine Lust, in der Fremde halb erfroren durch Polizeibehörden und Gerichte geschubst zu werden. Ich gehe nicht mehr hin.

Fuat nickt zu ihrer Überraschung. Vielleicht klang ihr letzter Satz bestimmt genug, vielleicht leuchtet ihm ein, was sie sagt, vielleicht hat er eine Vorstellung davon, wie es ist, in einer Kiste mit toten Tieren zu liegen.

– Ich werde mich umhören, sagt er, und es klingt, als müsse er nur kurz mal horchen, um etwas anderes zu finden.

Am Ende des Obstgartens von Fuats Eltern gibt es ein kleines Schwimmbecken, etwa fünfzehn Schritte lang und vier Schritte breit. Wenn er darin steht, reicht Fuat das Wasser bis zu seiner stark behaarten Brust. An heißen Sommertagen bietet das Becken eine angenehme Abkühlung, auch wenn es zwei Tage dauert, bis das Brunnenwasser, das sie mühsam einfüllen, so warm ist, dass man wirklich hineinsteigen kann. Und nach spätestens zwei Wochen vermoosen dann die Zementwände des Beckens, und das Wasser ist voller Entengrieß.

Ceren hatte am Rand des Beckens gesessen, eine Hand ins Wasser getaucht und mit den grünen Schlieren gespielt, ihre Großmutter Berrin hatte neben ihr Walnüsse geschält, als die Nachbarin Meryem sie rief.

Berrin war aufgestanden, um einen Plausch an der gerade mal hüfthohen Mauer zu halten, die die beiden Gärten trennte.

Während die beiden Frauen redeten, fiel Ceren ins Wasser, sie strampelte, keuchte, schrie, schluckte Wasser, ein drei Jahre altes Mädchen, das sich noch vor wenigen Wochen das Gesicht zerkratzt hatte, weil ihre Mutter sie verließ.

Einmal war Gül im Keller des Hauses ihrer Schwiegermutter eingebrochen, in ein Loch, dessen Existenz bis dahin verborgen geblieben war. Damals hatte Berrin nicht gewusst, was passiert war, und hatte die Schreie Güls ignoriert.

Nun begriff sie sofort, was geschehen war, und lief los. Sie ekelte sich vor Entengrütze, sie war noch nie in diesem Becken gewesen, schwimmen konnte sie genauso wenig wie Ceren, und es kostete Berrin einen Moment der Überwindung, bevor sie ins Wasser stieg.

Meryem war über das Mäuerchen geklettert und lugte schon in das Becken, in dem Berrin versuchte, ihre strampelnde Enkelin zu fassen. Drei, vier Mal entglitt sie ihr, und als sie dann glaubte, sie richtig gepackt zu haben, und heraushob, schlug Ceren in ihrer Panik um sich, die Entengrütze war glitschig, und das Kind fiel erneut ins Wasser, nur um noch panischer zu zappeln.

Auch Meryem sprang nun ins Becken, sie war etwas beherzter als Berrin, und gemeinsam gelang es den beiden

Frauen, das Kind auf den Rand zu heben, wo Ceren hustete und weinte und immer noch strampelte.

So muss es gewesen sein.

Du hast eine sehr gute innere Stimme, schreibt Berrin. Selbst in der Fremde hast du gespürt, dass etwas nicht stimmt, du kannst stolz sein auf diesen Muttersinn, der dich mit deinem Kind verbindet.

Gül wird sich noch häufig fragen, ob sie ihren Töchtern eine gute Mutter sein konnte, und Ceren wird im Gegensatz zu ihrer Mutter und ihrer Großmutter schwimmen lernen.

Als Gül den Brief ihrer Schwiegermutter erhält, hat sie ihren ersten Tag in der Näherei hinter sich. Einen Tag, an dem sie eine Stunde zu spät zur Arbeit gekommen ist.

Zuerst mussten sie mit dem Bus fahren, dann in eine Straßenbahn steigen. Pass gut auf, hat Fuat Gül eingeschärft, als er sie am Freitag in die Fabrik nach Bremen begleitete, merk dir den Weg. Und wundere dich nicht, hier sind die Orte nicht so weit voneinander entfernt wie bei uns, man kann in einer halben Stunde von einer Stadt zur nächsten fahren.

Nachdem sie aus der Straßenbahn ausgestiegen waren, hat Gül versucht, sich zu konzentrieren, hat ihre Aufmerksamkeit auf all die markanten Punkte gerichtet, die sie sehen konnte. An diesem Gebäude mit der Schrift, die mit A anfängt, nach rechts, hat sie einige Male vor sich hin gemurmelt, ah, das sind Medikamente, es ist eine Apotheke, also an der Apotheke nach rechts, dann immer geradeaus, an der großen Kreuzung nach links. Die Kreuzungen waren hier sowieso viel größer, aber eine so große hatte sie bisher noch nicht gesehen, wieder geradeaus, bis der Bretterzaun aufhört, am Ende des Bretterzauns rechts.

Das Gebäude, das sie schließlich betraten, war riesig, kein Vergleich mit der Hühnchenschlachterei, und hier gab es eine türkische Dolmetscherin, Nermin, und Gül hatte gedacht, hier wäre sie entspannter, hier könnte sie arbeiten. Nähen kann sie, das hat sie gelernt, es gibt eine Übersetzerin, hier ist man nicht aufgeschmissen, nur weil man die Sprache nicht kann.

Es hat sie auch nicht geschreckt, als sie den Raum mit den vielen Näherinnen gesehen hat, die alle an elektrischen Nähmaschinen saßen, die Mengen von Büstenhaltern, die hier genäht wurden. Sie hat sich nicht mal gefragt, ob sie in der Lage sein würde, eine elektrische Maschine zu bedienen, sie hat sich gedacht, es müsse sehr viel leichter sein, als immer zu treten.

Schwierig ist nur der Weg, hat sie sich gesagt. Und als wollte er ihr genau das beweisen, hatte Fuat sich in den Gängen des Gebäudes verlaufen.

– Kaum fassbar, hatte er vor sich hin geschimpft, als würden sie Fabriken nur bauen, um uns zu verwirren, die reichen Herren, die nicht wollen, dass uns die Augen aufgehen. Was soll das denn hier wieder für ein Korridor sein, wo führt der hin, es gibt ja nicht mal ein Schild, kaum fassbar, das machen die extra.

Das ganze Wochenende hatte Gül in Gedanken wieder und wieder den Weg zur Arbeit zurückgelegt, erst der Bus, Umsteigen in die Straßenbahn mit der Nummer 6, dann Aussteigen bei dieser Straße mit dem langen Namen, der aus zwei Wörtern zusammengesetzt ist, zuerst eins, das mit F anfängt, und dann eins mit M. Gegen die Fahrtrichtung laufen, an der Apotheke rechts …

Ich werde es schon schaffen, hat sie sich immer wieder gesagt, doch das ganze Wochenende ist sie unruhig gewesen und ist bereits in der Nacht auf Sonntag immer wieder aus dem Schlaf hochgeschreckt. Als hätte es nicht gereicht, sich um Ceren Sorgen zu machen, als würde der Schrecken des Traumes sich nicht weiterhin in ihre Tage erstrecken.

Doch je häufiger sie den Weg in Gedanken durchging, desto schlechter konnte sie sich erinnern, so kam es ihr vor. Eine große Stadt, Bremen, was sollte sie tun, wenn sie dort verlorenging. Sie hatte ja schon in Istanbul Angst, und da sprachen alle ihre Sprache.

Montagmorgen saß sie im Bus auf der äußersten Kante ihres Sitzes, zählte die Stationen und schaute die ganze Zeit konzentriert aus dem Fenster. Sie stieg in die richtige Straßenbahn, bekam dort keinen Sitzplatz, sah aber unablässig nach draußen und zählte rückwärts: Noch vier Haltestellen, noch drei, noch zwei, noch eine.

Sie ging gegen die Fahrtrichtung, bog an der Apotheke rechts, an der großen Kreuzung links ab und ging und ging und ging, aber es kam einfach kein Bretterzaun. Sie war auf der richtigen Straße gewesen, sie hatte bis hierher alles wiedererkannt und war auch beide Male richtig abgebogen, ihr Gefühl sagte ihr, dass sie längst am Bretterzaun hätte vorbei sein müssen, doch da war keiner.

Nur noch bis zur nächsten Querstraße, hatte sie sich gesagt, nur noch eine, die nächste ist es vielleicht, die da vorne, könnte es nicht die sein. Sie war schon zwanzig Minuten auf dieser Straße gegangen, bevor sie sich entschließen konnte umzukehren. Ihr war warm, und ihr Atem ging noch zügiger als sie selbst.

Sie war verwirrt, konnte sich nicht erklären, was geschehen war. Fuat hat sich in der Fabrik auch verlaufen, versuchte sie sich zu trösten, aber sie begriff einfach nicht, was sie falsch gemacht hatte.

Bis sie zu der Stelle kam, an der der Bretterzaun gewesen sein musste. Ach, diese Einfalt, schalt sie sich, dieser dumme Kopf. Da stand ein Gebäude, so neu, dass es fast glänzte, der Zaun hatte die Baustelle verborgen.

Weil Baustellen und Baugruben nicht eingezäunt werden in der Türkei, war ich so dumm, dachte sie. Dabei war es doch offensichtlich, dass hier der Zaun gewesen war. Wenn es bei uns solche Zäune gäbe, wäre Orhan Veli nicht nachts in dieses Loch gestolpert und gestorben, dachte sie, er würde heute noch leben und hätte Zeit gehabt, uns noch mehr Gedichte zu schenken.

Fast eine Stunde kam sie zu spät zur Arbeit, ihre Vorarbeiterin, eine kräftige, große Frau, die Gül ein wenig an ein Pferd erinnerte, schüttelte nur den Kopf und deutete auf eine freie Nähmaschine.

An diese setzte sich Sonja, so hieß die Vorarbeiterin, zunächst selbst und zeigte Gül, was zu tun war. Gül nickte und nahm kurz darauf Sonjas Platz ein.

Vorsichtig trat sie auf das Pedal, und die Nadel ratterte los. Die Maschinen, an denen Gül bisher gesessen hatte, waren mechanisch, man musste sie durch Treten in Gang halten.

Gül dachte daran, wie sie das erste Mal an einer Nähmaschine gesessen hatte. Dreizehn Jahre alt war sie da, sie hatte die Grundschule abgebrochen, und ihr Vater hatte sie als Gehilfin zu der Schneiderin Esra geschickt. Damals kam sie kaum an das Pedal mit ihren kurzen Beinen und hatte sich auch sonst anfangs nicht besonders geschickt angestellt.

Doch nach und nach hatte sie es gelernt, und hier kam ihr die Arbeit nach einigen Minuten, die sie brauchte, um sich an die Maschine zu gewöhnen, wie ein Kinderspiel vor.

Es war immer dasselbe, was sie tun musste, sie brauchte kaum nachzudenken, und schon nach einer Stunde verrichteten ihre Hände die Arbeit wie von alleine. Die Nadel lief immer gleichmäßig, sie musste nicht Hand- und Fußbewegungen koordinieren, wäre da nicht der Lärm von über hundert Maschinen gewesen, wäre da nicht noch immer dieser ungeklärte Traum, wäre da nicht die Scham darüber, zu spät gekommen zu sein, die Angst, den Rückweg möglicherweise nicht zu finden – es wäre fast schön gewesen.

In der Pause sah Gül, wie die anderen Arbeiterinnen sich etwas aus den Ohren holten. Toilettenpapier. Am besten wäre es, mit einer anderen Frau auf die Toilette zu gehen und sich auch welches zu besorgen. Alleine wollte sie nicht zu den

Klos, vielleicht würde sie den Rückweg in diese Halle nicht mehr finden oder verliefe sich bereits auf dem Weg dorthin.

Sie schaute sich um, doch keine der anderen Frauen sah aus wie eine Türkin. Die da vorne könnte eine Spanierin sein oder Italienerin, die dort hinten ist sicherlich eine Griechin. Die da auch. Und noch einige andere Gesichter fielen Gül auf. Komisch, dachte sie, wie schnell ich gelernt habe, die Deutschen und Nicht-Deutschen auseinanderzuhalten. Wenn es nur ein paar Türken mehr gäbe.

Sonja kam auf Gül zu, die etwas hölzern auf dem Gang stand und verunsichert wirkte. Sie legte Gül eine Hand auf die Schulter und sagte etwas, das Gül nicht verstand, doch sie lächelte, also lächelte Gül einfach auch.

– Tuvalet?, fragte Gül.

Gerade weil das deutsche Wort sehr ähnlich ist, konnte Gül es sich einfach nicht merken. Das Wort war schon aus ihrem Mund, als sie es bereute. Sie musste ja auch noch zurückfinden.

– Komm, sagte Sonja.

Als sie im Vorraum der Toilette standen, konnte man von Sonja zwei Geräusche gleichzeitig hören, ein leises Aaah aus ihrem Mund und einen lauten Pup aus ihrem Darm.

Gül sah sie erschrocken an. Sie hatte noch nie gehört, dass ein Erwachsener so ungehemmt furzte. Das gehörte zu Dingen, die man einfach nicht machte. Man schlug nicht die Beine übereinander im Beisein von Älteren, man rauchte nicht vor ihnen, Teller und Schüsseln, die man von Nachbarn oder Freunden geborgt hatte, gab man nicht leer zurück, Frauen fluchten nicht, zumindest nicht in Männergesellschaft, man ging nicht halbnackt auf die Straße, und man ließ nicht öffentlich einen fahren.

Sonja lachte, als sie sah, was für ein Gesicht Gül machte.

– Luft, sagte sie und schlug sich auf den Unterbauch, es ist nur Luft, und die muss raus.

Gül beeilte sich auf der Toilette, damit sie noch vor Sonja fertig war. Sie riss zwei Blätter Klopapier ab und steckte sie sich in die Tasche.

Mit dem rauen Papier in den Ohren war der Lärm besser zu ertragen, und Gül arbeitete, dachte an Fürze, dieses fremde Land hier, an Ceren, an den Heimweg, wie viel Geld Fuat am Wochenende wohl beim Kartenspiel verloren hatte, was sie hier verdienen würde, ob es in dieser riesigen Fabrik wohl auch Razzien gab und wo man sie dann verstecken würde.

Immer wieder kam Sonja vorbei, schaute Gül kurz über die Schulter, nickte und nahm die fertigen Büstenhalter mit. Als Feierabend war, winkte sie Gül zu sich, und Gül erkannte die Übersetzerin mit dem Istanbuler Akzent neben der Vorarbeiterin.

O weh, dachte Gül, sie sind nicht zufrieden mit mir. Ich bin ja auch gleich am ersten Tag zu spät gekommen. Und wahrscheinlich habe ich nicht schnell genug gearbeitet, ich war die letzten Stunden mit meinen Gedanken woanders. Oder ich habe nicht so genäht, wie es sein sollte. Das wären ja bestimmt 200 Büstenhalter, die sie dann wegwerfen müssten. O weh.

– Guten Tag, sagte Nermin, wie geht es dir?

– Dem Herrn seis gedankt. Und Ihnen?

– Gut, gut. Hattest du irgendwelche Probleme heute?

– Nein. Ja. Also … Ich habe den Weg nicht gefunden. Es wird nicht mehr vorkommen.

– Schon gut, schon gut, sagte Nermin. Was hast du in der Türkei gemacht?

– Ich war Hausfrau.

Dass sie eine Nähmaschine zu Hause hatte, machte sie ja noch lange nicht zu einer Schneiderin.

– Hausfrau, wiederholte Nermin und lächelte. Weißt du, wie viele BHs du heute genäht hast?

Gül schüttelte den Kopf. O weh.

– 312. Und weißt du, wie viel die anderen schaffen?

Bestimmt über 500, dachte Gül.

– Ich sags dir. Die, die schnell arbeiten, schaffen etwa 380. Und du kamst fast eine Stunde zu spät. Wir arbeiten hier Akkord, das heißt, du kannst eine Menge Geld verdienen. Sonja ist sehr zufrieden mit dir. Das soll ich dir sagen. Wir können immer gute Leute wie dich hier gebrauchen.

Dann sagte Nermin etwas auf Deutsch zu Sonja und wirkte stolz dabei, fast schon hochmütig, diese Nermin, die wie eine junge, reiche Dame aus besseren Kreisen aussah in ihren Nylonstrümpfen und mit den hochtoupierten Haaren, mit ihrem Rock, der kaum das Knie bedeckte. Sie musste in Istanbul ein gutes Leben gehabt haben. Gül konnte sich nicht vorstellen, was sie hier in der Fremde verloren hatte. Oder suchte.

Gül hätte sich gern gefreut, dass man zufrieden mit ihr war, doch der Heimweg bereitete ihr Sorgen und die Gedanken an Ceren, die zwar seltener geworden waren, aber deswegen nichts von ihrer Schwere verloren hatten.

Erst als sie nach Hause kam, den geöffneten Brief auf dem Küchentisch sah und ihn las, floss etwas durch ihren Körper, das sich warm und weich anfühlte, ihr Herz wurde leicht. Das erste Mal, seit sie in Deutschland angekommen war, so schien es ihr.

– Mützen für die Zwillinge, sagt Fuat, das ist also unser Weg zu Geld, wirst ja morgen wohl pünktlich sein.

Mützen für die Zwillinge, so preisen die Straßenhändler in Istanbul lauthals ihre BHs an.

– Und wenn wir Geld haben, nehmen wir uns eine größere Wohnung und holen die Kinder nach.

– So Gott will, sagt Fuat, aber es klingt mehr nach: Schauen wir mal.

Die Gewissheit, dass es Ceren gutgeht, dass ihrer Tochter nichts passiert ist, und die Aussicht darauf, mit ihren Kindern hier zu leben, nehmen Gül die Sorge um den morgigen Weg.

Das Glück in der Zukunft ist immer das einfachste, wird sie später sagen, aber ohne dieses verschobene Glück würde man gar nicht mehr arbeiten.

Fuat glaubt auch an ein Glück in der Zukunft, an einen Gewinn im Lotto oder eine lange Strähne beim Spielen, an Dividendenausschüttungen und Zinsen. Oft sitzt er am Küchentisch und rechnet laut. Wenn man dieses Wochenende soundso viel gewinnen würde, einen Teil davon anlegen, ein Auto kaufen, ein Grundstück in der Türkei, den Grundstein für ein Haus legen, ins Immobiliengeschäft einsteigen ... Man könnte sich den Whisky kistenweise kommen lassen, man könnte Maschinen chartern und Flüge in die Türkei organisieren, mit ein wenig Kapital wäre das möglich, und im Sommer zur Ferienzeit könnte man sein Geld vervierfachen, wenn man soundso viel investiert, soundso viel für Unkosten veranschlagt und soundso viel Prozent als Gewinnspanne.

Vielleicht hätte er Mathematiker werden können, denkt Gül, da sind dauernd Zahlen in seinem Kopf.

Am Freitag ist Zahltag, und die Arbeiterinnen stehen an, um ihre Lohntüten zu erhalten. Die ganze Woche hat Gül sich nicht mehr verlaufen und ist jeden Morgen pünktlich zur Arbeit gekommen. Abends dröhnt ihr der Kopf vom Lärm der Maschinen, da helfen weder Klopapier noch die Baumwollstöpsel, die sie aus einer alten Unterhose Fuats gefertigt hat.

Nach der Auszahlung stehen die Frauen noch da, zählen ihr Geld nochmals nach, reden.

Vier weitere türkische Frauen arbeiten in dieser Halle, hat Nermin ihr erklärt.

Mit diesen vieren vergleicht Gül nun ihren Lohn, und obwohl sie geglaubt hatte, sie würde am meisten Geld bekommen, weil sie die meisten BHs genäht hat, hat sie am wenigsten.

Nun sind auch in ihrem Kopf Zahlen, sie versucht zu rechnen, eine Erklärung dafür zu finden. Ich habe ja gerade mal die Grundschule beendet, denkt sie, aber das geht nicht mit rechten Dingen zu. Nermin hat gesagt, dass ich gestern den Rekord gebrochen habe, 391 Stück. Da müsste ich mehr Geld bekommen, mehr als jede andere, wenn es der Rekord ist. Akkord haben sie gesagt und ihr erklärt, was das ist, und demnach …

– Frag nach, da stimmt was nicht, sagen auch ihre Landsmänninnen, und Gül geht zu dem Mann, der die Lohntüten herausgibt.

Vielleicht habe ich auch falsch gezählt, sagt sie sich, obwohl sie dreimal nachgezählt hat, vielleicht muss man länger hier arbeiten oder ich verstehe etwas anderes nicht.

– Wenig, sagt sie dem Mann und zeigt ihr Geld.

Es ist ihr unangenehm, als würde sie etwas fordern, das ihr nicht zusteht. Wären da nicht die vier anderen, die einige Meter entfernt stehen und die Szene neugierig beobachten, würde sie wohl eine Geste machen, die signalisieren soll: Ach, vergessen wir es.

Der Mann zählt ihr Geld und nickt dann.

– Ist richtig, sagt er.

– Akkord, sagt Gül, ich viel Akkord.

Ihr ist heiß, als hätte sie etwas verbrochen, doch sie kann nun nicht einfach wieder gehen.

Der Mann nickt abermals und lässt Nermin rufen. Auf sie redet er kurz, aber energisch ein, und Gül glaubt einen Augenblick lang den Widerschein von Freude auf dem Gesicht der Übersetzerin zu sehen. Dann wendet sich Nermin mit ihrem Großstadtakzent und ihren geschminkten Lippen an Gül.

– Du arbeitest schwarz hier, nicht wie die anderen mit Vertrag, du hast keine Arbeitserlaubnis. Er sagt, sie können dich nicht ausbezahlen wie die anderen Arbeiterinnen. Sie gehen ein Risiko ein, indem sie dich hier arbeiten lassen.

Gül schaut Nermin an und dann den Mann, der bestätigend nickt, als hätte er jedes Wort verstanden. Dann sieht sie nochmals zu Nermin. Irgendetwas an dir hat mir von Anfang an nicht gefallen, denkt Gül, ich mag keine Studierte sein, aber ich bin auch kein Gimpel.

– Du selber hast mir am Montag noch erklärt, dass ich mehr verdiene, wenn ich so viele Mützen nähe.

– Da … da wusste ich noch nicht, dass du eine Schwarzarbeiterin bist.

Gül nickt.

– Nächste Woche …?

– Ich werde schauen, was ich tun kann, aber nächste Woche bekommst du sicherlich etwas mehr, wenn du weiter so arbeitest.

Auf dem Heimweg sitzt Gül in der Straßenbahn und denkt daran, wie ihre Schwester Melike sie damals in der hintersten Ecke des Gartens zum Rauchen genötigt hat. Damit Gül nicht verraten konnte, dass Melike geraucht hatte. Und später hatte Melike sie immer mal ziehen lassen. Schweigeanteil nannten sie das. Dieses Wort geht ihr dauernd im Kopf herum. Damals waren sie Kinder. Und sie waren Schwestern.

Nachdem sie ihre Lohntüte auf den Tisch gelegt hat, sagt sie zu Fuat:

– Ich will dort nicht mehr arbeiten. Weil ich keine Arbeitserlaubnis habe, zahlen sie mir weniger. Vier Tage lang habe ich mehr BHs genäht als jede andere in der Halle, und ich bekomme am wenigsten Geld. Ich bin doch kein Trottel.

– Das ist doch gutes Geld, sagt Fuat, der die Scheine und Münzen zählt und dann in seine Tasche steckt.

– Sie beuten mich aus, ich will dort nicht mehr hin.

– Ach ja, sie beuten dich aus, ja? Was machen sie denn mit mir? Nacht für Nacht bin ich in dieser Fabrik, ich kann nie richtig schlafen, wir schuften hier alle wie die Ochsen. Das ist nicht wie in der Türkei, wo man auch mal sachte machen kann und ein Schwätzchen hält und einen Tee trinkt. Das ist keine Kirmes hier, hier wird gearbeitet.

– Ich habe nichts gegen Arbeit, aber sie betrügen mich, beharrt Gül.

– Und soll ich jetzt losziehen und eine Arbeit suchen, die deinen Beifall findet? Ich habe ja sonst nichts zu tun, ich kann ja den lieben langen Tag Ausschau halten nach einer Stelle, die dich entzückt.

Er schiebt seinen Teller von sich.

– Immer dieser Fraß, sagt er. Nicht mal was Vernünftiges zu essen bekommt man in diesem Land, aber meine Frau ist mäkelig, wenn es um ihre Arbeit geht. Kaum fassbar.

Er kann aufbrausend sein, ungerecht und gemein, er ist manchmal unberechenbar, doch er flucht selten. An Stellen, wo andere Männer Flüche anbringen, sagt er stets: Kaum fassbar.

– Du träumst, sagt er zu seiner Frau, du träumst. Du hast einen Mann, der jede Nacht schuftet, aber du wachst trotzdem nicht auf.

Er steht auf, knallt die Tür und geht.

Gül kann nichts dafür, dass das Essen Fuat nicht schmeckt, aber sie fühlt sich dennoch schuldig. Ihr selber schmeckt es oft auch nicht, aber sie weiß nicht, was sie tun soll. Hier, wo sie mit einem Pappkoffer hingekommen ist, weil es alles gibt, kann man viele Dinge nicht kaufen. Es gibt in ihrem Ort keinen einzigen Metzger, der Lammfleisch verkauft, geschweige denn Knoblauchwurst. Knoblauch gibt es ohnehin nur selten, und man hat das Gefühl, er wird nicht kilo-, sondern zehenweise verkauft. Frische Peperoni findet man kaum, und der Gemüsehändler hat tatsächlich Gewichte von 100 Gramm neben seiner Waage. Es gibt kein Paprikamark, jedoch Tomatenmark aus Tuben, in denen in der Türkei nur Rasiercreme oder Zahnpasta verkauft wird.

Mit dem Tomatenmark veralbern sie gerne die Neuankömmlinge, hat Fuat erzählt. Tomaten in Tuben, das glaubt doch keiner, in Tuben gibt es nur Dinge, die ins Badezimmer gehören, also drückt man einem Neuen so eine Tube in die Hand und sagt: Das können sie, die Deutschen, eine Rasiercreme herstellen, mit der du dich ordentlich rasieren kannst, glatt wie ein Babypopo wird dein Gesicht damit, du denkst, du wärst erst zwölf.

– Und wenn ich das sage, als ehemaliger Friseur, dann hat das Gewicht, prahlt Fuat. Und die Ärmsten schmieren sich das Tomatenmark ins Gesicht, und die wirklichen Trottel merken es nicht mal und setzen tatsächlich die Klinge an. Es ist kaum fassbar. Und du stehst daneben und ermunterst sie: Nur zu, nur zu, wundere dich nicht über die Farbe, da ist gleich ein Blutstopper mit drin, deswegen sieht es so aus. Als würde das irgendeinen Sinn ergeben.

Er lacht, als wüsste er seit seinen ersten Tagen auf der ganzen Welt Bescheid.

Sie finden hier zwar nicht immer, was sie bereits kennen, aber manche sehen Früchte, deren Namen sie vorher nicht mal gehört haben. Einem Mann aus Kars, der nicht lesen und schreiben kann, gibt Fuat eine Banane.

– Den Kern kann man nicht essen, warnt er ihn, der ist giftig.

Und der Trottel hat auf der Schale rumgekaut und meinte:

– So besonders schmeckt das aber nicht.

Noch Jahre später wird darüber gelacht.

– Ozan, der hatte ein Moped, bevor du kamst, weiß Fuat noch zu erzählen, aber damit hat er einen Unfall gebaut, wegen Auberginen.

Es war Markttag, und er fährt mit seinem Moped und sieht auf einmal auf der anderen Straßenseite einen Stand, und er glaubt, er träumt. Da sind tatsächlich Auberginen, die ersten, die er in Deutschland sieht, groß und prall, von einem tief dunklen, fast leuchtenden Lila. Ozan hat eine Vollbremsung hingelegt, wollte wenden und zehn Kilo von diesen Auberginen kaufen. Das Auto hinter ihm ist ihm dann reingefahren. Gott hat sein Leben geschützt, aber das Moped war dahin. Abends hat Nadiye dann Karnıyarık gemacht mit den Auberginen. Das teuerste Karnıyarık, das je jemand gegessen hat, ein ganzes Moped hat es gekostet.

Wenn er solche Geschichten erzählt, kann Fuat lachen, aber wenn er beim Essen sitzt, zetert er. Kein vernünftiger Weißkäse, keine guten Oliven, keine Rosenmarmelade, nichts kannst du kaufen, und in der Kantine ist es am schlimmsten, die Deutschen scheinen nur zwei Gewürze zu kennen, Pfeffer und Salz, und nie gibt es Brot zum Essen. Und das Brot, das man kaufen kann, scheint zwar aus Teig gemacht, aber das ist die einzige Gemeinsamkeit mit dem Brot in der Türkei, die er entdecken kann.

– Was machen die eigentlich da rein, dass dieses Brot nie schmeckt?, fragt er Gül, die mittlerweile in einer Bremer Brotfabrik arbeitet.

Sie ist tatsächlich nicht noch einmal nähen gegangen. Einige Jahre später wird sie wieder an einer dieser Maschinen sitzen, zwei Wochen lang, wieder schwarz, weil sie woanders eine feste Stelle hat, aber dieses Mal wird sie gut bezahlt werden. So gut, dass es sich lohnt, sich zwei Wochen von seiner regulären Arbeit krankschreiben zu lassen. Sie wird den Produktionsengpass der Firma für sich nutzen können, und es wird sie mit Genugtuung erfüllen. Sonja wird Gül wiedererkennen und sich lachend und furzend auf den Unterleib klopfen, und Gül wird sagen: Ja, ich weiß, Luft muss raus.

Doch zurzeit arbeitet sie in der Brotfabrik und kann Fuat nicht sagen, was sie dort ins Brot tun.

– Ich bin fast jeden Tag woanders, sagt sie, mal hier, mal da, wo sie gerade jemanden brauchen. Es ist ja keine Bäckerei, es ist eine Fabrik. Ich verstehe überhaupt nicht, was da alles passiert, woher soll ich wissen, wie die den Teig machen. Die sind es halt auch anders gewöhnt, sie haben ja viele Sorten, aber sie kennen nicht, was wir haben, sie kennen kein Fladenbrot, kein Dorfbrot, kein Winterbrot, kein dünnes Brot. Aber diese Brötchen schmecken ein wenig wie unser Brot, findest du nicht auch?

– Dann bring doch demnächst von denen mit.

– Bei mir gibt es die nicht.

– Die muss es geben, das ist eine riesige Fabrik, sagt Fuat, du hast doch wieder keine Ahnung.

– Eben, es ist eine Fabrik, Brötchen machen die Bäckereien, oder?

– Es ist alles Quatsch, es gibt einfach kein gutes Brot hier, egal ob Bäckerei oder Fabrik.

Fuat schieb seinen Teller von sich und zündet sich eine Zigarette an.

– Die schmecken wenigstens besser als bei uns, sagt er. In der Fabrik suchen sie immer noch Leute, und da ist eine Frau, Saniye, die sucht Arbeit. Ich habe ihr Bescheid gesagt, sie wird morgen pünktlich an der Bushaltestelle sein. Ihr werdet euch schon erkennen. Nimm sie einfach mit.

Gül sieht ihn an. Hätte er das nicht anders sagen können? Hätte er sie nicht fragen können, sie hätte ja nicht abgelehnt.

Diese Saniye muss sich wenigstens keine Sorgen um den Weg machen.

Das Arbeiten in der Fabrik fällt Gül nicht schwer. Wenn man erst mal den Weg gelernt hat, ist der Rest einfach. Auch wenn sie viele verschiedene Arbeiten erledigen muss, die ihr nur kurz gezeigt werden. Gül merkt, dass man zufrieden mit ihr ist. Abends dröhnt ihr nicht der Kopf, und sie verdient mehr als in der Näherei. Und das Wort Schweigeanteil geistert nicht länger in ihrem Kopf herum.

Sie freut sich für diese Saniye, ohne sie je gesehen zu haben.

Am nächsten Morgen erkennt Gül Saniye sofort, obwohl sie sie sich ganz anders vorgestellt hat. Saniye hat rote Haare, ist etwas kleiner als Gül, aber wesentlich dünner. Nach Ceydas Geburt hat Gül nicht mehr abgenommen, sondern ist immer runder und voller geworden. Wenn Saniye auch so schlank ist, dass sie fast schon zerbrechlich wirkt, scheint ihr Becken breiter zu sein als Güls. Ihr Gesicht ist voller Sommersprossen, und etwas in ihrem Blick erregt Güls Aufmerksamkeit. Ihre Augen sehen aus, als sei sie traurig und zugleich trotzig, doch da lachen die Augen schon, und Gül fragt sich, ob sie sich vielleicht geirrt hat.

– Danke, Schwester, sagt Saniye, danke, dass du mich mitnehmen möchtest. Auf dass ich dir nichts schuldig bleiben möge.

– Wie lange bist du schon hier?, möchte Saniye im Bus wissen.

– Noch nicht ganz vier Monate. Und du?

– Ach, frag nicht, ich bin zwei Monate hier. Zuerst war ich in Hamburg, aber da hat es mir nicht gefallen. Ich hatte irgendwie immer Angst dort, vielleicht weil es am Meer liegt. Wie hast du dir Deutschland vorgestellt? So hier?

Sie deutet zum Fenster hinaus.

– Ich habe mir nicht viel vorgestellt. Ich dachte, es sei wie Istanbul, nur etwas moderner.

– Und ich habe mir vorgestellt, es sei wie in den Filmen, weißt du, wo sie nach Hause kommen und sich mit den Schuhen aufs Bett schmeißen in ihren aufgeräumten großen Wohnungen. Frag nicht, wieso, aber ich wollte mit den Schuhen an den Füßen in die Wohnung und mich dann aufs Bett legen, eine Zigarette anzünden und die Hände hinter dem Kopf verschränken. So habe ich mir Deutschland vorgestellt. Und dann kommst du in ein Wohnheim, wo die Betten noch schlimmer sind als zu Hause, und man hat gar keine Lust mehr, die Schuhe anzulassen.

Saniye lacht, und Gül kann nicht sagen, ob es ein trauriges oder fröhliches Lachen sein soll.

– Und du bist einfach so aus Hamburg hierher, weil du dort Angst hattest?

– Ja. Und weil ich gehört habe, dass es hier auch Leute aus Malatya geben soll.

– Und was hat dein Mann dazu gesagt?

Saniye blickt aus dem Fenster und schüttelt den Kopf.

– Ich habe keinen Mann, sagt sie.

Gül fragt sich, was eine Frau hier allein zu suchen hat.

– Woher aus Malatya kommst du denn?

Saniye nennt den Namen eines Dorfes, der Gül nichts sagt.

– Was machst du da?, fragt Saniye.

– Ich stemple die Fahrkarte.

– Aber die ist doch von heute morgen.

– Ja. Und?

Saniye lacht.

– Wir brauchen eine neue Fahrkarte, wir können nicht mit derselben zurückfahren.

– Aber dann muss ich jeden Tag doppelt so viel …, beginnt Gül, bevor ein Gefühl ihr sagt, dass Saniye recht hat. Ein Gefühl, das ihre Wangen heiß werden lässt.

Saniye ist kürzer hier als sie, aber sie scheint sich besser auszukennen. Und sie scheint keine Angst zu haben.

– Wo ist Hamburg?, fragt Gül Fuat abends, als dieser schon die Schuhe anzieht, um zur Arbeit zu gehen.

– Hamburg, wie kommst du denn jetzt auf Hamburg?, fährt Fuat sie an, ohne dass Gül einen Grund für diese Heftigkeit erkennen kann. Sie ist erschrocken, versucht sich das aber nicht anmerken zu lassen.

– Saniye war wohl vorher dort. Sie hat gesagt, es liegt am Meer. Wie weit ist es weg von hier?

– Etwas mehr als eine Stunde.

– Gibt es wirklich ein Meer in Deutschland?

– Hamburg ist nicht am Meer, sagt Fuat, sie haben einen Hafen, das ist alles.

– Aber es gibt ein Meer?

– Ja, natürlich gibt es ein Meer, wo sollen die Schiffe denn sonst hinfahren? Hast du noch mehr Fragen, oder soll ich zu spät zur Arbeit kommen?

In Güls Vorstellung ist Hamburg nun eine Stadt, die Istanbul ein wenig ähnelt. Hätte ich wohl auch Angst, so nah am Wasser zu leben?, fragt sie sich.

Saniye hat nicht nur vor dem Wasser Angst.

– Komm, lass uns noch eine rauchen, hat Gül ein paar Tage später auf dem Heimweg gesagt, froh, nun eine Gefährtin an ihrer Seite zu haben. Sie sind in eine kleine Straße abgebogen. Die Angewohnheit, heimlich zu rauchen, wird Gül ihr Leben lang nicht verlassen. Noch nie hat sie eine Zigarette in Fuats Gegenwart geraucht, obwohl er möglicherweise nichts dagegen gehabt hätte. Und ebenso wenig hat sie schon mal auf offener Straße geraucht, wie es die deutschen Frauen tun.

An einem Mäuerchen, auf das in Brusthöhe Gitterstäbe aufgesetzt sind, bleiben die beiden stehen. Durch das Gitter kann man in einen Vorgarten sehen. Sie stellen ihre Taschen auf die Mauer, holen ihre Zigaretten heraus und haben sie noch nicht angezündet, als plötzlich ein Schäferhund laut bellend auf sie zurennt.

Die beiden Frauen laufen erschrocken einige Schritte weg, der Hund bellt sie durch die Gitterstäbe an, die Vorderpfoten auf der Mauer. Gül kann kaum atmen, so schnell schlägt ihr Herz.

– Hast du Angst vor Hunden?, fragt Saniye.

Gül nickt. Sie kann nicht sprechen, da ist ein wildes Pochen in ihrem Hals.

– Ich auch. Gerade vor solchen großen.

Die Taschen der beiden Frauen liegen noch auf der Mauer.

– Was machen wir jetzt?, fragt Gül nach einer Pause, ihre eigene Stimme klingt fremd in ihren Ohren.

– Wir warten, bis er sich beruhigt hat. Komm, lass uns erst mal eine rauchen.

– Ich habe die Streichhölzer fallen lassen.

So stehen sie da, mit ihren Zigaretten in den Händen, und gehen noch einige Schritte zurück, während der Hund sie weiter anbellt. Nach einiger Zeit beruhigt das Tier sich und entfernt sich von der Mauer. Doch sobald Saniye oder Gül oder beide sich nähern, springt er wieder auf den Vorsprung und kläfft.

Ein ums andere Mal wiederholt sich dieses Spiel. Ob sich die Frauen langsam anschleichen, ob sie versuchen schneller zu sein als der Hund, ob sie lange warten oder ihre Annäherungen kurz hintereinander starten, es macht keinen Unterschied, sie kommen nicht mal in die Nähe ihrer Taschen.

– Wegen dir habe ich heute Morgen meine Fahrkarte weggeworfen, sagt Gül.

– Mit der hättest du sowieso nicht mehr fahren dürfen, entgegnet Saniye.

– Wie sollen wir denn nun heimkommen? Mein Geld ist in meiner Tasche.

– Meins auch.

Mittlerweile steht eine Deutsche auf ihrem Balkon in dem Haus neben der Mauer und schaut den beiden zu.

– Wir müssen sie herunterwinken, sagt Saniye, sie muss uns irgendwie helfen.

– Wie sollte sie uns helfen können?

– Vielleicht ist es ihr Hund.

– Wenn es ihr Hund wäre, hätte sie doch längst was getan, oder? Was ist das auch für ein Land, in dem Menschen Hunde besitzen, obwohl sie keine Hirten sind.

– Wir brauchen Geld, um nach Hause zu kommen, sagt

Saniye. Wir leihen uns Geld von ihr. Ich winke sie runter. Du kannst besser Deutsch, sprich du mit ihr.

Und schon winkt Saniye, und Güls Herz schlägt erneut viel zu heftig. Sie kann besser Deutsch.

Die Frau verschwindet tatsächlich von ihrem Balkon. Während Gül hochblickt, bemerkt sie, dass da noch mehr Menschen auf Balkonen stehen und herunterschauen. Seit ich Saniye kenne, wird mir oft heiß, denkt sie.

Die Frau erscheint mit einer Zigarette zwischen den Fingern in der Haustür und kommt dann gemächlich auf die beiden zu.

– Guten Tag, sagt Gül, als sie nahe genug ist.

– Guten Tag, sagt die Frau, und Saniye schaut einfach freundlich und wiederholt ebenfalls diese Worte.

– Hund, sagt Gül, Tasche. Wir nach Hause. Keine Geld.

Sie zieht einen goldenen Armreif von ihrem Handgelenk und reicht ihn der Frau.

– Bis Montag. Geld. Fahrkarte. Montag wieder sammeln.

Die Frau nimmt einen Zug von ihrer Zigarette und schaut Gül nachdenklich an. Dann stellt sie eine Frage, die Gül nicht versteht. Als Antwort zieht sie also einfach die Schultern hoch und reißt die Augen auf.

Die Frau lächelt, an ihrer Zigarette ist der Abdruck ihres Lippenstiftes.

– Ich dachte, Sie spielen mit dem Hund, sagt sie nun. Spielen? Nein?

Sie geht an die Mauer, der Hund kommt angelaufen, kläfft sie an, aber sie lässt sich nicht beeindrucken. Ist es vielleicht wirklich ihr Hund?

Sie steckt die Zigarette zwischen die Lippen, greift dem Hund mit einer Hand unter die Schnauze und streichelt ihn mit der anderen zwischen den Ohren. Dann nimmt sie einfach beide Taschen und bringt sie den Frauen, die sie mit ungläubigen Augen ansehen.

– Danke, sagt Saniye.

– Danke, sagt auch Gül.

– Das sind keine schlechten Menschen, diese Deutschen, sagt Saniye später im Bus, sie hätte deinen Armreif nehmen und damit verschwinden können. Einen Scheiß hätten wir dagegen tun können. Ich werde diese Sprache lernen.

Gül gibt ihr recht, auch wenn sie sich fragt, warum die anderen auf den Balkonen gestanden und einfach nur zugesehen haben.

– Weine, sagt der Mann im Büro zu Gül, verstehst du, es gibt immer eine Möglichkeit. Du musst weinen beim Amt und sagen, dass du diese Arbeitserlaubnis brauchst. Und zwar jetzt. Wenn du nicht weinst, werden sie sich nicht erweichen lassen, ich kenne die. Verstehst du? Weinen.

Immer wieder schärft ihr der Mann das ein und macht es ihr sogar vor, bis er sicher ist, dass Gül es verstanden hat. Sie ist eine gute Arbeiterin, aber er kann sie nicht länger dabehalten, schon jetzt kostet es Mühe, ihre Arbeit aus den Büchern zu halten. Bald hätte sich das erledigt, weil Gül bereits ein halbes Jahr in Deutschland gewesen wäre, aber nun hat sich das Gesetz geändert, und er müsste sie noch weitere sieben Monate durchmogeln. Sie braucht einen anderen Status.

Arbeitsamt, es ist eines der Wörter, deren türkische Entsprechung Gül erst viel später lernen wird. Sie weiß, was es ist und aus welchen Gründen man dorthin geht, aber genauso wie bei Krankenkasse oder Krankmeldung, Urlaubsgeld, Weihnachten oder Ostern kennt sie kein türkisches Wort dafür.

Sie kennt gerade mal genug deutsche Wörter, um dem Mann beim Arbeitsamt die Situation zu schildern. Außerdem hat ihr der Chef aus dem Büro einen Brief mitgegeben. Und obwohl dieser Chef es ihr wieder und wieder eingeschärft hat, schafft sie es nicht zu weinen.

Wir hatten eine Griechin hier, hat der Chef gesagt, die war in der gleichen Situation wie Sie, und sie hat dort gesessen und bittere Tränen geweint, sonst hätten sie keine Ausnahme gemacht. Dort arbeiten auch nur Menschen, die haben auch ein Herz.

Doch Gül sitzt da, die Hände im Schoß, und fragt sich, ob ihr die Arbeit doch schwerer fällt, als sie zugeben möchte. Oder ob sie sich schämt vor diesem fremden Mann. Was Fuat dazu sagen wird, wenn sie auch bei dieser Stelle nicht bleiben kann. Wie es sein kann, dass man die Arbeitserlaubnis auf einmal nicht mehr nach einem halben Jahr bekommt. Saniye hat gleich eine Arbeitserlaubnis bekommen, weil sie zum Arbeiten hierhergekommen ist und nicht wie Gül ihrem Mann gefolgt.

Noch immer weiß Gül nicht, was Saniye eigentlich allein in Deutschland macht, sie fragt nicht, aber als sie es erfährt, ist sie froh, nicht gefragt zu haben.

– Du konntest nicht weinen?, sagt Saniye am nächsten Tag. Ach, wenn ich an deiner Stelle gewesen wäre, ich hätte Rotz und Wasser geheult, dieser Mann wäre ertrunken, so hätte ich geflennt.

Es ist ihr letzter gemeinsamer Heimweg, Saniye wird in der Brotfabrik bleiben, Gül wird wieder in der Küche sitzen.

– Es ist nicht leicht, sagt Gül, einfach auf Kommando zu heulen.

– Ja?, sagt Saniye und sieht Gül mit glasigen Augen an. Was Gül erschreckt, sind nicht die Tränen, die sich bereits langsam an den Lidern sammeln, sondern die Trauer, die auf einmal in Saniyes Augen ist. Als hätte sie die ganze Zeit im Hintergrund gelauert auf ihren Auftritt. Als hätte Gül es richtig erkannt am ersten Morgen an der Bushaltestelle.

– Ich habe alles an einem Tag verloren, sagt Saniye, meinen Vater, meinen Mann, meinen Sohn. Egal, wie viel ich weine, es wird nie reichen.

Gül schaut sie ratlos an und wünscht sich, sie wüsste nun die richtigen Worte.

– Ja, sagt Saniye, an einem Tag.

Eine Stunde später sitzen sie in Güls Küche, Fuat ist bereits zur Arbeit gegangen, und Saniye raucht eine Zigarette nach der anderen, während sie erzählt. Im Laufe der Jahre wird Gül sich noch oft fragen, warum die Menschen gerade ihr vertrauen, warum sie all diese Geschichten zu hören bekommt, die selten erzählt werden. Warum so viele Leute ausgerechnet sie auswählen, um ihr Leid zu teilen, warum Menschen glauben, Worte, die an sie gerichtet sind, könnten eine Hilfe sein.

– Alper hat getrunken, und wenn er getrunken hatte, hat er geschlagen. Er war kein schlechter Mann, vielmehr war es so, wie sie sagen: Der Schnaps sieht in der Flasche anders aus als im Kopf. Und wenn eine Maus ihn trinkt, greift sie glatt die Katze an.

Wenn dieser gottverfluchte Alkohol nicht gewesen wäre, dann hätten wir miteinander auskommen können. Aber Schnaps ist eine Geliebte, gegen die du nicht ankommst.

Es gab immer nur Streit, grün und blau hat er mich geschlagen, wenn er betrunken war. Am nächsten Morgen tat es ihm leid, aber abends hat er sich wieder den Kopf zugesoffen. Also habe ich meine Sachen gepackt und bin zu meinem Vater. Meine Mutter war schon seit drei Jahren tot. An einer Blutvergiftung ist sie gestorben, wer hätte das gedacht, als sie hingefallen ist, dass das der Tod ist, der an die Tür klopft, es sah nur aus wie ein aufgeschrammtes Knie.

Gül muss daran denken, wie ihre Mutter gestorben ist, viel früher und an einer Krankheit, die ihr Vater überlebt hat.

– Ich bin zu meinem Vater, weil es mit Alper einfach nicht ging. Er war ein lieber Mensch, hatte ein weiches Herz und viel Platz darin, aber der Alkohol machte es eng. Nach einer Woche kam er abends zu meinem Vater und hat mich auf

Knien, wirklich auf Knien, angefleht zurückzukommen, er hat seine Hände auf meine Füße gelegt, und mein Vater ist einfach aus dem Raum gegangen.

Dein Sklave möchte ich sein, hat Alper gesagt, er hat geschworen, dass er mit dem Trinken aufhören wird. Ufuk, unser Sohn, war gerade mal ein halbes Jahr alt, und warum sollte ein Kind ohne Vater aufwachsen. Und meinem Vater wollte ich auch nicht zur Last fallen. Und beim ersten Mal habe ich ihm auch noch geglaubt.

Vier Wochen hat er nicht getrunken, und danach habe ich es noch mal vier Wochen ausgehalten. Am ganzen Körper war ich grün und blau, meine Rippen haben weh getan, vielleicht waren sie zwischendurch auch mal gebrochen, wenn er voll war, kannte Alper kein Erbarmen. Zwei Tage später war er bei meinem Vater, hat gebettelt, gefleht und Mitleid geheischt.

Danach hat er zwei Monate nicht mehr getrunken. Und als er beim dritten Mal zu meinem Vater kam, um mich zurückzuholen, wusste mein Vater schon, dass ich nicht hart bleiben würde, und er hat sich Alper geschnappt, sobald er über die Schwelle getreten war, und hat gesagt: Mein Sohn, so geht das nicht, du musst dich entscheiden. Das ist meine Tochter, und es steht ihr frei, hierzubleiben oder noch mal mit dir mitzugehen, aber sie hat ein Herz wie Brotteig, jedes Mal bekommst du sie herum, aber ich, ich schau mir das nicht länger an. Es zerreißt mir das Herz. Du musst auch mal etwas lernen, so geht das nicht, Saniye ist kein Spielzeug, sie ist ein Mensch wie du und ich. Also hör mir gut zu: Wenn das noch einmal, noch ein einziges Mal, geschieht, dass du hier an meine Tür klopfst und sie wiederhaben möchtest, dann werde ich dich erschießen. So wahr ich hier stehe. Also überlege es dir gut, ob du meine Tochter noch mal so weit bringen möchtest, dass sie hierher flieht. Und selbst wenn es so weit kommen sollte, dann überlege noch viel besser, ob du an diese Tür klopfen möchtest, um sie wieder einzuwickeln mit deinen Tränen und Schwüren. Ich bin ein alter Mann, ich habe nichts mehr zu verlieren. Wenn du hier noch einmal aufkreuzt, um Saniye zu holen, werde ich dich erschießen.

Hast du das begriffen?, hat er ihn angeschrien, und Alper hat genickt.

Über ein Jahr bin ich bei Alper geblieben, obwohl er wieder getrunken und geschlagen hat, ein Jahr habe ich alles ertragen, damit es nicht noch schlimmer wird. Es war der letzte Versuch. Erst als er mir das zweite Mal die Nase gebrochen hat und ich die ganze Nacht Blut gekotzt habe, bin ich zu meinem Vater. Ich habe Alper beschworen, mich nicht noch mal holen zu kommen. Ich habe ihn angefleht, nicht zu kommen, um seinetwillen, nicht um meinetwillen. Aber nichts überschätzte dieser Mann mehr als seinen eigenen Willen. Noch am selben Abend ist Alper zu meinem Vater gekommen. Und der hat das Gewehr von der Wand genommen und auf Alper angelegt. Alper hat geglaubt, mein Vater wolle ihm Angst machen, aber mein Vater hat gesagt: Ich hatte dich gewarnt, und hat abgedrückt.

Er kam ins Gefängnis, meinen Sohn hat mir meine Schwiegermutter genommen, weil ich alleine nicht für ihn sorgen konnte, mein Mann war tot.

So bin ich nach Deutschland gekommen, sagt Saniye. Ich könnte zwei Leben lang weinen, und es würde immer noch nicht reichen.

II

Gül stützt sich mit den Ellenbogen auf den Zaun und sieht die Straße hinab in die Richtung, aus der der Postbote kommen muss. Vielleicht hat er einen Brief von Ceyda, von ihrer Schwiegermutter oder von ihrer Freundin Suzan, die in der Türkei ihre Nachbarin gewesen ist und schon lange vor ihr nach Deutschland gegangen war. In Duisburg hat sie gewohnt, wo auch immer das sein mag, Gül hatte gedacht, es sei ganz in der Nähe, aber Fuat sagt, dass man nicht einfach so dorthin fahren könne. Suzan hatte wenigstens ihre Kinder bei sich, aber die mochten das Land genauso wenig wie sie. Die Deutschen sind so kalt, hatte Suzan aus Duisburg geschrieben, als Gül noch in der Türkei war, und sie reden so wenig, dass es sich kaum lohnt, die Sprache zu lernen. Sie hatte Italienisch gelernt von den Italienern in der Nachbarschaft, und mittlerweile kommen ihre Briefe aus Neapel, wo die Familie hingezogen ist.

Güls neue Nachbarn sind Spanier, Griechen, Türken und auch einige wenige Deutsche. Die Heimstraße, wo sie nun wohnen, ist nicht asphaltiert, es gibt keinen Gehweg oder gar Gehwegplatten, wenn es regnet, sammelt sich das Wasser in braunen Pfützen, und selbst die Deutschen ziehen dann ihre matschigen Schuhe noch vor der Haustür aus.

Jedes Haus der Siedlung hat einen kleinen Vorgarten und nach hinten raus einen größeren Garten, in dem man Obst und Gemüse anbauen kann und einen Stall hat, für den Fuat Hühner kaufen möchte. Es gibt eine große Küche und eine Wohnstube unten und im Obergeschoss zwei Kammern. Die

Toilette ist im Haus, wenn auch am Ende des Ganges, der von der Küche in den hinteren Garten führt.

Ein wenig ist es wie zu Hause, denkt Gül, hier hat man Platz, hier kann man atmen, die Erde unter den Füßen und Händen fühlen, und vor allem ist hier Platz für die Kinder. Bald wird sie sich nicht mehr auf den Zaun vom Vorgarten stützen müssen und sehnsüchtig auf den Briefträger warten, wie so oft in den letzten Monaten, wenn sie in der nahegelegenen Wollfabrik die Spätschicht hatte.

Vier Wochen nachdem sie in der Brotfabrik hatte aufhören müssen, hatte sie eine Arbeitserlaubnis bekommen, bei einem anderen Arbeitsamt.

– Wieso geht das denn auf einmal, ich verstehe das nicht, hat sie zu Fuat gesagt.

– Bremen ist eine andere Provinz, die haben andere Gesetze, hat Fuat geantwortet, und Gül hat nur die Stirn gerunzelt. Das war ein komisches Land, alle zwei Schritte gab es eine Stadt, eine Kreisstadt oder ein Dorf, die Menschen schienen nicht viel Raum zu brauchen, aber dass sie enger beieinander lebten, führte nicht dazu, dass sie sich näherstanden.

Mit ihrer Arbeitserlaubnis hatte sie in der Fabrik angefangen, in der auch Fuat arbeitete. Wenn Gül Spätschicht hatte, sahen sich die Eheleute nun noch seltener, da Fuat weiterhin nur nachts arbeitete. Und wenn er auch nach wie vor spielte und trank und unnötig großzügig gegenüber seinen Freunden war, das Geld mehrte sich.

Fuat hat nun ein Mofa und fährt an den Wochenenden häufig ohne Schwierigkeiten und große Schlenker nach Hause damit, doch sobald er absteigt, hat er das Gefühl, seine Füße seien rund auf einem schwankenden Grund.

– Wenn die Kinder da sind, sagt er, arbeite ich nicht mehr so viel nachts. Und er rechnet Gül wieder und wieder vor, wie viel Zulagen er bekommt, nur weil draußen die Sonne nicht scheint.

– Was soll ich mit der Sonne, tönt er, die scheint ja in der Halle eh nicht. Ob die Wolle nachts gewaschen wird oder tagsüber, macht für die Wolle und für mich keinen Unterschied, aber für die Lohntüte.

Gül steht am Zaun mit beiden Beinen auf der Erde, doch ihr Herz fliegt jedes Mal vor Freude, wenn der Postbote einen Brief von Ceyda dabeihat.

Meine Kleine, denkt sie, kaum im ersten Schuljahr, schon kann sie schreiben, schneller als die anderen, weil ihre Mutter sie alleingelassen hat und weil das ihre einzige Möglichkeit ist, selber Kontakt zu halten.

Sie kommt wohl nach ihrer Tante Sibel, Güls jüngerer Schwester, die mit fünf eingeschult wurde, weil sie nach dem Ende der Ferien täglich den Kindern hinterherweinte, die einen Sommer lang ihre Spielkameraden gewesen waren und sie nun auf einmal jeden Morgen allein ließen, um zur Schule zu gehen. Und obwohl sie sechs Wochen nach Beginn des Schuljahres eingeschult wurde, war sie am Ende unter den Klassenbesten.

Mögen meine Kinder eine gute Schulbildung bekommen wie ihre Tanten und nicht wie ich die Grundschule im Nachhinein per Fernstudium abschließen müssen, nachdem sie schon verheiratet sind, betet Gül. Sie hatte bei den Abschlussprüfungen im fünften und letzten Jahr der Grundschule versagt und war sitzengeblieben. Doch anstatt es im nächsten Jahr noch mal zu versuchen, war sie nach den Sommerferien einfach nicht mehr in die Schule gegangen, und ihr Vater hatte sie bald darauf zur Schneiderin Esra geschickt, damit sie etwas lernte.

Heute zuckt der Postbote mit den Schultern.

– Tut mir leid, sagt er, es ist kein Brief für Sie dabei.

Gül wartet nicht erst auf die Antwortbriefe, die sie bekommen müsste, sie schreibt alle paar Tage einen und hat so fast täglich die Hoffnung, dass eine Antwort kommen könnte. Jeden Tag in der Woche sieht sie der Postbote am Zaun stehen, nur wenn es stark regnet, wartet Gül am Fenster der Wohnstube, das zur Straße hinausschaut.

Worte, sagt sie sich, es sind immer nur Worte, die gegen die Sehnsucht helfen müssen. Wenn man niemanden hat, den man kosen und drücken kann, dann sucht man Zuflucht bei den Worten.

Auch der Kalender an der Wand scheint ihre Sehnsucht zu besänftigen, der Kalender, an dem sie jeden Tag ein weiteres Blatt dieser Trennung abreißen kann.

Noch fünf Monate, nur noch fünf Monate, dann werden sie in die Türkei fliegen, sie wird ihre Kinder wiedersehen und sie hören können, schmecken und spüren, sie wird endlich wieder den Duft ihrer Töchter in der Nase haben.

Über ein Jahr ist sie nun schon in Deutschland, und wenn sie sich umblickt, erscheint ihr diese Zeit lang und schwer, besonders in der kleinen Wohnung. Mit dem Umzug in die Heimstraße scheint alles etwas leichter geworden zu sein.

Diese Arbeitsstellen, bevor sie in der Wollfabrik angefangen hat, die Stunden in der Küche, die sie nie vergessen wird, der Besuch beim Arzt, das Gesicht Fuats, als er sagte: Er hat Baby gesagt, oder? Das Wort hast du doch schon mal gehört? Was gibt es denn da nicht zu verstehen?

Ihre Erleichterung, als sie das Blut sah, ihr Traum, der sie tagelang begleitet hat, die Minuten unter den Hühnern.

Es kommt ihr vor, als hätte sie viel gelebt und wäre gealtert, und sie wünscht sich, dass ihre Töchter noch genauso sind, wie sie waren, als sie sie verlassen hat, auch wenn Ceyda nun schon schreiben kann, auch wenn ihr das Bild, wie Ceren sich das Gesicht zerkratzt, immer noch so schwer auf dem Herzen liegt, als wäre es ein Amboss in der Schmiede ihres Vaters.

– Komm, bleib doch noch fünf Minuten im Bett, sagt meiner immer, beschwert sich Ela, eine Arbeitskollegin von Gül. Der wacht auf nach seiner Nachtschicht, und wenn ich schon längst aufstehen und zur Arbeit muss, bettelt er, fasst mich noch mal hier und da an, damit ich bei ihm bleibe.

– Meiner ist genauso, sagt Huri, immer wenn ich zur Arbeit muss, heischt er noch nach Minuten.

– Ach, die Männer, die sind doch alle gleich, sagt Işık, glaubt ihr etwa, meiner wäre anders? Wenn es nach dem ginge, würde ich jeden Tag zu spät kommen.

Gül beißt in das Brot, an dessen Geschmack auch sie sich immer noch nicht gewöhnt hat, und schweigt.

Es gefällt ihr, hier in der Fabrik zu arbeiten. Sie ist nicht zu groß, die Arbeit ist nicht zu schwer, und Gül braucht zu Fuß kaum zehn Minuten bis hierher, der Weg ist einfach, und es arbeiten etliche junge Türkinnen hier in der Kämmerei, auch Griechinnen, Spanierinnen und Jugoslawinnen. Doch das Gespräch gerade wühlt etwas in Gül auf, das ihr überhaupt nicht gefällt. Sie tut so, als würde sie jeden Bissen ihres mitgebrachten Brotes genießen.

Sie hat Fuat geheiratet, weil sie es wollte. Es hatten noch andere Männer bei ihrem Vater um ihre Hand angehalten, und sie hatte Nein gesagt. Sie hat Fuat geheiratet, weil sie es wollte. Sie wollte raus aus dem Haus ihres Vaters, damit es den Schwestern besserginge, damit da ein Magen weniger zu füllen wäre. Fuat ist der jüngere Bruder ihrer Stiefmutter, sie kannte ihn und sie hat geglaubt, es würde ihr leichter fallen, bei jemandem zu sein, der nicht so fremd ist.

Fuat sah gut aus, er war einer der attraktivsten Männer in ihrer Stadt, das sagten auch andere Frauen, er hatte damals noch volles Haar, in dem die Brillantine glänzte, und er legte Wert auf seinen Anzug, er hatte einen Beruf gelernt und schien eine Familie ernähren zu können.

Gül hat nicht gewusst, wie viel Fuat trank und spielte, aber viele Männer haben diese Laster, zumal die jüngeren, Laster, die man gemeinhin schlechte Angewohnheiten nennt, und Gül hat nie geglaubt, dass es ihr anders erginge als anderen Frauen.

Aber ihr Mann bittet sie nie, noch einige Minuten im Bett zu bleiben. Im Gegenteil. Er sagt immer: Auf, auf, du musst zur Arbeit. Das hier ist Deutschland, da kann man nicht einfach zu spät kommen, hier hat alles eine Ordnung und eine Zeit. Arbeit ist Arbeit, und Schnaps ist Schnaps. Los, los, scheucht er sie.

Den Rest des Tages redet Gül kaum mit ihren neuen Freundinnen, sie macht ihre Arbeit und gibt sich den Anschein, dass ihr das mehr Konzentration abverlangt, als es der Fall ist.

Am nächsten Tag hat sie die Sache schon fast vergessen, als Fuat sie wieder drängelt: Auf, auf.

Dabei kommt sie nie zu spät. Als Kind hat sie öfter getrödelt und die Zeit vergessen, doch das ist vorbei, selbst wenn Fuat nie etwas sagte, sie würde immer pünktlich sein. Es kränkt sie, dass Fuat das offensichtlich nicht weiß. Sie schmiert sich zwei Brote mehr als sonst.

– Heute wieder dasselbe, sagt Huri später in der Pause, dieser Mann packt mich am Rockzipfel und will mich noch mal zurück ins Bett ziehen.

Vierzehn Tage lang hört Gül sich diese Geschichten an. Sie kann sich nicht mal über die beiden Hühner freuen, die Fuat mit nach Hause bringt. Ihre Lichtblicke sind die Momente am Zaun, wenn der Postbote ihr schon von weitem zulächelt und ein Nicken andeutet. Dann ist alles andere egal, dann geht es ihr so wie Fuat, wenn er betrunken ist, doch in diesen zwei Wochen schaut sie öfter als sonst ihren Mann an und versucht zu begreifen, ob er vielleicht anders ist als die Männer anderer Frauen. Er zögert nie, sie aufzuwecken, wenn er ein Verlangen hat, aber er hat sie noch nie gebeten, im Bett zu bleiben.

Nach vierzehn Tagen sagt Gül zu ihren Freundinnen:

– Ja, aber wenn sie wieder und wieder bitten, dann bleibt doch einfach mal da. Tut ihnen den Gefallen. Was soll schon passieren, wenn ihr einmal zu spät kommt? Seht euch Rocío an, der passiert ja auch nichts.

Rocío ist dürr, quirlig und redet viel. Wenn ihr Deutsch nicht ausreicht, redet sie auf Spanisch weiter. Sie scheint zu glauben, wenn sie nur eindringlich und schnell genug spreche und dabei ausreichend gestikuliere, werde man sie schon verstehen.

Auch Rocío wohnt mit ihrem Mann und ihren Kindern in der Heimstraße. Gül hat Rocío noch nie gehen sehen, diese Frau scheint immer in Eile, bewegt sich zügig, raucht hastig, kommt aber regelmäßig erst nach Arbeitsbeginn. Nur ihr Mund ist schneller als ihre Füße.

– Es wäre doch nur nett, oder?, sagt Gül. Probiert es doch mal.

Dabei hat Gül keine Hintergedanken, sie ist einfach neugierig, sie möchte wissen, was es ist, das Fuat von den anderen unterscheidet.

Nicht im Geringsten hat sie damit gerechnet, dass Huri und Ela am nächsten Tag nicht nur pünktlich, sondern offenbar verdrossen zur Arbeit kommen. Sie sehen aus, wie Gül die letzten Tage hoffentlich nicht ausgesehen hat, obwohl sie sich so fühlte.

– Was ist geschehen?, will Gül ehrlich überrascht wissen.

– Ach, sagt Ela, ich bin ins Bett, und nach zwei Minuten sagt er schon: Aber nicht, dass du zu spät kommst.

– Meiner genauso, hat mir einen Klaps auf den Hintern gegeben und gesagt: Die Arbeit ruft, sagt Huri.

– Meiner hat heute gar nicht gefragt, sagt Işık, aber ich ahne schon, was passieren wird.

Gül tut es leid, dass sie ihre Freundinnen in so eine Situation gebracht hat.

– Verzeiht, sagt sie, ich konnte nicht ahnen …

– Schon gut, sagt Huri, es ist ja nicht deine Schuld.

Gleich, denkt Gül, sie sind doch alle gleich. Der einzige Unterschied ist, dass Fuat nicht schmeicheln kann. Wenigstens verstellt er sich nicht.

Und obwohl sie nun auf einmal gut gelaunt ist, fühlt sie sich gleichzeitig schuldig und bereut es, den dreien so etwas vorgeschlagen zu haben.

Huri, Işık, Ela und einige andere Frauen aus der Siedlung sitzen oft an den Wochenenden in einer der großen Küchen beisammen. Man trifft sich mal hier und mal da, aber nie zu häufig hintereinander bei derselben, damit man ihr nicht zur Last fällt. Wenn die Männer dabei sind, sitzen sie in der Stube, die kleiner ist als die Küche, rauchen, spielen Karten, manchmal läuft ein Radio, ein Tonband oder gar ein Kassettenrecorder, es gibt Tee und spätestens nach Einbruch der Dunkelheit auch Alkohol.

Wenn es das Wetter zulässt, sitzt man in einem der Gärten, und Gül fühlt sich dann an das Sommerhaus ihres Vaters erinnert, selbst wenn dort der Garten fünfzigmal so groß war. Man saß abends auf den Treppenstufen vor den Häusern, strickte oder häkelte, ratschte und klönte, knabberte Sonnenblumenkerne und lauschte dem Radio von Güls Vater, der lange Zeit als Einziger in der Straße so ein Gerät besaß und einen Lautsprecher auf das Dach seines Hauses gestellt hatte, weil er den ständigen Besuch leid war.

In der Heimstraße sind alle beisammen wie damals in der Türkei. Hier kann man vor die Tür gehen und sich besuchen, es ist nicht so wie bei Suzan und Murat, in deren unmittelbarer Nachbarschaft kaum Türken wohnten. So hatte Suzan es Gül geschrieben. Murat hatte bereits im Zug auf dem Weg nach Deutschland einige Freundschaften geschlossen, Freundschaften, die sogar fortdauerten, als sie längst in Neapel wohnten.

Solange sie in Deutschland waren, schrieben Suzan und Murat ihren Freunden, die in nahegelegenen Orten lebten, am Mittwoch eine Postkarte, dass sie Samstag kämen. Und wenn bis Samstag keine Absage zurückkam, dann lohnte es sich, den Weg auf sich zu nehmen.

Bei den Zusammenkünften in der Heimstraße begreift Gül erst wirklich, was Fuat meinte, als er sagte, das hier sei ihre Militärzeit. Sie trifft nicht nur Frauen aus den verschiedenen Regionen der Türkei, hört nicht nur von ihr fremden Bräuchen, die verblüffen oder gar erschrecken, wird nicht nur geübt darin, die verschiedenen Akzente auseinanderzuhalten, sondern sie lernt erst hier Neid und Missgunst richtig kennen, Heimtücke und Verschlagenheit.

Anfangs raten die Frauen, wo sie herkommen, Havva, eine Istanbulerin, sagt zu Mevlüde, einer Frau aus Kayseri:

– Du sprichst so breit und kräftig und auch ein wenig derb, du kommst bestimmt aus Anatolien, oder nicht?

– Ja, sagt Mevlüde, und Gül, weißt du, woher sie kommt?

– Die formuliert immer ganze Sätze und macht keine grammatikalischen Fehler, sie hört sich zwar nicht so an, aber ich würde sagen, sie kommt am ehesten wie ich aus Istanbul.

– Was Istanbul?, braust Mevlüde auf. Zwei Stunden von uns entfernt wohnt die, wie kommst du denn jetzt auf Istanbul, das ist ja am Arsch der Welt, du hast ja echt keine Ahnung, kommst hierher aus deinem feinen Istanbul, aber sobald du den Mund aufmachst, kommt da nur Schwachsinn raus, und dieser Schwachsinn ist ein richtiger Fluss und kein kleiner Bach.

Alle sind erstaunt über diese Reaktion, und Gül versucht, Mevlüde zu beschwichtigen:

– Mevlüde, mein Herz, es ist doch gar nichts passiert, worüber man sich aufregen müsste. Havva hat selber gesagt, ich höre mich nicht so an.

– Ach, ihr mit eurer komischen Raterei, sagt Mevlüde nun, ist doch egal, wo jemand herkommt, oder?

– Klar, sagt Gül, wir sind alles Türken, wir sprechen dieselbe Sprache. Aber noch wichtiger, wir sind alles Menschen. Es gibt gar keinen Grund, so harsch zueinander zu sein. Wir sitzen hier alle im selben Boot.

Doch auch wenn sie alle im selben Boot sitzen und alle eines Tages im selben Meer untergehen werden, was für die eine wahr ist, ist für die andere bloß eine Geschichte mehr. Wo die einen jeden Tag Fisch zum Frühstück gegessen haben, haben andere ihn höchstens in Schulbüchern gesehen.

Als Gül Mevlüde besser kennenlernt, glaubt sie zunächst zu verstehen, warum die junge Frau aus Kayseri so schnell schäumt. Ihr Mann verliert den Verstand. Ob das an Deutschland liegt, an Mevlüde, an seinen Genen, an seiner Geschichte, wer kann das schon so genau sagen.

Du streust mir Chili in die Unterhosen, beschuldigt Serter seine Frau, du hast meine Mutter verhext, nun schreibt sie mir nicht mehr, du hast mich mit einem Fluch belegt, dass ich dauernd Verstopfung habe, jeden Tag bezichtigt er sie einer neuen Sache.

– Seine Mutter ist Analphabetin, sagt Mevlüde, sie hat in ihrem Leben nichts geschrieben, noch nicht mal ihren Namen, geschweige denn einen Brief. Dieser Mann wird von Tag zu Tag umnachteter. Wir müssen uns trennen, so geht das nicht.

Seine Arbeit erledigt Serter ohne Probleme, aber er hat Wahnvorstellungen und ist überzeugt davon, dass seine Frau ihn töten möchte. Mevlüde kocht vormittags, bevor sie zur Spätschicht geht, Essen, und wenn sie spätabends heimkommt, hat Serter nicht mal gekostet, sondern das gesamte Essen fortgekippt, weil er genau gesehen habe, wie seine Frau Gift reingemischt hat.

– Dabei war er im Bett, sagt Mevlüde, die Wanzen haben

auf seinem Hintern Tänze aufgeführt, so tief hat er geschlafen. Er muss raus, fort aus meiner Wohnung.

Serter beginnt tatsächlich, sich eine Wohnung zu suchen.

– Ich will nicht mehr mit ihr zusammenleben, sagt er, eines Morgens werde ich einfach nicht mehr aufwachen, nur weil diese Hexe nichts als meinen Tod im Sinn hat.

Die Rollen der Wagen, mit denen sie bei der Arbeit die Wolle befördern, blockieren häufig, weil überall Flusen rumfliegen, die sich um die Räder wickeln. Rocío tritt immer gegen die Wagen, und man hört Worte aus ihrem Mund, die spanische Flüche sein müssen. Einige Frauen beugen sich vor und schieben den Wagen mit ihrem gesamten Gewicht vorwärts. Das versuchen sie so lange, bis es sich nicht mehr umgehen lässt, sich um die Wollbüschel an den Rollen zu kümmern. Das Erste, was Gül tut, wenn ihre Schicht anfängt, ist, die Rollen aller Wagen freizumachen.

– Ich will arbeiten mit diesen Wagen, sagt sie, ich möchte mich nicht mit ihnen herumärgern, die sind dazu da, zu fahren, und das sollen sie auch tun.

– Du bist ein Idiot, sagt Mevlüde zu ihr, die anderen verspulen die Rollen, und du legst sie wieder frei, du schuftest für andere.

– Ich mache mir die Arbeit leichter, entgegnet Gül.

In den Tagen, in denen Serter bereits eine Wohnung sucht, wird Gül Zeugin, wie sich Mevlüde voller Wut gegen einen blockierenden Wagen stemmt, das Gesicht schon rot, die Zähne fest aufeinandergebissen. Es ist kurz vor Schichtende, und Mevlüde möchte das Freilegen der Rollen wohl der nächsten Schicht überlassen. Mit einer letzten Anstrengung drückt sie ihr Gewicht gegen den Wagen, als ihr ein Fuß wegrutscht und sie mit dem Gesicht gegen die Kante des Wagens fällt.

Zunächst schaut sie nach links und rechts, und als sie sich umdreht, um hinter sich zu sehen, wendet Gül sich schnell wieder ihrer Arbeit zu. Mevlüde soll nicht glauben, sie würde sich über das Missgeschick freuen, denn das tut sie nicht, wirklich nicht. Und die Sache scheint Mevlüde ja peinlich zu sein, warum sonst sollte sie sich umschauen und keinen Ton von sich geben, wenn sie sich weh getan hat.

Am nächsten Tag ist Mevlüdes Wange geschwollen, und unter ihrem Auge ist ein leichter Bluterguss.

– Als würde es nicht reichen, dass er mein Essen fortkippt und versucht, mich mit seinen ewigen Beschuldigungen um den Verstand zu bringen, schimpft sie, als würde es nicht reichen, dass er nicht auszieht, jetzt schlägt der Mann mich auch noch.

Einige Frauen bemitleiden sie und sagen, dass man mit diesem Verrückten nie sicher sein kann, vielleicht schneidet er ihr nachts im Schlaf einfach die Kehle durch, das hat es alles schon gegeben. Nur Gül sagt:

– Mevlüde, dein Mann sucht tatsächlich eine Wohnung, das geht hier nicht so schnell, das habe ich am eigenen Leib erfahren. Hab doch ein wenig Geduld mit ihm. Auf vierzehn Tage mehr oder weniger kommt es jetzt auch nicht mehr an. Er wird gehen, und du wirst deinen Frieden haben.

– Wenn ich dann noch lebe, belfert Mevlüde.

Erst auf dem Heimweg, als kein anderer dabei ist, sagt Gül zu Mevlüde:

– Schau mal, Schwester, wir müssen ehrlich sein. Aufrichtigkeit beschert uns Frieden. Eines Tages werden wir alt sein, und dann soll nicht unser Gewissen uns quälen. Wir wollen in Ruhe gehen, wenn der Engel des Todes uns holt. Er soll uns mit einem Lächeln vorfinden. Und das wird er nur, wenn wir uns bemühen, lautere Menschen zu sein. Es führt kein Weg an der Aufrichtigkeit vorbei. Das gebietet uns unsere Religion, ach, die Menschlichkeit gebietet uns das. Es ist nicht immer leicht, aber wir müssen ehrlich sein.

Mevlüde sieht sie an, erstaunt und unschuldig sieht sie aus.

– Vielleicht solltest du ein Buch schreiben, wenn du so schlau bist, sagt sie. Und danke dem Herrn dafür, dass er dich nicht mit so einem Mann wie Serter gestraft hat. Dann könntest du nicht so klug daherreden. Schau doch, wie er mich zugerichtet hat.

Fuat sitzt mit Bleistift und Papier am Küchentisch, addiert, subtrahiert, schreibt und streicht Zahlen, und am Ende legt er den Stift beiseite, zündet sich eine Zigarette an, schmeißt die Packung auf den Tisch und lehnt sich zurück.

– Kaum fassbar. Da läufst du herum und machst und tust und besorgst deinen Leuten einen Flug nach Hause zu ihren Liebsten, die sie vermissen, du reißt dir ein Bein aus, damit sie nicht mit dem Zug oder Auto fahren müssen, und am Ende bist du immer noch davon entfernt, ein reicher Mann zu sein. Weit entfernt. Ich komme mir vor, als sei ich ein Wohltätigkeitsverein. Flugtickets zu verkaufen ist doch nicht das Wahre. Gerade mal unseren eigenen Flug kriegen wir raus und dafür die ganze Lauferei.

Er schnappt sich einen Kugelschreiber, während Gül gerade Teig für Lahmacun knetet, und füllt einen Lottoschein aus.

– Noch einen?, fragt Gül.

– Ja, noch einen, die Plackerei nützt ja nichts.

– Das ist der vierte Schein heute.

– Und den fünften werde ich auch noch ausfüllen. Das erhöht unsere Chancen. Je mehr du spielst, desto höher die Wahrscheinlichkeit, dass du absahnst. So einfach ist das. Ist nicht wie am Pokertisch. Und Geld, Geld kann man nicht immer nur horten, horten, horten, davon wird es nicht mehr. Was glaubst du, wie ist dieses Land so reich geworden?

Weil die Menschen fleißig sind, könnte Gül sagen, weil sie ihre Zeit nicht mit Glücksspiel verbringen, mit Whisky-Cola und damit, ihr Mofa reparieren zu lassen, das sie im Suff gegen den Stall gesetzt haben, so dass die Hühner vor Schreck vier Tage lang keine Eier mehr gelegt haben.

Sie könnte sprechen, aber wenn sie so schlau ist, könnte sie ja auch ein Buch schreiben. Oder mal den Mund halten.

Doch was soll sie sich aufregen. Auf dem Tisch neben den Lottoscheinen und dem Zettel liegen zwei Flugkarten. Auf beiden steht dasselbe Datum und dieselbe Uhrzeit, auf einer steht Fuats Name, auf der anderen ihr eigener. Sie werden in Hannover ins Flugzeug steigen, und drei Stunden später werden sie in Istanbul aussteigen. Vom Flughafen werden sie ein Taxi zum Busbahnhof nehmen und dann mit dem Bus nach Hause fahren.

Mit dieser Aussicht lässt sich die Sehnsucht ertragen. Mag Fuat Lotto spielen, so viel er möchte. Bald wird Gül mit ihren Töchtern vereint sein, so Gott will, und sie wird sie nicht mehr alleinlassen, nie wieder, bis ihre Töchter irgendwann groß genug sind, um ihren eigenen Weg zu gehen.

Herr, du hast mich am Leben gelassen, wie ich dich gebeten habe, aber ich wollte dieses Leben nicht für mich, was soll das für ein Leben sein, wenn man es nur für sich allein lebt, denkt sie.

Seit sie im Haus ihrer Schwiegermutter in dieses Loch im Keller gefallen ist und Todesangst gehabt hat, hat Gül nicht mehr vergessen, wie kurz die Atemzüge eines Menschen bemessen sein können.

Herr, vereine mich mit meinen Töchtern, und lass mir dieses geliehene Leben, bis ich gehen kann, ohne mich nach ihnen umblicken zu müssen. Herr, wenn es dein Wille ist, werde ich bald meine Töchter sehen.

– Was lächelst du so?, fragt Fuat.

Gül nimmt ihren Blick von den Flugkarten.

– Mir ist nur gerade was eingefallen, sagt sie.

Die Brauntöne der Ebene streicheln ihre Augen. Ach, was habe ich das vermisst, denkt sie, das satteste Grün Deutschlands ist nicht so warm wie das tristeste Braun hier.

Im Bus sitzt hinter ihnen ein junges Paar. Aus ihren Gesprächen kann Gül entnehmen, dass auch sie Zeit in Deutschland verbracht haben, noch mehr Zeit als sie, fast zweiundzwanzig Monate, und auch die beiden haben zwei Töchter, die sie zurückgelassen haben, bei der älteren Schwester der Frau. Die Kleine war gerade ein halbes Jahr alt, die Große zwei.

– Nun wird die Kleine schon größer sein als ihre Schwester damals, sagt die Frau.

Je weiter sie fahren, desto mehr spricht sie, je mehr sie spricht, desto weniger Themen hat sie. Seit über einer Stunde malt sie sich nun in allen Farben aus, wie sehr die beiden wohl gewachsen sind und wie es sein wird, sie endlich wiederzusehen.

Fuat hat den Fensterplatz und döst vor sich hin. Gül ist froh, zum einen, weil die Worte der Frau sie ablenken von ihren eigenen Gedanken, und zum anderen, weil die Frau in der gleichen Situation ist wie sie.

Das ist das Gefühl, das einen leben lässt, sich nicht allein zu fühlen. Wissen, dass es noch andere gibt, die gezwungen sind, die Welt vom selben Punkt aus zu betrachten.

Jahrzehnte später wird Gül sagen: Das ist eine gute Sache, dieses Internet, man kann immer Leidensgenossen finden, doch im Moment reicht es ihr vollkommen, die Frau hinter sich zu hören.

Ein Auto überholt hupend den Bus, als es noch etwa eine Stunde Fahrt bis zu ihrer Heimatstadt ist. Kurz darauf hält der Bus am Straßenrand hinter dem Auto, das Gül durch die große Frontscheibe sehen kann.

– Sie hatten doch gesagt, sie wären am Busbahnhof, sagt die Frau hinter Gül.

Nein, quiekt es fast, ihre Stimme ist auf einmal zittrig und hoch, und schon läuft sie durch den Gang, während man hört, wie vorne die Tür des Busses aufgeht.

Aus dem Auto sind ein Mann und eine Frau gestiegen und zwei kleine Mädchen in blauen glänzenden Kleidchen und mit roten Schleifen im Haar.

Gül reckt den Hals, um besser sehen zu können.

Die Frau stolpert auf den Stufen des Busses und fällt fast der Länge nach auf die Erde. Ihr Mann, der hinter ihr hergelaufen ist, kann sie gerade noch am Arm fassen.

Der ganze Bus ist auf einmal unruhig, alle wollen sehen, was nun geschieht.

Gül steht nicht auf wie einige andere, doch sie kann von ihrem Platz aus sehen, wie die Frau auf die Knie fällt und ihre beiden Töchter gleichzeitig umarmt, sie kann sehen, wie der Rücken der Frau zuckt, und auch ihr kommen die Tränen.

– Was ist denn los?, fragt Fuat verschlafen.

Werde ich meine beiden auch so umarmen, werde ich auch so weinen, werden sie Ceyda und Ceren auch so herausgeputzt haben, werde ich überfließen und vergessen, wo mein Körper aufhört.

– Was flennst du denn?

Gül wischt sich die Tränen aus den Augen.

– Sie haben sie überrascht. Das Paar hinter uns. Sie haben ihnen ihre Töchter mit dem Auto gebracht, sie haben nicht am Busbahnhof gewartet.

Das ist doch kein Grund zu heulen, könnte Fuat nun sagen. Gül würde es nicht wundern. Er nickt langsam.

– So ist das Leben, sagt er, zu Hause rechnest du herum, und draußen hast du auf einmal mit anderen Zahlen zu tun. Man weiß nie, was Gott für einen bereithält.

Gül sieht ihn an. Es macht ihn weich, denkt sie, er würde es nie zugeben, aber es macht ihn weich, nach Hause zu kommen.

Wer kann schon ahnen, dass in einigen Jahren genau das Gegenteil passieren wird, wenn er in die Türkei kommt.

Als er vom Tod seiner Frau erfuhr, morgens beim Frühstück, hat Güls Vater den Löffel, den er gerade in der Hand hielt, gegen die Wand geschleudert. Gül war sechs Jahre alt, sie hatte an der Tür gehört, dass ihre Mutter tot war, doch erst als sie die Reaktion ihres Vaters sah und das Geräusch des Löffels hörte, bekam sie eine Vorstellung davon, wie unvorstellbar das Geschehene sein musste. Das Geräusch des Löffels an der Wand wird sie ihr Leben lang nicht vergessen.

Ein Klang, der ihr den Boden unter den Füßen weggezogen hat. Aber nicht damit sie schwebt, sondern fällt, ohne je aufzukommen.

Und sie wird nie wieder vergessen, wie Ceyda *Mama* gerufen hat, am Busbahnhof, bevor sie ihr in die Arme lief.

Mama.

Wenn du so schlau bist, dann schreib doch ein Buch, hat Mevlüde gesagt, aber die Worte in den Büchern haben wenig Kraft, weil ihnen der Klang fehlt.

Mama.

Vier Buchstaben, aus denen Gül achtzehn Monate heraushören kann.

Mama.

Mit einer Stimme, die nicht Ceydas zu sein scheint.

Mama.

Ein Klang, der Gül mehr erzählt, als sie im Moment wissen möchte.

Mama.

Ich war hier allein, bitte lass mich nie wieder so zurück, ich brauche dich, die kümmern sich nicht gut genug um mich, ich verliere hier den Mut, Mama, was habe ich nur getan, dass du fort bist, Mama, geh bitte nie wieder weg.

Mama.

Das alles hört Gül, und es ist nicht wie damals beim Klang des Löffels, dieses Mal begreift sie schneller, was geschehen ist.

Und doch ist es ist genauso, die Welt tut sich auf, und nirgends ist Halt. Mama.

Aus den Briefen hat Gül nicht herauslesen können, was los ist. Sie hat sich über die kurzen Sätze gefreut, in denen Ceyda beschrieb, was sie gemacht hatte und wie sehr sie sich nach ihrer Mutter sehnte.

Es gibt so viele Arten der Sehnsucht, wie hätte Gül die richtige aus den kindlichen Buchstaben herauslesen sollen.

Es gibt so viele Arten der Sehnsucht, wie hätte Gül nicht die richtige aus der Stimme ihrer Tochter hören sollen.

Gül weint. Sie weint nicht wie die Frau am Straßenrand. Sie weint auch, als sie Ceren in ihre Arme schließt, die fast nichts mehr mit dem Kind gemein hat, das sich am Fuße der Treppe das Gesicht zerkratzt hat. Sie scheint es etwas leichter gehabt zu haben, denkt Gül.

Und auch als sie ihren Vater umarmt, weint Gül.

Jeden Morgen hat sie ihr Vater besucht, nachdem Gül verheiratet war und im Haus ihrer Schwiegereltern wohnte. Als Fuat achtzehn Monate beim Militär war, hatte sie ihn nur gesehen, wenn er Urlaub hatte, ihren Vater hingegen jeden Tag. Als Fuat nach Deutschland gegangen ist, hat sie ihn fast ein Jahr lang nicht gesehen, doch von ihrem Vater wurde sie erst getrennt, als sie Fuat folgte.

Anderthalb Jahre hat sie ihn nun nicht mehr gesehen.

Ihre Mutter ist schon so lange tot, sie ist die Älteste der Geschwister, und sie hat das Gefühl, dass da nur noch ihr Vater ist, der die Schläge dieses Lebens dämpfen und ihr Halt geben kann. Wenn auch er eines Tages tot ist, wird sie diesem Leben noch schutzloser ausgeliefert sein, dann wird es keinen Rückhalt mehr geben. Das ahnt sie, und daran denkt sie, als sie den Geruch ihres Vaters tief einatmet, nach säuerlichem Schweiß, fruchtbarer Erde, dem billigen Stoff seines Anzugs, dem Eisen, dem Rauch und Ruß des Feuers. Kein Wunder, dass ihr Vater Schmied ist, nirgendwo als bei ihm könnte ihr so viel Wärme bis ins Mark dringen.

Alle fragen Gül, wie es denn dort ist und wie es ihr gefallen hat, und Gül lügt nicht. Sie erzählt, was sie gesehen und erlebt hat, doch die Stunden in der Küche und die vielen Tränen verschweigt sie, der Schmerz und das Heimweh sind nun fast vergessen.

– Man kennt sich nicht aus, sagt sie, mit dem Geld nicht und mit den Preisen auch nicht. Wenn sie Birnen verkaufen, dann ist da ein Schild, auf dem steht, wie teuer sie sind. Und dann kaufst du ein Kilo, bezahlst aber das Doppelte. Ich habe erst nach und nach verstanden, dass die in halben Kilos messen und Halbkilopreise auf ihre Zettel schreiben.

Solche Geschichten hören die Leute gerne und solche über die Sauberkeit der Straßen, die Vorstellung von Asphalt und Ordnung spricht die Menschen an.

Gül verschweigt den Zustand der Heimstraße und auch sonst das eine oder andere, aber Fuat sagt ja auch nicht: Leute, bleibt hier, dort buckelt man sich krumm, da werden Pausen auf die Minute genau eingehalten, und es gibt kein Pardon und keine verlängerten Plaudereien.

Er erzählt nicht den Witz, der unter Ausländern kursiert, wo ein Arbeiter zum Meister kommt und sich beschwert: Chef, Schubkarre gehen immer quietsch, quietsch, quietsch. Und der Meister entgegnet: Nein, nein, in Deutschland gehen Schubkarren höchstens quietschquietschquietsch.

Viel lieber hält Fuat mit seinen alten Freunden nach einem Grundstück Ausschau und schwärmt, was sein Haus alles für Annehmlichkeiten haben wird.

Melike, Güls Schwester, ist die Einzige, die in diesem Sommer genauer nachfragt. Wie das ist mit dem Schichtdienst, wie lange man arbeitet, wie viel man verdient, was die Miete kostet, was ein Brot.

– Was Vater mir schickt, reicht hinten und vorne nicht, sagt sie, ich muss sogar die Zigaretten rationieren. Aber ich möchte dieses Studium beenden. Meinst du nicht, du könntest etwas dazu beisteuern?

– Natürlich, sagt Gül und fragt sich gleichzeitig, wie sie das bewerkstelligen soll. Fuat verwaltet das Geld und würde sagen: Haben wir sonst nichts zu tun, als deine Schwester zu unterstützen, die sich ein lotteriges Studentenleben in Istanbul leistet? Wahrscheinlich geht sie sogar auf die Straße und liefert sich Schlachten mit der Polizei, deine feine Schwester. Das kommt von diesen linken Ideen, davon werden die Leute faul, und das sollen wir unterstützen, solchen Leuten sollen wir den Rücken stärken?

Melike hat nie an Demonstrationen teilgenommen, aber in Fuats Augen ist sie verdorben, weil sie im Zug mit fremden Männern in einem Abteil gesessen und geraucht hat, weil sie in einem Studentenwohnheim wohnt, weil es in der verderbten Stadt so viele gefallene Frauen gibt und so viele Ideen, die das System gefährden.

Noch weiß Fuat nicht, dass Melike sich in einen Sportstudenten verliebt hat, den sie nächstes Jahr heiraten wird. Letztes Jahr im Sommer hat sie ihn hergebracht und ihrem Vater vorgestellt, der der Verlobung seinen Segen gegeben hat. So fortschrittlich wie der Schmied ist Fuat nicht. Eine Frau, die sich aus Istanbul einen Mann mitbringt. Kaum fassbar.

– Natürlich, sagt Gül, natürlich kann ich dich unterstützen, mach dir mal darum keine Sorgen.

Das Schwimmbecken ist vor über vier Wochen gefüllt worden, das Wasser ist schon ganz schlierig. In der Hitze ist bereits so viel verdunstet, dass es nicht mal hüfttief ist.

– Mama, können wir schwimmen gehen?, fragt Ceren.

– Schwimmen? Schwimmen? Reicht es nicht, dass du fast ertrunken bist in dem Becken? Hast du das schon vergessen?

– Als würde dich das kümmern, sagt Ceyda, die hinter ihrer kleinen Schwester steht und auch gerne schwimmen möchte.

Gefühle sind wie unsichtbare Menschen. Die Schuld ist heiß und schwer, sie legt sich auf Gül, als wollte sie sie erdrücken. Als Ceyda *Mama* gerufen hat am Busbahnhof, da war die Schuld nicht alleine da, da waren noch viele andere Gefühle, aber nun sitzt Gül dort und sieht ihre ältere Tochter an. Sie kann nicht reagieren. Was hätte sie tun sollen?

Komm, hat ihr Mann gesagt, komm, und lass die Kinder bei meiner Mutter, dort sind sie gut aufgehoben. Komm, wir arbeiten und verdienen Geld, damit die Kinder es mal besser haben als wir. Was ist ihr anderes übriggeblieben? Hat ihr nicht das Herz geblutet, diese anderthalb Jahre in Deutschland? Blutet es bei diesen Worten nicht viel mehr? Hat sie etwas getan, was andere Mütter nicht tun?

– Kommt, sagt sie und zieht zuerst Ceyda und dann Ceren auf ihren Schoß. Ihr seid mein Leben, ihr seid alles, was ich habe, alles würde ich für euch opfern, alles, versteht ihr. Wir gehen bald zusammen nach Deutschland, und dann werde ich euch nie, nie wieder alleinlassen.

Gül wird noch lernen, solche Versprechungen nicht zu machen.

– Für euch, für eure Zukunft, sind wir in dieses Land gegangen, sagt sie, wir wollten euch nicht weh tun und uns selbst auch nicht.

Sie will nicht weinen, sie will ihre Töchter nur halten, so fest, dass sie verstehen.

Später sitzt sie am Rand des Beckens und schaut zu, wie Ceyda und Ceren planschen. Wäre das Becken voll, hätte sie Angst. Wo in dieser Stadt hätte sie schwimmen lernen sollen?

Als sie so klein war, gab es keine Schwimmbecken, da haben sie am Bach gespielt, der ihnen höchstens bis zu den Knien ging, wenn sie ihn gestaut hatten.

In Deutschland gibt es Schwimmbäder, das hat sie gesehen, aber warum sollte man schwimmen lernen, wenn man nicht am Wasser wohnt?

Um meine Töchter zu schützen, denkt sie, ich sollte allein deshalb schon schwimmen lernen. Ob es die Schwimmbäder in Deutschland deswegen gibt, weil die Menschen ihre Kinder so sehr lieben?

Sie denkt an Fuat, der schwimmen kann. Er hat es beim Militär in einem See gelernt. Er kann schwimmen, aber hätte er es nur für seine Kinder gelernt?

In fast dreißig Jahren werden Gül und Fuat ein Haus am Meer haben, und Gül wird immer noch nicht schwimmen können.

Am Rande des Beckens isst Gül getrockneten Traubensaft mit Walnüssen. Sie kann nicht genug davon bekommen, sie isst viel, eigentlich den ganzen Tag, all die Sachen, die sie so lange vermisst hat.

Seitdem sie in der Wollfabrik arbeitete, hatte sie etwas abgenommen, aber in den fünf Wochen, die sie dieses Jahr in der Türkei sind, nimmt sie zu, so sehr, dass am Ende des Urlaubs alle Verwandten schon Bemerkungen darüber machen.

Auch Fuat legt zu, indem er jeden Abend nach dem Essen vor einer üppigen Platte kalter Speisen sitzt und sich mehrere Rakı genehmigt, wobei er gerne von Whisky-Cola redet und nicht müde wird zu erwähnen, dass er in Deutschland um diese Zeit auf der Arbeit wäre.

Gül wird dieses Mal nicht wieder mit einem Pappkoffer zurückfliegen, weil sie sich von Unwissenden hat erzählen lassen, dass es in Deutschland alles gibt. Sie wird getrockneten Traubensaft mitnehmen, Paprikamark, rote Linsen, Weizengrütze, Tarhana, einen gewürzten getrockneten Teig, aus dem man Suppe macht. Sie werden zwanzig Kilo Übergepäck haben, Fuat wird sich aufregen. Reicht es nicht, dass wir uns in Deutschland schiefbuckeln, müssen wir auch noch mit tonnenschweren Koffern reisen, wird er sagen. Doch er wird stolz auf sich sein, weil er am Flughafen nach einer endlos langen Diskussion und einem kleinen Taschengeld offiziell nichts nachzahlen muss.

Gewieft muss man sein, und seine Freude darüber, den Regeln ein Schnippchen geschlagen zu haben, wird stärker wiegen als der Ärger über seine wie für Notzeiten hortende Frau.

Zurück in Deutschland, wollen Fuat und Gül ihre Schichten so koordinieren, dass immer jemand zu Hause ist, der auf die Kinder aufpassen kann. Doch schon nach wenigen Vormittagen, die Fuat mit Ceren verbringt, sagt er:

– Das geht so nicht, wir brauchen eine andere Lösung, ich kann nicht meine Zeit mit so einem kleinen Kind verbringen. Sie hört nicht auf mich, tut nicht, was ich sage, und möchte dauernd etwas anderes. Ich bin ein erwachsener Mann, ich kann nicht den halben Tag lang mit ihr spielen.

Nadiye und Ozan wohnen nicht weit weg, und es ist Nadiye, die Gül anbietet, auf Ceren aufzupassen.

– Ich habe eh zwei kleine Kinder und bin daheim, eins mehr macht doch nichts aus, und sie ist ja schon groß, sie wird mir eine Hilfe sein und auf die beiden Jungs ein wenig achtgeben.

– Sollen wir ihnen Geld dafür geben?, könnte Gül Fuat nun fragen, aber sie nimmt das Angebot dankend an und bringt Nadiye öfter etwas mit, getrockneten Traubensaft, den man an der Schwarzmeerküste nicht kennt, oder sie macht ihr einen Teller, wenn sie Weinblätter gefüllt oder Börek gebacken hat.

– Was ist das eigentlich?, fragt Gül eines Tages, als sie Nadiyes Wäsche auf dem Balkon hängen sieht.

– Unterhosen, sagt Nadiye.

Gül sieht sie an.

– Bei uns an der Küste ist unwegsames Gelände, man kann schon mal stolpern und fallen, und damit es unter dem Rock nicht hervorleuchtet und aufreizt, tragen wir eben das.

Gül schaut auf die schwarzen Schlüpfer.

– Hat eine von deinen Nachbarinnen so etwas?

– Nein, die haben alle so weiße Dinger, die viel kleiner sind.

– Wie lange bist du jetzt schon hier?

– Zweieinhalb Jahre werden es nächsten Monat.

– Und du hast immer noch diese Schlüpfer, obwohl es hier immer und überall einen Gehsteig gibt? Wenn du mich fragst, gehört sich das nicht, sie vor so vielen deutschen Nachbarn auf den Balkon zu hängen. Wer weiß, was die denken.

Am nächsten Tag bringt Gül Nadiye ein Paket weiße Frotteeslips mit. Die sind nicht teuer, doch Gül hat sie von ihrem Haushaltsgeld gekauft, mit dem sie so haushält, dass etwas für Melike übrigbleibt.

Lange hat sie diskutiert mit Fuat, wie viel Geld man braucht für Essen, für Kleidung, für zwei Kinder, für Schulsachen für Ceyda, für Spülmittel und Putzlappen und was sie sonst noch alles aufgezählt hat, um ihren Mann zu überzeugen. Doch er hat das meiste mit einer Handbewegung abgetan, der Kleinkram kostet doch nichts.

Doch alles kostet etwas, vor allem in einem Land, wo man kaum anschreiben lassen kann, geschweige denn handeln. Wenn etwas zehn Mark kostet und Gül hat nur noch neun, oder selbst neun achtzig, dann kann sie es nicht kaufen.

Fuat nach zwanzig Pfennig zu fragen kann der Beginn eines Streits sein, den Gül als sinnlos empfindet, weil Fuat die zwanzig Pfennig schneller vertrinkt oder verspielt, als Gül sagen kann: Nur zwanzig Pfennig.

Ein Streit, der sinnlos ist, weil Fuat darauf besteht, dass Gül mit der vereinbarten Summe auskommen muss. Während er seinen Freunden gegenüber ständig seiner Spendierlaune nachgibt und in der Türkei vor allen Verwandten nichts Besseres zu tun hatte, als mit großzügigen Einladungen auf sich aufmerksam zu machen, ist er in den eigenen vier Wänden eher geizig.

Nadiye kann nicht ahnen, was Gül diese zwölf Frotteeslips gekostet haben.

Ceyda kommt jeden Tag aus der Schule, setzt sich an den Küchentisch und schaut hinaus in den Garten. In ihrer Hand hat sie einen Stift, doch sie schreibt nicht.

– Was soll ich denn machen?, fragt sie ihre Mutter. Die schreiben die Buchstaben anders, ich verstehe nichts, den ganzen Tag sitze ich da und langweile mich.

Gül erinnert sich daran, wie es für sie war, aus dem Dorf in die Stadt zu ziehen, von einem Klassenzimmer, in dem alle Klassen der Grundschule vom selben Lehrer unterrichtet wurden, in ein riesiges Gebäude, das voller Räume und Gänge war, so dass man sich verlaufen hat.

Natürlich ist Ceyda enttäuscht. Nachdem sie als eine der Ersten lesen und schreiben gelernt hatte und Briefe geschrieben hat, ist sie nun die Schlechteste in der Klasse. Sie kann sich nicht mal den Namen der Lehrerin merken. Und dennoch muss sie jeden Tag bis mittags in diese Schule.

Doch es ist gut, nicht mehr bei ihrer Oma zu sein, wo sie ständig im Haushalt helfen musste. Und die Winterjacke, für die ihre Mutter das Geld geschickt hatte, hat sie auch nicht bekommen. Ihre Oma hat zu ihrem Opa gesagt:

– Das ist gutes Geld, dafür können wir einen Pelz kaufen.

– Es ist für das Kind, nicht für dich, hat Faruk geantwortet.

– Ja, hat Berrin entgegnet, wir lassen ihr einfach aus meinem alten Mantel vom Schneider einen neuen machen. Sie ist ein Kind, sie ist doch nächstes Jahr wieder rausgewachsen, aber ich kann einen Pelz gut gebrauchen.

Und so wurde es gemacht.

Den halben Tag ist Ceyda in der Schule, aber wenigstens kann sie den Rest der Zeit bei ihrer Mutter sein. Obwohl sie sich nicht sicher ist, ob ihre Muter sie nicht jeden Augenblick wieder zurückschicken könnte.

Nach wenigen Wochen findet Ceyda Freundinnen in der Nachbarschaft, die mehr Deutsch können als sie und ihr helfen. Bald kann sie auch *Frau Schafenstein* sagen, wenn sie die Aufmerksamkeit ihrer Lehrerin möchte. Doch bis sie begreift, was Heimstraße eigentlich bedeutet, dass es etwas ganz anderes ist als Ulmengarten oder Pappelstraße, wird sie schon im fünften Schuljahr sein.

Etwas fehlt immer. Auch wenn Gül jetzt mit ihren Töchtern vereint ist, wie sie es sich ersehnt hat, auch wenn es den Postboten freut, dass es diese Frau anscheinend nicht mehr so sehr schmerzt, keinen Brief zu bekommen, auch wenn Gül eine Arbeit hat, auch wenn die Häuser in der Straße der Wollfabrik gehören und die Miete deswegen derart niedrig ist, dass sie viel sparen können, auch wenn Güls Vater manchmal zu den Gesucheschreibern vor dem Amt geht, um ihnen lange Briefe an seine Tochter zu diktieren, auch wenn die getippten Worte ihres Vaters Güls Herz erfreuen, etwas fehlt immer.

Es fehlen achtzehn Monate mit Ceyda und Ceren, und Gül versucht diese Lücke zu schließen, obwohl sie ahnt, dass das nicht möglich ist. So ist das Leben, wird sie später sagen. Du wirst Wasser holen geschickt, aber alles, was sie dir geben, ist ein Korb. Es gibt keinen Eimer, den man füllen könnte.

Nicht nur Zeit und Aufmerksamkeit möchte Gül ihren Töchtern geben, sie will etwas Greifbares, und sei es nur ein weiteres Gefäß, das kein Eimer ist. So steht sie vor den Regalen im Kaufhaus und weiß nicht, was das alles für Spiele sind in diesen bunten Verpackungen. Als Kind hat sie mit Steinen gespielt und auch später noch in der ersten Zeit in Deutschland mit Rafa, den sie nun schon lange nicht mehr gesehen hat. Sie hat mit Lehm gespielt, es gab Himmel und Hölle, sie sind Seil gesprungen, doch all das können Ceyda und Ceren auch.

Das wertvollste Spielzeug, das Gül und ihre Schwestern hatten, war ein Plastikball, den ihr Vater aus Istanbul mitgebracht hatte und den ihre Stiefmutter in einer Truhe unter Verschluss hielt und nur stundenweise herausgab.

Deswegen sind wir doch hier, denkt Gül vor dem Spielzeug, damit wir mehr kaufen können, damit wir unseren Teil an dieser Welt hier haben. Es gibt Puppen und Autos, Puzzles und Plüschtiere, kleine Plastikfiguren in Kartons und einen Kaufladen mit kleinen Schächtelchen, die allerdings leer sind.

Gül schaut auf die Preise, auf die Kartons, das Geld in ihrer Tasche, und schließlich nimmt sie eine Pappschachtel, auf der quadratische Karten mit verschiedenen Motiven abgebildet sind, die ihr gefallen, und eine Puppe. Melike wird diesen Monat etwas weniger Geld bekommen.

Zu Hause setzt sie sich mit Ceren in der Küche auf den Boden und packt das Spiel aus. Auf den Karten sind Bilder von Apfelsinen und Zitronen, Äpfeln und Kastanien, Federn und Eiern, genau das Richtige für ein Mädchen wie Ceren, denkt Gül, doch sie weiß nicht, warum alle Bilder doppelt sind. Während sie nun Ceren aufsagen lässt, was zu erkennen ist, versucht sie, die deutsche Anleitung zu lesen. Es gibt eine Anleitung auf Spanisch, die hätte Rafa lesen können, eine auf Italienisch, die hätte Suzan lesen können, aber keine auf Türkisch.

Das Deutsch ist ihr zu kompliziert, und Gül denkt, es ist doch für Kinder, können sie es nicht so schreiben, dass Kinder es verstehen. Doch wahrscheinlich liegt es an ihr, sie kann immer noch nicht genug Deutsch, um so ein einfaches Spiel zu begreifen. Oder es wurde in der Fabrik nicht richtig kontrolliert, deshalb sind alle Karten doppelt.

Gül beginnt einfach, die Bilder aufzuteilen, einen Apfel für

Ceren, einen Apfel für Mama, eine Muschel für Ceren, und was bekommt Mama nun?

Ceyda spielt draußen, und Fuat hat Spätschicht an diesem Tag und hat sich vorher noch mal hingelegt. Als er in die Küche herunterkommt, schreckt Gül hoch.

– Wie spät ist es?, fragt er, und noch ehe Gül antworten kann, fährt er sie an: Was habe ich dir gesagt, wann du mich wecken sollst? Und was machst du hier? Tust so, als seist du kaum älter als deine Tochter. Ist es denn wirklich zu viel verlangt, dass du mal fünf Minuten die Uhr im Auge behältst?

Ceren sitzt still am Boden, eingeschüchtert von ihrem schreienden Vater, während Gül aufgestanden ist und nun nicht weiß, wohin mit den Händen. Er hat recht, er hat vollkommen recht, also sagt sie:

– Entschuldige bitte, ich war so vertieft, das hätte nicht passieren dürfen. Verzeih, es wird nicht wieder vorkommen.

Als würde ihn das nur noch mehr anstacheln, wird Fuat noch lauter:

– Ich war vertieft. Wie alt bist du denn? Kaum fassbar. Vertieft in Kinderspiele. Wie alt bist du? Kannst du überhaupt schon die Uhr lesen?

– Du hast recht, murmelt Gül und sieht zu Boden.

– Was soll ich denn jetzt dem Vorarbeiter sagen, warum ich zu spät komme? Meine bescheuerte Frau hat mit meiner Tochter gespielt und darüber die Zeit vergessen? Der glaubt glatt, ich hätte nicht mehr alle Schrauben am Moped. In einem Haus wie diesem verliert man den Verstand, da kann doch kein Mensch normal bleiben. Du wolltest die Kinder hier haben, und nun, wo sie hier sind, vergisst du einfach deinen Mann. Und was kommt als Nächstes? Willst du mich rausschmeißen oder vergiften oder was?

Türknallend geht er aus der Küche, nimmt seine Jacke und macht sich auf den Weg zur Arbeit.

Gül erinnert sich, wie er sie einmal fast geschlagen hätte,

doch das ist Jahre her. Und daran, wie ihr Vater sie mal gefragt hat: Habe ich dich spielen geschickt, sag selbst, habe ich dich spielen geschickt? Jetzt habe ich das Wasser selber geholt.

Das ist noch viel länger her. Damals hatte sie über dem Spiel ihren Platz in der Schlange an dem öffentlichen Wasserhahn vergessen.

Seitdem scheine ich nicht viel dazugelernt zu haben, denkt sie. Ceren, die sich nun in Sicherheit vor ihrem Vater weiß, fängt an zu weinen.

Als Ceyda vom Spielen heimkommt, sagt Gül:

– Schau mal, da liegt etwas für dich auf dem Tisch.

Ceyda hebt den Karton hoch, den Gül in Geschenkpapier eingewickelt hat.

– Das hier?

– Ja, das.

– Was ist das?

– Mach es auf, dann siehst du es.

– Was ist da drin?, fragt Ceyda gelangweilt.

– Mein Lamm, da ist alles drin, was du möchtest, sagt Gül nun, wenn dir das, was heute drin ist, nicht gefällt, dann wird morgen etwas anderes drin sein.

Sie hat kein Geld, um noch mehr Spielzeug zu kaufen, und hofft, dass die Puppe ihrer Tochter gefallen wird.

Ceyda reißt das Geschenkpapier etwas widerwillig ab, doch Gül kann erkennen, wie sie versucht, ihre Freude zu unterdrücken, als sie die Puppe sieht. Dieser kleine Moment, in dem sich Entzücken im Gesicht ihrer Tochter widerspiegelt, entgeht ihr nicht.

– Wenn sie dir nicht gefällt, finden wir dir eine andere, sagt Gül, und genau wie ihre Tochter verbirgt sie ihre Freude in der Angst, Ceyda könnte diese mit Triumph verwechseln.

Jetzt, wo sie ihre Töchter bei sich hat, bahnt sich Güls Sehnsucht eine neue Richtung. Fast alle Nachbarn haben in der

Wohnstube gerahmte Schwarzweißfotografien, Familienbilder, auf denen alle vereint sind und ernst in die Kamera blicken, die Kinder, der Größe nach geordnet – die Jungen mit kurzen Haaren und Steinschleudern, die frech aus der Hosentasche lugen, die Mädchen in ihrem besten Kleid und mit akkurat geflochtenen Zöpfen –, die Männer in einem Anzug mit weiter Hose, die Mütze geradegerückt wie beim Militär, die Frauen mit faltenlosem Kopftuch, und die Beine, die man unter dem langen Rock nicht sehen kann, sind wahrscheinlich frisch enthaart. Wenn Gül doch auch ein Foto hätte, eins, auf dem alle Geschwister vereint sind.

Ganz links Melike, die zwar jünger ist als Gül, aber bereits mit zwölf Jahren größer war als ihre zwei Jahre ältere Schwester. Melike mit dem dunklen Teint ihrer Mutter, was man auf dem Foto nicht würde erkennen können, Melike, die als Kind nie auf ihren Vater oder auf Gül gehört hat, deren Wille immer stärker schien als die Widerstände, Melike, die als Einzige die Andeutung eines Lächelns in den Mundwinkeln hat und so wirkt, als würde sie gleich davonrennen, wenn der Fotograf endlich fertig ist. Daneben Gül mit einer Schleife im Haar, wie sie es auf dem Foto ihres Abschlusszeugnisses haben wollte, zwischen den Schultern der beiden ist eine Handbreit Platz. Rechts neben Gül Sibel, die als Kind oft krank war, aber ihre Ausbildung vor ihrer Volljährigkeit abgeschlossen hatte, so dass sie noch nicht als Referendarin hätte arbeiten dürfen, weswegen der Schmied ihr Geburtsdatum bei Gericht mit einem falschen Zeugen um einige Monate vorverlegt hat. Neben der dünnen Sibel steht Nalan, das erste Kind, das der Schmied mit seiner zweiten Frau Arzu gezeugt hat, ein weiteres Mädchen, aber was für eines. Nalan, die Hübsche, schon früh begannen die Männer ihr hinterherzuschielen, und als ihre Brüste wuchsen, schafften es nur wenige, den Blick von ihrem üppigen Dekolleté abzuwenden, woraufhin Nalan sich angewöhnte, die Schultern vorzuwölben und den Rücken rund zu machen. Und neben Nalan Emin, der die hellen Haare seines Vaters geerbt hat und dessen Augen zwischen Blau und Grün changieren. Der etwas verwöhnte Letztgeborene, der acht Jahre für die Grundschule gebraucht hat, die regulär nur fünf dauert, der aber keineswegs auf den Kopf gefallen ist und es später als Einziger in der Familie zu Reichtum bringen wird.

Ein Foto von den fünfen, der Größe nach geordnet, im Garten des Sommerhauses vor dem großen Maulbeerbaum, wenn Gül nur so ein Foto hätte, eines wie es die anderen auch besitzen, ein Foto wie ein weit offenes Tor zu den Erinnerungen, die einen glauben machen, man hätte in einem Paradies gelebt.

Waren sie je alle fünf gleichzeitig am Maulbeerbaum? Hat Gül sich nicht immer gekümmert um Melike und Sibel, weil sie ihnen die verstorbene Mutter ersetzen wollte. Hat sie sich später etwa weniger bemüht um Nalan und Emin. War sie je voll Ruhe und Frieden, weil sie das Gefühl hatte, alles getan zu haben, was sie konnte. Kam sie sich nicht auch stets überfordert vor, und sei es nur von ihren eigenen Ansprüchen.

Doch mit wem kann man sich so verbunden fühlen wie mit den eigenen Geschwistern? Mit wem sonst hat man so eng zusammengelebt, dass die Herzen gar nicht anders konnten, als sich zu berühren?

Wenn Gül nur ein Foto hätte, wie es nie gemacht worden ist, ein Foto, das wenigstens die Sehnsucht der Augen stillte.

Jahre später wird ein Foto ihrer Mutter aus einer Truhe auftauchen, und Gül, Melike, deren Kinder und Sibel werden je einen Abzug machen lassen und das Bild dieser Frau, an die sich selbst Melike kaum mehr erinnern kann, wird in sieben Wohnungen hängen, weil sich ihr alle durch die Worte Güls nahe fühlen.

Serter ist mittlerweile ausgezogen, und Mevlüde wohnt allein in ihrem großen Haus in der Heimstraße. Sie grüßt nicht mal mehr, sondern schaut weg, wenn sie dem ihr immer noch angetrauten Mann auf der Arbeit oder der Straße begegnet.

Serters Verfolgungswahn richtet sich jetzt nicht mehr nur gegen seine Frau. Er spricht zwar weiterhin davon, dass sie ihn nach wie vor vergiften möchte, dass sie eine alte Hexe ist, dass schon ihre Mutter dafür bekannt war, Unheil über ganze Sippen zu bringen, indem sie sie verfluchte, doch er glaubt auch, dass seine Vermieterin, eine ältere deutsche Frau, die ihm ein Fremdenzimmer gegeben hat, nachts zu ihm kommt und ihm die Kraft aus den Lenden stiehlt.

– Morgens wache ich auf und fühle mich ganz schwach, klagt er, ich kann kaum aufstehen und zur Arbeit gehen, meine Knie können meine Beine nur knapp halten, fast falle ich auf dem Weg zum Bad.

Seine türkischen Kollegen hören ihm gerne zu und lachen hinter seinem Rücken. Wenn ihnen nach Unterhaltung ist, suchen sie Serters Nähe und lassen ihn reden.

Auch Havva, die Istanbulerin, ist zwei Wochen lang allein in ihrem Haus, weil ihr Mann überraschend in die Türkei musste. Obwohl die beiden Frauen kaum fünfzig Meter voneinander entfernt wohnen und nun viel Zeit haben, über ihre abwesenden Männer zu reden, besuchen sie sich kein einziges Mal. Dabei hat auch Mevlüde dazu beigetragen, dass Havvas Mann Yunus in die Türkei fliegen konnte.

Er hatte ein Telegramm bekommen, seine Mutter lag im Sterben, er solle kommen, so schnell wie möglich, wenn er sie noch einmal lebend sehen wolle. Yunus und Havva hatten nicht genug Geld für eine Flugkarte, ihre Ersparnisse waren geschmolzen, weil die Behandlung der Mutter so teuer war. Unter den Türken in der Straße wurde gesammelt. Als alle wussten, worum es ging, war es selbstverständlich, etwas zu geben, einen Betrag, den man nicht als geliehen betrachtete, sondern als geschenkt. Innerhalb von sechs Stunden kam genug Geld für einen Flug zusammen.

Auch Gül hat etwas gegeben. Mein Mann hat mich zu einem Rechner gemacht, hatte sie gedacht, weil er so geizig im Haus ist, muss ich in meinem Kopf Zahlen hin- und herschieben wie er. Doch nachdem sie ihren kleinen Teil beigesteuert hat, erfährt sie, dass Fuat, ohne zu zögern, 100 Mark gegeben hat.

Sobald Yunus weg war, hat das Gerede in der Straße angefangen. Viele Bräuche und Sitten sind unterschiedlich, dieses Gerede aber, dieser Klatsch und Tratsch scheint in der ganzen Türkei verbreitet zu sein, denkt Gül. Diese Angst, zum Gespött der Leute zu werden.

Hinter Havvas Rücken reden die Frauen nun darüber, wie viel Geld sie den beiden gegeben haben, dass es für mehr als eine Flugkarte gereicht hat und dass diese hochnäsige, unverschämte Person sich nun Schminke kaufen und noch kürzere Röcke tragen kann, um noch mehr mit ihrer Schönheit anzugeben.

Niemand hat sie gezwungen, Geld zu geben, denkt Gül ärgerlich, und Havva hat sich auch vorher schon geschminkt, was soll sie tun, ihre Lippenstifte wegwerfen, weil sie kein Geld für eine Flugkarte hatten? Was sind das hier für scheinheilige Leute?

Doch wem kann sie das sagen, mit wem kann sie darüber sprechen? Ein Mensch muss sich hervortun durch die Dinge, die er tut, nicht durch die Dinge, die er sagt.

Es ist ein riesiger Karton, und Fuat und seine Kollegen keuchen, als sie ihn ins Wohnzimmer tragen. Fuat strahlt über das ganze Gesicht. Gül sieht ihn an und freut sich, dass er glücklich ist, kann aber nicht erraten, was wohl in diesem Karton sein mag.

– Ah, sagt Fuat, diese Annehmlichkeiten, dieser Luxus. Bei

uns haben es nur die ganz Reichen, aber hier in der Heimstraße werden es bald alle haben, du wirst sehen.

Er scheint ein Stück zu wachsen während der nächsten Worte.

– Wir gehören nun zu den Ersten. Gute deutsche Wertarbeit von Nordmende.

Gül hat die Fabrik in Bremen gesehen, eines dieser riesigen Gebäude, vor denen sie Angst hat, weil sie weiß, dass sie kaum herausfindet, wenn sie erst mal drinnen ist.

– Schwer wie ein Esel, sagt Fuat, aber so ein Fernseher bringt dich weiter als ein Lasttier, viel weiter, um die ganze Welt bringt er dich, du musst nicht mal aufstehen, du kannst einfach in deinem Sessel bleiben.

Was er in der nächsten Zeit auch zur Genüge tut. Saß man früher häufiger in der großen Küche beisammen, hält man sich nun fast nur noch im Wohnzimmer auf, wenn Sendezeit ist. Fuat, Gül und auch Ceren und Ceyda sitzen vor dem Bildschirm und lernen in den kommenden Wochen mehr Deutsch als in den Monaten zuvor.

Sie schauen alles, ob Daliah Lavi oder Zum Blauen Bock, der sie befremdet und langweilt zugleich, Raumschiff Enterprise oder Ilja Richter, die Sendung mit der Maus oder die Sportschau, den Tatort oder Spiel ohne Grenzen und für Fuat besonders wichtig: die Ziehung der Lottozahlen.

Waren sie bisher ein wenig eingeschlossen in ihrer Welt, in den kleinen Ausschnitten, die sie von Deutschland kannten, öffnet sich ihnen mit dem großen schweren Gerät ein Fenster zu einer Sprache und Kultur, die sie sich einfach ins Wohnzimmer holen können, und sei es auch nur in Schwarzweiß.

Die Nachrichtensprecher berichten ihnen von den Geschehnissen im Lande, und wenn sie auch nicht immer alles verstehen, bedeutet im Wohnzimmer zu sitzen und fernzusehen einen größeren Schritt auf Deutschland zu, als rauszugehen und am öffentlichen Alltag teilzunehmen.

Mag es Fuat in jenen Jahren noch für einen Luxus halten, seine Whisky-Cola im Sessel vor dem Nordmendegerät zu trinken und sich vorzukommen wie jemand, der es geschafft hat, über zwanzig Jahre später wird er es für die größte Strafe halten, wenn seine Satellitenschüssel kaputtgeht und er auf einmal wieder deutsche Programme schauen muss, die er mittlerweile kaum mehr versteht. Doch das kann natürlich niemand ahnen, in Zeiten, in denen die Antenne noch mal gerichtet wird, um das Bild klarer zu kriegen.

– Ich mag keine dicke Frauen, ich mag es am liebsten, wenn eine Frau schlank ist wie diese Ansagerinnen im Fernsehen. Moderne Frauen, ein wenig sportlich, schön rank wie deine Schwester Melike, obwohl deren Teint mir zu dunkel wäre.

Sonst verliert Fuat nie ein gutes Wort über Melike, und nur wegen der Figur hätte er seine Schwägerin auch nicht unterstützt, wie Gül es getan hat, ohne dass Fuat etwas geahnt hätte.

Gül ist gekränkt, doch sie fängt gar nicht erst damit an, dass Melike früher in der Schulmannschaft Volleyball gespielt hat, dass sie immer am schnellsten laufen und am weitesten springen konnte und dass es kein Wunder ist, wenn sie nicht so zunimmt bei so viel Bewegung. Dass sie aber oft ungerecht ist und immer auf ihren Vorteil bedacht, was eine gute Figur denn zu bedeuten hat, wenn das Herz dahinter hart ist. Doch so redet Gül nicht über ihre Familie, sie schweigt lieber.

Nicht nur, dass Fuat nicht schmeicheln kann, denkt sie, er findet mich sowieso nicht attraktiv. Weswegen hat er eigentlich um meine Hand angehalten? Nur weil ich damals weniger wog?

Sie geht in die Küche, dort gibt es in dem grünen Holzschrank mit dem Drahtgitter Baklava. Ein ganzes Jahr hat sie keine Baklava gegessen. Woher sollte sie so etwas in Deutschland auch bekommen? Und was soll schon falsch daran sein,

Baklava zu essen? Sie schmecken gut, sie schmecken so süß, wie auch Trost schmecken würde, und so süß, wie Rache niemals sein kann.

Das Leben kommt nur in uns, weil wir einen Mund haben. In diesen hat Gott den Atem eingehaucht, durch ihn nehmen wir Kraft auf, um weiterhin atmen zu können.

Sie kippt sich ja keinen Alkohol hinein und vergisst dann vollständig, wer sie ist und in welche Richtung sich die Welt dreht, sie nimmt ja kein Gift zu sich, das ihren Atem stinken lässt und sie zu einem Tier macht, das nicht weiter denken kann als bis zwischen die Beine und dabei auch noch vergisst, was es schön findet und was nicht.

Doch Fuat nutzt die Ferien nicht nur, um noch mehr zu trinken, er kauft in diesem Jahr ein Grundstück, eine unbebaute Parzelle in der Stadt, ausreichend für ein Haus, das größer wäre als das in der Heimstraße, aber keinen Garten hätte, doch die Häuser in der Stadt haben hier alle keinen Garten. Dafür haben die Menschen Sommerhäuser direkt vor der Stadt, Sommerhäuser mit riesigen Obstgärten.

Fuat kann das Grundstück nicht sofort bezahlen, also einigt er sich mit dem Eigentümer darauf, ihm zunächst die Hälfte in bar zu geben und ihm den Rest baldmöglichst zukommen zu lassen. Gül hofft, dass Fuat nicht große Summen verspielt, solange sie hier sind, oder dass es der Verkäufer zumindest nicht erfährt. Wie kann ein Mann mit Schulden spielen, es wäre ja geradezu so, als würde er fremdes Geld verwetten. Ein Mann kann sich nur dem Glücksspiel hingeben, wenn er selbst verdientes Geld verschleudert, hat auch Güls Vater immer gesagt.

Auch trinken sollte man nicht auf Pump, sondern nur, wenn man es sich im Schweiße seines Angesichts verdient hat. Doch Fuat hat einen eigenen Kopf, er trinkt den Whisky, den er zollfrei gekauft hat, gleich vier Flaschen mehr, als er durfte, doch die Zollbeamten sind froh, wenn sie mit einem kleinen Taschengeld nach Hause gehen. Auch an seine Freunde schenkt er großzügig aus, zockt und genießt die Folgenlosigkeit seiner Lust. Seit er Gül diese Antibabypillen mitgebracht hat, ist eine Last von seinen Schultern gewichen. Und wenn ihr jetzt noch die Last von den Hüften weichen würde …

Fuat mag glücklich sein in diesen Tagen, die Dinge nehmen eine Richtung, als würde das Glück in die Nähe rücken. Man bewegt sich vorwärts, und wo soll das Glück sonst sein, wenn nicht da vorne?

Für Gül ist es gerade hier und nicht irgendwo da vorne. Sie sieht ihre Geschwister, es gibt Gespräche, mit ihrem Vater kann sie wieder jeden Tag reden, wie sie es früher als Jungverheiratete getan hatte, ihre Töchter, die tagsüber mit anderen Kindern durch die Gärten der Sommerhäuser stromern, sind bei ihr. Ihr Leben erscheint ihr reich. Die Nachbarn hören ihr zu, wenn sie von Deutschland erzählt, und in ihren Erzählungen scheint es ihr selber schöner, als sie es sieht, wenn sie wirklich dort ist, aber sie weiß auch nicht, wie sie es anders erzählen könnte.

Ceyda sieht ihre alten Freundinnen, wacht eifersüchtig über ihre Puppe, und Ceren fragt auf dem Weg zu den Sommerhäusern immer, welche denn die Straße ist, die nach Hause führt, so als wären alle nicht asphaltierten Wege miteinander verbunden. Ihre ältere Schwester lacht zwar darüber, aber nachts träumt sie von einer Abkürzung, die von der Heimstraße direkt in das Sommerhaus ihres Opas führt. Ihre Freude über diese Entdeckung ist jedes Mal so groß, dass sie aufwacht. Nacht für Nacht, den ganzen Sommer lang, hat sie diesen Traum, so kommt es ihr zumindest vor, und Nacht für Nacht findet sie sich in einer enttäuschenden Realität wieder.

Zwei Jahre sind nach diesen Träumen vergangen, Träumen, die wie umgekehrte Alpträume waren, Ceyda wachte nicht auf und war erleichtert, sondern die Realität erdrückte sie, sobald sie die Augen öffnete. In den übernächsten Sommerferien verbringt Ceyda eine Nacht in dem Haus eines Istanbuler Polizisten, ohne auch nur eine Minute zu schlafen. Gül ist in Deutschland und fragt sich in der Dunkelheit, ob sie sich besser fühlen würde, wenn sie Fuat, der neben ihr schläft, erwürgt.

Es ging alles so schnell. Nicht nur die sechs Wochen, die sie in diesem Jahr wieder in der Türkei verbrachten, sind schneller vergangen als ein Blinzeln, sondern vor allem die Zeit am Flughafen. Aber seitdem geht alles langsam, quälend langsam, die Zeit schleicht, als hätte jemand Gottes Uhrwerk blockiert.

Gül hatte die in Deutschland mühsam abgehungerten Kilos wieder zulegt in diesem Sommer, Ceren hatte inzwischen begriffen, wie weit der Weg war von hier bis zur Heimstraße, und Fuat hatte endlich das Grundstück abbezahlt, auch wenn er nicht genug Geld hatte, um mit dem Bau des Hauses zu beginnen. Ceren war überrascht, wie sehr sie ihre Freundinnen aus der Heimstraße vermisste. Sie fand es seltsam, dass die meisten von ihnen nun ebenfalls in der Türkei waren, aber ferner, als sie es in Deutschland sein könnten.

Zusammen ist die Familie mit dem Bus nach Istanbul gefahren und vom Busbahnhof mit dem Taxi zum Flughafen, so wie es ihnen mittlerweile normal erscheint.

Doch der Angestellte am Schalter sieht sich lange und ausführlich die Ausweise an, immer wieder blickt er auf Ceyda und sagt dann zu Fuat:

– Deine Tochter kann nicht mitfliegen, ihre Aufenthaltserlaubnis ist abgelaufen.

– Bitte?, sagt Fuat, als hätte er es nicht verstanden.

– Die Aufenthaltserlaubnis von Ceyda Yolcu ist abgelaufen, sie kann nicht nach Deutschland.

Noch während der Mann spricht, merkt Gül, wie sich der Klang der Worte entfernt, als käme er auf einmal von weit her.

Als würde sie nicht mehr richtig hören können. Aber noch ist keine Panik in ihr. Gewieft muss man sein, sagt Fuat doch immer, er wird seine Tochter schon durchbringen wie die Whiskyflaschen.

– Können wir sie nicht einfach mitnehmen und das dann dort klären? Sie ist ja noch ein Kind.

– Großer Bruder, sagt der jüngere Mann respektvoll, Sie kommen von dort, Sie müssten es doch wissen. Das läuft alles nach Regeln, da kann man nicht einfach mal schauen. Ich darf ihr keine Bordkarte ausstellen.

– Und wenn Sie es doch tun würden? Vielleicht haben Sie ja einfach etwas übersehen, könnte sein, oder?

– Dann würde der Zollbeamte es bemerken.

– Wir können sicherlich eine Lösung dafür finden, glauben Sie nicht?

Der Mann schüttelt den Kopf, bedauernd und endgültig.

Fuat sieht nun Gül an. Wenn er auch mal so ratlos aussehen würde, wenn er kaum mehr weiß, wie man einen Fuß vor den anderen setzt.

– Bleib du doch mit dem Kind hier.

– Es steht mir ja nicht zu, mich in Ihre Angelegenheiten zu mischen, sagt der freundliche Angestellte, aber dann würden gleich drei Flüge verfallen. Die Kleine – er schaut noch mal auf die Dokumente vor ihm – Ceren. Ceren ist im Pass ihrer Mutter miteingetragen. Dann müsste sie auch hierbleiben.

– Was schaust du mich so an?, sagt Fuat nun zu Gül. Kann ich was dafür, dass du dich nicht darum gekümmert hast, wann ihre Aufenthaltserlaubnis abläuft?

Obwohl auch der Klang ihrer eigenen Stimme wie von weit her kommt, merkt Gül, wie fest und entschlossen sie klingt, als sie sich Fuats Ohr nähert, damit der Angestellte sie nicht hören kann.

– Du bleibst hier mit dem Kind, sagt sie, und wenn es dich

den Job kostet. Du bleibst mit diesem Kind hier, wir werden es nicht mehr alleinelassen, das habe ich ihr versprochen, und das werde ich auch halten.

Fuat nickt zu Güls Überraschung.

– Wir werden einen Weg finden, sagt er.

Gül und Ceren bekommen ihre Bordkarten und gehen durch die Passkontrolle in den Wartesaal. Ich werde mich um alles kümmern, hat Fuat versprochen.

Gül kann keinen Gedanken in ihrem Kopf entdecken, als sie im Warteraum danach sucht. Ceren sitzt brav neben ihr und stellt keine Fragen, doch vielleicht wäre es Gül lieber, sie würde reden, etwas wissen wollen. Dann würde Gül diese Leere in Worte kleiden müssen, dann würde sie vielleicht selber begreifen, was gerade geschehen ist. Einen Grund finden, eine Schuld und etwas Zeit, um zu begreifen, warum man nicht mehr Zeit hat für so eine Entscheidung.

Kurz darauf, so kommt es Gül in ihrer Starre vor, sitzen sie im Flugzeug. Gül weiß nicht, wo die Wartezeit hin ist, Ceren hat den Fensterplatz, Gül sitzt daneben, und ohne etwas zu betrachten, schaut sie abwesend in den Gang. Auf einmal sieht sie Fuat. Nur Fuat.

Ihr wird heiß, als hätte jemand eine glühende Decke über sie gelegt, eine Decke aus Blei, die sie niederdrückt. Sie hat das Gefühl zu fallen, und nun kommt auch die Panik wie jemand, der noch gefehlt hat. Nun passiert etwas, das der Leere von vorhin Gewicht gibt.

– Wo ist Ceyda?, fragt Gül.

Ihre Stimme ist jetzt schwach, und ihr ist schwindelig, sie hat das Gefühl, sie könnte aus dem Sitz fallen.

– Ich habe mich um alles gekümmert, sagt Fuat, kein Problem. Sie wird bei Havvas Familie übernachten. Die wollten ja dieses Jahr später als wir zurückfahren. Wofür hat man denn sonst Nachbarn?

– Wer wird sie hinbringen?

– Ein Polizist. Ein Diener des Staates, ein verlässlicher Mann, der ein Einsehen mit unserer Situation hatte. Nicht wie dieser Angestellte der Fluggesellschaft.

– Woher hast du die Adresse?

Gül ist selber überrascht, wie praktisch sie noch denken kann.

– Sie wohnen in Bakırköy, direkt in der Nähe des Flughafens, als hätte Yunus das nicht oft genug erzählt.

Zu der glühenden Decke und der Panik gesellt sich der dunkle Schatten einer Ahnung.

– Wenn diesem Kind etwas zustößt, dann werde ich dich nicht leben lassen, sagt Gül. Und sie meint es auch so.

Die nächsten zehn Stunden sprechen die beiden kein Wort miteinander.

Mach meinen Mann nicht zum Mörder, soll Güls leibliche Mutter einem Mann gesagt haben, der sie entführen wollte.

Vielleicht habe ich das von ihr, denkt Gül. Da ist sie schon zwanzig Jahre tot, und genau wie sie drohe ich mit Mord. Aber es ist wahr, ich würde diesen Mann eigenhändig umbringen.

Der Gedanke ist ihr Trost.

Währenddessen fährt Ceyda mit dem überaus freundlichen Polizisten nach Bakırköy. Der hat sich die Beschreibung gut eingeprägt, doch das Haus der Familie aus Deutschland ist einfach nicht zu finden.

– Wie sah es denn da aus, bei euren Freunden?, möchte der Polizist wissen, nachdem er schon einige Passanten gefragt hat. Ceyda zieht die Schultern hoch.

– Du musst mir schon ein wenig helfen.

– Ich weiß es nicht, sagt sie, ich war noch nie dort. Ich war nur in ihrem Haus in der Heimstraße, in Deutschland.

Der Polizist wendet den Kopf ab, sieht aus dem Autofenster, und dann schaut er wieder zu Ceyda.

– Mach dir keine Sorgen, sagt er.

Doch nachdem er einen der Vorsteher des Viertels gefragt und Ceyda vor einigen Kaffeehäusern im Auto hat warten lassen, weiß auch er nicht mehr weiter.

– Bakırköy ist groß, sagt er, da können wir nun suchen, bis wir schwarz werden. Ich mache dir einen Vorschlag: Ich nehme dich mit zu mir nach Hause, wir essen dort gemeinsam zu Abend, meine Frau macht dir ein Bett, und morgen früh bringe ich dich zum Bus, und du kannst zurück in deine Heimatstadt fahren. Sollen wir das so machen, Kleines?

Ceyda nickt zaghaft. Was soll sie auch tun?

Ihre Mutter hat ihr erzählt, wie sie sich mal als kleines Kind verlaufen hatte. Ein fremder Mann hatte sie nach Hause gebracht, und die Großmutter hatte Gül erst geohrfeigt, als der fremde Mann fort war.

Könnte ich auch so eine Ohrfeige bekommen von meiner Mutter, denkt Ceyda, könnte ich nur eine Ohrfeige bekommen am Ende oder auch zwei oder zehn. Nur von meiner Mutter sollten sie sein. Alles andere wäre egal.

Als sie aus dem Auto aussteigt, fühlen sich ihre Knie an, als würden sie jeden Moment nachgeben, als wären keine Knochen und Gelenke da, sondern ein junger grüner Zweig, der ihr Gewicht nicht tragen kann. Doch Ceyda möchte sich ihre Angst nicht anmerken lassen. Tapfer setzt sie einen Fuß vor den anderen.

Nie mit Fremden mitgehen. Das hat ihre Mutter ihr beigebracht, deshalb hat sie die Geschichte mit der Ohrfeige erzählt, nie mit Fremden, aber was soll sie tun, allein in dieser Stadt.

Der Polizist hat tatsächlich eine Frau und zwei kleine Kinder, kleiner als Ceyda, und auch seine Mutter wohnt mit der jungen Familie in der Wohnung, die nur eine große Küche und zwei winzige Zimmer hat.

Ceyda ist etwas erleichtert, doch sie spricht kaum, isst

kaum, und als sie mit den anderen Kindern in einem der Zimmer liegt, schläft sie nicht. Sie wartet. Sie wartet, ob der fremde Mann kommen wird, um ihr etwas anzutun. Sie wartet, dass das Zittern aufhört. Sie wartet und traut sich nicht mal, leise zu weinen.

Am nächsten Morgen frühstückt sie wenig, obwohl ihr die Frau des Polizisten freundlich zuredet und ihr immer wieder mit ihren warmen weichen Händen über das Haar streicht und versucht, ihr die Angst zu nehmen. Sie macht Ceyda noch einige Brote, packt ihr Obst und etwas zu trinken ein, dann bringt der Polizist sie zum Busbahnhof, kauft ihre eine Fahrkarte und setzt sie in den Bus. Nie wird Ceyda dieses Bild vergessen, wie er am Bus steht und ihr ein letztes Mal zuwinkt, ein Lächeln auf den Lippen, das ihr wohl Mut machen soll.

– Warum haben wir keine Nachricht?, fragt Gül. Wie hast du denn dem Mann das Haus beschrieben, wenn du keine genaue Adresse hast? Eine Adresse, an die wir ein Telegramm schicken könnten. Wenn dem Mädchen etwas zustößt, dann lasse ich dich nicht weiterleben.

Sie sind in Deutschland, es ist Freitag, Montag müssen sie arbeiten, Gül schläft in dieser Nacht genauso wenig wie Ceyda im Haus des Polizisten.

– Gül und Fuat haben einen Unfall gehabt, ruft Güls Stiefmutter Arzu aufgeregt, Gott bewahre, aber ich glaube, sie sind tot. Ceren auch.

– Was?, sagt Timur. Was redest du da? Was für ein Unfall?

Dem Schmied ist die Angst anzusehen. Als hätte man sein Blut in eiskaltes Wasser getaucht, so taub fühlt sich alles an.

– Woher weißt du das? Sprich, sprich!

– Sieh, sieh nach draußen. Ceyda kommt ganz allein zurück.

– Weib, da kommst du zu mir und rennst nicht zu ihr?, sagt Timur, schiebt seine Frau beiseite und läuft los. Die Furcht treibt sein Herz an, schneller zu schlagen, aber es scheint das kalte Blut nicht durch den Körper pumpen zu können. Noch bevor er Ceyda sieht, ist da etwas in ihm, das ihm zuflüstert, seiner Tochter sei nichts geschehen, seiner Gül, seinem Lamm, dem Glanz seiner Augen. Nein, wenn ihr etwas zugestoßen wäre, hätte er das gespürt.

Als er Ceyda erblickt, wie sie auf ihn zuläuft, entspannt er sich, geht in die Hocke und breitet die Arme aus.

Ceyda rennt, weint und lächelt.

– Komm her, komm her, mein Schatz.

Timur streicht über Cerens Kopf, während er sie mit einem Arm umfasst und hochhebt.

– Komm her, alles ist gut. Erzähl mir, was passiert ist.

Mehr als zweitausend Kilometer entfernt, fragt Gül sich, was denn geschehen sein könnte. War der Polizist wirklich vertrauenswürdig? Haben sie die Wohnung gefunden? Sie hat Fuat gedrängt, Havvas Istanbuler Adresse herauszufinden, um ein Telegramm dorthin zu schicken. *Ist Ceyda dort? Erbitten schnelle Antwort.*

Vier Stunden später: *Ceyda nicht hier. Hoffen, alles ist gut.*

Samstagnachmittag und Gül bewegt sich durch den Garten und das Haus wie ein aufgezogenes Spielzeug. Sie weiß nicht, was sie tun kann, damit die Zeit schneller vergeht. Sie denkt an den Whisky im Schrank. Was Fuat hilft, kann vielleicht auch ihr helfen, aber sie hat Angst, die Kontrolle zu verlieren. Vielleicht braucht Ceyda sie. Jetzt. Nüchtern. Bei klarem Verstand.

Ich hatte es ihr versprochen, denkt Gül, ich hatte es ihr versprochen, dass ich sie nie mehr alleinlasse. Meine Mutter war nicht für uns da, weil sie gestorben ist. Das wäre meine einzige Entschuldigung, tot zu sein.

Es ist schlimmer, als zu glauben, sie sei wieder schwanger. Es ist schlimmer, als allein in einer Küche zu sitzen und die Tage wollen einfach nicht vergehen. Es ist schlimmer, als sich die Nase zu brechen und die Stiefmutter möchte keinen Arzt im Haus. Es ist schlimmer, als über einem Abgrund im Keller eines Hauses zu hängen und den Tod zu fürchten.

Herr, gib, dass ich mit meiner Tochter vereint werde, betet Gül, Herr, dein Wille geschehe, aber mute mir diese Trennung nicht zu. Herr, ich will nicht klagen, ich bin gesegnet mit zwei wundervollen Töchtern, einem Vater, wie man ihn sich nur wünschen kann, ich bin gesegnet, weil ich meiner Schwester helfen konnte zu studieren, ich bin gesegnet, weil ich nicht so viel Leid erfahren musste wie Saniye, Herr, ich weiß meinen Platz hier auf Erden zu schätzen, aber bitte, bitte nimm mir nicht meine Tochter.

Am Samstagabend kommt Timurs Telegramm: *Ceyda wohlbehalten hier. Ich küsse euch alle.*

Es dauert noch drei Wochen, bis alle Formalitäten erledigt sind und Fuat und Gül Ceyda am Flughafen in Hamburg abholen können. Drei Wochen, in denen die Eheleute kein Wort miteinander reden und Fuat sich fragt, warum er sich um diese Pillen gekümmert hat, wenn er nun doch nichts davon hat. Drei Wochen, die ihm Zeit genug sind, ein Auto zu kaufen. Ein Auto, um das er viele Worte macht, die Gül einfach ignoriert.

Zu Fuß sind es kaum zehn Minuten bis zur Arbeit, der Ort, in dem sie wohnen, ist nicht sonderlich groß, sie sind gerade aus dem Urlaub zurück, für den sie viel Geld ausgegeben haben. Fuat hat laut Selbstgespräche geführt, was dieser verfallene Flug, der neue Pass und die Telegramme gekostet haben. Er hat gerechnet, am Küchentisch sitzend, laut genug, immer wieder, aber er konnte nicht erkennen, ob Gül die Zahlen wahrnahm. Ob es sie von ihrem Ärger ablenkte.

Das Auto ist gebraucht, gut in Schuss, es kostet nur so viel wie zwei Flugkarten, im nächsten Jahr bringt es uns in die Türkei, alle vier, mit fünf oder sechs Tankfüllungen, das spart uns Geld, sehr viel Geld, das wird die beste Anschaffung sein, die wir bisher gemacht haben. Wir müssen unsere Einkäufe nicht mehr selber tragen, wir fahren das Obst und Gemüse bis vor die Haustür. Das ist doch ein Land, da blättert man ein paar Scheine hin und hat ein Auto, es gibt ein Angebot, hier kann man etwas kaufen für sein Geld, da steht man nicht vor leeren Regalen. Und diese Deutschen haben ja auch keine Ahnung vom Handeln. Ein wenig gewieft muss man sein. Den Preis habe ich fast um die Hälfte gedrückt.

Gül würde ihn am liebsten anschreien, dass er endlich sein Maul halten soll. Dass sie keine Lust hat, sich seine kleinlichen Matheaufgaben anzuhören, dass er sich gerne sein verdammtes Auto kaufen kann, dass es sie überhaupt nicht interessiert. Doch sie redet nicht mit ihm. Kein einziges Mal richtet sie das Wort an ihn. Sie sagt nicht einmal: Schau, deine andere Tochter ist gerade in die Schule gekommen. Kümmere dich doch wenigstens um sie, wenn du ein schlechtes Gewissen hast, und versuch nicht, dich und uns abzulenken. Schwafle nicht den ganzen Tag von einem Auto, das ist nur ein Haufen Blech, genau wie das, was aus deinem Mund kommt.

Als Fuat am Wochenende nach Hause kommt, betrunken, aber nicht volltrunken wie sonst oft, wiederholt er die Worte, die Gül kränken, die er für sich behalten sollte, anstatt mit Rechenaufgaben herumzuprotzen:

– Eigentlich bevorzuge ich ja schlanke Frauen.

Gül schiebt ihn fort, nimmt ohne ein Wort ihre Decke und ihr Kissen und geht hinunter in die Küche.

Doch als Ceyda zurück ist, die Familie wieder beisammen, wird Güls Herz weicher, und obwohl sie sich innerlich dagegen sträubt, fließen die Worte bald wieder.

Gott liebt mich, denkt sie, er lässt mich leiden, er quält

mich, er erlegt mir Prüfungen auf, doch am Ende badet er mich im Licht. Ich habe keinen Grund zur Klage.

– Weine nicht, mein Schatz, weine nicht.

– Es tut so weh.

– Die Nelke wird dir den Schmerz nehmen, behalt sie nur im Mund, du wirst sehen, gleich spürst du fast nichts mehr.

Ceren liegt neben ihrer Mutter und wünscht sich, dass dieser Schmerz aufhört, dass ihre Mutter sie noch fester an ihren großen Busen drückt, dass es sich in ihrem Mund genauso weich anfühlt wie an ihrer Wange, dass dieser Schmerz verschwindet, der dumpf und stechend zugleich ist und ihr kaum Raum zu atmen gibt.

Die Tür des Schlafzimmers geht auf.

– Was machst du denn hier?, sagt Fuat zu Gül. Und du, müsstest du nicht in der Schule sein?

– Schschsch, sagt Gül, damit er seine Stimme etwas senkt. Sie legt Cerens Kopf vorsichtig auf das Kissen und steht auf. Ihre Tochter wimmert so leise, dass man es kaum hören kann.

– Sie hat Zahnschmerzen, sagt Gül.

– Die kann sie gerne haben, sagt Fuat, aber was machst du hier? Solltest du nicht auf der Arbeit sein?

Gül schließt die Schlafzimmertür hinter sich.

– Ja, sagt sie, ich sollte, aber du siehst doch …

– Was sehe ich? Das ist Arbeit, das ist eine Fabrik, da kannst du nicht ein und aus gehen, als sei das die Schmiede deines Vaters.

– Sie werden mich schon nicht gleich rausschmeißen.

– Kein Wunder, dass wir aus einem Land kommen, in dem es einfach nicht vorwärtsgeht. Sieh dich mal an, nicht das geringste Pflichtgefühl.

– Doch, sagt Gül, doch, doch. Aber ich bin nicht mit der Fabrik verheiratet und habe auch keine Kinder mit ihr.

Ich nicht mit Fabrik verheiratet, hau ab, Arschloch, waren

die Worte, die Saniyes neuer Mann seinem Vorarbeiter ins Gesicht geschleudert hat. So hat Saniye es erzählt, und Gül war so beeindruckt davon, dass sie die Worte nun wiederholt.

Auch aus ihrem Mund klingen sie gut, findet sie. Und der Teil mit den Kindern gefällt ihr auch.

– Es gibt wichtigere Dinge im Leben als diese Fabrik, fügt sie hinzu, weil Fuat nicht gleich eine Antwort einfällt.

– Wir sind zum Arbeiten hier, nicht um weinende Kinder zu trösten. Was hat sie, Zahnschmerzen? Hast du ihr schon eine Nelke gegeben?

Gül nickt.

– Es ist ein Milchzahn, oder? Da ist die Lösung doch einfach.

Gül sieht ihn an. Er ist genauso wie alle anderen Männer. Nur Saniyes neuer Mann scheint anders zu sein.

Saniye hat Yılmaz hier kennengelernt. Er stammt wie sie aus Malatya, doch er hat in Istanbul studiert, ist dort auf die Straße gegangen, hat protestiert, wurde von der Universität verwiesen und ist nach Deutschland. Nicht etwa wegen der Arbeit, sondern weil er wegwollte aus diesem Land, das er zu verachten gelernt hatte. Er spricht vom Proletariat, von den Rechten der Arbeiter, von Gewerkschaften und Genossen und anderen Dingen, die sich für Gül fremd anhören.

Er hat Saniye im Sommer in Malatya geheiratet, und nun ist Saniye schwanger, und als ihr eines Morgens schlecht war, ist Yılmaz einfach daheimgeblieben.

Und hat seinem Vorarbeiter, als dieser ihn zurechtstauchen wollte, weil er am Vortag unentschuldigt gefehlt hatte, mit seinen paar Worten Deutsch angebelfert: Ich nicht mit Fabrik verheiratet, hau ab, Arschloch.

So ein Mann ist Fuat nicht, doch zu Güls Überraschung sagt er nun:

– Ich kümmere mich um diesen Zahn.

Er greift schon nach der Klinke, als Gül sagt:

– Sei sanft mit ihr.

Fuat hält inne und sieht sie kopfschüttelnd an.

– Du erliegst dem Wahn, ich sei ein Monster. Zieh dich an, geh zur Arbeit. Vertrau mir, ich regle das schon.

Ceren war noch nie mit ihrem Vater allein im Schlafzimmer. Der Geruch von Gewürznelken wird sie von jetzt an immer an diesen Moment erinnern, in dem sie nicht wusste, ob der Schmerz in ihrem Zahn größer war oder die Angst vor dem, was da wohl kommen mochte.

Ihr Vater lächelt auf eine Art, die Ceren selten sieht, weil sie meistens schon schläft, wenn er so lächelt, dieses Lächeln braucht meist zwei Whisky-Cola, um zum Vorschein zu kommen.

Fuat setzt sich auf das Bett.

– Es tut sehr weh, nicht wahr?, sagt er.

Ceren nickt vorsichtig.

– Du Ärmste. Ich war Friseur, als wir noch in der Türkei gewohnt haben, das weißt du, nicht wahr?

– Ja, flüstert Ceren.

Ihr Vater hat keinen Busen, an den sie sich flüchten könnte.

– Ich hatte einen Laden. Du weißt doch noch, wo wir im Sommer immer Kebap gekauft haben?

Was er *immer* nennt, sind drei Mal gewesen.

– Ja, sagt Ceren nun etwas lauter. Als könnte ihre Stimme den Schmerz des Zahnes übertönen.

– Da um die Ecke hatte ich meinen Laden, und die Leuten kamen zu mir und haben sich die Haare schneiden und sich rasieren lassen. Aber weißt du, was Friseure noch gemacht haben früher?

– Nein, sagt Ceren, weil ein Kopfschütteln ihr die Tränen in die Augen treiben würde.

– Sie haben Zähne gezogen. Damals gab es noch keine Zahnärzte, deshalb sind die Menschen zum Friseur gegangen, wenn sie Zahnschmerzen hatten. Und der hat ihnen geholfen. Möchtest du, dass ich dir helfe?

Jetzt schüttelt Ceren den Kopf, weil sie Angst hat, Nein zu sagen.

– Gut, sagt Fuat, müssen wir auch nicht. Aber ich würde gerne mal wissen, welcher Zahn das ist, der dir so weh tut. Magst du ihn mir mal zeigen?

Ceren zögert.

– Ich werde nichts tun, keine Angst. Schau.

Er legt sich beide Hände auf den Rücken. Ceren öffnet ihren Mund und zeigt mit dem Finger auf die Stelle, die schmerzt.

– Darf ich etwas näher kommen?

Ceren nickt mit offenem Mund, und Fuat schiebt den Kopf vor und sieht in den Mund seiner Tochter.

– Okay, sagt er, du kannst wieder zumachen. Damit kenne ich mich aus. Gleich wird das nicht mehr weh tun, glaub mir. Du musst jetzt deine Augen schließen und die Zähne ganz fest aufeinanderbeißen, beißen, egal, wie weh es tut. Du musst beißen, beißen, beißen und die Augen geschlossen halten, egal, was passiert, sonst kann es nicht funktionieren. In Ordnung? Dann mach die Augen zu und beiß. Beiß noch fester. Tut es weh? Gleich ist es vorbei. Halte die Augen geschlossen.

Ceren hört das Geräusch von Schubladen, die geöffnet und geschlossen werden.

– So, sagt Fuat, vertrau mir, ich werde dich nicht anfassen. Jetzt musst du den Mund ganz weit aufmachen. Noch weiter. Und die Augen geschlossen halten. Feste zu. So. Das wars. Mund zu, Augen auf.

Ceren sieht, wie ihr Vater etwas Weißes zwischen Daumen und Zeigefinger hält.

– Kein Zahn, kein Schmerz, sagt er. Oder tut es noch weh?

Ceren ist verwirrt und spürt tatsächlich keinen Schmerz

mehr. Aber das ist doch nicht ihr Zahn in der Hand ihres Vaters?

– Hier nimm, sagt Fuat und gibt ihr den Zahn. So einfach. Ein ganz kleiner Trick, ich verrate ihn dir später. Gib mir den Zahn wieder. Und jetzt zieh dich an und auf zur Schule.

Gewieft muss man sein, er hat sich nicht umsonst ganze Nächte an Pokertischen um die Ohren geschlagen, er weiß, wie man blufft.

Nachdem seine Tochter gegangen ist, legt er Ceydas Milchzahn zurück in die Schachtel, zündet sich eine Zigarette an und raucht sie auf dem Bett liegend. Er sieht zu, wie sich der Rauch Richtung Decke kräuselt, und seufzt. Irgendwie kann er sich besser entspannen, wenn keine Frauen im Haus sind.

– Ein seltsamer Mann ist er, sagt Fuat, was macht er denn hier, wenn ihm Geld nichts bedeutet? Warum ist er hierhergekommen?

– Frag ihn doch selbst, sagt Gül.

Saniye und Yılmaz sind gerade gegangen, es ist ein trüber Samstagabend, und irgendwann hatte Gül das Gefühl bekommen, dass Fuat nur noch darauf wartete, bis der Besuch ging, damit er rauskonnte. Yılmaz raucht und trinkt, aber Glücksspiel lehnt er ab.

– Er möchte seine Frau nicht mit dem kleinen Kind alleine lassen, was für ein Pantoffelheld ist er denn? So redet doch kein Mann aus Anatolien.

– Sevgi ist gerade vier Wochen auf der Welt, sagt Gül.

Als Ceyda geboren wurde, war Fuat beim Militär. Zwei Tage nach der Geburt kam er, verbrachte seinen Urlaub bei der Apfelernte und seinen Freunden und war enttäuscht, dass er keinen Sohn hatte.

– Eben, sagt er, eben. Sie ist noch winzig, was soll man mit so einem Säugling anstellen? Es ist Samstagabend, Saniye und Sevgi hätten ja hierbleiben können, ich habe es ihm vorgeschlagen, dass wir einen schönen Herrenabend machen. Ich verstehe wirklich nicht, was der Mann hier sucht. Geld interessiert ihn nicht, Vergnügen nicht, er ist wie eine Pflanze, oder? Luft und Wasser reichen ihm.

– Du hast doch gesehen, dass er trinkt, sagt Gül, während Fuat versucht, sich vor dem Spiegel die Haare so zu kämmen, dass die kahlen Stellen weniger auffallen.

– Sonst würde ich auch ernsthaft an seinem Verstand zweifeln. Da stimmt was nicht, wenn man ohne einen Traum hierherkommt, nur weil es einem daheim nicht mehr gefallen hat. Daheim ist es doch am schönsten, oder nicht? Aus jener Erde kommt unsere Lebensart und unsere Kraft, in jene Erde ist das Blut unserer Vorfahren geflossen. Hier gibt es ja nur Asphalt, sagt er, ungeachtet dessen, dass die Heimstraße noch viele Jahre nicht asphaltiert sein wird. Wie die anderen Anwohner betrachtet Fuat die Heimstraße nicht als ein vollwertiges Stück Deutschland.

– Mit dem Geld, das man hier verdient, kann man es sich daheim schöner machen. Da hat Saniye sich echt einen geangelt, die wird auf ewig hier festsitzen, sagt er und legt endlich den Kamm aus der Hand.

– Bis später.

Gül setzt sich in die Küche. Ihr gefällt dieser Yılmaz, er prahlt nicht, dass bald schon halb Malatya ihm gehören wird, er scheint Saniye ein guter Mann zu sein. So einen hat Saniye verdient, nachdem sie in so jungen Jahren Mann, Sohn und Vater verloren hat. Immer wenn Gül glaubt, ihr Los wäre schwer, denkt sie an Saniye. Ihr Mann lebt, er schlägt sie nicht, ihre Töchter sind bei ihr, ihr Vater ist nicht zum Mörder geworden, obwohl er sicherlich dazu fähig wäre. Sie musste nie ganz von vorne anfangen. Wie schön, dass Saniye nun so einen Mann gefunden hat. Er wird sicherlich aus den richtigen Gründen auf den Straßen Istanbuls Parolen gerufen haben.

Gül neidet Saniye diesen Mann nicht, aber sie wünscht sich

manchmal, sie könnte so sein wie ihre Freundin. Eine, die keine Angst hat, außer vor Wasser und Hunden, eine, die gut Deutsch kann, weil sie überall mitreden möchte, eine, die nur Gutes sagt, wenn sie über die Deutschen spricht, eine, die laut und lange lachen kann, auch wenn immer in einem Winkel ihres Auges die dunkle Vergangenheit sitzt. Eine, die obszöne Witze macht, wenn keine Männer in der Nähe sind, und die auch sonst wenig Hemmungen hat.

Aber Gott hat jedem seinen eigenen Weg auferlegt. Und Augen gegeben, damit er seinen Nachbarn betrachte und daraus lerne. Man braucht keine Angst zu haben, der Weg führt ins Licht.

– Ich schreibe Sie bis einschließlich Mittwoch krank, sagt der Arzt. Nehmen Sie diese Medikamente, ruhen Sie sich aus, und wenn Sie sich Mittwoch noch nicht gesund fühlen, kommen Sie wieder.

Fuat hustet und fragt:

– Mittwoch arbeiten?

– Nein, sagt der Arzt, erst am Donnerstag arbeiten.

– Okay, sagt Fuat, vielen Dank.

Er hat tatsächlich Grippe, aber nicht das ist der Grund, warum er zum Arzt gegangen ist. Zu Hause zündet er sich eine Zigarette an, die ihm nicht schmeckt, aber er raucht sie dennoch fast bis zu Ende. So krank bin ich nicht, denkt er, dass ich im Bett liegen müsste und nicht mal rauchen kann.

Schon länger hat er mit dem Gedanken gespielt, aber er ist erst heute zum Arzt gegangen, weil er sich wirklich nicht gut fühlt. Ein wenig gewieft muss man sein.

Wenn der Arzt einen krankschreibt, bezahlt die Krankenkasse das Geld, das sonst die Fabrik gezahlt hätte, das hat er gelernt.

Er zündet sich noch eine Zigarette an, und diese schmeckt schon besser. Er macht sich einen Tee und ein Brot.

Es ist zu einfach, denkt er, als er eine Viertelstunde später seine Schuhe anzieht. Diese Deutschen sind nicht besonders helle, sonst wäre einer von denen schon vorher darauf gekommen. Auf dem Weg zur Arbeit steckt er sich eine dritte Zigarette an. Die schmeckt fast gut nach dem Tee. Zufrieden flitscht er sie nach einigen Zügen in den Rinnstein.

Aber ich bin nicht gesund, hat sogar der Arzt gesagt, sonst hätte er mich kaum krankgeschrieben. Es ist also nur richtig, dass ich Geld von der Krankenkasse bekomme. Und von der Fabrik, denn ich gehe ja arbeiten. Ein wenig gewieft muss man schon sein.

Als Fuat zwei Wochen später ins Personalbüro gerufen wird, ahnt er, dass es nicht so glatt gelaufen ist, wie er sich das vorgestellt hat. Ich werde mich schon rauswinden, denkt er, als er die Tür öffnet.

Minuten später stammelt er nur noch, behauptet, er habe den Arzt falsch verstanden, sein Deutsch reiche wohl nicht, könne man nicht vielleicht auch jetzt einen Dolmetscher hinzuziehen, möglicherweise ist das alles ein Missverständnis.

Als er aus dem Büro kommt, ist er froh, dass er nicht überall mit seiner Idee rumgeprahlt hat. Aber er ahnt auch nicht, dass er diese Geschichte in einigen Jahren selber erzählen wird. Als ich noch jung und dumm und neu hier war, wird er sagen und verschweigen, wie lange er damals schon im Land war.

– Doch daran sieht man mal, wird er schließen, wie hier alles seine Ordnung hat, da wird nicht gemauschelt, da wird nicht betrogen und hintergangen, jeder bekommt, was ihm zusteht. Hier gibt es eben Gerechtigkeit, es ist nicht wie bei uns, wo alles auf Beziehungen und Gefallen aufgebaut ist und die Regeln nur dazu da sind, um sie in Bücher zu schreiben.

Und die Leute werden ihm gerne zuhören, weil er erzählen kann, weil seine Worte Kraft haben, weil er Dinge sagt, die im Gedächtnis bleiben, weil er eigene Formulierungen findet, weil man die Leidenschaft spürt, einen Drang, aus dem Klang der Worte eine Welt zu basteln, eine Welt, die man sehen und fast schon anfassen kann. Eine Welt, in der Fuat immer gut dasteht. Nur weil er nicht in der Lage war zu betrügen, glaubt er gleich, das System sei gerecht.

So ähnlich muss es auch bei meiner Mutter gewesen sein, denkt Gül, wenn sie beobachtet, wie die Männer sich um Fuat versammeln, wenn er zu einem Monolog ansetzt. So ähnlich muss es gewesen sein, als ihre Eltern aufs Dorf gezogen sind und die Frauen dort sich um Güls Mutter geschart haben, die die Einzige war, die Märchen kannte und sie obendrein auch erzählen konnte, als seien die Worte Farben und sie mit einem Pinsel in der Hand zur Welt gekommen.

Gül selbst hat dieses Talent nicht. Wenn ihr zu viele Menschen auf einmal zuhören, wird sie unsicher, sie mag diese Form der Aufmerksamkeit nicht, und sie merkt nicht mal, wie sie ihre Zuhörer verwirrt, weil sie selten bei einem Thema bleibt, sondern einfach ihren Assoziationen folgt. Die Welt, durch ihre Worte betrachtet, ähnelt einem Kaleidoskop, alles ist in Bewegung, wird kaum greifbar, und wenn man glaubt, man würde es verstehen, kommt ein neuer Stein in die Geschichte und verändert das ganze Muster.

Fuat hat meistens nur einen Stein, und den zeigt er, wenn auch nur von einer Seite, aus einem Winkel, aber der Stein wird für alle sichtbar. Und darum geht es beim Erzählen, sichtbar zu werden.

Sie hört das Klopfen an der Tür, reagiert aber nicht darauf. Es dämmert schon, vorhin ist sie die Straße hoch- und runtergelaufen, hat die Namen ihrer Töchter gerufen, hat die Nachbarn gefragt, doch niemand hatte Ceyda und Ceren gesehen.

Ja, Gül hatte die beiden rausgeschickt, weil sie durch die Wohnung tobten, auf der Treppe um die Wette liefen, schrien und sprangen und ihr keine ruhige Minute ließen.

Sie hat sie mehr rausgeworfen als geschickt, sollten sie doch bleiben, wo der Pfeffer wächst, wenn sie nicht auf ihre Mutter hörten, sollten sie sich doch auf der Straße herumtreiben und sehen, ob sie nicht dort jemand auf die Nerven gehen konnten. Und dann hat sie sie gesucht, und nun, da sie nicht auffindbar sind, sitzt Gül in der Küche, hört das Klopfen an der Tür und denkt: Ihr wusstet genau, dass ihr die Heimstraße nicht verlassen dürft.

Sie hört die schnellen Schritte hin zur Vordertür, hört die Klingel und bewegt sich immer noch nicht.

Und wenn nun keiner mehr daheim ist. Euch werde ich lehren, euch so weit von zu Hause zu entfernen.

Dann wieder Schritte, und als Nächstes klopft es am Fenster der Küche. Gül sitzt so am Ofen, dass man sie von draußen kaum sehen kann. Und dann hört sie Ceydas Stimme:

– Mamaaa.

Sie springt auf, sieht Ceyda am Fenster, sieht, dass Ceren nicht bei ihr ist, und auf einmal ist die Angst in ihrem ganzen Körper, als hätte jemand ein Licht angeknipst. Oder vielmehr aus.

Dieser Moment, wo sich Mutter und Tochter durch die Scheibe ansehen und Gül in einem Augenblick mehr versteht, als in Worte oder Klänge passt. Dieser Moment, wo der Schrecken noch keinen Namen hat. Der Moment, in dem es überhaupt noch keine Namen gibt, an denen man sich festhalten könnte.

Die Angst ist nicht nur in Güls Körper, sie hat die ganze Welt erfasst, und Gül braucht Einzelheiten, kleine Brocken, die man benennen kann, Stücke, die man notfalls hinunterwürgen kann, denn jetzt ist die Angst so groß, dass sie Gül mit Leichtigkeit verschlucken könnte.

Dieser Moment.

Wie viel Angst passt in einen Moment, der so kurz ist?

So kurz sein muss, damit man ihn überlebt.

– Welches Krankenhaus?

Ceyda sieht ihre Mutter an, schuldbewusst, schulterzuckend.

– Wie finden wir das nur raus? Wie weit ist sie geflogen? Sag noch mal.

– Ich habe es nicht ganz genau gesehen.

Ceyda fühlt sich verantwortlich, diesen Moment hätte sie nicht verpassen dürfen.

– Wie weit lag sie vom Auto entfernt?

– So … so weit, wie der Hühnerstall lang ist.

– Was mache ich jetzt nur? Was mache ich, mein Gott, was?

Güls Stimme zittert, sie ist kurz davor, sich das Gesicht zu zerkratzen, wie Ceren es damals am Fuß der Treppe getan hat.

– Zu Tante Tanja, schlägt Ceyda vorsichtig vor.

Tante Tanja ist eine ältere verwitwete Dame, die einzige Deutsche, die noch in der Heimstraße wohnt. Sie spricht einen Dialekt, den Gül nicht gut versteht und den sie erst Jahrzehnte später, nach dem Fall der Mauer, als einen ostdeutschen erkennen wird.

– Ja, zu Tante Tanja, sagt Gül, die hat ja auch ein Telefon. Wir müssen wissen, in welchem Krankenhaus sie liegt.

Auf dem Weg dorthin redet Gül unaufhörlich, und Ceyda ahnt, dass es schlimmer wäre, wenn ihre Mutter schweigen würde. Aber noch besser wäre es, wenn Gül sie ohrfeigen würde.

– Ihr wisst genau, dass ihr in der Straße bleiben sollt.

– Hier war alles so matschig.

– Ja, und? Bist du etwa in einem asphaltierten Land geboren worden? Bist du eine Dame geworden hier? Du bist die große Schwester, du hättest sie nicht aus den Augen lassen dürfen.

– Sie hatte sich versteckt, zwischen zwei Autos.

Tante Tanja sitzt vorne im Taxi, Gül und Ceyda hinten. Gül sieht ihre Tochter an, die mit jeder Sekunde, in der geschwiegen wird, noch kleiner zu werden scheint.

– Was passiert ist, ist passiert, sagt Gül, Ceren lebt, und für die Vergangenheit gibt es keine Lösung, das hat dein Opa schon immer gesagt. Es hätte überall passieren können, auch bei uns in der Straße, man kann seinem Schicksal nicht entkommen.

Gül streicht über Ceydas Haare.

– Du musst alles tun, was du kannst, du musst deine ganze Kraft nutzen und alles so gut wie möglich machen, aber wenn die Dinge geschehen sind, dann muss man sie loslassen. Sie liegen nicht in unserer Hand.

Mevlüdes Worte fallen ihr ein: Wenn du so schlau bist, dann schreib doch ein Buch.

Es ist nicht der Glaube, der ihr fehlt, aber loszulassen ist so viel schwieriger, als es sich anhört. Was redet sie so klug daher, während sie sitzt, als wäre das unter ihr kein weiches Leder, sondern glühende Kohlen eines Schmiedefeuers. Was tut sie so weise, wenn es sich anfühlt, als würden vierzig Füchse durch ihr Inneres spazieren, ohne dass einer den anderen auch nur streifte. Was gibt sie für Ratschläge, wenn sie am liebsten weinen würde, weinen und klagen und hoffen, dass dieser Tag keine weiteren Überraschungen bereithält, dass sie Ceren gleich wieder mitnehmen können, dass da keine Brüche sind, keine Blutungen, Verletzungen, die vielleicht nie wieder heilen.

Sie ist gesund geboren, Herr, lass sie nicht behindert weiterleben.

Als die beiden hinten schweigen und Ceyda den Busen ihrer Mutter an ihrem Kopf spürt, tut Tanja etwas gegen die Angst, sie zerteilt die Zeit mit Worten.

– Nicht so schlimm, Frau Yolcu, sagt sie, die vom Krankenhaus haben gesagt, dass keine Lebensgefahr besteht. Ceren wird bald zu Hause sein, ein bisschen Schaden und Schrecken ist immer, aber es wird weitergehen.

Sie hat sich umgedreht zu den beiden, und Gül betrachtet das schmale, faltige Gesicht Tante Tanjas, das zwar etwas kantig ist, aber dennoch Wärme ausstrahlt.

– Seien Sie froh, es ist ja nicht wie im Krieg. Damals konnten wir nicht anrufen und herauskriegen, wo jemand ist. Da haben Frauen jahrelang auf ihre Männer gewartet, ohne überhaupt zu wissen, ob die noch leben. Frau Yolcu, lächeln. Lächeln Sie doch, Sie sind so eine herzensgute Frau und so jung. Lächeln Sie, es wird nicht schwer werden, das habe ich im Gefühl. Trauen Sie einer alten Frau.

Gül lächelt, aber nicht weil sie wirklich versteht, was Tanja sagt, sondern weil sie sich freut, dass diese Frau sich kümmert. Weil sie nicht alleine ist. Weil Tante Tanja die Heimstraße mit dem Rest der Welt verbindet.

– Konntest du nicht besser achtgeben?, herrscht Fuat seine Tochter an. Wer hat euch erlaubt, euch so weit von zu Hause zu entfernen? Hast du kein Auge auf sie gehabt? Was hattest du so Dringendes zu tun?

Ceyda sagt kein Wort, Fuat schenkt sich einen großen Whisky ein und gibt zwei Schlucke Cola drauf. Er schickt Ceyda ins Bett und rüffelt nun Gül:

– Sie sind noch Grundschulkinder, und du kommst jetzt schon nicht mehr mit ihnen klar.

– Aber du, sagt Gül, du kommst vorbildlich mit ihnen klar. Wie damals, als du Ceren mit Zahnweh in die Schule geschickt hast. Als würdest du ein Kleinkind überlisten, hast du ihr weisgemacht, du hättest ihr den Zahn gezogen. Und die Lehrerin hat sie nach Hause geschickt, weil sie vor Schmerzen gewimmert hat im Unterricht. Soll ich mich so um die beiden kümmern? Soll ich mir an dir ein Beispiel nehmen?

– Sie hatte keine Schmerzen mehr, als sie hier los ist.

– Wir sollten dem Herrn dafür danken, dass Ceren lebt, dass sie wahrscheinlich morgen schon aus dem Krankenhaus entlassen wird, dass sie gesund ist und dass wir hier jeden Tag satt werden. Du solltest dankbar sein für deinen Whisky, für dieses Haus und jenes, das wir in der Türkei bauen. Du sollst dankbar sein und nicht immer schimpfen und schreien, das bringt uns nirgendwohin.

– Hast du mit einem Weisen zusammengesessen, als deine Tochter angefahren wurde, oder was? Hör sich mal einer die an. Wir sollten dankbar sein. Wenn uns etwas hierhergebracht hat, dann mein Wille und mein Ehrgeiz. Wäre ich dankbar gewesen für zwei Arme und zwei Beine und ein wenig Brot und Wasser, würde ich immer noch die fettigen Haare von verlausten Dorftrotteln scheren. Aber wir sind hier und arbeiten mit Wolle, mit feinster Schafwolle, weich wie Sahne. Du glaubst wohl, du hast es raus? Mir solltest du dankbar sein, sonst würden wir in einem Zimmer im Haus meiner Eltern wohnen, dann hätten wir kein Auto vor der Tür stehen und hätten nicht das Fundament eines Hauses gelegt. Die Kinder hätten nicht so viel Spielzeug oder gar ein eigenes Zimmer. Du denkst wohl, all der Reichtum hier kommt aus der Rippe Adams? Immer nur dem Herrn dankbar sein, ja? Was ist mit der Arbeit meiner Hände und dem Schweiß meines Angesichts? Du begreifst gar nichts. Frauenvolk, undankbares.

Kurz darauf hört man den Anlasser des Autos.

– Ceyda, mein Kleines, wach auf, psst, weck deine Schwester nicht.

– Was?

– Pst, leise, steh auf, zieh dir was an.

– Was ist passiert?, fragt Ceyda, als sie vor dem Zimmer stehen. Über ihr Nachthemd hat sie eine Strickjacke gezogen. Draußen ist es dunkel.

– Wir müssen deinen Vater hereinholen, alleine schaffe ich das nicht.

Gül sieht nicht den fragenden Blick ihrer Tochter, sie hat sich bereits umgedreht und geht die Treppen hinunter.

– Was ist denn mit Papa?

– Er ist im Auto eingeschlafen.

– Warum?

– Warum? Warum? Weil er Gift in sich hineingießt, als gäbe es kein Morgen.

Erst als ihre Mutter die Autotür öffnet, versteht Ceyda, was mit Gift gemeint war.

Ihr Vater sitzt am Steuer, eine Hand am Lenkrad, die andere neben der Handbremse, den Kopf unnatürlich abgeknickt, die Augen geschlossen, schnarchend.

– Können wir ihn nicht wecken, fragt Ceyda, der ihr Vater auf einmal noch größer als sonst vorkommt.

– Das habe ich schon versucht, sagt Gül. Ein Wunder, dass er es nach Hause geschafft hat. Gott hat ihn geschützt.

Sie hat auch überlegt, ihn einfach liegenzulassen, doch sie möchte nicht, dass die Nachbarn ihren Mann morgen früh so sehen. Sie rüttelt Fuat, der nun zwar Geräusche von sich gibt, aber nicht aufwacht.

– Soll ich Ceren holen?

Gül schüttelt den Kopf.

– Sie ist noch nicht stark genug, uns zu helfen.

Dass sie der Kraft ihrer mittlerweile zwölfjährigen Tochter vertraut, macht Ceyda stolz. Gleichzeitig nimmt Ceyda sich in dieser Nacht vor: Egal, was passiert, ich werde keinen Mann heiraten, der trinkt.

– Die Treppen hoch?, sagt Ceyda. Das schaffen wir nie.

– Nur ins Wohnzimmer, auf die Couch, sagt Gül, während Fuat versucht, ihre Hand abzuschütteln, und etwas brabbelt, das Worte sein könnten.

Gül verflucht ihre Pfunde, als sie ihren Mann unter den

Achseln packt und aus dem Auto zieht, sie verflucht Teigwaren und Baklava, während Ceyda die Füße ihres Vaters hält.

Ich würde ja weniger essen, sagt sich Gül, aber wofür? Um attraktiver zu sein für einen Mann, den ich dann leichter aus dem Auto hieven kann?

Nachdem sie Fuat auf das Sofa verfrachtet haben, schickt sie Ceyda wieder ins Bett, zieht ihrem Mann Schuhe und Hose aus, legt eine Decke über ihn und ein Kissen unter seinen Kopf.

Dann setzt sie sich in die Küche, zündet sich noch eine Zigarette an und denkt an jenen Tag zurück, an dem sie so viel Schokolade gegessen und zum ersten Mal Alkohol getrunken hatte. Sie hatte sich übergeben müssen, und seitdem mag sie weder Schokolade noch den Geschmack von Likör, und bei Schnäpsen widert sie schon der Geruch an.

Diesem Mann wird schlecht, er setzt sein Leben aufs Spiel, er liegt am nächsten Tag krank im Bett, aber er trinkt wieder und wieder, wie kommt das?

Es ist ja nicht die Sehnsucht, die er in der Türkei hatte, diese seltsame Sehnsucht nach Getränken, die er nur aus dem Kino kannte. Diese Sehnsucht müsste längst gestillt sein.

Es ist nicht das Feuer der Jugend, das noch heller brennen möchte mit Alkohol, der Mann ist über dreißig, bald hat er die Hälfte des Wegs hinter sich, wie es heißt.

Auch Güls Vater soll viel getrunken haben, solange er noch jung war, gebechert und gezecht und alle in Angst versetzt mit seinen Bärenkräften. Er soll so geladen gewesen sein, dass er sich kaum mehr auf dem Pferd halten konnte, und selbst in so einem Zustand soll er noch Gegner gefunden haben, die er zu Boden warf, weil er einen Kampf im Stehen verloren hätte.

Sein Pferd soll einmal sein Erbrochenes gefressen und dann den Weg nach Hause nicht mehr gefunden haben. Das erzählt man sich, doch das war angeblich das einzige Mal, dass der Schmied am Straßenrand geschlafen hat.

Aus Timur ist ein respektabler Mann geworden und ein guter Vater. Herr, gib, dass auch Fuat nicht immer auf den Pfaden des Alkohols wandelt, Herr, gib, dass auch er lernt, sich zu mäßigen.

Güls Gebete werden erhört werden, doch zu einem Zeitpunkt, da sie alle Dringlichkeit verloren haben.

Als Ceyda die Strickjacke auszieht, ohne das Licht angemacht zu haben, fragt Ceren:

– Wo warst du?

– Papa war sehr müde und ist im Auto eingeschlafen, und Mama und ich haben ihn reingetragen.

– Warum habt ihr mir nicht Bescheid gesagt, ich hätte euch geholfen.

– Nächstes Mal, sagt Ceyda, ohne zu ahnen, dass es noch einige nächste Male geben wird und dass sie häufig zu dritt den schlaffen Körper ihres Vaters ins Haus tragen werden.

– Schönen guten Morgen, grüßt Serter, der durch die Hintertür einfach in die Küche gekommen ist.

Mittlerweile wohnt er in einem kleinen Apartment, und es heißt, er lässt niemanden herein. Die Menschen, die ihn besuchen wollen, beschuldigt er, spionieren zu wollen, er glaubt, dass einige seiner Bekannten mit dem CIA zusammenarbeiten oder mit dem MIT, dass sie ihn beklauen, vergiften, verleumden wollen. Auf der Arbeit hat er zwei Schlösser an seinem Spind, und er wäscht sich an die zwanzig Mal am Tag die Hände. Alle nennen ihn nur noch *den Verrückten.* Der Verrückte verbraucht drei Stücke Seife die Woche, der Verrückte glaubt, auf der Arbeit seien Kameras installiert, um sie zu überwachen, der Verrückte traut nicht mal Gott, obwohl er dessen Stimme hin und wieder hört.

Doch er verrichtet seine Arbeit wie jeder andere, er bekommt Lohn, kauft Essen in Dosen oder Gläsern, nur Knoblauch, der inzwischen verbreiteter ist, kauft er knollenweise. Knoblauch kann man nicht vergiften, behauptet er, und manche schrecken vor seinem Atem zurück.

Er geht ins Kino, trifft sich mit Landsleuten, die sich von seinen Spinnereien belustigt fühlen, er trinkt hin und wieder, spielt Karten und geht alle vierzehn Tage zu einer Prostituierten, die den kauzigen Mann gerne mag, obwohl er nie richtig entspannen kann. Doch er ist sauber, großzügig, höflich und nie grob zu ihr.

– Ist Fuat schon wach?, fragt er nun, während Gül Auberginen schneidet. Sie unterbricht ihre Arbeit nicht, da Serter sowieso niemandem die Hand gibt.

– Nein, sagt Gül, er schläft noch.

Vor etwa zwei Stunden ist Fuat aufgewacht und auf die Toilette gegangen. Ohne Gül weiter Beachtung zu schenken, ist er dann die Treppe hochgestiegen und hat sich wieder ins Bett gelegt.

– Dann komme ich später wieder, sagt Serter.

– Möge es etwas Gutes sein. Was ist los? Kann ich dir helfen?

– Ach, nichts, Schwester, sagt er. Nur Kleinigkeiten, ich komme einfach später wieder. Nur Kleinigkeiten.

– Möchtest du dich vielleicht einen Moment setzen und warten? Hast du Hunger, möchtest du etwas essen?, fragt Gül aus Gewohnheit, und noch während sie spricht, denkt sie, dass sie die Frage nicht hätte stellen dürfen. Doch Serter scheint zu überlegen.

– Die Teigpasteten da, hast du die gemacht?, fragt er.

– Ja.

– Ganz allein?

– Ja, lügt Gül. Ceyda hat ihr ein wenig geholfen.

– Dann will ich mal eine essen, sagt Serter. Ich werde schon nicht davon sterben.

Gerne würde Gül glauben, dass er einen Witz gemacht hat. Doch irgendwie fühlt sie sich geehrt, als Serter auch die zweite Pastete nicht ablehnt.

– Diese Deutschen, sagt er kauend, ihr müsst euch in Acht nehmen vor diesen Deutschen. Diese Sache wird nicht gut enden.

– Wieso?, fragt Gül, ohne zu verstehen, was *diese Sache* sein soll.

– Die mögen euch nicht, die Deutschen.

– Nur uns? Und was ist mit dir?

– Mich hat meine Frau rausgeworfen. Ich wohne nicht hier in der Straße, und ich habe auch sonst niemanden. Vor mir haben sie keine Angst. Aber vor euch. Weil ihr zusammenhaltet. Mein Vermieter ist gestorben, sagt er, ich wohne ja direkt unter ihm, ein gutmütiger alter Mann, Gott hab ihn selig. Ich war auf seiner Beerdigung, eine deutsche Beerdigung mit Frauen und Kreuz und allem. Und da war eine alte Frau, die sah meinem Vermieter ähnlich, und ich habe gefragt, wer das ist. Es war die Schwester. Fast vier Jahre wohne ich nun schon dort, und noch kein einziges Mal habe ich diese Schwester dort gesehen. Seine leibliche Schwester. Die Deutschen sehen sich auf Beerdigungen oder zu Weihnachten vielleicht. Die halten nicht zusammen. Und deswegen haben sie Angst vor euch, weil ihr zusammenhaltet, weil ihr stark seid. Und weil sie Angst haben, mögen sie euch nicht.

Ich habe niemanden, ich muss vor allen Angst haben. Meine eigene Frau wollte mich vergiften. Nur weil ich manchmal Gottes Stimme höre. Ihr müsst euch in Acht nehmen vor diesen Deutschen. Du wirst dich noch an meine Worte erinnern. Sie werden sagen, dass ihr nicht in dieses Land gehört, dass ihr Moslems seid, dass die Familie zu viel über den Einzelnen bestimmen darf. Sie werden versuchen, euch zu sprengen, sie werden versuchen, euch die Sprache zu nehmen, die Einheit, den Stolz. Nur noch zwei, drei Jahre, dann werde ich heimkehren, weil es hier nicht mehr auszuhalten sein wird. Sie schmieden schon Pläne, glaub mir.

Die ganze Zeit hat er mit vollem Mund geredet. Jetzt streckt er die Hand aus und nimmt sich eine dritte Pastete.

– Die sind gut geworden. Und so eine Frau wie du, die würde mich nicht vergiften.

– Niemand möchte dich vergiften, würde Gül gerne sagen, doch Serter wohnt nicht nur in einem Einzimmerapartment, auch der Raum in seinem Kopf ist nicht viel größer und hat zudem kein Fenster, da können sich die Gedanken immer nur in eine Richtung bewegen.

– Du hörst Gottes Stimme?, fragt Gül stattdessen.

Sie glaubt an Gott, ohne jeden Zweifel, sie weiß, dass er ihr Zeichen schickt und sie nicht im Stich lässt.

Nein, sie glaubt nicht ohne Zweifel, das sagt sich nur so leicht. Manchmal fühlt sie sich verloren, allein, ohne Halt, nicht mal im Glauben. Doch so sind die Geschöpfe des Herrn, denkt sie dann, das liegt in unserer Natur. Wenn man die Stimme Gottes hören könnte, würde man Frieden finden, oder würde man verrückt werden?

Serter kaut und nickt.

– Du hörst sie?, fragt Gül noch mal.

– Hm.

– Und was sagt sie dir?

Gül weiß selber nicht, ob sie die Frage ernst meint oder ob sie nur Serters Reaktion testen möchte. Es sagen alle, er sei verrückt, aber man weiß ja nie.

Serter blickt auf, schluckt und schaut ihr in die Augen.

– Schwester, sagt er, mal ehrlich: Du bist eine Dienerin des Herrn. Wenn er mit dir sprechen würde, würdest du herumlaufen und es überall herumposaunen? Ich bin doch kein Prophet, ich soll euch nicht bekehren. Was Gott zu mir sagt, bleibt zwischen uns, das ist nicht Gegenstand von Klatsch und Tratsch. Also wirklich.

Er schüttelt den Kopf, und Güls Körper wird von einer warmen Welle überflutet, und ihre Wangen bekommen Farbe.

Als nun die Tür aufgeht und Fuat in die Küche kommt, wird es Gül noch heißer, obwohl sie nichts Verbotenes getan hat. Als sie unverheiratet war, hätte es Probleme gegeben. Ein Mann und eine Frau in einem Raum allein. Jetzt, da sie verheiratet ist, ist sie freier, was Männergesellschaft angeht. Bei den Deutschen ist es umgekehrt, hat sie das Gefühl.

Die beiden Männer begrüßen sich, und Fuat überspringt verkatert, wie er ist, das artige Geplänkel und fragt gleich:

– Was führt dich hierher?

Serter sieht ihn zunächst etwas irritiert an, dann sagt er:

– Du und ich, wir haben doch gestern Abend an einem Tisch gesessen und Karten gespielt, oder?

– Ja, bestätigt Fuat.

– Ziemlich lange sogar.

– Ja, wiederholt Fuat, während er sich ein Glas Wasser aus der Leitung einlässt.

– Und du hast verloren.

Fuat trinkt das Glas in einem Zug aus und sagt:

– Mal gewinnt man, mal verliert man.

– Du warst hinüber, was?, meint Serter. Dann wendet er sich an Gül: Glaubst du, ich könnte ein Ei mitnehmen? Eure Hühner werden ja wohl keine vergifteten Eier legen.

– Ich schau mal im Stall nach, sagt Gül.

Im Garten setzt sie sich auf einen Stein und fragt sich, wie viel Fuat wohl verloren hat und wie es zusammenpasst, dass Gott mit Serter spricht und ihm gleichzeitig erlaubt, beim Glücksspiel zu gewinnen.

Sie fragt sich, wohin die Trinkerei noch führen soll, aber mit Fuat kann man darüber nicht reden.

– Ich bin kein Trinker, sagt er, nur am Wochenende mach ich mal Licht an. Das ist nicht zu viel, wenn man die ganze

Woche malocht hat. Nicht trinken, nicht rauchen, nicht essen, der Mund ist mehr als eine Blume auf der Wiese, da muss man doch mal zulangen dürfen, wir sind ja keine Pflanzen.

Unter der Woche trinkt er tatsächlich nur zwei, drei Gläser nach der Arbeit.

Gül kann Fuat nicht rausschmeißen, wie Mevlüde es mit Serter getan hat. Die beiden hatten keine Kinder, und Serter ist wirklich verrückt. Wie könnte sie diesen Mann aus der Wohnung werfen? Und wenn sie selber ginge, wohin sollte sie dann gehen? Mit zwei Kindern? Wie sollte sie die Miete zahlen, wer sollte nach den Mädchen sehen und was sollte sie ihrem Vater und ihren Schwestern sagen? Und wenn sie einfach in die Türkei ginge, was sollte sie dort machen? Wovon sollte sie leben?

Die Stimmen in der Küche werden lauter, bis Gül diesen vertrauten Klang hört: Fuats Stimme, wenn er brüllt, was seine Lungen und Stimmbänder hergeben.

Serter tritt aus der Hintertür, sieht Gül an und sagt nur gefasst:

– Gott ist mein Zeuge.

Dann geht er.

Wenig später kommt Fuat heraus, in der Hand eine brennende Zigarette.

– Was der braucht, sind keine Eier, was der braucht, sind Tassen im Schrank. Da kommt dieser Irre und erfindet Spielschulden. Wer wird dem schon glauben?

Gül reagiert nicht. Fuat schaut auf ihren Hintern, einige Sekunden lang, den Ausdruck in seinem Gesicht könnte man für ein Lächeln halten, aber Gül weiß es besser.

– Eigentlich bevorzuge ich schlanke Frauen, sagt er, ich bin ja nicht so ein Dorftrottel, der Wohlstand mit Fülle verwechselt. Die Zeiten sind längst vorbei. Aber wenn sie schon behaupten, ich hätte Pech im Spiel …

Zwei Wochen vor Silvester fangen die Kinder in der Heimstraße schon an, ihre Eltern zu fragen: Gehen wir dieses Jahr wieder zu Tante Gül und Onkel Fuat? Feiern wir wieder bei Ceydas und Cerens Eltern?

Doch nicht nur die Kinder, auch die Erwachsenen gehen gerne zu den Yolcus. Die Frauen mögen Güls unaufgeregte Herzlichkeit, ihr warmes Lachen und ihren Eifer um das Wohlbefinden ihrer Gäste. Wenn Gül lacht und ihr Bauch und die Brüste wackeln, wünscht sich so manche, sie könnte auch so lachen, so losgelöst von allem, als sei ihr Lachen nur eine andere Art zu schweben. Und die Frauen bewundern, dass Gül sich Minuten später bei einer Geschichte eine Träne wegwischt, ergriffen von Melancholie oder Trauer oder Rührung. Manche glauben sogar, Gül könnte tiefer fühlen als sie, weil es nie so aussieht, als läge ihr etwas daran, ihre Gefühle auszustellen.

Die Männer hingegen, die zu den Yolcus kommen, würden es zwar ungern zugeben, aber sie sind beeindruckt vom Angebot in diesem Haus. Auch sonst ist Fuat über die Maßen spendabel, doch zu Silvester gibt er das Geld mit noch volleren Händen aus, der Alkohol, die Knabbereien sind schier unerschöpflich in diesem Haus, und die Summe, die er für Feuerwerk ausgibt, ist nahezu so hoch wie das Haushaltsgeld seiner Frau. Das ist auch einer der Gründe, warum die Kinder so gerne im Haus mit der Nummer 52 feiern. Um Mitternacht gibt es so viel zu knallen, dass auch sie nicht zu kurz kommen.

Bereits Tage vorher ist Fuats Laune schon gehoben. Wenn er einen Einkaufswagen voller Spirituosen und Feuerwerk zur Kasse schiebt, könnte man glatt glauben, das Haus in der Türkei sei schon fertig gebaut, inklusive Garage, in der ein Sportwagen steht, so sehr strahlt der Mann. Und selbst während er an der Kasse drei, vier oder gar fünf blaue Scheine hinblättert, wirkt er, als hätte er den lang ersehnten Lottogewinn eingefahren.

– Zu irgendetwas muss diese ewige Schufterei und Ackerei gut sein, wir wollen doch nicht vegetieren wie Gras auf der Wiese. Gott hat dem Menschen Vernunft gegeben, und das ist auch gut so, aber manchmal muss einem einfach alles egal sein, sonst frisst dieses Leben einen auf.

Die Gesichter, die zufriedenen Gesichter der Freunde, die lachenden der Kinder, so etwas kann man nicht mit ein paar Scheinen kaufen, und wenn doch, so ist es nicht verwerflich. Ein Haus voller fröhlicher Menschen mit guten Vorsätzen und lichten Hoffnungen, ein Haus, getragen von Freude, in dem alle Sorgen und Sehnsüchte vergessen sind.

Zu Silvester schwebt die Nummer 52 über dem Boden, und auch Ceyda und Ceren freuen sich auf diesen Abend und diese Nacht, nachdem sie Weihnachten endlich hinter sich gebracht haben.

Die Weihnachtstage könnten in der Heimstraße Sonntagen gleichen, außer Tante Tanja wohnen keine Christen dort. Die Spanier, Jugoslawen und Griechen sind weggezogen, die meisten fort aus Deutschland.

Man könnte das Auto vor der Tür waschen, die Musik laut drehen, sich gegenseitig besuchen wie sonst immer, fernsehen, kochen, häkeln, Karten spielen, seinen Kater auskurieren, man könnte die Dinge tun, die man an Wochenenden tut, doch Weihnachten weht nicht mal durch die Heimstraße ein Wind.

Sei es, weil das Fernsehprogramm anders ist, sei es, weil die Stille in den Straßen sich aufs ganze Städtchen legt, sei es, weil die Bewohner einen unbewussten oder zumindest unausgesprochenen Respekt vor diesem Fest haben. Sei es, weil sie Angst vor Gerede haben – irgendwie würden die Deutschen schon merken, dass man laut ist, sei es, weil ein fast ausgestorben wirkender Ort stets Ehrfurcht auslöst, sei es, weil sie die Straße nicht verlassen können, was sollten sie woanders, wenn alles geschlossen ist? Zu Weihnachten langweilen sich die meisten Bewohner der Heimstraße, während Tanja allein daheimsitzt und sich wünscht, ihre Nachbarn würden sie besuchen.

Wenn sie uns doch arbeiten ließen und uns dafür am Opferfest oder zu Ramadan freigäben, da hätten wir mehr davon, denkt der eine oder andere.

Doch vielleicht liegt die Ausgelassenheit, das Gelächter und Gejohle beim gemeinsamen Bingospiel zu Silvester auch an diesen Weihnachtstagen, die sich anfühlen wie Steine im Weg, die man hinter sich gebracht haben muss, bevor ein neues Jahr mit neuen Versprechungen beginnen kann.

Das Bingospiel, von dem Gül angenommen hatte, dass es zu Silvester in der ganzen Türkei gespielt wird, ist einigen Freunden und Nachbarn zunächst neu, doch schon bald werden an jedem Jahresende in der ganzen Heimstraße Zahlen gezogen.

Yılmaz starrt in diesem Jahr auf seine Karten, sein Blick ist leer, und in dem allgemeinen Gerede fällt niemandem auf, dass er schon länger schweigt. Als Gül eine Runde aussetzt, Aschenbecher leert und Gläser auffüllt, bemerkt sie, dass Yılmaz die gezogenen Zahlen nicht auf seiner Karte abdeckt, und sie glaubt, dass ihm das Spiel zu langweilig ist, dass er sich, gebildet, wie er ist, erhaben darüber fühlt.

Doch als bald darauf alle aufstehen, um das neue Jahr mit viel Feuerwerk zu begrüßen, bleibt Yılmaz einfach auf seinem Stuhl sitzen. Gül scheint die Einzige zu sein, der das auffällt. Saniye hat zwei Whisky-Cola getrunken, und wenn man sie so sieht, kichernd wie ein angesäuselter Backfisch, würde man nicht ahnen können, was für eine Geschichte sie erzählen kann, man würde nicht glauben, dass ihre Augen in einem normalen Gespräch unvermittelt in eine ungeahnte Dunkelheit abtauchen können.

Gül geht nochmals zurück in die Küche, Viertel vor zwölf in einer Silvesternacht Mitte der siebziger Jahre. Yılmaz sitzt bewegungslos auf seinem Stuhl und starrt auf seine Bingokarte.

– Möchtest du vielleicht mit rauskommen?, fragt Gül behutsam.

Yılmaz hebt den Kopf und sieht sie an, sein Blick stier.

– Oder lieber alleine drinnen bleiben?

– Ich komme schon raus, sagt er, ich komme schon raus.

Er erhebt sich langsam und vorsichtig, stützt sich mit einer Hand am Tisch ab. Als er steht, nimmt er seine Zigarettenpackung und steckt sie in die Hemdtasche.

– Feuer ist draußen genug, sagt er und grinst Gül an.

– Weißt du, warum die hier alle lange Haar haben?, fragt er auf einmal.

– Wer?

– Diese Studenten. Die linken Studenten. Nur weil man links ist, muss man nicht wie ein Mädchen rumlaufen. Ich verstehe dieses Land nicht. Sich die Haare wachsen zu lassen hat doch nichts mit Revolution zu tun. Was soll mein Kind denn hier lernen?

Gül fühlt sich Menschen wie Yılmaz schon deshalb unterlegen, weil sie nur einen Grundschulabschluss hat. Sie weiß nicht, wie Yılmaz gerade auf dieses Thema kommt und was sie ihm nun antworten soll, ohne dass es dumm klingt.

– Hier können die Kinder alles lernen, was sie wollen, sagt Gül.

Sie werden nicht von der Universität verwiesen. Das sagt sie nicht.

– Scheißegal, sagt Yılmaz.

Er spricht mit Bedacht, und erst als er sich nun in Bewegung setzt, begreift Gül, dass Yılmaz betrunken ist.

– Ich hatte gestern Abend runde Füße, sagt Fuat am nächsten Tag, wenn er so gegangen ist wie Yılmaz jetzt.

– Komm, sagt Gül und legt Yılmaz einen Arm um die Hüfte, um ihm hinauszuhelfen, ohne an die Möbel zu stoßen.

Draußen stellt sie ihn direkt an den Gartenzaun, an dem sie so oft auf den Briefträger gewartet hat, und sagt:

– Warte einen Moment hier.

In dem allgemeinen alkoholisierten Durcheinander achtet niemand auf Yılmaz, und Gül hält Ausschau nach Saniye, die gerade kichernd einen Böller in der Hand hält und ihr Feuerzeug nicht anbekommt.

– Saniye, sagt Gül, Saniye, dein Mann ist hinüber, vielleicht solltest du mal nach ihm schauen. Er kann kaum mehr stehen.

– Schon wieder?, sagt Saniye und sieht Gül an. Dann blickt sie wieder auf das Feuerzeug in ihrer Rechten.

– Um den kann ich mich jetzt nicht kümmern, soll er sich einfach hinlegen, der alte Schluckspecht. Jeden Tag dasselbe. Wenn ich einmal im Jahr trinke, will ich auch meinen Spaß haben. Was scherts mich, dass er nicht stehen kann?

Gül schaut Saniye etwas ungläubig an, doch die lächelt, weil sie gerade dem Feuerzeug eine Flamme entlockt hat, in die sie nun die Zündschnur hält.

Jeden Tag? Das wäre ja öfter als Fuat. Sie kann es gar nicht glauben. Saniye schmeißt den Böller weg und strahlt Gül an.

Gül wendet ihren Blick wieder zum Zaun und sieht, dass Yılmaz sich umgedreht hat und sich in den Garten übergibt. Als wüsste sie nicht, was zu tun ist, bleibt Gül stehen, um sie herum Knallen und Pfeifen und Krachen, der Geruch abgebrannter Feuerwerkskörper, Fetzen von Stimmen und Gelächter, Schreie von Kindern. Sie weiß, dass es nur Einbildung sein kann, doch sie nimmt den Geruch von Erbrochenem wahr, obwohl sie gut fünfzehn Schritte vom Zaun entfernt steht.

Die ganze Welt scheint in Bewegung, nur Gül rührt sich nicht. Selbst die Gedanken in ihrem Kopf scheinen stillzustehen, zwei Gedanken nebeneinander: Yılmaz trinkt. Saniye kümmert sich nicht um ihn.

Gül sieht Ceren fröhlich kreischend ins Haus laufen, und

dann passieren zwei Sachen gleichzeitig: ein lauter Knall, der in Güls Ohr schmerzt, und ein Gefühl, als hätte ihr jemand auf die Hüfte geschlagen. Sie bewegt sich immer noch nicht, sondern schaut an sich runter. Aus ihrer rechten Jackentasche, die nun ein Loch hat, kommt Rauch, und es riecht nach angesengtem Stoff.

Sie hat nicht bemerkt, dass jemand einen Knaller in ihre Jackentasche gesteckt hat. Sie könnte ein Spektakel daraus machen, sich die Hüfte halten und solche Scherze laut verdammen, doch sie setzt sich einfach nur in Bewegung und geht zu Yılmaz, der sich gerade mit der Hand den Mund abwischt.

– Lass uns reingehen, sagt sie, ich mache dir einen Minztee.

– Darf ich zu Gesine gehen?, will Ceren wissen, und Gül antwortet: Ja, geh nur, aber denk daran, was ich dir gesagt habe.

– Ich soll nicht zu oft dorthin gehen, und ich bin spätestens um fünf zu Hause.

Gül lächelt.

– Los, los, und bring Gesine bald mal wieder mit.

Gesine und Ceren haben sich im Krankenhaus kennengelernt, als Ceren vom Auto angefahren worden war, sie lagen zu zweit in einem Zimmer. Ceren hatte nur eine Rippe gebrochen und einige Prellungen und Schürfwunden. Gesine, die in Cerens Alter ist, war auf das Waschbecken geklettert, um sich besser im Spiegel sehen zu können. Das Waschbecken hatte sich aus der Verankerung gelöst, und beim Sturz hatte Gesine sich mehrere Zehen und den Mittelfußknochen gebrochen.

Gesine ist Cerens erste richtige deutsche Freundin. Mit den deutschen Freundinnen aus der Schule trifft sie sich nicht nachmittags, sondern redet nur auf dem Schulhof mit ihnen, am liebsten aber spielt sie mit den anderen Kindern aus der Heimstraße.

Doch mit Gesine ist es anders. Im Krankenhaus hatte Gesine abends, als alle weg waren, zu Ceren gesagt:

– Komm doch zu mir ins Bett, und hatte die Decke zurückgeschlagen. Ich kann mit dem Gipsfuß nicht so gut laufen.

Ceren war etwas erschrocken: Manchmal, wenn sie schlecht geträumt hatte, kroch sie zu ihrer Schwester ins Bett oder ab und zu noch zu ihrer Mutter, aber Gesine war eine Fremde.

– Komm schon, ich tue dir nichts.

Gesine deckte sie beide zu und sagte:

– Stell dir vor, wir sind in einem Urwald, auf einem Floß, nur du und ich, und wir treiben dahin. Um uns herum sind Krokodile, und wir haben Angst, deshalb atmen wir nur ganz leise und machen uns klein. Es ist heiß im Urwald, weißt du das? Weißt du, wie heiß?

Gesine zog die Decke über ihre Köpfe und flüsterte:

– Ganz leise sein. Ich sage dir Bescheid, wenn es so heiß ist wie im Urwald. Die Luft dort kann man kaum atmen.

Es war, als würden sich in der Stille und Dunkelheit nicht nur die Gerüche, sondern auch ihre Körper vermischen, als würden sie eins werden in einem Bett, dass in Wirklichkeit ein Floß war, das in einem feuchten üppigen Urwald flussabwärts glitt.

– Jetzt, flüsterte Gesine irgendwann, und Ceren konnte die Luft tatsächlich kaum noch atmen. Sie wusste nicht, wann sie schon mal einem Fremden so nah war, nicht nur körperlich.

Vorsichtig hob Gesine nach zwei, drei Minuten die Decke ein Stück an.

– Hier sind keine Krokodile mehr.

Ceren schaute auf der anderen Seite heraus.

– Hier auch nicht.

Es sind nicht nur die Krokodile fort, als sie unter der Decke hervorkommen, es ist, als wäre die Welt weniger gefährlich geworden.

Dass sie gemeinsam unter der Decke waren und ihre Freundschaft auf einem Floß im Urwald umgeben von Krokodilen begonnen hat, wird Ceren ihrer Mutter erst Jahre später an einem Winterabend am Ofen in ihrem Haus in der Türkei erzählen.

In diesen Tagen stellt Ceren häufig Fragen, wenn sie bei Gesine gewesen ist.

– Mama, was essen die Deutschen zum Frühstück?

– Brötchen oder Brot, Butter, Marmelade, Käse, was sollen sie schon essen?

– Aber das essen sie doch schon abends.

– Hast du dort gegessen?

– Ja.

Gül ist verunsichert.

– Vielleicht essen sie Suppe zum Frühstück, sagt sie.

– Also doch keine Marmelade und Wurst.

– Ich weiß es nicht, sagt Gül, du müsstest Gesine fragen.

Ceren sieht ihre Mutter enttäuscht an. Gül ermuntert ihre Töchter immer, ihr Fragen zu stellen, doch manchmal ist sie um eine Antwort verlegen.

– Und ich werde Tante Tanja fragen, sagt Gül, das kriegen wir schon raus, was die Deutschen zum Frühstück essen.

Gül möchte, dass Ceyda und Ceren so viel wie möglich lernen, deswegen kauft sie ihnen Bücher, Kinderausgaben der Klassiker, gebundene Bände, die in einem großen Supermarkt bei den Spielsachen stehen, Robinson Crusoe, Die Schatzinsel, Moby Dick, Winnetou.

Ihre Töchter sollen gebildeter sein als sie, ihnen sollen mehr Tore im Leben offenstehen, weil sie mehr wissen und besser wählen können. Es erscheint ihr seltsam, dass ihre Kinder so gut Deutsch sprechen, aber nicht wissen, was die Deutschen zu Abend essen.

Und Ceren verwundert es, dass sie jedes Mal, wenn sie bei Gesine ist, merkt, dass sie bestimmte deutsche Worte nicht kennt. In der Schule hat sie keinerlei Probleme, und beim Aufsatz oder Diktat hat sie immer eine Zwei, und grundsätzlich glaubt sie genauso gut Deutsch zu können wie die Kinder, die es auch zu Hause sprechen. Sie hat nicht einmal einen Akzent, wie Ceyda ihn hat.

Doch wenn sie bei Gesine ist, lernt sie Worte wie Suppenkelle, Kehrblech, Feudel, Bücherbord, Nudelholz.

An dem Tag, als Ceren das Wort Abendbrot gelernt hat, sitzt sie noch auf den Stufen vor ihrer Haustür, sieht in die untergehende Sonne und versucht zu verstehen, warum da nur ein Buchstabe Unterschied ist zwischen Abendbrot und Abendrot, Abendrot, das die Straße gerade in ein Licht taucht, das noch weicher wirkt, weil es nicht von Gehwegplatten und Asphalt reflektiert wird.

Ceren denkt an das Sommerhaus ihres Opas, auf dessen Stufen sie gesessen hat, und daran, wie sie als kleines Kind dachte, die Straße ihres Opas und die Heimstraße müssten nah beieinander liegen, weil beide nicht asphaltiert waren.

– Was ist das alles, fragt Fuat, wie soll ich das denn ins Auto bekommen? Kaum fassbar, was hast du alles eingekauft, wir fahren doch nicht in ein Notstandsgebiet. Als würde es nicht reichen, dass du so dick bist, jetzt soll ich den Wagen auch noch mit allem beladen, was die deutsche Warenwelt so hergibt. Da setzt das Auto unten auf. Was ist denn das alles hier, was ist in diesen Koffern hier? Ein wenig Kleidung zum Wechseln würde es auch tun, oder?

Gül sagt nichts, sie steht im Schlafzimmer zwischen Koffern und Taschen und fragt sich, wo ihr Mann die letzten Wochen war. Er müsste die Urlaubsvorbereitungen mitbekommen haben, seit über einem Monat kauft sie nun schon ein und füllt Tasche um Tasche.

– Jedes Jahr dasselbe, sagt er, was ist da drin? Was? Ich habe dir eine Frage gestellt.

– Geschenke, sagt Gül.

– Für wen?

– Für deine Eltern, für meine Eltern, für unsere Nichten und Neffen, für deine Brüder, für meine Schwestern, für alle.

– Und würde es nicht reichen, wenn du jedem nur eine Kleinigkeit mitbringst, muss es gleich – er zerrt den Reißverschluss auf –, muss es gleich ein Toaster sein? Kann man das Brot nicht am Feuer rösten oder auf dem Gasherd, braucht irgendjemand dort wirklich einen Toaster? Also ehrlich. Und was ist das hier? Nutella?

– Die Kinder essen das gerne.

– Fünf Gläser? Ah, sechs. Was ist mit der guten alten Rosenmarmelade deiner Mutter, ist die nicht mehr gut genug? Und hier: Maggi. Wofür brauchen wir Maggi?

– Das gibt es in der Türkei nicht. Deswegen sind wir doch hergekommen, oder? Weil es hier Arbeit gibt und Geld und Möglichkeiten. Und warum sollten wir die Möglichkeiten nicht nutzen?

– So ein Auto ist auch nichts anders als ein Esel, weißt du, irgendwann bricht es unter der Last zusammen.

– Als du den Mercedes gekauft hast, hast du noch getönt, was für ein tolles Auto das ist. Nicht so eine Karre wie das vorher, sondern richtige Qualitätsarbeit, wie es sie in der Türkei nicht gibt. Und wie viel PS es hat und wie gut es auf der Straße liegt. Und jetzt willst du mir weismachen, das Auto würde wegen drei Gläsern Nutella zusammenbrechen? Willst du damit etwa sagen, dass der Mercedes sein Geld nicht wert war?

– Sei still und quatsch nicht, als wärst du ’ne ausgebildete Mechanikerin. Wenn die Achse bricht, dann will ich dich mal sehen, wie du den Wagen mit deinem Weibergewäsch reparierst.

– Ich mische mich nicht in deine Autoangelegenheiten ein, oder? Und das hier, das gehört zum Haushalt, das ist mein

Bereich, und wir werden diese Taschen und Koffer mitnehmen, wofür sonst haben wir einen Dachgepäckträger? Du hättest mal vorher einen Blick drauf werfen sollen und nicht erst zwei Tage vor unserer Abreise. Ich kann nun nichts mehr auspacken, ohne dass sich irgendjemand benachteiligt fühlt.

– Im Flugzeug hättest du das alles nicht mitnehmen können. Ich habe ein Auto gekauft, damit die Dinge einfacher werden, aber mit Frauen ist nie irgendetwas einfach. Weibervolk, sagt Fuat, Weibervolk, nichts als Ballast. Sogar auf den eigenen Hüften.

Zwei Tage später haben die Eheleute noch immer kein freundliches Wort miteinander gewechselt, aber der Wagen ist vollgepackt, Ceyda und Ceren sitzen verschlafen auf dem Rücksitz, der Morgen dämmert, Fuat sitzt am Steuer und raucht, während sie auf Saniye und Yılmaz warten.

– Weibervolk, sagt Fuat wieder, Yılmaz allein wäre pünktlich, aber er muss noch auf seine Frau warten.

Das ganze Jahr über geschieht es selten, dass alle Familienmitglieder länger als eine Stunde zusammen in einem Raum sind. Nun werden sie fast drei Tage im Auto verbringen, und wie bei jeder Fahrt in die Türkei werden sie erschöpft ankommen und wie bei jeder Ankunft wird die Freude stärker als die Erschöpfung sein.

Da biegt der Granada in die Heimstraße ein, Yılmaz am Steuer, Saniye und die fast zwei Jahre alte Sevgi auf dem Rücksitz. Als sie halten, steigen alle aus, man wünscht sich einen guten Morgen, die Frauen bitten Gott, dass ihnen die Wege offenstehen mögen, und bevor sie wieder einsteigen, kommt Tante Tanja zu dieser frühen Stunde aus ihrem Gartentor, in ihrer Hand eine Schüssel. Sie lächelt.

– Gute Reise, sagt sie. Und kommt gesund wieder. Da es sonst niemand macht, schütte ich euch das Wasser.

– Gott möge es dir vergelten, sagt Gül leise auf Türkisch, weil sie nicht weiß, wie man das auf Deutsch sagt. Auf Deutsch fügt sie ein Danke hinzu und hofft, dass man ihrer Stimme die guten Wünsche anhören kann.

Tanja hat schon oft gesehen, wie ihre Nachbarn hinter Reisenden etwas Wasser auf die Straße schütten, damit diese ihren Weg so leicht finden mögen wie das Wasser. An diesem Morgen kippt sie hinter den Autos eine Salatschüssel voller Wasser schwungvoll auf die Straße. Gül dreht sich noch mal um und sieht aus dem Rückfenster die alte Dame allein auf der Straße stehen, die leere Schüssel in der Hand. Während hinter ihr langsam die Sonne aufgeht, winkt sie. Das ist ein gutes Zeichen, denkt Gül und schickt dennoch hinterher: Herr, lass uns ohne Unfall und Unheil an unser Ziel gelangen.

Kurz hinter München halten sie das zweite Mal. Ceyda und Ceren unterbrechen ihr Kartenspiel, wollen nach Sevgi schauen, ein wenig mit ihr spielen, doch die Kleine schläft auf dem Rücksitz. Als sie weiterfahren, setzt sich Saniye ans Steuer des Granada, und Yılmaz legt den Beifahrersitz zurück und schließt die Augen.

Gül weiß, dass Saniye den Führerschein gemacht hat, aber sie hat ihre Freundin noch nie fahren sehen, genauso wenig wie Fuat, dem nicht anzumerken ist, was er davon hält.

Die Schwestern nehmen ihr Spiel wieder auf. Sie sind leise, weil sie ahnen, dass laute Worte ihrem Vater ein Anlass wären, um noch lauter zu werden. Die beiden Wagen sind schon fast aus Österreich heraus, als Fuat sich gähnend eine Zigarette anzündet und sagt:

– Schau dir das mal an, wie schön die sich die Arbeit teilen, mal fährt er, mal sie. Und ich hänge nun schon seit sechzehn Stunden am Steuer, als sei ich LKW-Fahrer, mein Hintern schläft ein. Dir kann das nicht passieren, du sitzt ja weich. Diese Saniye, die hat nicht nur einen kleinen Hintern, die kann auch noch Auto fahren. Kaum fassbar, dieses Weibervolk.

Wenn er sich ein wenig aufregt, wird er wenigstens nicht

müde, denkt Gül. Wir sind schon so lange unterwegs, er hat recht, der Ärmste, es ist sicher nicht leicht, so lange zu fahren.

– Wie oft habe ich dir gesagt: Mach den Führerschein.

– Ich habe Angst, sagt Gül, ich kann das nicht.

– Angst, sagt Fuat, ja, Angst, sich zu verlaufen, Angst, Auto zu fahren, Angst, schwimmen zu lernen, Angst vor Hunden, Angst vor Zufällen. Die Frage ist doch, wovor du keine Angst hast. Mit Angst kann man dieses Leben nicht meistern, du musst auch mal mit dem Blasebalg auf ein Feuer zugehen wie dein Vater, du kannst nicht immer nur weglaufen, wenn es zu warm wird.

Doch wie sollte Gül Autofahren können, selbst als Beifahrerin ist sie dauernd angespannt. Wenn sie es merkt, versucht sie ihre Muskeln loszulassen, doch keine Sekunde wendet sie den Blick von der Straße oder träumt vor sich hin oder schläft gar während der Fahrt ein. Und selten dauert es länger als fünf Kilometer, bis ihr ganzer Körper wieder in Spannung ist und sie die Luft anhält, weil sie eine Entfernung zu einem anderen Auto als zu knapp einschätzt oder die Geschwindigkeit für zu hoch hält, das Überholmanöver für zu gewagt.

Mag sein, dass sie vor vielen Dingen Angst hat, aber die Fahrt ist für sie auch anstrengend. Doch vor Arbeit, Anstrengung oder gar Erschöpfung hat sie sich noch nie gedrückt. Im Gegensatz zu ihrem Mann, der in der Fabrik den Ruf hat, nicht mal halb so fleißig zu sein wie seine Frau.

Erst in Jugoslawien halten sie, um einige Stunden zu schlafen. Fuats Augen sind klein und nicht nur vor Müdigkeit rot, die letzten Stunden hat er sich jedes Mal eine Zigarette angesteckt, wenn er den Schlaf nahen fühlte. Gül möchte nicht, dass er mit offenem Fenster fährt, weil die Mädchen mittlerweile schlafen und sich erkälten könnten.

Der Rauch weckt Güls Verlangen, und sie phantasiert schon über die Zigarette, die sie an einer abgeschiedenen Ecke des Rastplatzes mit Saniye rauchen wird. Gemeinsam essen die Familien etwas Brot und Käse, Oliven, Tomaten und Zwiebeln. Sevgi ist wach und weint, und während Saniye versucht, sie zu beruhigen, erzählt Yılmaz die Geschichte, wie er Saniye vor zwei Jahren mal an einer Tankstelle in Jugoslawien zurückgelassen hat. Eine Geschichte, die er häufig erzählt:

– Ich habe getankt, als ich ausgestiegen bin, schlief Saniye auf dem Rücksitz, ich habe gezahlt, bin pinkeln gegangen, habe mich ins Auto gesetzt und bin los. Dreißig Kilometer war ich schon gefahren, als ich gemerkt habe, dass ich allein bin.

– Und ich, sagt Saniye, ich bin aufgewacht, auf die Toilette gegangen, und als ich zurückkomme, ist der Mann weg, und ich stehe alleine irgendwo mitten in Jugoslawien, ohne Pass, ohne Geld, nur mit meinen Kleidern am Leib.

– Sie wusste nicht, wann ich merken würde, dass sie nicht mehr da ist, fällt Yılmaz ihr ins Wort, und deswegen hat sie den nächsten Landsmann angesprochen, ob er sie mitnimmt, bis sie mich irgendwie einholen. Aber dann erkennt die Gute mich auf der Gegenspur, weil ich ja gewendet hatte, und ich denke noch: Was soll denn diese Lichthupe, was will der mir denn sagen, bis ich begriffen habe, dass in dem Auto meine Frau sitzt. Sie schlief ja, als ich ausgestiegen bin, sollte ich etwa hinten reinschauen, bevor ich weiterfahre. Und dann sage ich etwas, ich glaube, ich wollte einen Schluck zu trinken, aber sie hat nicht reagiert. Das war schon dreißig Kilometer nach der Tankstelle.

Er wiederholt sich, denkt Gül und schaut ihm ins Gesicht. Jetzt erst merkt sie, dass Yılmaz betrunken ist. Vielleicht ist das der Grund, warum Saniye fährt. Auch Yılmaz' Augen sind rot, und nun, wo sie darauf achtet, kann sie auch den Schnaps in seinem Atem riechen.

Saniye steht mit Sevgi auf dem Arm auf, nickt Gül fast unmerklich zu, und die beiden gehen außer Sichtweite. Gül holt eine Packung Zigaretten aus ihrem Kleid und bietet Saniye eine an.

– Oh, Saniye stößt mit dem Rauch einen wohligen Laut aus, das tut gut nach so einem langen Tag.

Gül genießt die Zigarette auch, schaut dann aber zu Boden, unschlüssig, ob sie die Frage stellen soll.

– Fuat muss richtig erledigt sein, sagt Saniye, der ist ja die ganze Strecke alleine gefahren.

An Güls Atmung oder Haltung ändert sich nichts, doch Saniye entschuldigt sich:

– Ich will das gar nicht dir ankreiden, Gül am Steuer, das könnte ich mir nicht vorstellen. Jeder tut halt das, was er kann. Gül, lächle, morgen Nacht fahren wir, so Gott will, schon über die Grenze. Gül, so eine wie dich gibt es nicht noch mal, nicht in der Heimstraße, nicht in Deutschland, nicht in der Türkei. Schwester, wir fahren in die Türkei, und hier stehen wir mitten in Jugoslawien und rauchen gemeinsam, so lächle doch.

Gül blickt auf, sieht Saniye an und lächelt zaghaft.

– Wer weiß, was das Leben bringt, sagt Saniye, man kann alles verlieren, ehe man einen Lidschlag tut, hier sind wir zusammen und genießen eine Zigarette. Lass die Männer doch trinken und krakeelen, sich wichtig tun mit ihrem Geld oder ihren politischen Ansichten. So eine Freundin wie dich finde ich niemals wieder, und selbst du wirst eines Tages nicht mehr da sein.

Güls Augen schimmern feucht im Dunkeln.

Etwas später, als alle schon in ihren Autos sind und schlafen, schreckt Gül hoch, weil der Motor des Granada gestartet wird. Sie ist sofort hellwach, während Fuat schnarcht und auch die Kinder weiterschlafen. Leise steigt Gül aus und geht zu dem Wagen vor ihnen.

Yılmaz liegt auf dem Beifahrersitz, Saniye, die Gül im Rückspiegel gesehen hat, kurbelt an der Fahrerseite das Fenster herunter:

– Gottverflucht, sagt sie leise, Sevgi hat einfach keine Ruhe gegeben, die hat sich anscheinend an das Geräusch gewöhnt, sobald ich den Motor angelassen habe, hat sie die Augen zugemacht. Geh du nur und schlaf, wir haben morgen noch einen weiten Weg vor uns.

Güls Blick fällt auf die leeren Flaschen im Fußraum, aber sie tut so, als hätte sie nichts bemerkt, und geht fröstelnd zurück zum Mercedes.

In der nächsten Nacht stehen sie an der türkischen Grenze. Fuats Augen sind auf der Strecke in Bulgarien vor Müdigkeit zwei Mal zugefallen, doch Gül hat sofort geschrien:

– Aufwachen, Augen auf.

Fuat hat den Kopf geschüttelt und die Bitte seiner Frau, eine kurze Rast einzulegen, ignoriert.

– Wir sind fast schon da, hat er gesagt, da werde ich doch nicht schlappmachen.

Danach hat er nach der Packung gegriffen, solange er raucht, schläft er nicht ein.

Gül hat genauso wenig geschlafen wie er, denn die ständige Angst, dass etwas passieren könnte, hält sie wach.

Der Beamte nimmt nun die Pässe aus Fuats Hand entgegen, holt aus Fuats Pass einen Hundertmarkschein, den er zwischen Daumen und Zeigefinger durch das offene Fenster hinhält.

– Was ist das?, will er wissen. Sein Ton ist herausfordernd.

Eine halbe Sekunde zögert Fuat, vielleicht weniger.

– Oh, der gehört da gar nicht hin. Ich hatte schon geglaubt, ich hätte ihn verloren, wie ist der denn zwischen die Pässe geraten?

Der Beamte schüttelt den Kopf.

– So etwas macht man nicht. Fahr mal da vorne ran. Und alle aussteigen, bitte.

Als der Mann außer Hörweite ist, schimpft Fuat:

– Wenn es Suppe regnen würde, wäre ich der einzige Mensch mit einer Gabel. Was für ein Glück, unter hundert Beamten den zu erwischen, der sich nicht bestechen lässt. Und das nachts um halb eins. Na, danke. Würde es Mösen regnen, würde mir ein Schwanz auf den Kopf fallen, gottverflucht.

Gül schaut zu ihm hinüber, solche Flüche hört man fast nie von ihm.

– Stier mich nicht so an. Jetzt werden wir sehen, was wir davon haben, so vollgepackt zu sein. Die werden den Wagen auseinandernehmen, sie werden hinter jede Schraube gucken. Yılmaz und Saniye werden schon zu Hause sein, sie werden Baklava und heißen Kaffee serviert bekommen, während wir hier festsitzen und sie schauen, ob ich nicht noch etwas unter meinen Hemdknöpfen versteckt habe. Da hast du uns mal in die Scheiße geritten.

– Was gibst du ihnen auch einen Hunderter, sagt Yılmaz zu ihm, während der Mercedes kontrolliert wird. Da weiß er ja gleich, dass du etwas zu verbergen hast. Sieh mich an, uns haben sie einfach durchgewunken.

Sein Atem riecht schon wieder nach Alkohol, und Gül fragt sich, ob das den Grenzbeamten nicht aufgefallen ist.

– Jedes Jahr lege ich einen Schein in den Pass, sagt Fuat, und bisher hat es immer funktioniert. Außerdem, du hast den Bulgaren doch auch eine Flasche zugesteckt.

– Ja, damit es schneller geht, aber nicht, weil wir etwas zu verbergen hatten. Und das sind ja auch unsere Nachbarn, die sind uns wohlgesonnen. Es sind immer die eigenen Leute, die einen ins Verderben stürzen. Merk dir diese Worte: Du musst Angst haben vor deinen Leuten, die schauen nicht auf deine Tränen. Vertrau den Kurden, den Bulgaren, den Griechen, von mir aus auch den Deutschen, aber nicht den Türken.

– Yılmaz, sagt Saniye.

– Ist doch wahr, sagt er. Jetzt sieht es so aus, als würde es bei euch ganz schön lange dauern.

– Fahrt ihr nur, sagt Gül, aber fahrt vorsichtig. Bis hierher waren wir gemeinsam, doch der Weg ruft nach den Reisenden. Fahrt nur.

Während sie sich verabschieden, reißt Fuat sich noch zusammen, aber kaum hat Saniye den Gang eingelegt und die Kupplung kommen lassen, fängt er an:

– Dieser Klugscheißer, dieser kaum fassbare Klugscheißer. Kaum eine Minute nüchtern während der ganzen Fahrt, aber mir Ratschläge geben, dieser saufende Kommunist, dieser verdammte Vaterlandsverräter.

Er hebt einen Stein auf und schleudert ihn dem Granada hinterher, und Gül geht langsam zu der Bank, auf der Ceyda und Ceren, in eine Decke gehüllt, gegeneinandergelehnt im Sitzen schlafen. Fuat zündet sich schon wieder eine an, das ist bereits die sechste Packung, seit sie in Deutschland losgefahren sind, sein Kopf ist fast so rot wie seine Augen, und Gül weiß, dass er jemanden braucht, um seine Wut abzureagieren. Sie hat nichts dagegen, diese Person zu sein. Ohne Unfall und Unheil sind wir bis hierher gekommen, denkt sie, mit Gottes Hilfe schaffen wir das letzte Stück auch noch.

Vier Stunden lang durchsuchen die Beamten das Auto, die Koffer und die Taschen, listen fein säuberlich Gegenstände auf. Fuat ist so müde, dass er ein wenig auf einer Bank schläft. Der Schlaf gibt ihm die Kraft und die Zollgebühren die Wut, um fast bis Edirne am Steuer zu toben.

– Klar, drei Toaster, zwei Bügeleisen, vier Uhren, zwei Mixer, ein Entsafter, ein Ich-weiß-nicht-was, sechs Wasserkocher, als wollten wir einen Elektroladen aufmachen. Hast du gesehen, was ich dafür hingeblättert habe? Sechs Scheine, einfach so dahin, das sauer verdiente Geld. Nur damit sich unsere Verwandten mal in Ruhe eine Scheibe Brot rösten können und ein gut gebügeltes Hemd tragen. Als würde es nicht reichen, dass du mir das Geld aus der Tasche gezogen hast, um diese Dinge zu kaufen. Sollen sie doch anziehen, was sie wollen, Nyltest oder was. Ist mir doch scheißegal, ich buckle doch nicht, damit es denen gutgeht. Weit über tausend Mark hat uns der Kram nun gekostet. Wie viele Nächte hätte ich damit spielen können? Wie viel Lottoscheine kann man damit ausfüllen? Was kann man nicht alles Schönes mit tausend Mark machen, anstatt sich Elektroschrott zu kaufen, den man auch noch teuer verzollen muss. Das tut mir in der Seele weh. Wie viele Stunden habe ich dafür geschuftet.

Aber wenn wir zu Hause sind: Kein Wort darüber, was an der Grenze geschehen ist. Verstehst du? Kein Wort zu niemandem. Schärf das auch den Kindern ein. Ich will den ganzen Urlaub lang nichts mehr davon hören. Nichts, brüllt er.

Irgendwann verstummt er, doch seine Wut hält ihn wach bis ans Ende der Reise. Am späten Abend kommen sie in ihre Heimatstadt, Fuat isst nichts, trinkt nur ein Glas Wasser, lehnt den Rakı ab und raucht die letzte Zigarette des Tages nicht mal bis zu Ende, er möchte nur noch ins Bett.

Er sieht ein wenig aus wie ein kleiner Junge, der einen großen Geschäftsmann spielt, denn ab und zu kann Fuat ein kindliches Grinsen nicht unterdrücken, während er seinen Schwiegervater durch den Rohbau des Hauses führt. Den Arbeitern gegenüber, die Elektroleitungen verlegen oder mit kleineren Verputzarbeiten beschäftigt sind, gibt er sich wohlwollend.

– Gute Arbeit haben die Jungs geleistet, sagt er, es sieht wirklich nach was aus. Nicht so vollendete Handwerker wie die Deutschen, die außerdem pünktlich fertig gewesen wären, aber was will man machen. Das hier ist die Türkei, aber hier, bei diesem Bau, wurde nicht gepfuscht. Da bezahle ich lieber ein wenig mehr, dabei müssten die eigentlich mich bezahlen, weil ich denen beibringe, was Wertarbeit ist. Nicht umsonst haben wir uns nun jahrelang in der Fremde geschunden. Das ist keine Lehmhütte, das ist ein richtiges solides Haus, da werden noch meine Enkel drin wohnen und deren Enkel.

Hier haben wir eine Toilette, alaturka, wie wir es gewöhnt sind, aber hier gegenüber haben wir noch eine, ein richtiges europäisches Wasserklosett. So kann jeder, wie er möchte. Aber hier kann man sich hinsetzen und in Ruhe seine Zeitung lesen. Wenn du es beim Scheißen bequem hast, dann hast du es geschafft.

Fuat deutet das Lächeln auf den Lippen des Schmieds falsch. Was er für Anerkennung hält, ist in Wirklichkeit Vorfreude.

– Das Haus ist ja nun so gut wie fertig, sagt der Schmied, eine Woche vielleicht noch oder zwei. Von mir aus drei. Und dann kommt ihr wieder und wohnt hier?

– Nein, sagt Fuat, nein, wir haben ja nicht ausgesorgt, nur weil wir nun ein Haus haben. Wir lassen noch ein Stockwerk draufsetzen, damit wir vermieten können, damit wir ein Einkommen haben.

– Ein Stockwerk, der Rest steht, das dauert keine sechs Monate.

Doch das Lächeln auf Timurs Lippen ist bereits erstorben.

– Und die Kinder gehen noch zur Schule, die haben sich an das System drüben gewöhnt. Sie bekommen eine gute Bildung, die Schule ist da nicht einfach Auswendiglernerei wie bei uns, die lernen wirklich zu denken. Wenn es Jungen wären … Weißt du, diese Jungen, die jetzt dort aufwachsen und zur Schule gehen und später zur Universität, sie sind die Zukunft dieses Landes. Die werden alle zurückkommen und helfen, dieses Land zu einem der fortschrittlichsten Länder auf der Welt zu machen. Noch fünfzehn, zwanzig Jahre, dann werden wir so groß sein wie Amerika, du wirst sehen.

– Wenn Gott mir so viel Zeit zugesteht, murmelt Timur, ohne dass Fuat es versteht. Euer Leben wird also in der Fremde vergehen, sagt er nun etwas lauter, verloren unter Menschen, die eine andere Sprache sprechen.

– Nur noch ein paar Jahre, so Gott will.

Nur noch ein paar Jahre, in denen Timur und Gül sich in jedem Sommer nur knapp sechs Wochen sehen.

– Und hier, sagt Fuat, hier wird das Besucherzimmer sein.

Als er den Gesichtsausdruck seines Schwiegervaters sieht, sagt er:

– Du kennst doch Besucherzimmer, wo man Gäste empfängt.

– Ja, natürlich, sagt der Schmied. Gibt es so etwas auch in Deutschland?

– Nein, sagt Fuat, nein, nein, die Deutschen verstehen nichts von Gastfreundschaft.

– Wenn ich dann komme, werdet ihr mich in euer Besucherzimmer bitten?

– Wenn du möchtest, natürlich, aber eigentlich ist es nicht für die Familie.

Der Schmied hat derartige Zimmer schon häufig gesehen, meist bei Leuten in Istanbul oder Ankara oder den Reichen seiner Stadt.

– Nicht für die Familie, ja. Sondern für Leute, vor denen man unbedingt protzen möchte.

Timur wendet sich ab und geht Richtung Ausgang. Fuat folgt ihm, den Kopf gesenkt. Er versucht zu verstehen, warum der Schmied auf einmal so redet wie Yılmaz, dabei gibt es überhaupt keine Universität hier. Diese linken Gedanken machen selbst vor dem Vater seiner Frau nicht halt. Das ganze Land ist in Aufruhr, und Fuat hat kein Vertrauen in die Lage. In Deutschland gibt es auch Linke, nicht zu wenige, die Terroristen unter ihnen verursachen sogar Angst und Schrecken, aber der Staat ist stark, der wird schon fertigwerden mit denen. Da sitzen keine Männer an der Macht, deren Ziel es ist, sich Villen und Yachten zu sichern, in Deutschland sind Politiker ehrbare Menschen mit Moral.

Später erzählt Timur seiner Tochter von der Besichtigung des Hauses und wie modern er es findet und wie solide es wirkt, vertrauenerweckend und sicher.

– Ach, wenn es nur ein Heim für euch sein könnte, sagt er.

– Wieso sollte es das nicht werden?, möchte Gül wissen.

– Dein Mann wirkt nicht so, als hätte er vor, zurückzukommen. Sobald er den Mund aufmacht, fallen ihm Vorwände ein, um dortzubleiben.

Der Schmied winkt ab, als Gül widersprechen möchte.

– So ist die Welt nun, sagt er, die Menschen bewegen sich immer schneller, aber das macht nichts, weil die Wege immer länger werden. Acht Enkel habe ich mittlerweile. Ich habe meinen Großvater noch jeden Tag gesehen, heute sehe ich den Nachrichtensprecher jeden Tag, bald wird in jedem Haus ein Fernseher sein. Weißt du noch, wie es früher war? Als wir das einzige Radio in der Straße hatten? Die Stimmen haben uns die Welt nähergebracht, aber ohne uns voneinander zu entfernen. Jetzt versteht man gar nichts mehr, die Welt wird größer und kleiner zugleich, und jeder versucht, einen Zipfel zu erhaschen. Und Fuat sieht euren Zipfel dort drüben. So schnell kommt ihr nicht zurück.

Gül sieht, wie die Augen ihres Vater glänzen, und sagt:

– Wenn er nicht kommt, dann komme ich, sorge dich nicht.

Wenn man nur wüsste, welche Versprechen man halten wird und welche nicht.

Fuat schiebt den Wagen, Gül ruft den Kindern zu, was sie holen sollen, und nimmt selber Dosen, Kartons und Gläser aus den Regalen. Es ist jeden Samstag das Gleiche. Obwohl Fuat so früh wie möglich aufsteht, egal, welche Schicht er hatte, egal, wie viel er abends getrunken hat, egal, wie sehr sein Kopf zu zerspringen droht, nie schaffen sie es, so früh loszufahren, dass es am Ende keine Eile gibt.

Samstags ist der wöchentliche Großeinkauf, es geht zum Supermarkt, zum türkischen Metzger und Gemüsehändler, wo es mittlerweile fast alles gibt, Auberginen, Knoblauch, Wassermelonen, die nicht in Scheiben geschnitten sind, Weizengrütze, Kreuzkümmel, Pinienkerne, Zitronensäure, Okraschoten, Paprikamark, Schafskäse, türkischen Honig. Doch das kann Gül auch unter der Woche alleine kaufen. Im Supermarkt gibt es Cola und Limonade, Nudeln, Mehl, Reis, Whisky, Toilettenpapier, Waschpulver, Spülmittel, Frischkäse, Nussaufstrich, Unterwäsche, Socken. Ceyda und Ceren dürfen sich Bücher aus der Spielzeugabteilung aussuchen und manchmal auch Spielsachen. Während Ceyda lieber Kriminalgeschichten hat mit mordenden alten Damen, furchterregenden grobschlächtigen Männern und unscheinbaren, aber klugen jugendlichen Detektiven, liest Ceren Geschichten, die sich um junge Mädchen und ihre Träume drehen, um Welten voller Pferde und Fluchten, von denen sie glaubt, dass sie allen deutschen Mädchen offenstehen. Gerne lässt sie Ceyda den Vortritt, um Bücher auszusuchen, denn Gesine hat zu Hause fast ein Regal voll davon, und am schönsten findet es Ceren, ein Buch zu lesen, sobald Gesine es ausgelesen hat, und nicht nur sich selbst, sondern auch Gesine zwischen die Seiten zu träumen.

Es werden Kekse gekauft, Süßigkeiten, Knabberzeug, Gewürzmischungen, Paniermehl, Sahne, Zucker, Güls Zettel ist lang und der Einkaufswagen mehr als voll, wenn sie an der Kasse stehen. Fuat ist mal mehr, mal weniger gereizt, aber ungeduldig sind sie alle. Die Schlange an der Kasse ist immer zu lang, die Kassiererin scheint zu langsam, die Zeit zu knapp.

Zu jedem Fahrer, der sie auf dem Heimweg aufzuhalten scheint, hat Fuat einen Kommentar parat: Dir kann man doch am Hemdkragen ansehen, dass du den Unterschied zwischen einem Personalausweis und einem Führerschein nicht kennst, rechts ist das Gas, der Straßenverkehr ist kein Kino, wo man nur zuschaut, in der Zeit, die der zum Kuppeln braucht, kann ich mir die Nägel schneiden.

Jede Ampel scheint ihre Rotphase extra für sie zu verlängern, und jedes Mal haben sie weniger als fünf Minuten Zeit, wenn sie in die noch immer ungepflasterte Straße einbiegen. Fuat parkt vor dem Haus und springt schon mal hinein, denn der Fernseher braucht mehr als eine Minute, bis er ein Bild zeigt. Gül und die Kinder tragen die Einkäufe in die Küche, wo sie sie einfach stehenlassen. Es ist Samstagmittag, es kommt *Nachbarn aus Europa*, das verpassen sie nie.

Genauer gesagt verpassen sie den türkischen Teil der Sendung nicht, *Türkiye'den mektup*, Brief aus der Türkei. Jeden Samstag sitzen sie zu viert zwanzig Minuten lang vor dem Fernseher, außer einem hin und wieder gemurmelten *Kaum fassbar* wird kein Wort gesprochen.

Es ist die einzige Zeit in der Woche, in der die vier nebeneinander auf dem Sofa sitzen, Fuat ganz links, daneben Gül, Ceren kuschelt sich an ihre Mutter, und ganz rechts sitzt Ceyda, die immer ein wenig desinteressiert wirkt. Was gehen sie die Nachrichten an.

Doch auch sie genießt diese Momente, in denen das Fernsehgerät nur zu ihnen spricht, und das hat nicht nur etwas mit der Sprache zu tun.

Woche für Woche sitzt die Familie zwanzig Minuten beisammen, falls es vorher Streit gegeben hat, hat der gerade Pause, niemand schafft es, für die Dauer der Sendung eine grimmige Miene beizubehalten. Falls jemand Schmerzen hat, vergisst er sie einfach, alle Sorgen machen Platz für die Bilder und Stimmen aus dem Fernseher.

Würde man sie hinterher fragen, wüsste Gül oft genug nicht, welche Beiträge sie gerade gesehen hat, sie sitzt da und saugt den Frieden ein, die Stille, die mit dem Klang der Worte entsteht. Als würden der Rhythmus und die Melodie der Sprache ihrer Ahnen eine Liebe ins Wohnzimmer tragen, eine Liebe und Verbundenheit mit der fruchtbaren Erde Anatoliens, als würde das Braun dieser Erde mit dem Schall ins

Wohnzimmer getragen werden, der Geruch der Akazien und der des verbrannten Kuhdungs, selbst wenn sie nur Bilder aus Ankara und Istanbul zeigen, Bilder von Beton und Anzügen und Uniformen, in denen Männer stecken, die austauschbar scheinen.

Es ist, als würde Gül zwanzig Minuten auf einer Insel aus ihrer Kindheit sitzen, einem Land, das für immer verloren ist, für uns alle, das aber nie verschwinden wird.

Nach diesen zwanzig Minuten erscheint das Leben leichter, und mag die Arbeit sich türmen wie ein Berg, sie ist nur ein Hügel auf einer Insel, von der man nicht vertrieben werden kann.

In diesen zwanzig Minuten samstagmittags sind alle vereint, sie gehören zusammen, das ist die Zeit der Eintracht.

Wann habe ich meinen Vater und meine Mutter je so gemeinsam gesehen, fragt sich Gül. Wann hat man bei uns so zusammengesessen außer bei den Mahlzeiten? Dank, Dank sei dem Herrn.

Dieser Mann mag trinken, er mag sich eine dünnere Frau wünschen, er mag spielen, aber wir sind eine Familie, wir haben ein Heim, und wer würde schon freiwillig ein Heim zerstören?

Ein Heim zerstört man nicht. So sagen die Ahnen. In dieser unberechenbaren Welt ist es wichtig, ein Dach über dem Kopf zu haben, unter das man sich zurückziehen kann, und sei es nur auf das Sofa vor dem Fernseher.

Gül singt nicht. Sie summt nicht mal. Aber man kann sie sich singend vorstellen, während sie nach der Sendung kocht und ihre Töchter ihr helfen. Samstags scheint die Sonne in dieses Haus und nicht nur hier, samstags scheint die Sonne in der ganzen Heimstraße, das ganze Jahr lang. In den Jahreszeiten, die sie alle Winter nennen. Die Sommer währen nur kurz, sie sind die Zeit zwischen zwei Autofahrten, die endlos scheinen.

Es ist Samstagmorgen, Fuat schläft noch, Ceyda kommt in die Küche, wo Gül gerade Belag für Lahmacun bereitet. Heute kommen Saniye, Yılmaz und Sevgi zum Abendessen, Gül hat den Kartoffelsalat schon fertig. Nach *Nachbarn aus Europa* muss sie nur noch Teig kneten, sie hat alles im Griff, doch allein Ceydas Gang könnte Gül aufschäumen lassen. Diese steifen Schritte, denen man bereits anhört, dass sie etwas ausgefressen hat, und diese Art, einfach schweigend stehen zu bleiben und zu warten, bis ihre Mutter fragt:

– Was gibts? So schlimm wird es schon nicht sein, oder?

– Ich habe ... Ich habe die Antenne vom Fernseher kaputtgemacht. Wir haben im Wohnzimmer getobt, und dann bin ich irgendwie drangekommen, und sie ist kaputtgegangen.

Gül geht zum Spülbecken, um sich ihre Hände zu waschen, ihr ist, als könnte sie mit sauberen Händen besser denken. Wann und wie soll sie es Fuat sagen?

– Sorg dich nicht, wir finden eine Lösung. Habt ihr den Fernseher schon angemacht?

– Ja, das Bild ist total verschneit.

Soll sie es vor dem Einkauf sagen? Dann wird er den ganzen Einkauf über wettern. Aber vielleicht können sie dann eine neue Antenne besorgen.

– Lass mal sehen.

Gemeinsam gehen sie aus der Küche, aber noch bevor sie durch die Tür sind, spürt Gül, dass etwas nicht stimmt. Sie spürt es, wie sie geträumt hat, dass Ceren ertrinkt, sie spürt es, wie sie in einigen Jahren spüren wird, dass Ceyda Angst hat, den Verstand zu verlieren, obwohl sie viele Kilometer voneinander entfernt sein werden. Sie spürt es, dazu bedarf es keiner Fähigkeiten und Talente, Gefühle und Verbundenheit sind Gottes Geschenke.

– Wer war das?, fragt sie, als sie im Wohnzimmer stehen.

– Ich, antwortet Ceyda.

Die Antenne ist aus ihrer Verankerung gerissen und zudem entzweigebrochen.

– Wie ist das passiert?

– Ceren und ich haben getobt, sind auf den Sesseln und dem Sofa herumgesprungen, und dann dachte ich, ich falle, und habe mich einfach irgendwo festgehalten.

– Sag mir die Wahrheit, sagt Gül. Du weißt, du sollst immer die Wahrheit sagen, wir sind aufrichtige Menschen, wir lügen nicht.

Ceyda schaut zu Boden.

Wann sage ich es ihm?, fragt Gül sich erneut. Oder kann ich es möglicherweise reparieren? Nein, nein, das sieht nicht so aus.

– Die Wahrheit, mein Schatz, du brauchst keine Angst zu haben.

Sie weiß, dass Ceyda lügt, aber sie weiß nicht, was passiert ist.

– Ceren wars. Wir haben nachlaufen gespielt, und sie ... Sie hatte Angst vor Papa, da habe ich gesagt, ich nehme die Schuld auf mich.

Wie naiv Gül ist, dass sie nicht selber drauf gekommen ist. Gefühle und Verbundenheit sind Gottes Geschenke, doch andere Köpfe arbeiten besser als ihrer.

– Hol sie mal her, sie braucht keine Angst zu haben.

Kurz darauf sitzen sie zu dritt im Wohnzimmer, und das Bild des Fernsehers erinnert an Ameisen, die über Schnee laufen.

– Was machen wir?, fragt Ceren.

– Keine Angst, wir finden schon eine Lösung.

– Was wird Papa mit Ceyda machen?

– Nichts, sagt Gül, nichts wird er tun. Wenn es nun mal so ist, dass man die Schuld auf sich nehmen kann, dann werde ich es tun. Ich werde sagen, es ist beim Saubermachen passiert. Ihr wisst von nichts, ist das klar? Aber ich möchte nicht, dass ihr mich noch mal belügt. Es kann sein, dass ihr nicht immer alles erzählt, es kann sein, dass ihr sogar lügt, um andere nicht zu verletzen, aber ich möchte nicht, dass eine von euch beiden mich anlügt, und ich möchte auch nicht, dass ihr nur für euch selbst lügt. Geht jetzt in euer Zimmer und macht euch keine Gedanken mehr. Früher haben wir auch ohne *Brief aus der Türkei* gelebt.

– Aber du lügst doch Papa auch an, sagt Ceyda.

Gül sieht ihre Tochter an, sie braucht zwei Lidschläge lang für eine Antwort.

– Ich lüge, weil ich euch schützen will, sagt Gül, ich lüge, weil ihr Kinder seid und ich erwachsen bin.

Noch bevor Yılmaz und Nadiye eintreffen, hat Fuat sich schon einige Whisky-Cola genehmigt.

– Kaum fassbar. Beim Saubermachen. Einmal die Woche kommt die Sendung, und du machst ausgerechnet am Samstag die Antenne kaputt. Hatte das nicht Zeit bis Montag? Einmal die Woche sitzen wir schön zusammen und bekommen erzählt, was in der Heimat los ist, einmal die Woche. Andere Frauen fallen beim Fensterputzen auf die Straße, und meine zerstört die Antenne. Mit Gewalt hast du daran gezerrt, das sieht man genau, das nennst du also saubermachen. Dich sollte man nicht mal in die Nähe von elektrischen Geräten lassen, nicht einmal ein Bügeleisen sollte dir erlaubt sein. Einmal die Woche sehe ich mir eine schöne, schlanke Ansagerin an, weil meine Frau so fett ist, dass sie die Antenne aus dem Fernseher reißt. Versuchs doch mal mit einer Diät.

Den ganzen Nachmittag geht das schon so. Gül lässt ihn zetern, wie er möchte, denkt sich Antworten aus, die ungesagt bleiben, und lächelt in sich hinein, weil Ceyda und Ceren auf der Straße spielen, ohne etwas abzukriegen, aber irgendwann hat auch sie genug.

– Es ist doch deine Schuld, sagt sie, dass ich so dick bin.

Fuat schaut sie an, erstaunt darüber, dass sie auf einmal Widerworte gibt, und noch erstaunter über die Anschuldigung, die er nie zuvor zu hören bekommen hat. Noch bevor ihm eine Antwort einfällt, sagt Gül:

– Du bist doch mit dieser Pille angekommen, hier ich hab was für dich, da müssen wir nicht mehr aufpassen. Ohne dass ich bei einem Arzt gewesen wäre, von diesen Pillen bin ich so auseinandergegangen, von diesen Hormonen oder was das ist. Wer weiß, wo du die Dinger herhast. Und überhaupt, kann ja sein, dass du keine dicken Frauen magst, kann ja sein, dass du eine schlanke blonde willst. Aber soll ich dir mal was sagen? Ich mag Männer, die Haare auf dem Kopf haben und nicht solche mit Glatze. Man kann sich eben nicht immer aussuchen, was man bekommt. Hörst du, Männer mit Haaren!

Fuat hebt sein Glas ruckartig in die Höhe, doch er holt nicht aus. Gül steht vor ihm und sieht ihm ins Gesicht, und bevor aus der Niederlage, die sie dort sehen kann, eine Katastrophe werden kann, verlässt sie das Zimmer.

Später an diesem Abend wird Yılmaz zu Fuat sagen:

– So gefällst du mir, langsam lernst du zu trinken, mein Freund, einfach nur still sein und genießen und nicht mit jedem Schluck lauter werden.

Und Saniye wird zu Gül sagen:

– Es ist besser, wirklich. Der eine hat getrunken und geprügelt und dieser hier trinkt nur. Gott bewahre, aber wenn ich nochmals heiraten sollte, dann gibt der Herr mir vielleicht einen Mann, der beides nicht tut. Aber wer weiß, was der dann für Fehler hat. Einer wie Serter, der nicht mehr alle beisammenhat, ist ja auch nicht wünschenswert. Die Lahmacun sind wirklich hervorragend geworden, mögen deine Hände immer gesund bleiben.

Und Fuat wird nie wieder etwas über Güls Figur sagen. Und Gül nichts über seine Glatze. Frauen stehen vor dem Spiegel und begutachten ihre neuen Kleider oder schminken sich, aber es sind die Männer, die ihre Eitelkeit verletzlich macht.

– Das ist doch kein Telefon, sagt Ceyda, wo sind denn da die Zahlen?

– Das hier hat keine, antwortet Fuat.

– Wie, das hat keine? Man kann also nur angerufen werden?

– Wen soll dein Opa schon anrufen, sagt Gül, wer sonst hat denn hier ein Telefon?

Fuat sieht Gül an und schüttelt den Kopf.

– Er kann auch anrufen. Du kennst doch diese alten Schwarzweißfilme, Ceyda, wo Frauen vor einem Haufen Kabel sitzen und Gespräche verbinden, sie stöpseln ein, sie stöpseln aus, und sie melden sich mit: Hier ist die Zentrale. Du kennst doch diese alten Filme?

Ceyda nickt.

– Und dies hier ist ein altes Telefon. Wenn Opa die Kurbel dreht, geht jemand vom Postamt ran und fragt, wen er sprechen möchte. Dann steckt jemand die Kabel um. Das ist noch nicht vollautomatisch wie in Deutschland.

– Und für jeden, der ein Telefon hat, gibt es ein eigenes Kabel?

– Nein, das ist ein ganz kompliziertes System, damit man nicht so viele Kabel braucht. Ganz kompliziert, ich kann es dir vielleicht erklären, wenn du älter bist. Wenn wir wieder in Deutschland sind, werden wir mit Opa telefonieren können, das geht ja schneller, als immer auf Briefe zu warten. Du weißt, dein Opa kann keine Briefe schreiben, er kennt die lateinische Schrift nicht. Er muss sie schreiben lassen. Mit dem Telefon wird die Welt kleiner werden, wir brauchen drei Tage mit dem Auto bis hierher, aber das Telefon überträgt die Worte sofort. Es wird so sein, als wären wir Nachbarn. Du wirst sehen, dieses kleine Ding mit der Kurbel wird so viel verändern …

Gül wird bald nicht mehr mit ihren Töchtern zusammensitzen und ihnen Briefe vorlesen, die ihr Vater diktiert hat oder die ihre Schwestern geschrieben haben. Man wird die Sätze nicht wieder und wieder lesen können, um auch noch die letzte Silbe auszukosten, man wird nicht mehr die Zeilen in der Tasche tragen können, um sie in der Mittagspause nochmals zu lesen, um neue Kraft für die Arbeit zu schöpfen. Wie immer wird sich alles verändern.

Gül freut sich, dass sie ihren Vater jetzt so erreichen wird. Worte stillen die Sehnsucht, deswegen all die Briefe, deswegen die Zeilen der großen Dichter, Worte verbinden die Menschen, mindern die Last der Herzen. Und welche Worte könnten direkter sein als die gesprochenen, was kann beruhigender wirken als Klang, der Klang der Stimme eines geliebten Menschen.

Zwei Tage später ist Ceyda allein in dem Zimmer, in dem nun das Telefon steht, und aus Neugier nimmt sie den Hörer ab und hält ihn ans Ohr. Kein Geräusch. Sie dreht kurz an der Kurbel, legt aber sofort auf, erschrocken über ihren Mut.

Erst nachdem der Hörer wieder auf der Gabel liegt, hört sie, wie sich Schritte nähern, ihre Mutter kommt ins Zimmer, während Ceyda auf dem Diwan sitzt und so tut, als würde sie in einem Buch lesen.

Als das Telefon klingelt, zuckt sie zusammen. Gül scheint etwas überrascht, greift aber zum Hörer. Die Stimme am anderen Ende ist so laut, dass Ceyda sie verstehen kann.

– Guten Tag, hier ist das Postamt, sagt eine Frau, hatten Sie gerade versucht, uns zu erreichen?

– Nein, entgegnet Gül, nein, hatten wir nicht.

– Hier hat es aber gerade geläutet.

– Das muss ein Fehler sein, sagt Gül, wir möchten im Moment kein Gespräch. Vielen Dank.

– Einen schönen Tag dann noch.

Nachdem Gül aufgelegt hat, schaut sie Ceyda an.

– Hast du an dem Telefon gekurbelt?

– Nein.

– Nein, wiederholt Gül und setzt sich neben sie. Sie nimmt ihr das Buch aus der Hand und schaut hinein, bevor sie es weglegt.

– Als Ceren noch klein war, aber bereits zu alt, um sich in die Hose zu machen, haben wir mal ein Picknick gemacht, vielleicht erinnerst du dich sogar daran. Am Wochenende, Saniye, Yılmaz, ich weiß nicht, ob Sevgi schon da war, wir sind mit dem Auto ins Grüne gefahren. Und irgendwann hat Ceren aufgehört zu spielen und hat sich neben mich gesetzt und nichts mehr gesagt. Und es hat angefangen zu stinken. Schlimmer als im Stall. Mein Vater hatte mal eine Kuh, die konnte er am Geruch ihres Dungs erkennen, hat er immer gesagt. Es hat gestunken, und ich habe Ceren gefragt, ob sie sich vielleicht in die Hose gemacht hat. Ich habe ihr ins Ohr geflüstert, damit sie sich nicht schämen muss vor den anderen, aber Ceren hat den Kopf geschüttelt. Und sie saß so schief, nur auf einer Seite ihres Hinterns. Sie hat noch nicht richtig verstanden, dass sie es nicht verstecken kann.

Ceyda sieht ihre Mutter an mit einem Blick, in dem das *Mama* mitschwingt, das Gül so geschmerzt hat, dieses Wort, in das sie ihren ganzen Schmerz hineingedrängt hatte, dieses Wort, das auf Papier niemals so viel Verzweiflung tragen könnte. Am Telefon aber sehr wohl. Es schwingt in ihrem Blick mit, so als wolle sie sagen: Was willst du mir schon sagen, was willst du mir beibringen? Du hast mich alleingelassen. Mehr als einmal.

– Ich sage gar nicht, dass du gerade lügst, sagt Gül, bemüht, ihre Stimme sanft und weich zu halten und sich das Weh nicht anmerken zu lassen, das Ceydas Blick auslöst. Ich sage nur: Wir dürfen nicht lügen. Vor Gott kann man nichts verstecken. Wir müssen aufrechte Menschen sein. Schau, deine Oma, sie ist nicht meine Mutter, wie du weißt, und wir hatten es nicht immer einfach mit ihr, und der Herr ist mein Zeuge, sie lügt selber, aber ich werde ihr immer dankbar sein, dass sie uns beigebracht hat, nicht zu lügen.

Dieses Leben besteht aus dem, was wir hören können. Wir haben zwei Ohren und nur einen Mund, damit wir doppelt so viel zuhören wie reden. Wir haben Opa ein Telefon gekauft, damit wir uns hören können. Jeder sagt etwas, aber wenn man die falschen Dinge sagt, dann folgen auch falsche Taten. Und die Worte, die man gesagt hat, kommen nie wieder zurück, die sind für immer da. Und wenn du etwas Falsches sagst, wird da immer Unruhe in dir sein und du wirst nicht gut schlafen können und unglücklich sein. Du darfst nicht lügen, nicht mir zuliebe, sondern dir zuliebe. Weil ich möchte, dass du glücklich wirst.

Gül ist selber ein wenig erstaunt, wie sie das gerade ihrer Tochter erklärt hat.

Ceyda sieht ihre Mutter an und sagt:

– Ich habe nicht gekurbelt.

Der Moment, in dem sie Gül die Wahrheit sagt, was das Kurbeln angeht, wird erst Jahrzehnte später kommen, in einem Kurort in Deutschland.

Das Problem ist nicht, dass man nicht satt wird, die Stimme des anderen zu hören, wenn man so lange getrennt ist, das Problem ist nicht der fehlende Geruch und die Wärme, die schwieligen Hände, die Gül spüren möchte, wenn sie die Stimme ihres Vaters hört. Das Telefonieren wird nicht nur deswegen schwer, weil eine Stimme die Sehnsucht gleichzeitig stillt und nährt, es wird nicht nur deswegen schwer, weil es viel Geld kostet und man sich immer gehetzt fühlt, nein, die eigentliche Schwierigkeit ist die, dass man sich nicht erreichen kann. Man kann nicht einfach die Nummer des Schmieds wählen und in seinem Haus klingelt das Telefon, er nimmt den Hörer in die Hand und sagt *Gül*, da ohnehin niemand sonst bei ihm anruft.

Zunächst muss man beim Postamt in Deutschland ein Gespräch anmelden, weil eine direkte Durchwahl nicht möglich ist. Und dann muss man warten. Wenn man Glück hat, eine Stunde oder zwei oder drei, bis das Telefon klingelt und man verbunden wird.

Wenn man weniger Glück hat, dauert es sieben Stunden oder acht, und dann klingelt das Telefon mitten in der Nacht, und zu der Stimme, die klingt wie vom Grund eines Brunnens auf der anderen Seite der Erde, kommt die Schlaftrunkenheit und beim Schmied auch die Aufregung, es könne sich um eine schlimme Nachricht handeln zu dieser Stunde.

Die ersten Jahre ist das Telefonieren nicht leichter oder schöner als Briefeschreiben. Und doch erzählt Gül noch Wochen und Monate später von diesen Gesprächen, zum Beispiel von dem, wo sie nachts auf der Treppe gestürzt ist, weil sie sich so beeilt hat, wie ihr die Luft wegblieb, als sie auf dem Hintern landete und ihr ein stechender Schmerz in den Rücken fuhr, wie müde Timur zunächst klang, wie er von Sibels Fehlgeburt erzählte, der dritten mittlerweile, keine drei Monate und sie hatte schon wieder das Baby verloren, wie sie den Schmerz im Rücken vergaß und weinte, wie sie erschrocken auf die Uhr sah, als sie auflegte, über zwanzig Minuten, was Fuat schimpfen würde, wenn die Rechnung kam, wie sie kaum die Treppe hochsteigen konnte. Wie lange der Bluterguss noch zu sehen war, wie die Farbe der linken Hälfte ihres Hinterns über acht Wochen von lilafarben über blau zu grün bis gelb wechselte, wird sie für sich behalten. Wie sie vor dem Spiegel stand und den Hals verdrehte und sich fragte, ob dieses Violett nicht dasselbe war wie das der Ringe unter den Augen ihrer Mutter, bevor sie starb.

Wie Fuat ins Schlafzimmer kam, als sie so dastand, den Slip auf den Knöcheln, das Nachthemd hochgerafft, und wie er sagte: Da präsentierst du also deine Waren, und wie behutsam er an diesem Abend war.

Doch auch als die Vermittlung durch das Postamt wegfällt, wird es nicht viel leichter, weil man nicht durchkommt. Gül, Ceyda und Ceren wechseln sich ab und wählen sich an der Drehscheibe die Finger wund. Meistens hören sie das Besetztzeichen noch bevor sie die Nummer zu Ende gewählt haben. Gül und Ceyda sind geduldig, sie schaffen es, bis zu zwanzig Minuten hintereinander Timurs Nummer zu wählen, während Ceren nach vier oder fünf Versuchen schon unruhig wird und aufgibt.

Einige Jahre später wird Fuat strahlend nach Hause kommen und verkünden:

– Ich war bei der Post, wir werden ein neues Telefon bekommen, eins mit Tasten. Es lebe die Technik, jeden Tag erfinden sie etwas Neues, was das Leben erleichtert, und wir sitzen hier an der Quelle und können an allen Annehmlichkeiten teilhaben. Besser als hier ist es wahrscheinlich nur in Amerika. Im Herzen von Europa leben wir hier, mittendrin, man spürt den Puls der Zeit, hier pumpt das Leben, hier geschehen die Neuerungen, nicht in Anatoliens Dörfern. Niemand wird mehr wunde Finger bekommen.

Als hätte er jemals welche gehabt. Als hätte er selbst diesen Apparat erfunden.

Ceren wird mit dem Tastentelefon eine Methode entwickeln, schneller in die Türkei durchzukommen als die anderen. Sie wird nicht einfach die Nummern hintereinanderweg wählen oder gar die Wahlwiederholungstaste drücken, sie wird zunächst nur die Ländervorwahl wählen, und dann wird sie mit zusammengezogenen Augenbrauen den Geräuschen in der Leitung lauschen und nach einem kaum vernehmbaren *Klack* die Städtevorwahl eintippen, um nochmals innezuhalten und zu lauschen. Im Gegensatz zu den anderen wird sie selten mehr als sieben Versuche brauchen, um ein

Klingeln am anderen Ende zu hören. Außer an Ramadan, beim Opferfest oder an Neujahr, da wird es reine Glückssache bleiben, ob man durchkommt.

Das Telefonieren wird mit den Jahren leichter werden und auch deutlich billiger, aber es wird nie die erwartete Veränderung bringen. Jahrzehnte später wird Gül sagen:

– Fuat hat immer an den Fortschritt geglaubt. Dass irgendetwas besser wird, bequemer, schöner. Und dem Herrn seis gedankt, uns geht es gut, wir darben nicht, wir brauchen keine Angst zu haben, dass wir eines Tages nicht mehr satt werden, doch die Sehnsucht ist immer geblieben, sie ist genauso wie Gottes Befehl. Der Sehnsucht können wir ebenso wenig entkommen wie dem Tod.

Gül runzelt die Stirn, als Işık ihr vorrechnet, wie knapp sie mit dem Geld sind.

Soundso viel die Rate für das Haus in der Türkei, soundso viel für zwei Hektar Land, die Reparatur am Auto, eine kleine Summe für die Mutter, die sonst niemanden hat, der sie versorgt, soundso viel für einen Fernseher mit Fernbedienung, ein neues Sofa, weil aus dem alten schon die Federn rausschauten.

– Die Ausgaben hören ja nie auf, sagt Işık, wir arbeiten und rackern und plagen und placken uns, kriegen aber kaum zwei Groschen auf die hohe Kante. Ehe du dich versiehst, ist wieder ein Jahr um, und man gibt einen Haufen Geld für den Urlaub aus. Die Jahre gehen vorbei, ohne dass wir es richtig merken, sie fließen dahin wie Wasser.

– Wie viel hast du gesagt, hast du diesen Monat bekommen?

Işık nennt die Summe.

– Ich habe über hundert Mark weniger, sagt Gül, dabei haben wir genau die gleichen Schichten gearbeitet.

Sie muss daran denken, wie es damals in der Näherei war,

wo sie angeblich so schlecht bezahlt wurde, weil sie keine Papiere hatte.

Gleich morgen, nimmt sie sich vor, gleich morgen werde ich ins Büro gehen und mich beschweren. Es kann doch nicht sein, dass ich immer benachteiligt werde, dass immer alle mich übergehen und ich brav meinen Mund halte, es muss sich doch mal etwas ändern. Gleich morgen.

Abends sitzt sie zu Hause, häkelt an einer Spitzendecke, und ihr geht durch den Sinn, was Işık gesagt hat. Die Jahre fließen wie Wasser dahin. Sie erinnert sich an die großen Wasser, die im Sommer durch die Obstgärten der Sommerhäuser geschleust wurden, an den Bach, in dem ihr Vater seine Uhr verloren hatte, an den Pumpbrunnen, an dem sie ihrer Schwester einen Stein ans Auge geworfen hatte.

Damals flossen die Jahre auch wie Wasser, womöglich fließen sie nun schneller, das mag sein, doch etwas anderes hat sich geändert.

Damals war das Wasser frei. Es hatte Kraft, und man musste es in seine Bahnen lenken oder heraufpumpen am Brunnen, das Wasser floss und suchte sich seinen Weg. Heute sitzen sie in Häusern, in denen das Wasser in Leitungen gefangen ist und keine Kraft mehr hat. Genauso wie das Wasser sind die Menschen gefangen, gefangen in diesem Leben hier, zwischen Arbeit, Geld, Ausgaben, noch mehr Arbeit, noch mehr Ausgaben, die Fabrik, das Haus, der Garten, das Auto, der Urlaub, die Kinder.

Timur war den ganzen Tag in der Schmiede, aber dort konnte man ihn besuchen, sitzen, reden, ihm die Beine kratzen, Tee trinken. Ceyda und Ceren holen Gül manchmal von der Fabrik ab, doch sie kennen nur das Tor, das Innere haben sie nie betreten. Tee trinken und reden könnte man drinnen allerdings sowieso nicht.

Wie oft hat Gül bei ihrem Vater in der Schmiede gesessen, hat ihm bei der Arbeit zugeschaut, das Zischen gehört, wenn der Schweiß vom Kinn des Schmieds auf das glühende Eisen tropfte, und nun kämmt sie selber Wolle, ohne zu wissen, was später daraus gemacht wird, acht Stunden am Tag, sie sieht die Wände der Fabrik länger als die Gesichter ihrer Töchter.

Doch damit ist sie ja nicht allein, alle sehen die Wände der Fabriken und Büros und Geschäfte länger als sie ihre Männer und Frauen und Kinder sehen, alle leben in einer Welt, in der sie gefangen sind wie das Wasser in der Leitung. Wie soll man auch frei sein, wenn nicht mal das Wasser es sein kann?

Einen Moment hält Gül inne und schaut auf von ihrer Handarbeit. Sie merkt, wie ihr heiß wird, als könnte jemand ihre Gedanken gelesen haben.

In was für Gedanken bin ich da abgetaucht, wenn das jemand mitkriegte, würde er lachen.

Was geht mich das Wasser an und wie gefangen wir hier sind. Ich gehe morgen ins Büro und frage, warum ich weniger Geld bekomme als Işık.

– Wir werden uns darum kümmern, Frau Yolcu, sagt am nächsten Tag die Dame im Büro, und ohne ihr wirklich zu glauben, geht Gül zurück an ihre Arbeit.

Wir werden uns darum kümmern. Wahrscheinlich werden sie gar nichts tun, die wollte mich nur abwimmeln, aber was hätte ich sagen sollen? Ich gehe einfach morgen noch mal hin und frage noch mal nach. Ich lasse nicht locker. Ich habe gearbeitet für das Geld, ich habe es verdient im Schweiße meines Angesichts.

Und tatsächlich steht sie am nächsten Tag wieder im Büro und fragt erneut nach, was denn mit dieser Abrechnung nicht stimme, und die Frau sagt dasselbe:

– Wir kümmern uns darum, Frau Yolcu. Haben Sie ein wenig Geduld.

Gül nimmt sich vor, dass sie morgen noch mal hingehen wird. Und übermorgen. Wenn es sein muss, jeden Tag. Sie wird hingehen, bis endlich etwas passiert, bis es ihnen peinlich wird, sie hat es sich nun in den Kopf gesetzt, und sie wird nicht aufgeben.

In der Pause kommt Işık zu ihr.

– Warst du im Büro und hast nach den Abrechnungen gefragt?

– Ja, sagt Gül.

– Toll, sagt Işık, echt toll. Da rechne ich dir vor, dass es hier und dort nicht reicht, und dann kommt das dabei raus.

– Was?, fragt Gül, die sich nicht erklären kann, warum Işık sich so aufregt.

– Sie haben sich verrechnet. Sie haben mir hundert Mark zuviel gegeben, das hätten die nie gemerkt, wenn du nicht gefragt hättest. Nächstes Mal ziehen sie es mir ab.

Gül schaut Işık an und weiß einige Sekunden lang nicht, ob sie lachen oder weinen soll. Sie sieht, wie sich Işıks Gesichtszüge noch weiter verhärten.

– Das ist nicht lustig, sagt sie.

– Nein, sagt Gül, das ist nicht lustig. Aber du musst dich auch nicht aufregen. Du bist durch meine Schuld um dein Geld gekommen. Ich werde dir hundert Mark geben, ich brauche nur ein wenig Zeit dafür. Es soll nicht zu deinem Schaden sein, dass ich mein Recht gesucht habe. Das wäre nicht richtig.

– Das kann ich nicht annehmen.

Gül lächelt jetzt noch breiter, weil Işıks Augen etwas anderes sagen als ihr Mund.

– Das konnte wirklich niemand ahnen, oder? Ich werde dir das Geld geben, lass mir nur ein wenig Zeit.

Gesine und Ceren sitzen in der Küche und lesen Bücher, in denen Mädchen, die kaum älter sind als sie, Pferde besitzen oder wenigstens welche zur Pflege haben, auf denen sie reiten dürfen. Pferde, auf deren Rücken sie sich fühlen, als könnte das Leben nicht mehr größer werden. Für beide Mädchen ist diese Welt fremd. Im Gegensatz zu Ceren kennt Gesine nicht mal jemanden, der schon mal geritten ist, und als sie im Zirkus einmal auf einem Pony saß, hatte sie vergessen zu atmen. Sie fühlt sich den Heldinnen der Romane nah, nur die Pferde scheinen ihr weit weg.

Ceren kennt Pferde aus den Ferien, auch wenn sie selbst bisher nur auf einem Esel geritten ist. Ihr Großvater war Kutscher, und sie teilt Gesines Begeisterung für Pferde nicht, vielmehr hat sie noch die Warnungen ihrer Großmutter im Ohr: Stell dich nie hinter ein Pferd, es könnte ausschlagen.

In der Heimatstadt ihrer Eltern gibt es noch immer einige Kutschen, und sie mag zwar auf einem Pferdewagen mitfahren, doch sie hätte Angst, auf einem Pferd zu sitzen. Sie weiß nicht, ob Gesine bewusst ist, wie groß diese Tiere sind.

Ceren kennt Pferde aus der Nähe, aber das Leben der Heldinnen der Bücher ist ihr fremd. Nie müssen sie im Haushalt helfen, sie haben meist keine Geschwister, müssen nicht häkeln und stricken lernen, und die Freiheit, die sie genießen, scheint nichts mit dem Rücken der Pferde zu tun zu haben, sie ist viel größer.

Doch die Freundinnen sitzen gerne zusammen in der Küche der Yolcus auf der Couch am Ofen, jede ein Buch in der Hand, und träumen sich fort, dorthin, wo sie sich nicht auskennen, während Gül das Essen bereitet.

Immer wieder wirft sie einen Blick auf die Mädchen, und jedes Mal ist es, als würde ihr Herz ein wenig weiter werden, bis es nicht mehr in sie hineinpasst, bis es die ganze Küche ausfüllt, bis sie glaubt, diese Wärme könnte ein Haus heizen. Wie friedlich und glücklich sie aussehen und wie das Glück auf sie überschwappt und noch größer wird. Was könnte schöner sein als eine Tochter, der es gutgeht? Freude, die sich nicht spiegeln kann, kann sich auch nicht vermehren. Wenn dein Herz schlägt, und sei es noch so heiter und heil, wenn es nur für dich schlägt, bleibst du allein in diesem Leben, das Gott dir geliehen hat.

Als Fuat hereinkommt, dreht Gül ihren Kopf, um ihren Mann anzusehen, das selige Lächeln auf den Lippen. Einen Moment lang fragt Fuat sich, ob seine Frau getrunken hat. Gül deutet mit dem Kopf auf die beiden Mädchen und legt einen Finger auf die Lippen. Sie schaut ihren Mann an, von ihm hat Ceren diese geschwungenen, dicken Augenbrauen, die breite Stirn und die hohen Wangenkochen.

Er ist der Vater ihrer Töchter, und so schwer es mit ihm manchmal sein mag, in diesem Moment übertragen sich Güls Gefühle auf ihn, und sie verspürt den Impuls, einfach zu Fuat zu gehen und ihn zu umarmen, um dann Seite an Seite mit ihm zu stehen und gemeinsam auf die Tochter zu blicken. Einen Impuls, den sie unterdrückt. Fuat würde eine unpassende Bemerkung machen und fragen, ob sie den Verstand verloren hat.

Ihr ist dennoch, als würde ihr Blut wärmer durch ihre Adern fließen. Dank sei dem Herrn für dieses Herz, in dem alle Platz haben.

Fuat tritt von hinten an Gül heran und sagt leise:

– Sie werden es mal besser haben als wir.

Gül atmet den Geruch ihres Mannes ein und nickt. Ja. Ihre Töchter wachsen mit Mutter und Vater auf, nicht wie sie selbst mit einer Stiefmutter. Sie werden es mal besser haben. Wenn Gott erlaubt, werden sie nicht verlassen werden, bis sie auf ihren eigenen Füßen stehen können.

Nach dem Essen klopft es an der Hintertür, jemand muss durch den Garten gekommen sein.

– Herein, ruft Fuat, während alle noch am Tisch sitzen.

Es ist Serter, den die beiden Mädchen verstohlen betrachten, weil sie häufig hören, dass er verrückt ist, ihn aber selten zu Gesicht bekommen. Und wenn sie ihn sehen, tut er nie Dinge, die ihnen verrückt erscheinen.

Unter den Erwachsenen hat es die Runde gemacht, dass Serter alle vierzehn Tage zu einer deutschen Freudenfrau geht, er ist nicht der Einzige, aber über ihn zerreißen sich alle das Maul. Fuat steht auf, begrüßt Serter, fragt, wie es ihm geht.

Gesine ist ganz verschüchtert, wenn die Yolcus Besuch bekommen. Sie kann mittlerweile einfach am Tisch sitzen und sich wohl fühlen, auch wenn sie die Gespräche nicht versteht, doch sobald Fremde hinzukommen, fühlt sie sich fehl am Platz.

– Möchtest du etwas mitessen?, fragt Gül, die schon aufgestanden ist und Richtung Schrank geht, um noch einen Teller zu holen.

– Nein, nein, sagt Serter, danke, wirklich nicht. Ich mag dein Essen, das weißt du, aber gerade bin ich satt.

– Einen winzigen Bissen wirst du wohl noch herunterbekommen.

– Komm, sagt Fuat und legt Serter eine Hand auf die Schulter, komm, ich wollte eh noch mal nach den Hühnern schauen. Wir müssen den Frauen nicht unbedingt dabei zusehen, wie sie den Tisch abräumen.

– Ich bring dir deine Jacke, es ist kalt draußen, sagt Gül, stellt den Teller zurück und geht Richtung Flur.

– Lass mal, sagt Fuat, die brauche ich gerade nicht, und geht mit Serter durch die Hintertür, die in einen Gang führt, wo die Toilette ist und die Waschmaschine steht.

Als Fuat nach zehn Minuten noch nicht zurück ist, murmelt Gül:

– Er wird sich erkälten.

– Er hat sich meine Jacke übergeworfen, sagt Ceyda.

– Schiel nicht so zum Fenster, sagt Gül, da gibt es nichts zu sehen.

Weitere zwanzig Minuten später ist Fuat wieder in der Küche, Gesine hat sich längst verabschiedet, Gül trocknet Geschirr ab, die Mädchen sitzen im Wohnzimmer und sehen fern.

– Was hast du ihn so schnell rausgelotst?, fragt Gül.

– Mein Gott, erwidert Fuat, was kommt dir denn immer in den Sinn? Dass ich wieder Spielschulden habe? Spielschulden sind Ehrenschulden, ich habe nichts zu verbergen. Du bist fast so misstrauisch wie er. Deinem eigenen Mann traust du nicht. Warum hast du ihn so schnell rausgelotst? Weil der Sprung in seiner Schüssel kaum mehr zu kitten ist. Der hat eine Vollmeise. Da sitzen drei junge Frauen, wer weiß, was er alles redet, was sich nicht ziemt, was er für Arm- und Handbewegungen macht, die sich in einem anständigen Haus nicht gehören. Er lebt ja wie ein Junggeselle. Weil ich an unsere Töchter denke, deswegen habe ich ihn rausgelotst. Man kann nie wissen bei einem Verrückten, und verrückt ist er, total. Wer weiß, wen der kennengelernt hat, von allein kommt der nicht auf solche Ideen. Dass wir Angst haben müssten vor den Deutschen, dass die auch nicht besser seien als jedes andere Regime. Der deutsche Geheimdienst hat diese Terroristen im Gefängnis umgebracht, sagt er, sie haben sowieso alle eine Vergangenheit als Nazis, der Rassismus liegt diesen Deutschen im Blut, die werden uns abschlachten wie diese Linken, deswegen müssen wir den bewaffneten Kampf unterstützen. Hättest du gewollt, dass unsere Töchter so etwas hören? Eine Spende wollte er von mir, eine Spende für die Leute im Untergrund. Er habe Verbindungen. Die Linken seien unsere Zukunft in diesem Land. Das ist schon keine Meise mehr, das ist ein ganzer Schwarm Schwalben. Wenn du hundert Tage nur Unsinn redest, würdest du immer noch nicht auf so etwas kommen. Andere sammeln für Moscheen, er sammelt für Terroristen. Das wird nicht gut enden mit diesem Mann, das sage ich dir.

– Der Ärmste, sagt Gül. Er lebt in einer eigenen Welt. Er muss sich sehr einsam fühlen.

Fuat setzt an, um etwas zu sagen, schweigt aber doch, schüttelt den Kopf und schenkt sich eine Whisky-Cola ein, bevor er ins Wohnzimmer geht. Gül folgt ihm kurz darauf, im Fernsehen läuft eine Aufzeichnung aus dem Ohnsorg-Theater.

Fuat legt eine Packung Lord auf den Tisch und lehnt sich zurück, ohne eine Zigarette zu nehmen. Er selber raucht Marlboro, Gül raucht Stuyvesant, nicht heimlich, aber auch nie in Fuats Gegenwart. Ceyda schaut auf die Packung und merkt, wie ihr heiß wird. Sie vermeidet es, ihren Vater anzusehen. Die Zigaretten waren in der Tasche ihrer Jacke. Die hinter der Gartentür hing. Ceyda wagt kaum zu atmen und wartet. Wartet, dass ihr Vater etwas sagt, aber der schaut nur auf den Fernseher, allenfalls ein leichtes Grinsen kann man ausmachen. Er holt seine Marlboros aus der Hemdtasche unter seinem Pullunder und steckt sich eine an.

Ceyda weiß nicht, was sie tun soll. Sie spürt, dass sie rot ist, sie weiß, dass ihr Vater keine Zweifel daran hat, wem die Lord gehören. Soll sie etwas sagen, muss sie etwas sagen, wird er etwas sagen?

Gül begreift ziemlich schnell, was gerade geschieht. Sie hat ihre Tochter zwar nie rauchen sehen, aber sie hatte mehr als eine Ahnung. Sie kann die Hitze, die Ceyda neben ihr ausstrahlt, spüren. Innerlich schilt sie ihre Tochter für die Unvorsichtigkeit.

– Ich bin müde, ich gehe ins Bett, sagt Ceyda schließlich nach etwa fünf Minuten und steht auf.

Es wird nicht mehr darüber gesprochen werden, doch Ceyda wird in Zukunft achtsamer sein. Und die nächsten drei Wochen gar nicht rauchen. Fuat wird diese Geschichte erst erzählen, als seine Tochter schon verheiratet ist und selber Kinder hat.

– Erziehung ist nicht so schwer, wird er sagen, man muss nicht viel reden, man muss nur die richtigen Dinge tun. Ich wusste, dass sie nicht aufhören würde zu rauchen, wer hört in dem Alter schon damit auf, weil die Eltern es verbieten. Aber gerade dass ich nichts gesagt habe, hat sie mehr beeindruckt als eine Predigt. Sie hat bestimmt tage-, ja wochenlang keine Zigarette angerührt. Man muss wissen, wann man zu schweigen hat.

– Bist du dir sicher?, fragt Gül.

– Ja.

– Du kannst auch weiter zur Schule gehen. Auf ein Gymnasium oder wie das heißt.

– Dafür muss man gute Noten haben, und die habe ich nicht.

Ceyda war nie besonders gut in der Schule. Aber auch nicht besonders schlecht.

– Was soll ich auf einem Gymnasium? Niemand aus unserer Klasse geht dorthin. Da sind nur diese Streber, die Tag und Nacht lernen. Und Türken sind da überhaupt keine.

– Was willst du denn machen?

– Eine Ausbildung.

– Als was denn?

– Friseurin.

– Friseurin?

– Ja, Friseurin.

Gül runzelt die Stirn. Fuat war in der Türkei Friseur, und er hat seinen Beruf nicht gemocht.

– Da kommen Leute, da kann man den ganzen Tag reden.

– Das ist alles? Da kommen Leute, und man kann den ganzen Tag reden? So viel redest du doch gar nicht. Hast du dir das gut überlegt?

– Ja.

– Wirklich?

– Ja. Man ist nicht in einer Fabrik, man hat keinen Schichtdienst, man hat montags frei, man kann sich auch zu Hause etwas hinzuverdienen, man kann es überall tun, hier, in der Türkei, in Italien, Spanien, egal, wo man ist, man kann Geld damit verdienen.

– Dein Vater mochte den Beruf nicht, wie du weißt.

– Ja, aber der hat rasiert und hatte immer nur mit Kurzhaarschnitten von Männern zu tun. Hier ist die Arbeit viel abwechslungsreicher, Färben, Strähnchen, Dauerwelle, Föhnfrisuren, Stufenschnitte, Pagenköpfe …

Gül sieht ihre Tochter an. Sie scheint sich Gedanken gemacht zu haben. Und Fuat wird es egal sein, wenn sie nur einen Beruf erlernt und Geld verdient.

– In Ordnung, sagt sie, wenn es dein Wunsch ist, dann werde Friseurin. Und wenn du es dir eines Tages anders überlegen solltest, kannst du immer noch auf eine Abendschule gehen. Solange mir Gott Kraft gibt, werde ich dich unterstützen.

Ceyda wird nie auf eine Abendschule gehen, sie wird Friseurin lernen, aber noch kürzer in diesem Beruf arbeiten, als ihr Vater es seinerzeit getan hat.

Als Ceyda zwei Tage nach diesem Gespräch mit einigen großen Umschlägen das Haus verlässt, um ihre Bewerbungen in den Briefkasten zu werfen, setzt Gül sich auf die Couch in der Küche, und ihre Augen füllen sich mit Tränen. Gleichzeitig muss sie lächeln über sich selbst.

So schnell ging das auf einmal.

So ist es also, Kinder zu haben.

Und sie werden immer Kinder bleiben, egal, welchen Weg sie wählen und gehen.

Sie hatte keine Mutter, die ihr das hätte beibringen können.

In Ceydas Alter war sie bereits verheiratet.

Ceyda raucht, natürlich, und wahrscheinlich hat sie sich schon längst verliebt. So wie Gül damals in Recep. Bestimmt ist Ceydas Herz viel wilder und ungestümer, als sie es sich anmerken lässt. Sie wird ihre Geheimnisse haben, nicht nur die Zigaretten. Doch Gül hat sie immer auch als Kind vor Augen.

Das Kind, das *Mama* ruft, ein Klang, der für immer in dieser Welt bleiben wird.

Mama hat sie damals gerufen, aber ist Gül diesem Ruf gerecht geworden? Hat sie alles getan, was eine Mutter tun muss? Woher soll sie das wissen? Auch das hat sie nie gelernt. Sie hat nur gesehen, wie ihre Stiefmutter es gemacht hat. Und die ist wahrscheinlich nicht mal ihren eigenen Kindern eine gute Mutter gewesen. Sie hat nie gelobt und gekost, nie hat sie ihre Kinder an ihren Busen gedrückt und sie vor der Welt beschützt. Vielleicht weil auch sie niemanden hatte, der ihr Schutz und Halt bot.

Gül hatte ihre Mutter nur kurz, sehr kurz, was sind schon sechs Jahre, wenn man sich an die ersten zwei, drei sowieso kaum erinnern kann? Was sind schon sechs Jahre, wenn man auf die vierzig zugeht? Was sind schon diese zwei, drei Jahre, die sie mit ihrer Mutter hatte? Abgezählte Tage, die viel zu schnell vergangen sind.

Sie konnte es damals nicht lernen, wie man es macht. Sie hat ihre Töchter zurückgelassen in der Türkei, aber wie viele andere haben das auch getan? Waren die alle auch jung und dumm?

Nun sind die Töchter hier aufgewachsen und können selber einen Beruf wählen und ihr eigenes Geld verdienen, aber Gül weiß nicht, ob sie eine gute Mutter ist. Sie tut, was sie kann, aber man könnte immer noch mehr tun, und alles, was sie weiß, ist, dass sie es besser macht als ihre Stiefmutter, doch das ist nicht so schwer.

Mein Leben, sagt sie sich, mein Leben würde ich geben, diese Leihgabe. Aber das sagt sich so leicht. Wer weiß, ob ich es wirklich könnte. Hätte ich mich vor das Auto geworfen, nur damit es Ceren nicht anfährt? Was hätte ich getan in so einem Moment?

Aber ich kann die Kinder nicht bewahren vor der Welt, sie haben ihr eigenes Leben. Haben es schon immer gehabt. Sie sind durch mich gekommen, aber nicht von mir. Und doch, wenn ich sie nur beschützen könnte, auch wenn ich niemanden hatte, der mich beschützt hat.

Ceyda sieht ihre Mutter verwundert an, als sie zurück in die Küche kommt.

Selten sitzt Gül einfach so da in jenen Tagen, zumindest ruht eine Handarbeit in ihrem Schoß, wenn sie gerade müßig ist. Ceyda sieht die geröteten Augen, doch auch das Lächeln, ein Lächeln, das sie umfängt und festhält, das ihr sagt, dass der Klang dieser Stimme, der Geruch dieses Körpers, die Berührung dieser Haut nicht enden wird. Sie setzt sich neben ihre Mutter, die den Arm um die Schulter der Tochter legt und sie noch näher an sich zieht.

– Möge alles so werden, wie du es dir wünschst, sagt Gül, mögen dir alle Wege offenstehen, und mögest du nicht frieren im Gegenwind.

Ceyda merkt, wie auch ihre Augen feucht werden, sie atmet den Duft ihrer Mutter ein, diesen erdigen, doch leichten Geruch, der bereits ahnen lässt, wie hell ihre Haut ist, wie üppig ihr Fleisch und wie weich ihre Worte.

Gleichzeitig freut Ceyda sich, dass die Schule bald vorbei sein wird. Dass sie nicht mehr endlose Stunden auf der Bank sitzen wird, vor ihr Lehrer, die sie nicht verstehen. Sie und die anderen Kinder aus der Heimstraße. Die Sätze sagen wie: Schaut einfach zu Hause im Lexikon nach. Oder: Das hätte man im Duden nachschlagen können.

Die über den Zweiten Weltkrieg reden, wieder und wieder und wieder, und die glauben, diejenigen, die sich dafür nicht interessierten, wären verkappte Nazis. Lehrer, die sie Leyla nennen und versuchen, ihren Kopf mit Dingen zu füllen, die sie langweilig findet.

Bald wird sie in einem Laden stehen und mit Menschen reden, über das Wetter, über die Einkäufe, über die Kinder und Geschwister. Bald wird sie Geld verdienen und nicht mehr ihre Mutter fragen müssen, wenn sie etwas möchte. Ihre Mutter, die nicht wiederum den Vater fragt, sondern einen Weg findet, Ceyda und Ceren ihre Wünsche zu erfüllen. Es wird etwas mehr Geld im Haus sein, und Ceyda wird zu ihrer Aussteuer selber beitragen können.

– Hol heute Abend deine Schwester von der Arbeit ab, sagt Gül. Und morgen auch. Hol deine Schwester von der Arbeit ab, jetzt, wo es so früh dunkel wird. Lass sie den Weg am Wäldchen vorbei nicht allein gehen.

– Und ich?

– Du gehst außen herum, wenn du sie abholst, und auf dem Heimweg nehmt ihr die Abkürzung.

Von diesem Tag an macht Gül in ihrer Spätschicht nicht mehr mit den anderen Pause, sondern zieht um kurz vor halb sieben ihre Jacke an, steckt ihre Zigaretten ein und geht raus auf den Hof. Dort stellt sie sich an den Zaun und blickt auf den Weg am Wäldchen. Sie kann ihre Töchter nur am Gang erkennen, doch jedes Mal, wenn sie sie erblickt, schmeckt die Zigarette noch besser und sie dankt dem Herrn ein weiteres Mal.

Einen ganzen Winter steht sie in der Spätschicht jeden Abend dort, gleichgültig, wie kalt es ist, gleichgültig, ob es regnet, hagelt oder schneit, sie raucht eine Zigarette und sieht zwei kleine Figuren aus dem Lichtkegel einer Straßenlaterne verschwinden, um kurz darauf ins Licht der nächsten Laterne zu treten.

Einen ganzen Winter lang gibt es diesen Moment, in dem die Zigarette auf einmal besser schmeckt, und Gül geht hinterher mit einem Lächeln zurück an ihre Arbeit. Einen ganzen Winter lang steht sie abends auf dem Hof, eine Hand am Zaun, und wartet auf den Anblick ihrer Töchter. Kein einziges Mal wird sie enttäuscht.

Wie wäre es wohl gewesen, wenn wir in der Türkei geblieben wären, fragt sie sich manchmal, während sie wartet. Würde ich dann auch arbeiten? Würde Ceyda einen Beruf erlernen? Hätte Fuat weniger getrunken? Oder mehr? Hätten wir in einer Straße gewohnt, in der das Wort Nachbar das Gleiche bedeutet wie hier? Hätte ich mich besser gefühlt, wenn ich meinen Vater jeden Tag gesehen hätte? Wäre da weniger Sehnsucht gewesen, weniger Angst? Und dafür mehr Sorge um das tägliche Brot? Und das Dach über dem Kopf? Wäre Fuat unglücklich geworden in diesem Beruf, den er nicht mochte? Und wäre er traurig darüber gewesen, seinen Vater nicht unterstützen zu können, der keine Arbeit mehr hatte, seit die Autos die Kutschen ersetzten?

Die ganze Welt ist eine Fremde, hat Yavuz ihr damals gesagt, als sie in Istanbul in den Zug gestiegen ist, um nach Deutschland zu fahren. Er war ein Bauer, ein alter Bekannter ihres Vaters, und er wiederholte oft seine Worte: Wir leben, dem Herrn seis gedankt, wir leben, wir stehen auf unseren eigenen Füßen. Die ganze Welt ist eine Fremde, in der wir gefangen sind, gefangen in der Zeit, die nur vergeht zwischen Geburt und Tod, davor und dahinter ist alles Ewigkeit.

Manchmal fühlt es sich in dieser Fremde so an, als würde man auf dem Dach stehen und alles überblicken können, als wäre da Weite und Ruhe und Behaglichkeit. Für die Dauer einer Zigarette fühlt man Frieden, Frieden auf dem Dach dieses Gefängnisses.

– Diese Spanier, sagt die Frau mit der blonden haarspraygefestigten Welle, die reden immer so laut, als wären sie allein auf der Welt.

Ihre Freundin trägt ein Kopftuch, ein kleines, dreieckiges, das nicht ganz ihren Hinterkopf bedeckt.

– Ja, stimmt sie zu, die kommen hierher und kennen keine Mittagsruhe, keinen Sonntag und lärmen bis spät in die Nacht. Das können die bei sich zu Hause machen, aber hier gehört sich das nicht. Nicht mal Straßenbahn fahren kann man ohne diese Belästigung.

– Die sind nicht geschaffen für ein Leben hier, dauernd geht das Temperament mit ihnen durch.

Gül sitzt genau hinter den Frauen und kann jedes Wort hören. Genauso wie sie hören kann, was die beiden Männer weiter vorne an der Tür reden, doch deren Worte kann sie besser verstehen.

– Da war er gerade zwei Tage wieder hier, da haben sie ihm das Auto geklaut. Die müssen da irgendetwas eingeschweißt haben. Überleg mal, wie viel Zeug da drin gewesen sein muss, damit sich das alles lohnt. Wir können hier noch Jahre buckeln, bis unser Rücken ganz krumm ist, aber so wird man nicht reich.

– Das Auto ist weg, aber er hat trotzdem richtig Glück gehabt, sagt nun der andere. Wenn sie den an der Grenze erwischt hätten. Da kannst du reden, so lange du willst, das glaubt dir keiner, da sitzt du richtig in der Scheiße. Da kannst du dann Klagelieder singen und zuhören, wie der Wind durch die Ritzen deiner Zelle pfeift.

– So wie die anderen muss man es machen. Gewitzt. Find mal die Werkstatt in dem Gewirr Istanbuls, wo du dein Auto hast reparieren lassen. Und dann weis denen mal was nach. Gewitzt muss man sein, dann lacht das Geld. Ich sage dir – der Mann senkt die Stimme etwas –, wir müssten auch in dieses Geschäft einsteigen. Ich kenne jemanden. Da liegt Reichtum, nicht im Schichtdienst.

– Es ist bestimmt eine Strafe, in Spanien Straßenbahn zu fahren, sagt die Frau mit dem Kopftuch, das geht da den ganzen Tag so, ohne Punkt und Komma.

– Wir waren nur einmal in Mallorca, dort gibt es keine Bahnen, aber laut ist es trotzdem.

Nach all den Jahren kann Gül immer noch nicht gut Deutsch. Zwar versteht sie das meiste, aber wenn sie sprechen muss, wird sie schnell unsicher und ihr fallen die Worte nicht ein. Nicht ein einziges Mal hat sie länger als fünf Minuten hintereinander Deutsch gesprochen. Wo auch, wie auch.

Ich habe keine Gabe dazu, tröstet sie sich, wenn ich ein kontaktfreudiger Mensch wäre und nicht so zurückhaltend, wäre es sicherlich anders. Dann würde ich reden wie Saniye, ohne Hemmungen, ohne Angst, Fehler zu machen. Aber so bin ich eben nicht. Ich kann mir nicht mal merken, was ich schon weiß.

Die beiden Frauen vor ihr haben offensichtlich noch weniger Talent für Sprachen, für die klingt alles gleich, was nicht Deutsch ist. Gül kann Spanier, Italiener, Griechen und Jugoslawen erkennen, wenn sie sie hört. Auch wenn die meisten von ihnen längst in ihre Heimatländer zurückgekehrt sind, vielleicht weil die wirtschaftliche Lage dort mittlerweile besser ist, vielleicht weil die Sehnsucht zu groß wurde, vielleicht weil sie wissen, dass man sich bescheiden muss.

Diese Frauen sollten ihrem Gott danken, dass sie in ihrem Land bleiben konnten, wo es genug Arbeit gibt, denkt Gül, dass sie nicht ausziehen mussten, um zu erfahren, wie schwer es ist, eine fremde Sprache zu lernen.

An der nächsten Haltestelle muss sie aussteigen und steht nun hinter den beiden Männern, die inzwischen leiser reden. Wenn man zusammenlegen würde, könnte man in drei, vier Monaten schon dicke Gewinne einfahren. Opium und Heroin, das könnte man fast mit Gold aufwiegen.

Auch ich sollte dankbar sein, denkt Gül, dankbar für einen Mann, der seine Fehler haben mag, doch sosehr er auch von Reichtum träumt, er würde sich nie in die Gesetzlosigkeit begeben. Er würde nicht waten in diesem Sumpf und seine Familie mit hineinziehen, er würde nicht Ärger und Kummer über alle bringen und in Kauf nehmen, dass seine Töchter ihn nur an Besuchstagen sehen dürfen. Er mag seine Fehler haben, aber er ist aufrecht, was das angeht.

Gül geht in den Laden, den Saniye ihr empfohlen hat, weil es dort Baklava gibt, die angeblich so schmeckt wie frisch aus Antep. All die Menschen auf den Straßen, die Bahnen, die Busse, Bremens Gewusel irritiert und beunruhigt Gül, sie fragt sich, ob es ihr jemals möglich sein wird, in so einer Stadt entspannt durch die Straßen zu gehen.

Jahre später wird sie in Bremen wohnen, und da erst wird sie sagen:

– Jeder Mensch kann alles tun, man sollte nie zu überzeugt von sich sein, man sollte immer Zweifel haben. Ich dachte, ich könnte nie Spionin werden, Diebin oder eine Prostituierte. Heute weiß ich, dass jeder Mensch alles sein kann, das Leben kann dich in Sackgassen drängen, die du nicht mal ahnen konntest. Man darf nie sagen: Das würde mir nicht passieren.

Gül sagt nicht: Siehst du. Oder: Das geschieht dir recht. Oder: Das hätte ich dir gleich sagen können. Sie denkt es nicht mal, diese Art der Genugtuung ist ihr fremd.

Doch es wundert sie auch nicht, dass Mevlüde entlassen wird. Mevlüde, die den Satz: Ach, das ist doch nur eine Kleinigkeit, das fällt denen gar nicht auf, wie einen Kaugummi in ihrem Mund geführt hat. Mevlüde, die fast nie die Rollen der Wagen gesäubert hat. Die zwar ihre Arbeit gemacht hat, aber nie zufrieden war, ständig geflucht hat auf die Arbeit, die Fabrik, die Deutschen, auf Serter, die Wolle, die Schafe, die Fremde, die Ausbeuter. Mevlüde, die es geschafft hat, ihr Haus in der Heimstraße mit Unzufriedenheit zu füllen.

Doch nicht nur in Güls Abteilung werden Leute entlassen.

Yılmaz sagt:

– So macht der Kapitalist das, zuerst sagt er dem Staat: Hier ist Aufschwung, wir brauchen mehr Arbeitskräfte, lasst uns Leute von draußen holen, dann werden wir alle reich. Nur nicht die Leute von draußen, aber das sagt der Kapitalist nicht, das weiß der Staat auch so. Dann sagt der Kapitalist:

Schau mal da vorne, da arbeiten Leute für noch weniger Geld. Aber lass uns diesmal nicht die Leute hierherholen, wo wir ihnen andere Löhne garantieren müssen, sondern lass uns die Maschinen dorthin bringen. Scheiß auf den Staat und scheiß auf die billigen Arbeitskräfte hier. Schau mal, was wir nun für Gewinne einfahren. So läuft das. Wir werden hier alle noch unseren Arbeitsplatz verlieren.

Fuat hingegen sagt:

– Deutschland ist ein starkes Land, hier leben fleißige Menschen, ehrgeizig und pflichtbewusst. Nur weil sie jetzt einen Teil der Produktion ins Ausland verlagern, wird nicht gleich die Fabrik zugemacht. Diese Fabrik hat zwei Weltkriege überlebt, es gibt sie seit über hundert Jahren, wieso sollte sie jetzt auf einmal, wo es allen gutgeht, schließen müssen? Und selbst wenn, wer arbeiten will, für den gibt es Arbeit. Es ist nicht wie in der Türkei. Und erst mal gibt es sowieso Arbeitslosengeld.

Auch Gül kann sich nicht vorstellen, dass die Fabrik schließt. So viele Jahre hat sie nun dort gearbeitet, so viele Schichten dort verbracht, dass sie es sich einfach nicht ausmalen kann, dass diese Gebäude mal leerstehen sollen.

Nachdem eine Zeitlang Leute entlassen worden sind, scheint wieder Ruhe einzukehren, Gül ist entspannt, die Arbeit wird leichter und angenehmer, weil alle, die nicht ordentlich oder gründlich gearbeitet haben, nun zu Hause bleiben.

Gül fühlt sich bestätigt. Man braucht die Arbeit nicht zu fliehen, man darf nicht zagen, man macht einfach eins nach dem anderen, gewissenhaft, ohne auf das Ende zu blicken, ohne liederlich zu werden, dann kommt das Ende wie von selbst und mit dem Ende der Frieden.

Man darf keine Angst vor Arbeit haben, so viel hat sie schon geschafft und noch viel mehr kann sie. Gül vertraut ihren Kräften und empfindet es als Belohnung für ihre Arbeit, dass sie bleiben kann.

Sie bleibt bis zum Schluss. Auch wenn immer mehr Leute entlassen wurden, Gül hat nicht gehört auf die Gerüchte, sie hat einfach stur weitergearbeitet und nicht an das gedacht, was sie nicht glauben konnte, weil es nicht vorstellbar war. Selbst als eines Tages verkündet wird, dass die Fabrik schließt, hat Gül noch Hoffnung, es könne wie durch ein Wunder alles so bleiben, wie es ist.

An dem ersten Montag, an dem sie nicht arbeiten muss, steht sie auf, macht Frühstück, verabschiedet Ceren zur Schule und Ceyda zur Berufsschule und sitzt dann mit Fuat, der etwas später aufgestanden ist, in der Küche. Schweigend frühstückt er, während Gül immer noch versucht zu verstehen, wie sich das Leben so von einem Tag auf den anderen komplett ändern kann.

Nach seiner Zigarette zieht Fuat seine Jacke an, und Gül fragt:

– Wohin?

– Ins Kaffeehaus.

Gül sieht ihn erstaunt an. Auch wenn er gerne spielt, er gehört nicht zu den Männern, die man ständig im Kaffeehaus antreffen kann, Tee trinkend, rauchend vor einem Backgammonbrett oder mit Karten in der Hand. Eine Stunde mag er Vergnügen daran finden oder zwei, aber dann will er um Geld spielen und trinken. Und getrunken wird im Kaffeehaus nicht.

– Ich höre mich mal um, sagt Fuat, ich kann nicht den ganzen Tag zu Hause rumsitzen, ein paar Wochen Arbeitslosengeld ist ganz gut, aber ich brauche Arbeit und wenn ich schwarz noch etwas nebenher verdiene. Mein Hintern ist nicht zum Sitzen geschaffen.

Erst zum Abendessen ist er wieder zu Hause, er riecht nach Bier. Gül hat das Haus aufgeräumt, geputzt, sie hat Wäsche gewaschen, mit Saniye telefoniert, gestrickt, dabei den Fernseher laufen lassen, sie hat gekocht, und da Ceren bei Gesine war, hat sie Ceyda von der Arbeit abgeholt. Auf Ceydas Lippen ist häufiger ein Lächeln als zu Schulzeiten, die Arbeit scheint ihr zu gefallen. Nur an Tagen wie heute, an denen sie Berufsschule hat, ist sie schon beim Frühstück schlecht gelaunt.

Als Fuat abends kommt, ist der Tisch bereits gedeckt. Gül glaubt sein Grinsen komme vom Alkohol, doch als Ceyda nach dem Essen abräumt, sagt er zu seiner Tochter:

– Dann mach mir doch zur Feier des Tages so einen schönen, süßen Mokka. Und dazu rauche ich eine Zigarette, die so schmeckt, dass meine Lungen glauben werden, es sei ein Feiertag. Niemand soll mich faul nennen. Gewieft muss man auf dieser Welt sein. Ein wenig gewieft. Ihr dürft mir gratulieren: Ich habe eine neue Arbeit.

– Wirklich?, fragt Gül, und fast gleichzeitig möchte Ceyda wissen:

– Hast du schon unterschrieben?

– Und nicht irgendwo, sagt Fuat, ohne auf die beiden einzugehen, sondern bei der Königsmarke der Automobile, dort, wo Qualität und Leistung zählen, Zuverlässigkeit und Langlebigkeit. Bei der Marke, deren Name auf der ganzen Welt berühmt ist.

Er schaut herausfordernd in die Runde, doch keine der Frauen sagt etwas.

– Mercedes!, sagt er.

– Hast du schon unterschrieben?, wiederholt Ceren nun die Frage ihrer Schwester.

– Nein, sagt Fuat, nein, aber dem steht nichts mehr im Wege, ich habe die Stelle so gut wie sicher, ich war in Bremen heute, bei Mercedes im Büro.

Seine Brust ist so geschwollen vor Stolz, dass es an diesem Abend viele Whisky-Cola braucht, bis die Schultern nach vorne sinken und die Spannung aus seinem Körper weicht.

Gül hat geglaubt, sie würde die Tage kaum füllen können, wenn sie nicht mehr arbeitet, doch sie wundert sich, wie sie alles geschafft hat, als sie noch in die Fabrik ging. Sie redet etwas länger mit ihren Nachbarn, sie beschäftigt sich etwas mehr mit ihren Handarbeiten. Fuat hat ihr eine elektrische Nähmaschine gekauft, und sie näht den Mädchen Kleider, sie strickt ihrem Mann Pullover, und am Ende des Tages war sie kaum eine halbe Stunde ohne Beschäftigung. Sie hat keine Arbeit mehr, doch sie sitzt nicht tatenlos zu Hause herum, und es geschieht selten, dass sie den neuen Fernseher einschaltet, den Fuat gekauft hat, in Farbe und mit Fernbedienung.

Gül kümmert sich um den Garten, pflanzt Zucchini und Kürbisse, Gurken und Tomaten, Bohnen und Peperoni. Auch wenn die Erde sich unter ihren Händen anders anfühlt als damals, auch wenn sie anders riecht und eine andere Farbe hat, auch wenn das Licht anders ist und die Sonne ihren Rücken nicht immer wärmen kann, diese Stunden erinnern sie an ihre Kindheit und an den großen Maulbeerbaum im Garten des Sommerhauses. Sie lassen den Geruch des Schmieds wieder lebendig werden, wenn er im Garten gearbeitet hatte oder im Stall. Sie denkt daran, wie ihr Vater sie einmal in einen fremden Obstgarten mitgenommen hat, wie er sie dort allein gelassen hat, ohne zu ahnen, dass sie sich fürchtete. Wie erleichtert war sie damals, ihn wieder zu umarmen und den Schweiß am Kragen seines Hemdes zu riechen, als er endlich zurückkam.

Gül geht es gut ohne die Arbeit, und dieser Frühling vergeht schnell. So schnell, wie die Zeit vergeht, wenn man erst hinterher merkt, dass man glücklich war.

Fuat ist stolz auf seine Arbeit und fährt jeden Tag mit seinem Auto nach Bremen und zurück, verdient sogar etwas mehr als vorher, kauft einen noch moderneren Fernseher, einen Jahreswagen von Mercedes und ein neues Mofa, weil er das sicherer findet, wenn er betrunken fährt.

Es ist eine gute Zeit in der Heimstraße 52, Ceyda ist froh über ihre Entscheidung, Friseurin zu werden, Ceren bringt

Gesine immer öfter mit nach Hause, da sie sich tagsüber nicht mehr das Zimmer mit ihrer Schwester teilen muss. Die Sorgen verblassen, die bitteren Sätze und geschrienen Worte, die es auch gibt, verbittern nicht tagelang, die Missklänge erzeugen kaum Echo.

Erst als alle in dem fast neuen Wagen sitzen, der zu Fuats Unmut wieder voll beladen ist, und Richtung Anatolien losfahren, als alle eng beieinander sind und die Hitze und die endlosen Straßen und Staus unerträglich werden, bekommen Harmonie, Glück und Wohlklang Risse, erst als sie wieder im Blech gefangen sind, hallen die harschen Worte nach, und die Strahlen der Sonne können die Gemüter nicht besänftigen. Doch selbst da spürt Gül die letzten Monate in sich nachklingen und lächelt still in sich hinein, darauf bedacht, diese sanfte Heiterkeit vor Fuat zu verstecken, um ihn nicht zu reizen.

Der Sommer, die Zeit zwischen den Autofahrten, vergeht in jenem Jahr noch schneller als der Frühling in der Heimstraße, er ist vorbei, noch ehe man *schön* denken kann, und auch für die Dauer der Rückfahrt bewahrt Gül ihr inneres Lächeln. Sie hat erneut zugenommen in den letzten Monaten, ihr Bauch wackelt mit jedem Lachen, das so klingt, als könne es alle Dunkelheit vertreiben.

Ceyda und Ceren werden später oft von diesem Sommer erzählen, ohne richtig zu begreifen, warum er noch schöner war als all die anderen, warum die Sonne heller schien, ihr Opa sie häufiger herzte, das Lachen lauter schallte und selbst die traurigen Lieder fröhlicher klangen in einer Sprache, in der Trauer und Sommer nur einen Buchstaben voneinander entfernt sind.

Die Melancholie hatte auf einmal eine heitere Note, während sonst selbst die sonnigsten Stücke noch einen Schatten von Schwermut hatten.

Du hast mein Herz gemolken, bis meine Knie nachgegeben haben, sangen die Schwestern mit, aber sie selbst waren erfüllt von etwas, das weder Sehnsucht noch Verlangen war. Aus diesem Sommer bringen sie Kassetten mit nach Hause, die zu hören sie nicht müde werden. Lieder, die sie an diese fünfeinhalb Wochen erinnern werden, ihr Leben lang.

Selbst Fuat singt mit, auf dem langen Heimweg, während Gül bloß lächelt, während ihre Brüste bei jedem Schlagloch auf und ab hüpfen. Sie singt nicht, sie summt nicht, aber die Musik ist in ihr, als hätte sie den Gesang verschluckt.

Es ist, als würde Fuat eine Stricknadel in Gül hineinbohren, an einer Stelle, die sie selber kaum kennt, die den Schmerz aber nach tief drinnen schickt, wenn er sagt:

– Find mal endlich eine Arbeit.

Wann und wie das Gefühl des Sommers verlorengegangen ist, weiß Gül nicht, es ist Herbst, aber noch nicht so dunkel, dass Gül Ceyda abends abholen müsste, und Fuat sagt diesen Satz auch nicht so oft, wie er früher gesagt hat, er bevorzuge schlanke Frauen, doch er dämpft das Licht jedes Mal ein wenig mehr.

Es ist nicht so, dass Gül nicht sucht. Das Arbeitsamt sagt, es gäbe nichts für sie, die anderen Frauen in der Heimstraße sitzen ebenfalls zu Hause und finden nichts. Selbst Saniye, die so viele Leute kennt, kann Gül nicht helfen, sie ist selber froh, eine Arbeit zu haben, bei der sie acht Stunden lang mit den immergleichen Handgriffen Schuhe in Kartons packt.

– Wenn ich abends einschlafe, schrecke ich manchmal auf, weil meine Hände sich nicht bewegen und ich glaube, das Band würde weiterlaufen, ohne dass ich arbeite, sagt sie und lacht dann. Früher haben wir jeden zweiten Winter ein Paar Schuhe bekommen, sagt sie, wer hätte gedacht, dass wir mal in so einem Überfluss leben. Ich könnte jeden Tag zwei Paar mitgehen lassen, und niemand würde es merken. Und auch diese Arbeit ist ja nicht für immer.

Gül kennt niemanden, der in so vielen verschiedenen Fabriken gearbeitet hat wie Saniye. Nirgendwo ist sie länger als drei Jahre geblieben, immer gab es etwas, was sie lieber machen wollte, immer hat sie nach Abwechslung gesucht, und beim Schuheverpacken ist sie nur gelandet, weil man zurzeit nehmen muss, was man kriegen kann.

– Find endlich mal eine Arbeit.

Fuat müsste doch in all den Jahren gemerkt haben, dass Gül nicht faul ist. Sosehr es ihr auch gefallen hat, zu Hause zu sein, sie möchte arbeiten, doch jedes Mal, wenn sie diesen Satz aus Fuats Mund hört, kommt es ihr vor, als sei es ihr persönliches Versagen, ohne Arbeit zu sein.

Schon bald wird Fuats Ton härter werden, und Vorwürfe werden folgen, aber zurzeit kann Gül sich noch in die Momente mit Ceren hineinfallen lassen, die das Hausfrauendasein ihr beschert.

Während Ceyda und Fuat arbeiten gehen, kommt Ceren nachmittags aus der Schule, und Mutter und Tochter haben Haus und Zeit für sich. Ceren erzählt von den Büchern, die sie liest, und Gül holt oft weit aus, wenn sie sich erinnert. Wie sie früher die Artikel oder halbe Artikel aus Zeitungen gelesen hatte, die ihre Mutter benutzte, um die Schränke auszulegen. Wie sie ein Glas holen geschickt wurde und sich dann, mit dem Kopf im Schrank, in eine Meldung vertiefte, in der die Rede von einem Baby mit zwei Köpfen war, und wie sie darüber die Zeit vergaß. Wie das Baby der Cousine der Stiefmutter tot geboren wurde und wie sie einmal geglaubt hatte, ihr Bruder würde an einer Sicherheitsnadel in seinem Blutkreislauf sterben. Wie Yasemin aus dem Dorf zu Onkel Abdurahman gekommen war …

Gül springt von Erinnerung zu Erinnerung, und Ceren findet manchmal kaum Gelegenheit, sie zu unterbrechen. Viele Geschichten bleiben ohne Schluss, und es wird Jahre dauern, bis Ceren die losen Enden zusammenfügen kann.

Ceren verliert sich nicht in Nebengeschichten. Durch die

Worte ihrer Tochter bekommt Gül einen Eindruck, wie es bei Gesine zu Hause aussieht und zugeht.

– Nein, wirklich, sagt Ceren, es ist so. Gesine putzt sich im Bad die Zähne, während ihr Bruder duscht.

– Wie alt ist denn ihr Bruder? Kennen die keine Scham? Was sagt ihre Mutter dazu?, fragt Gül staunend, fügt dann aber schnell hinzu: Das ist deren Kultur, das haben sie so gelernt, die meinen es nicht böse. Niemand möchte etwas Schlechtes für seine Kinder. Man muss die Menschen so akzeptieren, wie sie sind. Jeder ist anders.

Ohne auf das Programm zu achten, sitzt Gül abends vor dem Fernseher und versucht zu begreifen, wie diese Dinge wohl zusammenhängen.

– Warum kann Ceren nicht bei uns mitessen?, hat Gesine wohl gefragt, während Ceren nebenan saß und alles hören konnte. Ich esse immer bei denen, wenn ich dort bin.

– Gesine, habe die Mutter gesagt, das habe ich dir schon mal erklärt. Cerens Eltern sind Doppelverdiener.

Und Gesine hat geantwortet:

– Nein, sind sie nicht mehr. Cerens Mutter ist arbeitslos, und ich darf trotzdem immer bei denen essen.

– Aber sie bekommt noch Geld vom Arbeitsamt, habe die Mutter entgegnet.

Wie Gül es auch betrachtet, sie kann es nicht verstehen und muss sich mit der dürftigen Erklärung begnügen, die sie ihrer Tochter gegeben hat. Als Freundin Cerens ist Gesine so etwas wie ein Kind des Hauses. Deshalb muss es umgekehrt nicht auch so sein.

Aber nicht mal einem Fremden würde sie einen Platz am Tisch verweigern. Wo zwei satt werden, werden auch drei satt, hat sie selber gelernt, doch das scheint in diesem Land anders.

Und dieser Bruder, hoffentlich hat die Mutter den unter Kontrolle, nicht dass er sich auch ihrer Tochter nackt zeigt.

Ceren gegenüber verliert sie kein Wort über ihre Befürchtungen, sondern versucht ihr lieber bei anderen Gelegenheiten einzuschärfen, was gut und was richtig ist.

Gül schätzt Cerens Vertrauen, und sie ist froh über diese neue Intimität. Gleichzeitig bemüht sie sich, Ceyda mehr Aufmerksamkeit zu schenken; damit sie nicht eifersüchtig wird, fragt sie jeden Abend, wie es auf der Arbeit war, und versucht an diese Frage ein langes Gespräch anzuknüpfen. Sie steckt ihr Feuerzeuge zu und häkelt und strickt für ihre Aussteuer.

Ceyda war seit jeher verschlossener als Ceren, und Gül muss sich an ihre eigenen Worte erinnern: Man muss jeden Menschen so akzeptieren, wie er ist.

Die Kinder kommen durch uns, aber nicht von uns, und sie sind kein Malbuch, das man mit seinen Lieblingsfarben füllen kann.

Ich liebe nicht eine mehr und die andere weniger, Gott ist mein Zeuge, ich liebe, wie mein Herz es zulässt.

Wären die Mädchen nicht, Fuats Worte würden schärfer schneiden.

So wie der Schmied damals der Erste im Viertel war, der ein Radio hatte, so ist Fuat der Erste in der Heimstraße, der einen Videorecorder kauft. Doch anders als bei seinem Schwiegervater ist es nicht so, dass sich die Familie plötzlich nicht mehr vor Besuch retten kann. Die Nachbarn kommen zwar, und sie schauen, staunen, bewundern, doch nur Tage oder höchstens Wochen später kauft nahezu jeder so ein Gerät. Der Schmied war seinerzeit wohlhabend, hier arbeiten alle in derselben Fabrik.

Binnen Monaten kursieren Kassetten, der türkische Metzger, der nebenbei Obst und Gemüse verkauft, hat auf einmal hinter der Kasse zahlreiche Videos zum Verleih.

Niemand in der Heimstraße schaltet mehr den Fernseher ein, um eines der deutschen Programme zu verfolgen.

Früher, in einem anderen Leben, haben sie alle im Kino

Humphrey Bogart gesehen, Cary Grant, Ava Gardner, Kirk Douglas, Bette Davis, Gina Lollobrigida, Elizabeth Taylor, Robert Mitchum. Natürlich gab es damals auch Erol Taş, Fatma Girik, Filiz Akın, Ayhan Işık, doch es waren die amerikanischen Filme, die vor fast zwanzig Jahren ihre Wünsche nährten, ihre Vorstellungen von anderen Ländern und besseren Zeiten. Filme, die Fuat danach streben ließen, endlich selbst Whisky zu trinken und ihn nicht nur schwarzweiß auf der Leinwand zu sehen, ohne ihn auch nur riechen zu können. Filme, die Saniye zu der Ansicht verleiteten, in Europa würde man sich zu jeder Gelegenheit in Schuhen aufs Bett schmeißen. Filme, die wie alle Geschichten glauben machten, es gäbe noch eine andere Welt, in der sich das Leben anders anfühlte als jenes, das sie kannten. Ein Leben, in dem selbst ihre Herzen anders schlagen würden, kräftiger, glücklicher, heiterer, ein Leben, das größer war als eins, in dem es Sorgen gab, Kummer, Trauer und Alltag.

Was sie auf die Suche geschickt hatte, war nicht nur die Not, sondern auch die Sehnsucht nach diesem anderen Leben, das in Greifweite schien, immer in Greifweite, wieso sollten sonst andere davon erzählen können.

Das Kino hatte vor zwanzig Jahren ihre Träume genährt, hatte sie getränkt mit Vorstellungen, hatte zu Neid beigetragen und dazu, dass die Welt kleiner schien.

Als Filmrolle war es nicht schwer, über den Ozean zu kommen, die Wege schienen offen.

Nun sitzen Familien abends vor dem Fernseher, an den Wochenenden schauen sie fünf oder sechs Filme hintereinander, es ist kein Vergleich zu den Doppelvorstellungen damals im Kino, doch die Hauptdarsteller dieser Filme tragen keine ausländischen Namen mehr, sie heißen Kemal Sunal, Orhan Gencebay, Tarık Akan, Hülya Koçyigit, Yılmaz Güney, Müjde Ar, Türkan Şoray, Cüneyt Arkın, Ferdi Tayfur, İbrahim Tatlıses.

Filme, in denen ein berühmter Sänger einen Musiker spielt,

der im Gefängnis sitzt und einer Sängerin Stücke schickt, die er für sie komponiert hat, Stücke, die eine Sehnsucht spiegeln, wie man sie nur hinter solchen Mauern spüren kann, Stücke, die klagen, dass einem das Herz mit jedem Tag schwerer wird, so dass Fuat gleich noch mal nachschenkt.

Was bleibt uns schon auf der Welt, es ist Abend geworden, du bist so weit von der Heimat, was sollst du sonst tun außer trinken? Wie könnte das eine Sünde sein? Die, die trinken, sterben, aber leben die anderen etwa ewig? Steck dir noch eine an und zieh den Rauch tief ein, damit er sich von innen auf die Melancholie legen kann.

Filme, die von der glorreichen Eroberung von Byzanz erzählen und in denen nur Christen zu Gräueltaten fähig sind. Filme, in denen die Frau bei der Geburt stirbt und der Mann durch ein Leben zahlloser Schmerzen muss, nur weil er seiner Tochter etwas Glück bescheren möchte. Filme, in denen sich der Sohn des Bauern in die Tochter des Großgrundbesitzers verliebt, Filme, die von Blutrache handeln oder in denen jemand über Nacht im Gefängnis ergraut.

Filme mit Geschichten, die wohlbekannt scheinen, Filme, in denen sich ein Mann und eine Frau unsterblich ineinander verlieben, doch ihre Familien tragen seit Generationen eine blutige Fehde gegeneinander aus. Anders als in den meisten amerikanischen Filmen ist Liebe hier nicht die Antwort. Sie baut keine Brücken und überwindet keine Schluchten, sie führt nicht dazu, dass es einem am Ende des Films ganz warm ums Herz wird. Sie führt zu noch mehr Toten, noch mehr Leid und noch weniger Hoffnung. Hier ist Liebe kein romantisches Ideal, sondern eine Narretei, die die Menschen erfasst und sie unbarmherzig Richtung Tod schleift, weil sie es wagen, gegen die Gesetze und Traditionen zu verstoßen. Filme, bei denen die Helden am Ende sterben, ihr Blut sich mit dem Staub der Straße mischt und die Hinterbliebenen ahnen, dass dieser Schmerz nie richtig verblassen wird.

Gül sieht einen Film, in dem eine junge Frau wegen eines Verbrechens, das sie nicht begangen hat, zum Tode verurteilt wird und vor Gericht die ganze Zeit schweigt. Noch nie hat ihr jemand zugehört, noch nie hat ihr jemand geglaubt oder gar an sie geglaubt. Liebe, das ist ein Lied, das ihr Großvater für sie gesungen hat, als sie noch klein war, eine ferne Erinnerung, der Klang einer brüchigen Stimme, die schief singt. Alles andere sind nur Worte ohne Gefühle dahinter, so wie das ganze Gebrabbel vor Gericht. Sie sieht keinen Ausweg und hält den Mund.

Und wem würde man schon glauben, einem Dienstmädchen, das unzählige Male vergewaltigt wurde, ohne sich zu wehren, oder den reichen Herrschaften?

Gül sitzt vor dem Fernseher und versteht, versteht, wie sie selbst als kleines Mädchen den anatolischen Blues verstanden hat. Natürlich kann man die Wahrheit sagen, natürlich kann man aufrecht sein und ein reines Herz haben, aber was zählt das schon und was ändert das? Was zählt das vor Menschen in Roben, die glauben richten zu können. Die Belohnung einer guten Tat ist die gute Tat. Man darf nach nichts trachten in dieser Welt, die einem nichts schenkt.

Doch es gibt auch Komödien, in denen zum Beispiel ein von Rheuma geplagter Mann Regen vorhersagen kann und so zu einem Dorfheiligen wird, von allen verehrt und gefürchtet.

All diese Filme erzählen Ceyda und Ceren genauso viel über das Land ihrer Eltern, wie die amerikanischen Filme damals Gül und Fuat über die Vereinigten Staaten erzählt hatten. Filme, die nicht nur eine andere Welt sind, sondern aussehen wie etwas, was man tatsächlich betreten könnte. Ein Ort, an dem das eigene Herz Frieden finden wird, trotz aller Widrigkeiten.

So wie die Schwestern die Kassette des Sommers beschwingt wieder und wieder hören, schauen sie Filme unzählige Male an, Liebesfilme, in denen gesungen wird und

Menschen sich verlieben, als würden sie von einem Felsen erschlagen werden.

Auch Gesine schaut sich zusammen mit Ceren einige dieser Filme an, man muss die Worte nicht verstehen, um zu begreifen, worum es geht, doch ihr ist es zu mühselig und zu langweilig, sich zwei oder drei hintereinander anzusehen.

Ceren versucht zwar zwei Wochen lang, Gesine etwas Türkisch beizubringen, damit sie die Filme besser mit ihrer Freundin teilen kann, doch sie merkt schnell, dass sie nicht erklären kann, wie diese Sprache funktioniert, und Gesine ist erschrocken darüber, dass sie sich diese Vokabeln einfach nicht merken kann, obwohl sie mit englischen Worten kein Problem hat.

Danke, *bitte*, die Namen einiger Gerichte, *gut* und *ich bin satt*, mehr wird nach zwei Wochen täglichen Unterrichts nicht übrigbleiben, und Ceren muss sich die Filme mit ihrer Schwester oder den Nachbarskindern ansehen. Es dauert manchmal Wochen, bis der Metzger die Filme zurückbekommt, da die Kassetten in der Straße weitergegeben werden. Jeder sagt Bescheid, dass er nun diesen oder jenen Film hat, und der Metzger notiert es auf einer speckigen Karteikarte und kassiert die Leihgebühr.

– So ist die Technologie, sie schreitet fort, immer weiter, sagt Fuat, denk mal an die Jahre, in denen wir hier nach dem Brüllen des MGM-Löwen kein Wort mehr verstanden haben. Denk mal an die hektischen Samstagvormittage, wenn der *Brief aus der Türkei* im Fernsehen kam, kaum länger als ein richtiger Brief. Vorbei die Tage, an denen wir uns *Ehen vor Gericht* angesehen haben, weil sonst nichts anderes lief, wo wir unsere Zeit mit dem Streit von Mann und Frau um Geld und Kinder, mit Beschuldigungen, Verrat und Untreue der Deutschen vergeudeten. Jetzt können wir selber entscheiden, was auf dem Bildschirm kommt. Die Technologie schreitet fort, bald wird man überall gleichzeitig leben können, auf

Knopfdruck wird alles zu dir ins Wohnzimmer kommen, alle Filme aus der ganzen Welt, alle Zeitungen, bald wird es alles geben, sie verschiffen es oder schicken es mit Lastern. Bald, du wirst nicht mehr denken: Ach, hätte ich doch dies oder das. Wie damals: Ach, gäbe es doch Auberginen, gäbe es doch türkische Zeitungen, gäbe es doch Hammelfleisch.

Bald wird es *gibt es nicht* nicht mehr geben.

Fülle, das beschert die Technologie dem Menschen, Fülle und Komfort. So wie wir jetzt auf dem Weg in die Türkei nicht mehr schwitzen, weil der Wagen eine Klimaanlage hat. Jeden Tag erfinden sie etwas Neues, behütet wie Augäpfel mögen sie sein, diese Deutschen und Amerikaner und Japaner, sie werden die ganze Welt verändern.

An den Wochenenden sitzt man gemeinsam in einem Wohnzimmer, ein, zwei, drei Familien, Erwachsene, Jugendliche, Kinder, es gibt Gebäck und Tee, Cola und Fanta, es gibt Sonnenblumen- und Kürbiskerne, geröstete Kichererbsen, und es gibt Gespräche. Während die Filme laufen, unterhält man sich. Wenn das Thema interessanter wird, verfolgen nur noch die Kinder, die in einem Halbkreis auf dem Boden direkt vor dem Fernseher sitzen, den Film. Die anderen verlieren sich in einer Unterhaltung über Südostanatolien, Mitgift, türkische Geschichte oder auch nur in Klatsch und Tratsch über die Schauspieler oder abwesende Nachbarn. Wenn eine spannende Stelle kommt oder ein gelungener Witz, sind alle wieder gebannt, doch schon bald gleiten sie in die Gespräche zurück, und die Frau des Hauses achtet darauf, dass die Teegläser und die kleinen Kristallschüsseln mit den Knabbereien nicht leer bleiben. Da die Filme sowieso die Straße hoch und runter wandern, verpasst letztlich niemand eine Szene.

Mit den Filmen ändert sich die Sprache der Kinder, bald fluchen sie alle wie Kemal Sunal. Nicht die Art Flüche, die gleich Frau und Familie beleidigen, die Art Flüche, die man nur in den Mund nimmt, wenn man nicht zurückschreckt vor einer Schlägerei, sondern solche, die hauptsächlich aus Tiernamen bestehen. Tiere, die man meist in einem Stall finden kann, Tiere, die offensichtlich der Verachtung wert sind, da sie sich haben domestizieren lassen. Die Kinder rufen sich gegenseitig *Ochsen* und *Söhne von Eseln* und kugeln sich dabei vor Lachen, weil sie verbotene Worte aussprechen und die Lacher aus den Filmen noch in ihnen nachklingen.

Damals hat das Radio des Schmieds das Leben verändert, an den Sommerabenden hatten alle vor ihren Häusern gesessen und dem Klang des Lautsprechers auf dem Dach des Schmieds gelauscht. Es hatte lange gedauert, bis Gül begriffen hatte, dass in dem Kasten, den ihr Vater mitgebracht hatte, keine kleinen Menschen eine Art Theater spielten.

Die Kinder heute wachsen ganz anders auf, selbst die, die noch nicht in der Schule sind, können die Recorder bedienen und wissen, dass im Fernseher niemand wohnt. Wie schnell hat sich alles geändert, so schnell, dass Gül manchmal denkt, es war zu schnell, um es überhaupt zu merken.

Man muss stehenbleiben und zurückschauen, sonst fließt das Leben dahin wie Wasser in einem Bach. Nichts kann man festhalten, selbst wenn das Wasser hier gebändigt ist und in Leitungen fließt, es fließt nur schneller und verschwindet, ehe man nass sagen kann.

– Nur noch Filme hast du im Kopf. Wie schön, nicht wahr, den ganzen Tag auf dem Sofa liegen und Kassetten reinschieben, während ich in der Fabrik ackere. Such dir mal eine Arbeit.

– Gott ist mein Zeuge, sagt Gül, noch nie habe ich allein einen Film geschaut. Ich kann das Gerät überhaupt nicht bedienen.

– Den ganzen Tag sitzt du nur zu Hause, Arbeitslosengeld gibt es nicht mehr, und wir kriegen keinen Groschen mehr auf die Kante. Zum Glück trägt Ceyda wenigstens etwas zum

Einkommen bei, sonst sähe es übel aus. Das geht so nicht. Das hier ist Deutschland, es ist mir egal, wie du es anstellst, besorg dir eine Arbeit. Wir sind nicht hier, um es uns gutgehen zu lassen, indem wir faul zu Hause rumsitzen. Ich spiel schon fast nicht mehr, weil wir es uns nicht leisten können.

Soweit Gül das beurteilen kann, ist das sogar richtig.

Fuat singt längst keine Loblieder mehr auf die Arbeit, die Firma oder die Technologie, und es vergehen kaum drei Tage, ohne dass Gül Vorwürfe zu hören bekommt, immer mehr Vorwürfe, immer andere.

– Du bringst meine Töchter gegen mich auf, beschuldigt Fuat sie neuerdings, es ist kaum fassbar, ich bin ihr Vater, aber egal, wo ich bin, sie sind nicht dort. Ich setze mich in die Küche, und Ceyda steht auf und geht raus, ich komme ins Wohnzimmer, Ceren geht, nicht mal im Garten ist eine der beiden länger als zwei Minuten, wenn ich auch dort bin, selbst wenn sie gerade dort arbeiten, lassen sie alles stehen und liegen, als müssten sie noch schnell herausfinden, wo der Pfeffer wächst. Du sitzt den ganzen Tag zu Hause und wäschst das Hirn meiner Töchter mit Kernseife, mit Kernseife und einem Antimännershampoo, du machst hier eine Weiberfront gegen mich auf, man kann sich in seinem eigenen Heim nicht mehr wohlfühlen, das ist doch nicht fassbar.

Gül sieht den Schmerz, und sie weiß, dass die Mädchen tatsächlich die Nähe des Vaters fliehen, doch sie hat sie nie dazu ermutigt.

– Fuat, sagt sie, Fuat, Gott möge mich strafen, auf der Stelle, wenn ich irgendetwas getan haben sollte, um die Mädchen gegen dich aufzubringen. Nie habe ich auch nur ein einziges Wort gegen dich vorgebracht.

– Ach, ja? Und warum kann ich mich dann nirgendwo hinsetzen, ohne dass sie gleich in Bewegung geraten? Seitdem du zu Hause bist, ist das so.

Das stimmt nicht, würde Gül gerne sagen, doch sie hält den Mund, während ihr Mann sich in Rage redet, wie er es tut, seit sie ihn kennt.

Das stimmt nicht, könnte sie sagen, das fällt dir nur jetzt erst auf, weil du in letzter Zeit so unzufrieden bist. Früher war das auch schon so, aber da bist du Vergnügungen hinterhergejagt, du hattest mehr Energie für egoistische Zerstreuungen und hast vieles um dich herum nicht bemerkt. Damals oder heute, hast du dich je gefragt, warum das so ist? Weil ich sie aufhetze, glaubst du das wirklich? Wie viele Jahre leben wir zusammen, kennst du mich wirklich so schlecht? Hast du dich je gefragt, ob es spurlos an den Kindern vorbeigeht, wenn sie ihren stinkenden Vater aus dem Auto auf das Sofa tragen? Ob es sie schmerzt, zu sehen, wie großzügig er gegenüber Fremden ist und wie ihn der Geiz packt, wenn es um seine Töchter geht?

Sie würde es sagen, es ist nicht so, dass sie sich nicht traut. Das mag früher so gewesen sein, aber nun hat sie den Mut. Aber sie hat auch die Gewissheit, dass er es nicht verstehen würde. Sie weiß beim besten Willen nicht, ob das daran liegt, dass er es nicht verstehen kann oder dass er es nicht verstehen will.

Sein Horizont ist beschränkt, wird sie in späteren Jahren über ihren Mann sagen, ich habe ihn nie wirklich verstanden, aber ich begreife, dass er die Welt aus einem sehr kleinen Fenster heraus betrachtet. Und das auch nur mit einem Auge.

Was sie sieht, ist, dass Fuat gerade genug davon hat, dass immer jemand da ist, wenn er nach Hause kommt. Sie sieht, dass er seine Ruhe haben möchte. Nur warum das so ist, das kann sie nicht erkennen.

Ceyda hat viele Liebesfilme gesehen in den letzten Jahren, manche wieder und wieder. Gül kann nicht sagen, ob ihre Tochter romantischen Vorstellungen nachhängt, ob sie eine innere Welt bewohnt, die sich kaum nach außen spiegelt. Ob sie glaubt, der richtige Mann würde alles ändern.

Es ist ihr letztes Ausbildungsjahr, und es kommen die ersten jungen Männer mit ihren Eltern und wollen um ihre Hand anhalten. Bei einigen weiß Gül, dass Ceyda noch nie mit ihnen geredet hat, bei anderen ist sie sich nicht sicher. Gibt es jemanden, in den Ceyda verliebt ist, so wie sie damals in Recep? Wenn ja, kann sie es ihrer Tochter ermöglichen, dass sie diesen Jemand ungestört sieht? Oder gar heiratet?

Viele Menschen kann Gül mittlerweile lesen, sie kann voraussagen, was sie als Nächstes tun werden, sie errät Gedanken und Gründe, auch diejenigen, die man niemandem zu erzählen wagt. Sie ist nicht mehr die junge Frau, die aus Anatolien in die Heimstraße gekommen ist, um dort zu staunen, wie verschieden die Menschen sind, wie sie lügen und sich verbiegen, wie doppelzüngig und hinterlistig sie sein können, wie sie einem etwas vorgaukeln wollen, als gäbe es nur eine Bühne und nichts dahinter.

Doch wenn Gül Ceyda verstohlen von der Seite ansieht und sich fragt, was die geheimen Gedanken in ihrem Kopf sein mögen, weiß sie es so wenig, dass sie fast augenblicklich das Gefühl bekommt, eine schlechte Mutter zu sein.

– Ceyda, sagt sie also frei heraus, nachdem sie ihre Tochter von der Arbeit abgeholt hat, Ceyda, gibt es jemanden, den du kennst oder kennenlernen möchtest?

Sie schaut weg, damit Ceyda sich nicht fühlt, als würde sie geprüft werden. Ihr Blick wandert zur stillgelegten Fabrik, zu der Stelle am Zaun, an der sie immer gestanden hat.

– Nein, sagt Ceyda, es gibt niemanden.

– Ich werde niemandem davon erzählen. Es ist normal, dass du dich für gewisse Dinge interessierst, es ist einfach das Alter. Ich war auch nicht anders, aber meine Mutter hat nie mit mir darüber gesprochen. Es waren andere Zeiten.

Und es war nicht meine Mutter. Das sagt sie nicht. Sie

glaubt ja auch nicht, dass ihre eigene Mutter mit ihr darüber gesprochen hätte. Ceyda schweigt, und das Einzige, was Gül spürt, ist, dass ihre Tochter nun gerne rauchen würde. Aber selbst wenn Gül es ihr anböte, sie würde es nicht tun in Gegenwart ihrer Mutter.

– Die wenigen Männer, die bis jetzt gekommen sind, wolltest du nicht. Aber sollte es einen geben, würde ich dir gerne helfen. Du bist noch jung, niemand drängt dich, du kannst noch Dutzende Männer abweisen und erst in zwei, drei, vier Jahren heiraten. Du kannst auch noch mal zur Schule gehen.

Das sagt Gül, obwohl sie nicht weiß, wie sie das Fuat erklären sollte, aber es wird sich schon ein Weg finden, es findet sich immer ein Weg.

– Du kannst studieren an der Universität. Wenn du möchtest.

Ceyda nickt, sagt aber nichts. Vielleicht würde sie ihrer Mutter gerne erzählen von ihrem Entschluss, keinen zu heiraten, der trinkt, vielleicht hindert sie nur die Furcht, ihre Mutter könnte das als Vorwurf auffassen.

Drei Wochen nach diesem Gespräch kommt ein weiterer junger Mann mit seiner Familie. Adem ist zweiundzwanzig Jahre alt, hat eine Ausbildung als Maschinenschlosser und arbeitet in einer Fabrik, die Zigarettenautomaten herstellt. Er ist lang und dünn, seine Familie kommt aus derselben Provinz wie die Yolcus, man hat gemeinsame Bekannte. Adem scheint nicht schüchtern zu sein, aber er ist auch nicht redselig, sondern sieht Ceyda mit mehr oder weniger interessierten Blicken an. Sein Vater behauptet, er habe keine schlechten Angewohnheiten.

– Er raucht nicht mal, sagt er, während Adem gerade auf der Toilette ist. Wirklich. Die jungen Leute tun es ja alle heimlich, seine beiden jüngeren Brüder qualmen und glauben, ich wüsste es nicht, aber Adem hat an diesen Sachen wohl keinen Geschmack gefunden.

Irgendetwas an diesem Adem gefällt Gül nicht. So als hätte sie schon mal von ihm geträumt und ihn nicht gemocht.

Es fühlt sich an, als hätte sie plötzlich Blei im Magen, als Ceyda am nächsten Tag sagt, dass sie Adem gerne heiraten würde.

Warum?, fragt Gül sich. Weil er nicht trinkt? Weil sie weg von zu Hause möchte, wo ihr Vater jeden Tag etwas zu meckern hat? Weil sie zu viele von diesen Filmen gesehen hat? Weil er nicht spielt? Weil er still wirkt?

– Bist du dir sicher?, fragt sie ihre Tochter. Ihr fällt ein, was ihr Vater damals zu ihr gesagt hatte: Ich werde dir einen schmieden müssen. Du hast an allen etwas auszusetzen.

Wenn sie doch Ceyda einen schmieden könnte, Ceyda, die nun sagt:

– Ja, ich bin mir sicher.

– Es gibt noch andere Männer, die keine schlechten Angewohnheiten haben. Vielleicht solltest du noch ein wenig warten.

– Nein, sagt Ceyda. Ich möchte Adem heiraten.

– Du brauchst nicht zu gehen. Auch wenn dein Vater dauernd von Geld redet.

– Das ist es nicht.

Gül würde gerne wissen, was es ist, doch ihr Vater hat nie versucht, sie zu beeinflussen, also hält sie einfach den Mund.

Fuat ist im Gegensatz zu seiner Frau begeistert von der Entscheidung seiner Tochter.

– Komm, sagt er, lass uns darauf anstoßen, und schenkt ihr eine Whisky-Cola ein. Wir werden eine Hochzeit ausrichten, wo es an nichts mangelt, wo jeder essen kann, bis er kaum mehr Luft bekommt. Auf jedem Tisch Flaschen, so viel man möchte, ein Festsaal, ein richtiger Saal, Livemusik, das Ganze werden wir auf Video aufzeichnen lassen, damit wir noch Jahre später etwas davon haben. Man wird zum Mann, wenn man beim Militär war, sagen sie, oder man wird zum Mann, wenn man heiratet, aber ein richtiger Mann ist man erst, wenn man die Kinder verheiratet. Jawoll. Hier, nimm noch einen Schluck.

Ein wenig gewieft muss man sein. Morgen schon werde ich mich nach einem Festsaal umsehen. Das ist eine gute Nachricht. Ceren, wähl mal die Nummer deiner Großmutter, damit wir ihr die Botschaft verkünden können.

Vielleicht ist es der Whisky, der macht, dass Ceyda sich heiter und entspannt fühlt. Vielleicht ist es auch etwas anderes.

– Du wirst das Zimmer für dich haben, sagt sie zu Ceren, als die Schwestern ihre Nachthemden anziehen.

– Ja.

Mehr will Ceren nicht antworten, da sie weiß, dass in ihrer Stimme Tränen mitklingen, auch wenn sie nicht weint.

– Freu dich doch.

– Ja.

– Schau, sie wohnen keine hundert Kilometer von hier. Ich werde einen Führerschein machen. Wir werden uns oft sehen. Wir werden ja nicht getrennt.

– Ja.

Cerens Stimme klingt schon besser. Vielleicht weil sie sich zusammenreißt.

Wir werden ja nicht getrennt.

Wenn man nur wüsste, welche Versprechen man einhalten wird und welche nicht.

Gül sitzt in der Küche und denkt an die Tage in der Küche der Einzimmerwohnung. Damals waren ihre Töchter weit weg, und sie wollte nichts sehnlicher, als sie bei sich zu haben. Nun waren sie da, und die Ältere ist fast schon wieder weg. Doch man kann sich am Wochenende ins Auto setzen, und in einer Stunde kann man schon bei Ceyda und Adem klingeln, die in einer Zweizimmerwohnung in einer Neubausiedlung wohnen, einige Straßen von Ceydas Schwiegermutter entfernt. Sie hat eine Stelle bei einem Friseur, sie verdient Geld, ihr geht es sicherlich gut. Sie ist nicht in irgendjemandes Obhut und wird gescheucht wie ein Dienstmädchen, sie muss nur auf sich selber und ihren Mann achtgeben.

Es scheint alles in Ordnung zu sein, es gibt keinen Grund für Gül, in der Küche zu sitzen und dem Schmerz nachzuspüren, um herauszufinden, wie er sich genau anfühlt und wo er wohl herkommen mag. Ob es die Trennung ist, die Ungewissheit, die Leere, fehlendes Vertrauen, das ungute Gefühl, das sie bei Adem hat.

Wie einfach ist es wohl, wie Fuat zu sein, überlegt sie. Obwohl er gegen Ende der Hochzeitsfeier kaum mehr sprechen konnte, hat er sich gut gehalten. Solange die Festgesellschaft noch vollzählig war, ist er von Tisch zu Tisch gegangen, mit vor Stolz geschwellter Brust, aufrichtig besorgt um das Wohl seiner Gäste. Später, als der Saal sich bereits leerte, hat er der Bauchtänzerin auf den Tisch geholfen und ihr nacheinander unbeholfen mehrere Zwanziger und Fünfziger in den Ausschnitt und den Bund ihres Höschens gesteckt. Eine schlanke Frau war es gewesen, nach Fuats Geschmack, und niemand hatte sich gefragt, warum es immer noch Bauchtanz hieß, wenn es keinen Bauch zu sehen gab, sondern fast nur Muskeln. Ob Technologie oder Frauen, die Welt bewegte sich in eine Richtung, die Fuat behagte.

Den Tag nach der Hochzeit ist Fuat im Bett geblieben, hat sich Hühnerbrühe bringen lassen, Kopfschmerztabletten, Wasser und Zigaretten. Dass seine Tochter weg ist, hat er kaum gemerkt. Am Montag ist er zur Arbeit gegangen wie immer.

Wie einfach wäre es, wie Fuat zu sein, wenn der einzige Schmerz, den man spürt, der im Kopf ist und wenn man sogar weiß, woher der kommt.

Fuat ist arbeiten, Ceren, die zu Hause unruhig geworden ist, ist bei Gesine, und Gül sitzt auf dem Sofa und weiß, dass alles besser ist als damals in der kleinen Küche, sie weiß es, aber es fühlt sich einfach nicht so an.

Es vergehen Stunden, ohne dass sie sich bewegt, sie schaut nach draußen und nimmt nicht mal wahr, wie sich das Licht im Garten ändert. Als Saniyes Gesicht hinter dem Fenster auftaucht, registriert sie zwar die Bewegung, realisiert aber nicht, wer das ist. Das Bild ist wie ein weiterer Gedanke, der in ihrem Kopf auftaucht, ohne dass sie etwas dafür tun muss. Erst als Saniye winkt, kommt Gül zurück in die Küche, zurück auf die Couch, zurück in ihren Körper, erkennt ihre Freundin und sieht den jungen Mann neben ihr. Während sie aufsteht, schaut sie auf die Uhr, noch eine halbe Stunde, bis Fuat von der Arbeit kommt. Dann öffnet sie den beiden die Tür.

Saniyes Augen sind rot und geschwollen, aber ihr ganzes Gesicht lacht, den Mann hat Gül nie zuvor gesehen, doch er kommt ihr vage bekannt vor. Noch vor dem ersten Wort bricht Saniye in Tränen aus und umarmt Gül, während der junge Mann verlegen lächelt.

– Eine Freudenbotschaft, sagt Saniye, als sie sich, Schluchzer unterdrückend, aus der Umarmung löst. Sie zieht die Nase hoch und wischt die Tränen fort. Weißt du, wer das ist?

– Dein Sohn, sagt Gül, ohne nachzudenken und ohne selber zu begreifen, was sie sagt. *Dein Sohn*, das sind einfach die Worte, die aus ihrem Mund kommen. Und erst als sie Klang geworden sind, beginnt Gül zu erfassen, was sie bedeuten.

– Mein Sohn, sagt Saniye.

– Dein Sohn, sagt Gül und sieht den Mann an, der in Ceydas Alter sein mag, doch er wirkt viel reifer als ihre Tochter. Sie umarmt ihn und küsst ihn auf die Wangen.

– Ufuk, sagt sie, Ufuk, du hast das Herz deiner Mutter erleichtert, Gott möge es dir vergelten, kommt rein, kommt rein. Ich koche uns einen Tee.

– Es war wie in den Filmen, sagt Saniye, als sie sitzen, es hat an der Tür geklingelt, und ich habe aufgemacht, wir haben uns angesehen, und es war, als würde die Musik mit einem Mal aufhören. Ufuk?, habe ich gesagt, und er hat gesagt: Mutter? Und dann wurden meine Knie weich, ich musste mich am Türrahmen festhalten, ich habe gedacht, ich falle in Ohnmacht. Er sieht genauso aus, wie mein Mann aussah, als wir geheiratet haben. Mir ist schwindelig geworden, und ich dachte, da ist kein Boden mehr, kein Grund. Dann hat Ufuk mich umarmt, und ich habe einfach losgelassen.

Wenn man einschläft, hat man doch manchmal das Gefühl, man fällt, so ähnlich war es, nur dass ich nicht aufgeschreckt bin. Dem Herrn seis gedankt, Tausende Male gedankt, dass ich das erleben durfte.

Gül hat Tränen in den Augen.

– Gott möge dich segnen, sagt sie zu Ufuk, wer weiß, was du alles auf dich genommen hast, um hierherzukommen. Mögen deine Hände und Füße kein Leid erfahren.

Später erzählt Ufuk mit einer Stimme, die zwar hell und jung ist, aber dennoch erwachsen klingt, wie er bei seinen Großeltern aufgewachsen ist, wie er erst erfahren hat, was damals passiert ist, als er bereits zwölf war. Wie er ausgerissen ist, weil er den Großvater im Gefängnis besuchen wollte, wie er den alten Mann tatsächlich gefunden und gesprochen hat, einige Tage bevor dieser gestorben ist. Wie seine Großeltern ihn bestraft haben, weil er mit dem Mörder seines Vater gesprochen hat. Wie sehr er sich all die Zeit nach seiner Mutter gesehnt hat, wie groß der Wunsch war, sie zu sehen, wie gleichgültig ihm war, was seine Großeltern sagten, dass sie die Tochter eines Mörders ist und wahrscheinlich eine Hure geworden. Hure oder nicht, sie ist meine Mutter, hatte er gesagt, und nichts und niemand wird mich stoppen, ich werde nach Deutschland fahren und sie finden.

Während sein Tee kalt wird, erzählt er, wie er mit einem LKW-Fahrer mitgefahren ist, der eine Fracht für Deutschland hatte, wie er sich die ganze Fahrt lang vorgestellt hat, er würde bald vor der Tür seiner Mutter stehen, die Frau sehen, die ihn geboren hat. Wie er Angst bekommen hat, als er vor ihrer Tür stand, Angst so groß, dass er am liebsten sofort kehrtgemacht hätte, wie er, noch während er klingelte, gedacht hat, er könnte sich als jemand anders ausgeben. Wie er nicht mal seinem ärgsten Feind eine solche Trennung wünsche.

Immer wieder wischt Gül sich die Tränen aus den Augen, während Ufuk redet.

All ihre Sorgen sind fort, sie lässt sich rühren von einer Geschichte, die von anderem Kummer erzählt, einem Kummer, der ihrem Herzen gerade so nahe ist, als hätte er schon immer auch dort gewohnt.

– Was hat Yılmaz denn gesagt?, fragt sie.

– Yılmaz, sagt Saniye erschrocken, den habe ich ganz vergessen. Als Ufuk gekommen ist, war ich so aus dem Häuschen, ich wusste gar nicht, was wir tun sollten, da sind wir zu dir gekommen. Yılmaz müsste schon zu Hause sein und wird sich wundern, wo ich bin. Ich rufe ihn an und sage, er soll hierherkommen.

– Gut, Fuat und Ceren müssten auch jeden Augenblick kommen. Da können wir alle zusammen essen. Oder bist du müde, mein Sohn, möchtest du dich vielleicht kurz hinlegen?

– Nein, nein, antwortet Ufuk, wie könnte ich jetzt schlafen?

– Kaum fassbar, sagt Fuat, als er die Geschichte hört, kaum fassbar. Mein Junge, du wirst es weit bringen in diesem Leben. Mit Ehrgeiz, Gewieftheit und Mut, wie du sie hast, wird man ein richtiger Mann. Um dich muss sich deine Mutter keine Sorgen machen. Was möchtest du denn trinken? Einen Whisky oder lieber einen Rakı?

Gül bemerkt, wie Saniye neben ihr die Luft anhält, als sie

diese Frage hört, und sie sucht Fuats Blick, um ihm zu signalisieren, dass er Ufuk lieber nichts anbieten soll, doch ihr Mann öffnet schon den Kühlschrank, in dem er auch seinen Whisky aufbewahrt.

– Danke, sagt Ufuk, vielen Dank, aber ich trinke nicht.

Gül hört, wie Saniye ausatmet, und sieht, wie sich ihr Gesicht entspannt, während Fuat seine Enttäuschung kaum verbergen kann.

– Du bist groß und Manns genug, aus dem tiefsten Malatya auf eigene Faust hierherzukommen, trinkst aber keinen Schluck? Bist du etwa einer von diesen Religiösen?

– Nein, nein, Gott bewahre, es schmeckt mir einfach nicht, sagt Ufuk.

– Ein Bier?

Jetzt möchte Fuat es genau wissen.

– Nein, danke, auch kein Bier.

Yılmaz' Augen sind gerötet, aber nicht so, als hätte er geweint. Seine Lider hängen etwas, als wäre er müde, er kommt Gül ein wenig fremd vor. Saniye hat ihm nichts verraten, nur gesagt, dass er vorbeikommen solle. Als Yılmaz Ufuk gesehen hat, ist sein Mund auf und zu gegangen, ohne einen Laut von sich zu geben, einige Momente hat er verwirrt gewirkt, sehr verwirrt, dann hat er den Mund geschlossen, ihn noch mal aufgemacht, die einzige Bewegung im Raum, alle anderen haben Yılmaz angesehen und versucht zu verstehen, was da geschieht. Gerade als die Stille unangenehm wurde, hat Yılmaz gesagt:

– Ich kannte deinen Vater. Du bist ihm wie aus dem Gesicht geschnitten. Komm her, mein Sohn, lass dich umarmen.

Nun stand den anderen der Mund offen.

– Mustafa, Mustafa, es gibt Hunderte Mustafas, woher sollte ich denn wissen, dass Saniye mit einem verheiratet war, den ich auch kannte. Damals war er noch Junggeselle, wir haben so einige Male zusammen getrunken in einer Kneipe in

Malatya. Mustafa wurde aggressiv, wenn er etwas zu viel hatte, aber er war ein guter Kerl. Gott sei seiner Seele gnädig. Ich weiß gar nicht, was er damals gemacht hat, wir waren jung, und einer meiner Onkel wohnte in der Stadt und handelte mit Mehl, zu ihm bin ich damals, weil ich Geld verdienen wollte für das Studium. Was hat der mich Säcke schleppen lassen, und abends habe ich mir mit Mustafa ein paar Gläser genehmigt. Windigen Geschäften ist der nachgelaufen, wenn du mich fragst, windigen Geschäften. Und auf einmal war er weg.

– Kaum fassbar, sagt Fuat und wendet sich an Saniye: Und du hast in Deutschland ausgerechnet diesen Mann gefunden, der ein Trinkgenosse deines ersten Mannes war. Was für eine Welt, was für ein Leben. Was möchtest du trinken, mein Freund?, fragt er Yılmaz nun.

– Nur ein Bier.

– Es gibt etwas zu feiern.

– Ja, aber ich bleibe heute beim Bier.

– Diese Welt, sagt Fuat, diese Welt ist nicht zu verstehen. Der eine mag keinen Alkohol, der andere will nur Bier. Komm, Yılmaz, Bier, das ist fast wie Wasser. Einen kleinen Schluck, wenn es Gift wäre, würde es dich nicht umbringen. Es gibt was zu feiern heute, da willst du mich doch nicht allein trinken lassen. Einen winzigen.

– Aber wirklich nur einen winzigen, sagt Yılmaz.

Seine Augen sind nicht nur gerötet, sie haben auch einen Glanz, den Gül nicht einordnen kann.

Gül beginnt die Momente zu fürchten, in denen Fuat von der Arbeit kommt, weil es fast jeden Tag Streit gibt. Ein Vorwand ist schnell gefunden, das Essen ist zu mild, die Cola nicht kalt genug, der Drang zu putzen eine Krankheit seiner Frau. Ein Anfang findet sich, und was auch immer dieser Anfang sein mag, fast jeden Tag führt er dazu, dass Fuat sagt:

– Find mal eine Arbeit. Du kannst hier nicht den ganzen Tag rumsitzen, dafür sind wir damals nicht hierhergekommen. Ein Gehalt und drei Mäuler, da können wir keine Sprünge machen, geschweige denn unsere Zukunft in der Türkei sichern.

Gül sitzt in der Küche und fragt sich, was sie tun soll. Vielleicht nervt es Fuat, dass er jeden Tag zur Arbeit muss, während sie zu Hause sein kann. Vielleicht mag er seine Arbeit nicht. Vielleicht geht es wirklich um das Geld.

Doch was Gül auch versucht, sie kann keine Arbeit finden.

Einige Familien aus der Heimstraße haben die Hilfe für Rückkehrer in Anspruch genommen und sind zurück in die Türkei gezogen. Vielleicht sollten sie es auch so machen.

Fuat sitzt kaum noch an Spieltischen, und die Summe, die er wöchentlich für Lottoscheine ausgibt, hält sich in Grenzen, doch noch immer ist da der Traum vom Reichtum, der das Ende der Sorgen bedeutet.

Es ist viel Geld, was die Deutschen einem zahlen, wenn man verspricht, nicht nach Deutschland zurückzukommen, und eines Abends, noch bevor der Streit richtig beginnen kann, sagt Gül:

– Ich habe nachgedacht, weißt du?

– Was hast du gedacht? Dass du eine Arbeit kriegst, indem du zu Hause rumsitzt?

– Nein. Wir sind schon so lange hier. Wir haben ein fertiges Haus in der Türkei, wir haben Felder und ein Grundstück. Warum sollen wir uns hier weiter abrackern? Es ist doch alles da. Vielleicht sollten wir auch diese Rückkehrerhilfe beantragen. Das ist viel Geld, damit könnten wir …

Fuat unterbricht sie:

– … könnten wir den ganzen Tag zu Hause rumsitzen, weil es dort keine Arbeit gibt. Wie viel Jahre würde das Geld reichen, drei, vier, fünf? Und selbst wenn ich Arbeit hätte, dort verdienst du fast nichts. Ich bin doch nicht blöd und lasse einen Job bei Mercedes sausen, nur weil meine Frau in

Deutschland keine Arbeit findet und mit eingezogenem Schwanz zurück nach Hause möchte. Da hast du dich aber geschnitten. Was ihr Weiber immer für Ideen habt. Ich kündige eine gute Arbeit, um zu Hause in der Türkei in meinem Haus Däumchen und Pfennige zu drehen. Leuchtet dir das ein, sag selbst! Du kannst ja gerne gehen, wenn du möchtest.

Gül schaut ihn an.

– Kommst du dann nach?

– Ja, sagt Fuat, ich komme dann nach.

Er sieht sie nicht an dabei, und Gül zieht es vor, die Worte zu hören und nicht den Ton, in dem er sie sagt.

Ceren und ihre Mutter sitzen immer öfter gemeinsam auf der Couch in der Küche, Bein an Bein, Ceren lehnt sich gegen Gül, lässt sich in den Arm nehmen, legt ihre Hand auf den Oberschenkel ihrer Mutter. Sie erzählt von der Schule, von Gesine, wie sie sich fühlt ohne ihre Schwester, was sie geträumt hat, einen Witz, den sie neulich gehört hat, von dem heftigen Wind letzte Nacht, von kleinen Dingen, die das ganze Leben füllen, weil sie immer da sind. Gül hingegen spricht von Vergangenem, von den Augen ihrer Großmutter, die immer schlechter wurden, bis sie schließlich erblindete und trotzdem jeden am Klang seiner Schritte erkannte und sogar wusste, wenn Gül zugenommen hatte. Ihre Großmutter, die zunächst viel auszusetzen gehabt hatte an ihrer ersten Schwiegertochter Fatma, Güls leiblicher Mutter, bis der Schmied auf die Idee gekommen war, hinter geschlossenen Türen seine Frau zum Schein zu schlagen, wodurch sich die Eifersucht seiner Mutter gelegt hatte. Gül erzählt von ihrem Vater, der immer sagte, seine erste Frau sei schön wie ein Stück vom Mond gewesen, und der sich nach einem Besuch auf dem Friedhof gewünscht hatte, seine jetzige Frau und seine verstorbene würden mal die Plätze tauschen.

In den Stunden auf dem Sofa wird für Ceren eine Welt lebendig, die sie nie erlebt hat. Vor Hintergründe, die sie kennt, das Sommerhaus, das Haus in der Stadt, den Friedhof, schieben sich Farben und Klänge und Ereignisse aus dem Mund ihrer Mutter. Es entstehen Landschaften, die außerhalb der Zeit existieren, Orte, die man immer bereisen kann.

Manchmal sitzen sie einfach nebeneinander, wortlos, die Wärme der einen vermischt sich mit der Wärme der anderen, zwei Gerüche verschmelzen, Frieden und Behaglichkeit werden eins, und statt der Worte verbindet die Stille.

Und in diese Stille hinein sagt Gül eines Tages:

– Möchtest du mit mir in die Türkei gehen?

Das Land aus den Erzählungen, Türkei, die Zeit, die sechs Wochen währt, Türkei, eine einzige Jahreszeit und so viele Farben in Cerens Kopf, wie nicht mal der große Pelikan-Malkasten hatte.

– Ja, sagt sie, ohne zu zögern. Ja, Mama.

– Dann wirst du Gesine nicht mehr sehen und deine anderen Freundinnen, du wirst in eine neue Schule kommen, wirst neue Freunde finden müssen, wirst deine Schwester nicht mehr so oft sehen, es wird bestimmt nicht leicht, sich umzugewöhnen. Überleg es dir gut.

In der Türkei wird es nicht anders sein als hier, wo fast nur Türken in der Straße wohnen, mag Ceren denken, nur dass in den Läden und in der Schule auch Türkisch gesprochen wird. Gül stellt sich vor, dass die Umgewöhnung für sie selber nicht schwer werden wird, schließlich ist sie dort aufgewachsen, sie stellt sich vor, dass ein gemeinsames Leben leichter ist als eines alleine, dass sie wie früher jeden Tag ihren Vater sehen wird, seinen Schweiß riechen und seine Stoppeln spüren.

Manchmal versucht man, in die Zukunft zu blicken, und sie wirkt wie ein Berg, den man nicht erklimmen kann, und manchmal wirkt sie wie ein Weg, der für einen bereitet worden ist. Doch nie ist sie so, wie es scheint.

Ceren beteuert in den nächsten Tagen immer wieder, dass

sie gerne in die Türkei möchte, während Gül nicht müde wird, ihre Bedenken zu wiederholen. Vier Wochen nachdem sie das erste Mal darüber gesprochen haben, beschließen die beiden, aus Deutschland wegzugehen. Nicht jetzt, mitten im Schuljahr, sondern in den Sommerferien, was für Ceren bedeutet, dass sie fast drei Monate freihaben wird. So wird ihr Leben in der Türkei beginnen, indem sie genauso lange Schulferien hat wie die Schüler dort.

– Zurück in die Heimat, sagt Serter, zurück in die Heimat. Möge Gottes Segen mit euch sein. Diesen Weg gibt es für mich nicht mehr.

Gül hat ihn zufällig beim Gemüsehändler getroffen, in der Hand hält er eine Dose mit weißen Bohnen und dreht und wendet sie, als könnte irgendwo ein Hinweis darauf sein, dass gerade diese Dose vergiftet ist.

– Sprich doch nicht so, sagt Gül, wer weiß schon, was alles geschieht. Vielleicht ist es dir auch beschieden.

– Es geht nicht um beschieden, sagt Serter, es geht darum, dass dort kein Glück mehr für mich ist. Schau mal, sagt er und stellt die Dose zurück ins Regal, schau mal, wir gehören hier nicht dazu. Schon seit Jahren schmieden sie Pläne, wie sie uns loswerden können. Und jetzt haben sie diese Rückkehrerhilfe, wer freiwillig geht, hat es gut, aber danach werden sie zu härteren Mitteln greifen. Die haben Angst vor uns, das habe ich dir schon mal gesagt.

– Aber du hast auch gesagt, du würdest zurückkehren in die Türkei.

– Ja, sagt er, das ist ein Wahn, in dem ich gelebt habe. Aber nüchtern betrachtet, ist es doch so: Du kehrst zurück zu deinesgleichen, aber mich halten die Leute für verrückt, ich habe keinen Ort mehr, zu dem ich gehöre. Solange ich Ausländer in diesem Land bin, ist das normal, doch wenn ich zurückgehe dorthin, wo ich einen Platz haben müsste, aber ihn auch nicht habe, dann werde ich Depressionen bekommen, hörst du, Depressionen. Das kann sich jeder ausrechnen, der etwas von menschlicher Psychologie versteht. In Deutschland gehört es zu meinem Leben dazu, dass ich nicht erwünscht bin, aber in der Türkei würde es mich in eine Dunkelheit stürzen, die auch Gottes Stimme nur schwer erhellen kann. Dieser Weg steht nicht mehr offen für einen, den alle für verrückt halten.

– Und was willst du machen, wenn sie hier tatsächlich zu härteren Mitteln greifen?, fragt Gül. Nicht weil sie daran glaubt, sondern weil sie nicht weiß, was sie sonst sagen soll.

– Ich bin gut vorbereitet, sagt Serter. Wie, das kann ich dir nicht verraten. Aber Mevlüde, diese durchtriebene Frau, hat es nicht geschafft, mich zu vergiften, all die Gegner Gottes, die nach meinem Leben trachten, sind gescheitert. Ich werde mich nicht von den Deutschen kleinkriegen lassen. Um mich brauchst du dir keine Sorgen zu machen.

Auf dem Heimweg denkt Gül darüber nach, ob Serter der einsamste Mensch ist, den sie kennt. Und ob er sich selber auch einsam fühlt oder ob ihm die Nähe Gottes reicht. Sie fragt sich, was der arme Mann denn tun könnte und warum der Herr ihn so bestraft. Ohne Heimat und ohne Familie zu sein, etwas Schlimmeres kann sie sich gar nicht vorstellen.

Eine Woche bevor Gül, Fuat und Ceren ins Flugzeug steigen, stirbt Tante Tanja. Sie wacht einfach eines Morgens nicht mehr auf. Alle Bewohner der Heimstraße, die noch nicht in den Urlaub gefahren sind, gehen zur Beerdigung. Für fast alle von ihnen ist es die erste christliche Beerdigung, bei der sie zugegen sind. Sie haben schon einige im Fernsehen gesehen, aber hier herrscht strahlender Sonnenschein, die Anzüge sitzen nicht so gut, und es scheint sehr viele Schattierungen zwischen Schwarz und Dunkelblau zu geben. Die Tränen sind echt und der Gram in den Gesichtern nicht geschminkt.

Für Ceren ist es die erste Beerdigung überhaupt, und sie

wundert sich, dass auf diesem gepflegten Friedhof voller Blumen und Lichter und schnurgerader Wege tatsächlich Tote liegen. Die Toten gehören in ihrer Vorstellung auf einen Friedhof wie den, auf dem ihre Großmutter begraben ist. Ein chaotisches Gewirr, wo einfache Felsbrocken als Grabsteine dienen, ein Friedhof, bei dem man an der Größe der Gräber erkennen kann, wo Kinder liegen, ein Friedhof, auf dem man achtgeben muss, dass man nicht unabsichtlich auf ein Grab tritt und damit die Toten entehrt. Ein Friedhof, auf dem man Angst hat.

Hier ist alles akkurat geordnet, als wollte man den Tod in seine Schranken verweisen.

Ceren denkt an den Tag, als das Auto sie angefahren hatte und ihre Mutter mit Tante Tanja ins Krankenhaus gekommen ist. Sie erinnert sich, wie Tante Tanja hinter ihnen Wasser auf die Straße geschüttet hat. Wie sie den Kindern Schokoladenriegel gegeben hat und wie sie Silvester auf ihren Stock gestützt im Vorgarten stand und lächelnd die türkischen Worte *nice yıllara* wiederholte. Sie weint am Grab, sie weint, aber sie denkt: Ob sie tot ist oder nicht, Tante Tanja hätte ich sowieso nicht wiedergesehen.

Gesine wird sie eines Tages noch einmal sehen, da ist sie sich sicher.

Zwei Tage nach der Beerdigung fliegen alle gemeinsam in die Türkei, und es sieht so aus, als würden sie in den Urlaub fliegen, Fuat, Gül, Ceren, Adem und Ceyda, die mittlerweile schwanger ist.

III

– Was für ein verlogenes Volk, was für niederträchtige, geldgierige Menschen, was für Sitten, zetert Fuat, als er aufgelegt hat. Wo sind denn die Männer wie dieser Beamte, der den Hunderter damals nicht nehmen wollte, Männer wie die, die unseren Wagen stundenlang auseinandergenommen haben. Wo sind denn die aufrechten Herren, die ihrem Vaterland dienen? Hat es ein Erdbeben gegeben, hat sich ein Spalt aufgetan, in den sie hineingefallen sind, alle zehn oder zwölf oder wie viel es von denen gibt? Ich verliere hier noch den Verstand, ich muss mich echt bremsen. Bremsen, hörst du?, schreit er nun.

Gül sitzt in der Küche auf einem Stuhl. Es gibt einen Herd, doch keinen Kühlschrank, keine Schränke, keinen Tisch, kein Geschirr, kein Besteck, nur noch einen weiteren Stuhl, und der ist genau wie der andere eine Leihgabe der Nachbarn. Das Wohnzimmer ist ebenso kahl wie das Besucherzimmer. Im Schlafzimmer liegen zwei Matratzen auf dem Boden, im zweiten Schlafzimmer eine für Ceren. Es gibt keine Möbel im Haus, die Worte hallen von den Wänden wider, und niemand kann umhin, sich spätestens abends vor dem Einschlafen verloren zu fühlen. Drei Wochen leben sie nun schon so.

Fuat hatte dem Mieter des Hauses gekündigt, frühzeitig. Und der war auch ausgezogen und hatte alles mitgenommen. Seine Möbel, die Kohleöfen, die ihm ebenso wenig gehörten wie die Wasserhähne. Doch damit nicht genug, er hatte obendrein die Türen ausgehängt und mitgenommen oder verkauft, bevor er mit seiner Frau und seinen Kindern nach Istanbul verschwunden war.

– Wäre er in der Stadt geblieben, hätte ich ihm erlaubt, vor seiner Abreibung Wundsalbe zu kaufen, Verbandszeug und auch Gips, hat Fuat gesagt, aber er hat es ja vorgezogen, zu fliehen wie ein Weib. Die Türen mitnehmen, wo hat man so etwas schon gehört. Möge er ersticken an dem Brot, das er frisst, dieser ehrlose kleine Dieb.

Sie hatten neue Türen bestellen müssen beim Schreiner, und kurz darauf hatte sie die Nachricht erreicht, dass der Lastwagen am Zoll festgehalten wurde, obwohl alle Formalitäten erledigt waren. Der Kühlschrank, die Regale und Schränke, die beiden Fernseher, der Videorecorder, die Couchgarnitur, der Mixer, das Geschirr, die Betten, die Kleider, kurz der gesamte Hausrat ist in dem Lastwagen. Es ist alles geprüft, gestempelt, die Papiere sind in Ordnung, doch Fuat weigert sich, die Hinweise zu verstehen.

Man könnte die Sache beschleunigen, wenn man Beschleuniger hätte. Sie kennen doch sicher eine Lösung für dieses Problem. Sie wissen doch, wie die Lebensbedingungen in diesem Land sind, zumal für Beamte. Mein Sohn wird nächstes Jahr auf die Universität gehen, und Stipendien sind rar gesät in diesen Breiten.

– Als ich sie schmieren wollte, wollten sie nicht, sagt Fuat. Sie haben uns schmoren lassen an dieser Grenze, fertig, wie wir waren, sie haben sogar die Radkappen abgenommen und geschaut, ob dort nicht noch ein Fernseher versteckt ist, ein Radio oder ein Sparstrumpf. Und jetzt will ich nicht mehr. Es ist unser Recht, verdammt. Keinen Pfennig bekommen die von mir, die müssen den Lastwagen fahren lassen. Wollen wir doch mal sehen, wer hier sturer ist.

Ceyda und Adem sind bei Adems Großeltern auf dem Dorf, Ceren verbringt ihre Tage in den Gärten der Sommerhäuser und schläft meistens bei ihren Großeltern. Während früher alle Kinder der Straße gemeinsam gespielt haben, teilen sie sich nun in Jungen und Mädchen auf und kommen höchstens abends zusammen, um auf der Straße Volleyball oder Völkerball zu spielen, während die Erwachsenen auf den Stufen vor ihren Häusern sitzen, Sonnenblumenkerne knabbern und sich damit begnügen zuzuschauen. Bis auf Melike, die zumindest beim Volleyball immer mitspielt. Die Jugendlichen haben nicht nur Respekt vor ihr, weil sie deutlich älter ist, sondern auch weil sie eine der besten und ehrgeizigsten Spielerinnen ist, die so leicht keinen Ball verloren gibt.

Ceren ist nun in dem Alter, in dem ihre Mutter geheiratet hat. Wenn sie in diesem Sommer gemeinsam Fotoromane lesen, betrachtet sie ihre Freundinnen aus den Sommerhäusern nun mit ganz anderen Augen, weil sie weiß, dass sie sie das ganze Jahr über sehen wird.

Sie hat schon Winter in dieser Stadt erlebt, aber da war sie noch so klein, dass sie sich nicht mehr erinnern kann. Mit ihren Freundinnen sitzt sie im Schatten der Bäume in entlegenen Ecken der Gärten, raucht Zigaretten, klaut Äpfel, Aprikosen und Birnen, doch immer ist ihr nach Weinen zumute, ohne dass sie verstehen würde, warum das so ist.

Tante Tanja hätte sie sowieso nie wiedergesehen und viele andere ebenfalls nicht. Nachdem die Fabrik zugemacht hatte, waren die meisten Familien aus der Heimstraße weggezogen, auch ihr Vater hat nun das Haus aufgegeben und wird nach Bremen ziehen. Sie weiß nicht, wem oder was sie hinterherweinen sollte außer Gesine. Hat sie nicht in Deutschland genau das Gleiche getan wie hier? Nur dass die Gärten kleiner waren und das Wetter kälter, nur dass sie zur Schule musste und ihren Opa nicht gesehen hat, ihren Opa, der sie nun fast täglich umarmt, seine Nase an ihren Hals legt und sagt: Obwohl du dunkel bist wie deine Oma, riechst du ein bisschen wie deine Mutter, als sie noch jung war.

Bis auf Melike sind alle Kinder des Schmieds hellhäutig wie er selbst. Ceren ist seine einzige Enkelin, deren Haut fast denselben zimtstaubfarbenen Ton hat wie die ihrer Tante Melike und die ihrer Großmutter, die sie nie kennengelernt hat.

Die Wochen vergehen mit Zigaretten in den Gärten, mit Telefonaten mit dem Zollamt, mit Sonne und Schweiß, mit dem Einkochen von Kirschmarmelade, mit abendlichen Ballspielen auf der Straße, mit Gesprächen, Koseworten und liebevollen Neckereien, mit Späßen und kleinen Schnittwunden vom Gemüseschneiden, mit Nickerchen in der Mittagshitze und einem oder mehreren Gläsern in der Kühle nach der Abenddämmerung, mit selbstgemachtem Popcorn vor dem Fernseher und Sezen-Aksu-Liedern aus dem Radio.

Fuat tobt fast jeden Tag, und gegen Ende seines Urlaubs muss er einsehen, dass es keine andere Möglichkeit gibt, als die Sache mit einigen Scheinen zu klären, wenn er nicht möchte, dass seine Frau noch lange in einer leeren Wohnung sitzt.

Gül ist viel gelassener. Es ist nicht mehr wie in ihren ersten Tagen in Deutschland, als sie in der kleinen Küche saß und Fuat nebenan schlief. Nun sitzt sie in ihren eigenen vier Wänden, und wenn ihr Vater sie besuchen kommt, stellt sie ihm einen der Plastikteller, die sie gekauft hat, auf einen Hocker und serviert ihm Essen aus den beiden Töpfen, die ihr die Nachbarin geliehen hat.

– Dem Herrn seis gedankt, sagt sie. Hatten wir früher etwa einen Kühlschrank und war da das Leben etwa schlechter?

– Mögen die Hände, die das gekocht haben, kein Leid erfahren, sagt der Schmied, es ist köstlich geworden, wo hast du das nur gelernt, von Arzu sicherlich nicht, du kochst wie deine selige Mutter. Aber ein Kühlschrank, fügt er hinzu, ein Kühlschrank macht das Leben viel einfacher.

In der Stadt gibt es schon lange Strom, aber erst in den letzten Jahren haben sie in den Sommerhäusern Elektrizität bekommen, und in allen Wohnzimmern steht seitdem ein Fernseher, in jeder Küche ein Kühlschrank, und im Stall des

Schmieds hängt eine nackte Glühbirne von der Decke, damit seine Frau auch nach der Dämmerung noch ohne Druckluftlampe die Kühe melken kann.

Gül ist gelassen. Der Lastwagen fährt los, einige Stunden nachdem die Zöllner ihr Geld bekommen haben. Sie wird dieses Haus einrichten, sie wird ihren Vater jeden Tag sehen, sie wird Ceren morgens zur Schule schicken, Fuat wird zu einer Stimme am Telefon werden, es wird an ihr liegen, dieses Haus mit Frieden zu füllen. Eine Aufgabe, der sie zuversichtlich entgegenblickt.

Da sind alle diese Menschen, und jeden einzelnen könnte sie fragen, und jeder würde ihr weiterhelfen können. Doch Gül geht langsam weiter, merkt, wie ihr heiß wird, von innen heraus, das hat nichts mit der Sonne zu tun, und natürlich fällt ihr der Bauzaun ein, der an einem Freitag noch da gewesen war und am Montag nicht mehr. Sie erinnert sich daran, wie sie sich in Deutschland verlaufen hat, wie fremd ihr alles anfangs vorkam, wie sie nicht genug Deutsch konnte, um nach dem Weg zu fragen. Doch jetzt, hier, wo sie fragen könnte, ist es ihr peinlich, sich verlaufen zu haben. In einer kleinen Stadt, in der es weder Busse noch Bahnen gibt, nur einige Taxen und keine einzige Ampel, in der Stadt, in der sie aufgewachsen ist. Damals sahen die Straßen doch anders aus, denkt sie, und die Einkäufe in ihren Händen werden mit jedem Schritt schwerer. Warum wollte sie auch den Heimweg abkürzen, welchen Grund gab es, in dieses Gewirr von Gassen abzubiegen?

Gül hat fast keinen Orientierungssinn. In Deutschland konnte sie es zunächst auf die ungewohnte Umgebung schieben, wenn sie sich verlaufen hatte, und später war es nur ein kurzer Fußweg bis zur Fabrik, und längere Strecken hat sie zumindest beim ersten Mal nie allein zurückgelegt. Auch hier, in ihrer Heimatstadt, hat sie in all den vergangenen Sommern kaum einmal die Einkäufe allein erledigt. Wenn nicht Fuat bei ihr war, dann eine ihrer Töchter oder Schwestern.

An der nächsten Ecke biegt Gül einfach rechts ab, und als sie weiter hinten in der Straße ihr Haus sieht, ist sie erleichtert und erheitert. Sie sagt sich, dass es gut war, nicht zu fragen, so nah, wie sie schon war. Wie hätten die Nachbarn wohl reagiert?

Da kommt sie aus dem riesigen Deutschland und verläuft sich in einer Seitenstraße, kaum achtzig Schritte von ihrem Haus entfernt. Die ist wohl so abgehoben, dass für sie hier alles gleich aussieht.

– Stell dir vor, was mir passiert ist, sagt Gül zu Ceren, als diese von der Schule kommt, und berichtet lachend, wie sie sich mit den Einkäufen in den Händen in den Gassen verlaufen hat. Ceren lächelt nicht mal.

– Was ist los?

– Ach, sagt Ceren, die anderen lachen immer über mich, und ich komme mir total dumm vor, weil ich so viele Sachen nicht weiß. Die können alle Sultane auswendig und wann sie gelebt haben, und wir hatten in Geschichte nur den Zweiten Weltkrieg und die Weimarer Republik. Ich wusste heute das Wort für Lineal nicht, ich hatte es noch nie auf Türkisch gehört.

– Ja, sagt Gül und nimmt ihre Tochter in den Arm, und ich habe mich verlaufen, wie am Anfang in Deutschland. Kennst du die Geschichte mit dem Bauzaun? Es ist normal, wir sind in ein anderes Land gezogen, wir müssen ein wenig Geduld haben. Jetzt weißt du, was Lineal heißt, und morgen lernst du wieder etwas Neues.

Ceren drückt sich fest an ihre Mutter, und möglicherweise ist sie den Tränen nahe. Die Körper der beiden sagen: Wir haben uns. Uns kann nichts passieren.

Als sie sich voneinander lösen, wiegt das Leben etwas weniger.

An der Stelle, wo Timurs Schmiede war, ist nun eine Autowerkstatt. Seit einigen Jahren arbeitet der Schmied nicht mehr in seinem Beruf, weil es mittlerweile alles, was er früher gefertigt hat, billiger und ohne Wartezeiten in Regalen gibt.

Genauso wie der Kutscher Faruk, der Vater seines Schwiegersohnes Fuat, ist Timur auf andere Möglichkeiten angewiesen, um sich und seiner Frau zumindest ein geringes Einkommen zu sichern. Er hat Kühe, einen Obstgarten, er spritzt mit einer Flasche auf dem Rücken die Bäume der anderen Obstgartenbesitzer gegen Schädlinge, treibt ein wenig Handel mit Bauern aus den umliegenden Dörfern. Von seinem Reichtum ist nichts geblieben, und er ist wie der Kutscher auf die Hilfe seiner Kinder angewiesen.

Sibel, die als Lehrerin arbeitet, lebt mit ihrem Mann, der in einer Zementfabrik beschäftigt ist, etwas zurückgezogen am Rande der Stadt und drückt ihrem Vater jeden Monat eine stattliche Summe in die Hand. Ihre Ehe ist nach drei Fehlgeburten kinderlos geblieben, und die Eheleute leben bescheiden, sie sind wahrscheinlich die Einzigen in der Stadt, die keinen Fernseher haben, obwohl sie sich einen leisten könnten.

Melike wohnt mit ihrem Mann und ihren beiden Kindern in Izmir und schickt ihrem Vater in unregelmäßigen Abständen kleine Summen.

Nalan ist in Istanbul mit einem Barbesitzer verheiratet, hat eine Tochter von ihm, und die ganze Stadt zerreißt sich das Maul über sie, weil sie angeblich in den Sumpf des Nachtlebens gesunken ist und unsagbar tief dekolletierte Kleider trägt. Wenn sie im Sommer kommt, stets ohne ihren Mann, ist sie vielleicht etwas stärker geschminkt als die anderen Frauen, und sie benimmt sich, als wäre sie eine feine Dame, die in der Stadt aufgewachsen ist, doch falls sie in Istanbul tatsächlich ein Lotterleben führt und Kleider trägt, die der Anstand verbietet, merkt man es ihr hier nicht an.

Auch sie schickt hin und wieder Geld, viel seltener als Melike, aber in der Regel deutlich mehr als ihre ältere Halbschwester.

Emin arbeitet als Lehrer in einer Provinz im Osten und unterstützt seinen Vater nicht. Da er der Jüngste ist, sieht er es als die Aufgabe seiner älteren Schwestern, dem Vater unter die Arme zu greifen. Güls Möglichkeiten sind gering, weil sie mit den 400 Mark auskommen muss, die Fuat ihr jeden Monat überweist, doch auch sie versäumt es nicht, ihrem Vater hin und wieder etwas zuzustecken.

Als Kind hat Gül viel Zeit bei ihrem Vater in der Schmiede verbracht, und später, als sie jungverheiratet war, kam Timur sie nahezu jeden Morgen im Haus ihrer Schwiegereltern besuchen. Nun kommt er meist vormittags vorbei, sitzt mit seiner Tochter in der Küche, die wie der Rest des Hauses längst eingerichtet ist. Er legt seine Mütze auf den Tisch, und während Gül das Mittagessen bereitet, sprechen die beiden von alten Zeiten, davon, wie verstreut die Geschwister nun sind, über das Wetter, die Apfelernte, die Kühe, den riesigen Kühlschrank aus Deutschland, über Ceren und die Schule, über Ceyda und die bevorstehende Geburt, darüber, dass Fuat nun wieder wie ein Junggeselle in einem kleinen Apartment wohnt, über das Leben in der Heimstraße, über das Trocknen der Aprikosen, die Käfer im Walnussbaum, über die Enkel und Nichten, über Suzan, die in Italien lebt und nicht mal mehr im Sommer kommt.

In all ihren Worten schwingt eine Freude mit, die es am Telefon nicht geben konnte. Wie soll die Sehnsucht enden, wenn nicht auch die Augen satt werden können?

Wenn Gül das Geräusch des Mopeds ihres Vaters vor dem Haus hört, das Ersterben des Motors, den Klang beim Ausklappen des Ständers, dann ist es jedes Mal, als würde alles in ihr weich werden und loslassen, als würde man halb erfroren in einen Hamam gehen, wo die warmen Dampfschwaden dem Tag sein Gewicht nehmen. Kein Vergleich mit dem Klingeln des Telefons mitten in der Nacht, wenn es endlich eine Verbindung gab, dieses Hochschrecken aus dem Schlaf, der trunkene Weg die Treppe hinunter, die Notwendigkeit, sich kurzzufassen.

Diese angemeldeten Gespräche gibt es längst nicht mehr. Fuat wählt in Deutschland die Nummer, und kurz darauf klingelt das Telefon in Güls Wohnzimmer. Mindestens einmal die Woche telefonieren die Eheleute miteinander, wenn auch meistens nur kurz, da Telefonate immer noch teuer sind. Es werden keine Briefe mehr geschrieben wie zu den Zeiten, als Fuat beim Militär war. Es werden überhaupt keine Briefe mehr geschrieben, weder Gül noch eines ihrer Geschwister setzt sich mit Papier und Stift hin, man ist verbunden durch Worte, die gesprochen werden.

Wenn Gül Sehnsucht hat, muss sie nicht einen Brief, den sie schon seit Wochen auswendig kann, aus ihrer Tasche holen, sie kann reden, mit ihrem Vater, mit ihren Schwestern, nur mit Emin nicht, da es kein Telefon gibt in dem Dorf, in dem er arbeitet.

Der Klang bekommt nun Raum, und Vater und Tochter fühlen sich frei und gelöst. Doch in diesen Raum treten auch Gefühle, die es am Telefon und in den Sommern nicht gab.

Eines Tages, als der Schmied zum Mittagessen bleibt, werden noch vor dem ersten Bissen seine Augen feucht. Es gibt grüne Bohnen mit ein wenig Hackfleisch und dazu Weizengrütze, vielleicht liegt es an diesem Gericht, vielleicht an den Blättern, die von den Bäumen gefallen sind, vielleicht hat Timur den ganzen Morgen in Erinnerungen geschwelgt, vielleicht wird man mit dem Alter so. Er schaut herunter auf seinen Teller, ohne die Nase hochzuziehen, und auch der Rhythmus seines Atems verrät ihn nicht. Gül kann nicht sagen, wie und wieso sie auf diesen glasigen Glanz aufmerksam wird, der die Wangen hinabzulaufen droht.

– Was ist, Vater?, fragt sie.

Der Schmied blickt auf und lächelt, jetzt hat er zwei kleine Spuren auf seinen Wangen.

– Ich musste nur an deine Mutter denken, sagt er. Weißt du, ihr wart noch so klein, und sie ist einfach von uns gegangen. Und kaum hatte ich zweimal geblinzelt, da warst du schon groß und hast geheiratet. Niemand ist dir gram deswegen, so ist das Leben, Kinder werden groß, heiraten und gehen aus dem Haus. Aber du bist nicht nur aus dem Haus gegangen, sondern in dieses Deutschland. Deine Mutter ist ganz verschwunden, aber du bist in den Sommern gekommen, wie ein Traum war das, und spätestens um diese Zeit jetzt bin ich aufgewacht, und du warst weg. Dann habe ich über dieses verfluchte Telefon deine Stimme gehört, aber wo war da der Unterschied, ob eine Stimme aus Deutschland kommt oder aus dem Jenseits? Die anderen sind auch gegangen, das ist der Lauf der Dinge, aber ich weiß, wo sie sind, ich kenne die Namen der Städte und manchmal auch den Geruch ihrer Straßen. Woher soll ich wissen, ob es überhaupt ein Deutschland gibt? Von hier aus ist das fraglicher als Himmel und Hölle. Es ist nicht die Entfernung, liebste Gül, drei Stunden mit dem Flugzeug und dann noch mal sechs Stunden mit dem Bus, so sagt ihr doch. In der Zeit kann man nicht zu Emin fahren, er ist weiter weg, als du es warst, aber er war dennoch da. Hier, in einem Dorf ohne Strom, ich kenne sogar den Akzent, den sie dort sprechen. Du weißt doch, wie sie sagen, Gül, du weißt, wie sie sagen: Möge der Herr dich von dem Schmerz um deine Kinder bewahren. Ihr seid alle am Leben, er sei gelobt, aber möge der Herr niemandes Kinder in die Fremde geleiten.

Jetzt fällt ein Tropfen ins Essen, und Timur zieht die Nase hoch.

Warum habe ich ihn nie in die Heimstraße geholt, fragt sich Gül. Egal, was Fuat dazu gesagt hätte, egal, was es gekostet hätte, ich hätte ihn nach Deutschland holen sollen, damit er diese Fremde mit Bildern füllen kann, mit Klängen und Gerüchen, damit er nicht mit einer Stimme aus dem Jenseits telefoniert.

Auch ihre Augen sind feucht, aber gleichzeitig ist da Freude.

– Wir werden diesen Winter gemeinsam verbringen, sagt sie. Und den nächsten auch. Und den übernächsten. Ich wohne jetzt hier, ich bin zurückgekehrt. Für immer.

Wie schnell man solche Worte in den Mund nimmt. Wie wenig man in die Zukunft blicken kann.

Beide werden noch häufig an dieses Essen denken, an die grünen Bohnen mit ein wenig Hack, weil das Geld nicht für eine ordentliche Portion Fleisch reicht, an die Weizengrütze mit Tomaten an einem Spätherbsttag in dieser kleinen Stadt mitten in Anatolien. Weißt du noch?, werden sie sagen und: Wer hätte gedacht, dass es so kommen würde?

Sie werden lächeln, wie sie heute lächeln, nur ohne Wehmut, ohne das Ziehen eines vergangenen Schmerzes. Bis ein neuer Schmerz den Anfang eines weiteren Abschnitts markieren wird.

Ceren weiß nicht genau, was sie antworten soll, als İlkay sie fragt, ob sie schon mal Basketball gespielt hat. Zu oft ist sie in den letzten Wochen die Quelle allgemeiner Belustigung gewesen, wenn sie nicht wusste, was ein Lineal ist, wenn sie aus alter Gewohnheit eine Eins im ersten Moment für eine gute Note hielt, wenn sie sich beim Text der Nationalhymne vertat, vergaß aufzustehen, wenn ein Lehrer das Klassenzimmer betrat, ihren Stift nicht auf den Fingern rotieren lassen konnte, obszöne Andeutungen nicht verstand und aus tausenderlei anderen Gründen.

Es ist nicht so, dass ihre Mitschüler sie nicht leiden können und sie deshalb zur Zielscheibe ihres Spottes machen, das weiß Ceren. Im Gegenteil, die meisten sind ausgesprochen liebenswürdig zu ihr und bieten ihr immer wieder Hilfe an, vor allem die Jungen in der Klasse. Doch wenn sie etwas Unangebrachtes tut, folgt fast mit Sicherheit schallendes Gelächter.

Ceren hat noch nie Basketball gespielt, und sie weiß nicht, ob die Frage auf einen Schabernack hinausläuft, und möchte deshalb zunächst wissen:

– Warum?

Sie sagt nicht: Das ist doch dieses Spiel mit den Körben.

– Wir könnten dich gut in der Schulmannschaft gebrauchen, sagt İlkay.

Ceren entgegnet nichts, sondern wartet. Auf einen Lacher, einen Witz, einen Haken, den sie mal wieder übersehen hat.

– Ceren, meine Liebe, ich will dich nicht auf den Arm nehmen, es ist mein Ernst, sagt İlkay. Ich selber spiele Aufbau, aber selbst wenn du noch nie gespielt hast, könnten wir dich bei deiner Größe gut gebrauchen.

Ceren misst etwas über 1,70 und ist somit mindestens einen Kopf größer als die meisten ihrer Mitschülerinnen. Sie überragt ihre Mutter und ihre Schwester, und wenn sie noch drei, vier Zentimeter zulegen sollte, wird sie auch größer als ihr Vater sein. Ihre Schuhgröße ist 41, was ihr in den nächsten Jahren in dieser Kleinstadt noch einige Probleme bereiten wird.

Ceren mag İlkay, diese kleine, quirlige Person mit den etwas zu breiten Hüften und den runden Wangen. İlkay hat einen tiefschwarzen Pferdeschwanz und große Zähne, die man häufig sieht, weil sie viel lacht. Sie ist schon mal sitzengeblieben und somit im gleichen Alter wie Ceren, die die Oberschule sicherheitshalber mit der ersten Klasse begonnen hat, obwohl sie in Deutschland in die zehnte gekommen wäre, was der zweiten Klasse der Oberschule entspricht.

İlkay findet immer und überall schnell Kontakt, sie hat im Gegensatz zu Ceren keine Hemmungen gegenüber Fremden, sie ist tatsächlich eine gute Aufbauspielerin, wie Ceren nach und nach begreifen wird. Dieses Spiel wird in den nächsten

Jahren die Freundschaft dieser beiden Mädchen vertiefen. Für Ceren ist İlkays Nähe zunächst Grund genug, mit Basketball anzufangen. Doch sie braucht noch mehr Gründe, um nicht nach ihrem ersten Spiel sofort wieder aufzuhören.

Zunächst geht sie zusammen mit İlkay zum Training, lernt Dribbeln, Korbleger, Sprungwürfe und die danebengegangenen Bälle über den Köpfen und Händen der anderen jungen Frauen aus der Luft zu fischen. Ihre Größe sichert ihr Vorteile, und sie lernt schnell. Schon nach sechs Wochen steht sie beim Spiel gegen eine andere Schule beim Anpfiff im Mittelkreis, ihre Gegenspielerin auf der anderen Seite ist gerade mal eine Handbreit kleiner, und Ceren ist fürchterlich aufgeregt. Ihre Mutter, die noch nie zuvor ein Basketballspiel gesehen hat, sitzt auf der Tribüne der schlecht geheizten Halle und ist noch nervöser als ihre Tochter.

Gül sieht, wie der Schiedsrichter den Ball hoch in die Luft wirft, wie die beiden Mädchen springen und die Arme recken, wie Ceren etwas höher steigt als ihre Gegnerin, den Ball zu ihrer Mitspielerin außerhalb des Mittelkreises schlägt, landet, den Ball wieder zugepasst bekommt und losdribbelt, allein in Richtung Korb.

Ceren wundert sich, warum niemand hinter ihr herläuft, auch wenn sie weiß, dass sie schneller ist als die meisten. So schnell kann ich doch gar nicht sein, denkt sie noch, und kurz vor der Freiwurfzone konzentriert sie sich nochmals. Letztes Dribbling auf links, dann ein Schritt mit rechts, noch einer mit links, abspringen, werfen und: Der Ball ist drin.

Gül weiß ebenso wenig wie Ceren, warum die ganze Halle vor Lachen dröhnt. İlkay kommt zu Ceren gelaufen und nimmt sie in den Arm, doch auch sie kann sich ein Lächeln nicht verkneifen. Aus der Tatsache, dass ihre Tochter nun rot bis in die Fingerspitzen wird, und aus den Wortfetzen, die sie von links und rechts hört, schließt Gül, dass es nach vier Spielsekunden 2:0 für die Gegner steht.

So beginnt Ceren Basketball zu spielen, und sie wird İlkay noch dankbar sein, dass diese sich viel Zeit nimmt, um sie zu überreden, nach so einem Einstand nicht wieder aufzuhören. So fängt es an, doch schon bald haben die Gegner nichts mehr zu lachen und lernen, diese Spielerin zu fürchten, die notfalls auch im Alleingang ganze Spiele entscheidet.

Nachdem Gül so lange mit Fuat zusammengelebt hat, hat sie zwar Cola im Haus, doch die steht wochenlang im Kühlschrank und wird nicht getrunken, bis eines Tages Besuch mit Kindern kommt, die gierig große Gläser voll hinunterstürzen und sich dann mit dem Handrücken über den Mund wischen, wie sie es im Fernsehen gesehen haben. Ein Getränk für erwachsene Alkoholiker und Kinder. Jahre später wird Yılmaz Erdoğan auf der Bühne Witze darüber machen, wie er als kleiner Junge in Ankara Cola getrunken hat und in den Sommerferien im Osten des Landes seinen Freunden nicht erklären konnte, was für ein Getränk das ist.

Kinder und Erwachsene trinken es wahrscheinlich aus ähnlichen Gründen, einfach weil es süß ist. Möglicherweise schmeckt Fuat der Whisky doch nicht, auch wenn es früher bei Humphrey Bogart immer so aussah, als könnte man ihm nicht widerstehen. Also kippt er unauffällig Zucker hinein. Während es bei Bogart so wirkte, als hätten Männlichkeit und Zivilisation erst mit der Destillation angefangen, bringt Cola den Geschmack von Freiheit und Abenteuer mit sich. Warum sollten diese Getränke also nicht zusammenpassen?

Mit den leeren Flaschen geht Gül zum Kaufmann an der Ecke und möchte sie zurückgeben.

– Danke, sagt Hayri, in dessen Laden sich außer Obst und Gemüse und Fleisch fast alles findet. Brot, Waschmittel, Nudeln, Getränke, Süßigkeiten, Kaugummis, Reis, Mehl, Weizengrütze, Spülschwämme, Chlorreiniger, Rattengift, Schafskäse, Joghurt, Zucker, Salz, Pfeffer, Kinderspielzeug.

Hayri macht keine Anstalten, Gül Geld zu geben, und Gül steht zunächst ein wenig unentschlossen da.

– Bitte?, sagt der Händler.

– Das Pfand, antwortet Gül zögerlich.

– Was denn für ein Pfand? Warum sollte ich denn von dir Pfand nehmen, Gül, du kaufst fast jeden Tag bei mir ein. Du willst mich wohl auf den Arm nehmen?

Er lacht.

– Aber ich habe Pfand bezahlt für die Flaschen, sagt Gül.

– Dann bring sie dahin zurück, wo sie dir den Pfand abgenommen haben.

– Du hast mir Pfand berechnet.

– Gül, ich habe es schon gesagt, jeden Tag kaufst du bei mir ein, wieso sollte ich dir Pfand berechnen? Das mache ich mit keinem meiner Kunden. Wo käme ich denn da hin? Wir wohnen im selben Viertel, da würde ich doch nicht anfangen, Pfand abzuhalten.

– Als ich die Flaschen gekauft habe, kannten wir uns noch nicht. Es war im Sommer, und du hast mir Pfand berechnet.

Es sind insgesamt sechs kleine Glasflaschen, das Geld ist nicht der Rede wert, und Gül neigt auch nicht dazu, auf ihrem Recht zu beharren. Es muss an der Art liegen, wie Hayri auf seinem Schemel sitzt, wie der fleckige Pullover über seinem großen Bauch spannt, an seiner unrasierten Erscheinung und seinem verstohlen dreckig wirkenden Grinsen, dass Gül nicht einfach die Flaschen dalässt und geht.

– Im Sommer? Wie soll ich mich daran denn erinnern? Also wirklich.

– Brauchst du ja nicht, sagt Gül, ich kann mich erinnern. Du hast mir für diese Flaschen Pfand berechnet, ich schwöre, bei Gott.

Es kommt ihr selber übertrieben vor, den Namen des Herrn wegen sechs kleiner Flaschen in den Mund zu nehmen. Und Hayri offensichtlich auch.

– Lass doch Gott aus dem Spiel, sagt er, was versteht er denn von Cola? Oder von Pfand? Ich kann mich nicht mehr erinnern. Warum hast du die Flaschen nicht nach zwei Tagen zurückgebracht, was hast du die auch monatelang aufbewahrt? Hättest du sie zeitig zurückgebracht, wüsste ich alles noch, aber so … Lass sie einfach hier. Kann ich dir sonst irgendwie helfen? Brauchst du noch etwas?

– Mein Pfand.

– Ach, Gül, jetzt hör doch mit dem Pfand auf. Du kommst aus dem riesengroßen Deutschland und fängst an, dich hier mit mir wegen Pfand zu streiten? Ich nehme nie Pfand, Gül. Nie.

Gül weiß, dass sie Pfand bezahlt hat, hier bei Hayri. Das ist das Einzige, was sie gerade weiß. Sie weiß nicht, ob sie lachen oder weinen soll. Die Flaschen dalassen oder mitnehmen. Hayri beschimpfen oder belächeln.

Sie dreht sich einfach um und verlässt den Laden.

Draußen fallen die ersten Flocken des Jahres. Wie lange hat sie schon keinen Winter in dieser Stadt erlebt? Sind es zwölf Jahre, dreizehn, fünfzehn? Wer weiß das schon so genau, und was für einen Unterschied macht es. Sie beginnt gerade, sich über den Schnee zu freuen, doch der Ärger über Hayri drängt sich sofort wieder in den Vordergrund. Es ist zum Lachen, denkt sie. Diese Unordnung hier, die Willkür, diese Art, die Regeln jeden Augenblick neu zu bestimmen. Hayri hat sie betrogen, egal, wie gering der Betrag ist. Der Mann, bei dem sie täglich ihr Brot kauft, hat sie geprellt und dabei gegrinst, und sie kann nichts dagegen tun. Ab morgen könnte sie zu einem anderen Kaufmann gehen, doch jeden Tag kommen Leute in Hayris Laden, Leute, die gerne klatschen.

Es ist klar, was Hayri sagen würde: Da kommt diese Gül aus dem reichen Deutschland, baut sich ein großes Haus hier, richtet es mit Bosch-Kühlschrank und Grundig-Fernseher ein, mit Sony-Videorecorder und Kristallgläsern in den Wohnzimmervitrinen und was nicht noch alles und ist so geizig und kleinherzig, von einem armen Kaufmann Pfand zurückzuverlangen, den sie nie bezahlt hat. Es sind die vermeintlich großen Leute, die dem kleinen Geld hinterherrennen, ohne sich zu schämen.

Natürlich war Hayri nie in ihrer Wohnung, aber die Leute reden gerne und viel, und Gül ist sich der Blicke bewusst, mit denen einige der Nachbarn sie ansehen. Sie spürt den Neid, und sie kann niemanden abbringen von dem Irrglauben, dass sie geradewegs aus dem Paradies kommt, das sie auch hier errichten kann, weil sie die nötigen Mittel dazu hat.

Aber ist sie nicht selber schuld an diesem Irrglauben? Hat sie nicht jeden Sommer den Wagen voll beladen mit allem, was die Kaufhäuser zu bieten hatten? Hat sie nicht jeden Sommer glücklich und zufrieden gelächelt? Woher sollen die Leute wissen, dass der Grund hier lag und nicht dort, wo weder Milch noch Honig fließen?

Sie hat erzählt von der kleinen Küche, in der sie gesessen hat, von der Straße, in der sie gewohnt haben, von den Schichten und Regeln, die sich nie änderten, doch das hat sich nicht so schnell herumgesprochen wie ihre Wohnungseinrichtung.

Kaum einer weiß, wie wenig Geld ihr Fuat Monat für Monat schickt, und sie muss wie alle Kohlen kaufen, einen neuen Wintermantel für Ceren, und es ist unverschämt, was der Schuhverkäufer für ein paar Damenstiefel in Größe 41 haben möchte.

Als sie nach Hause kommt, ist Ceren schon aus der Schule zurück und sitzt mit bläulichen Lippen in eine Decke gehüllt am Ofen und zittert.

– Was ist los, mein Mädchen, fragt Gül, ist in der Schule das Holz ausgegangen?

Ceren sieht sie erstaunt an.

– Woher weißt du das?

– Ich bin auch hier zur Schule gegangen. Einiges hat sich geändert seitdem, anderes ist gleich geblieben.

Sie reicht ihrer Tochter eine weitere Decke, legt etwas Kohle nach, setzt sich neben Ceren, küsst sie aufs Ohr und sagt:

– Keine Sorge, gleich wird dir warm werden.

Sie erzählt von den Tagen, als der Schmied Holz in die Dorfschule schickte, damit die Kinder nicht froren. Die Schule hatte ein Klassenzimmer und nur einen Lehrer für alle Grundschüler. Ceren geht in eine Schule, in der ihre Mutter sich verlaufen würde, und am Ende des Monats hat Gül nicht mal so viel Geld übrig, dass sie auch nur ein Dutzend Scheite spenden könnte.

– Im Schreibmaschinentest habe ich fast geweint, sagt Ceren. Ich habe meine Finger gar nicht mehr gespürt, ich konnte die Tasten kaum drücken, aber ich habe mich gezwungen dazu. Bei den i und ı ist es mir noch nicht aufgefallen, aber als die Lehrerin das erste Wort mit ç diktiert hat, habe ich gemerkt, dass ich die Q-Tastatur im Kopf habe, die deutsche, und nicht die F. Es lag ja ein Blatt über den Tasten, wir mussten blind tippen, und es war alles falsch. Ganz falsch. Soviel Fehler wie Anschläge.

Zwei Jahre später wird Ceren damit beeindrucken können, dass sie auf beiden Tastaturen blind und fehlerfrei 100 Anschläge in der Minute schafft, auf mechanischen Schreibmaschinen. Sie wird noch schneller sein auf elektrischen, doch die F-Tastatur wird mit den Computern komplett abgeschafft werden und nur noch eine Erinnerung bleiben an diesen Test, den sie nicht besteht.

Ihre Noten sind insgesamt schlechter als in Deutschland, wo sie weder positiv noch negativ auffiel. Hier fragt sie sich, ob sie das Schuljahr schaffen wird, und Gül macht sich Vorwürfe, ihre Tochter hierhergebracht zu haben.

Ihr selber geht es gut. Oder etwa nicht? Jeden Tag sieht sie ihren Vater, sie sieht ihre Schwester Sibel regelmäßig, sie hat nicht mehr diese ständige Befürchtung, dass sie etwas nicht verstehen könnte, sie kann alles zu Fuß erreichen und verläuft sich auch nicht mehr. Wenn sie vor die Haustür geht, ist es, als würde sie in eine Welt treten, in der sie wirklich existiert, nicht nur anwesend ist, wo sie mehr ist als ein Name auf einer Karteikarte in einer Fabrik, ein weiterer Fall im Arbeitsamt, eine weitere Person, die man befremdet ansieht, weil sie anders ist.

Wenn sie auf die Straße geht, kommt es ihr vor, als wäre sie realer, als sie in Deutschland war.

Doch sie geht immer noch jeden Tag zu Hayri, sie sieht, mit welchen Blicken man sie in der Nachbarschaft betrachtet, sie sieht, wie Besucherinnen verstohlen über den Stoff des Sofas fühlen, aus den Augenwinkeln den Nippes in ihrer Vitrine begutachten, die Porzellanfiguren, die es hier nicht gibt, neben Kristallvasen, die teurer aussehen, als sie sind. Sie bemerkt, wie die Menschen auf den Videorecorder schauen, in den sie selbst noch nie einen Film geschoben hat, wenn sie allein ist. Sie hört lieber Radio und häkelt dabei oder liest satirische Kurzgeschichten von Aziz Nesin oder Muzaffer İzgü, die auf eine Weise von den Widrigkeiten dieses Landes erzählen, die sie erheitert.

In diesem Winter wacht Gül manchmal nachts auf, atmet ein, seufzt, selig, dass es nicht nach Alkohol riecht.

Doch immer wieder fragt sie sich, ob es die richtige Entscheidung war. Zum Beispiel, als Ceren mit einer riesigen Herpesblase an der Lippe nach Hause kommt. Groß wie ein Fünfmarkstück. Als sie morgens zur Schule gegangen ist, war da nichts zu sehen.

Gül zieht entsetzt die Luft ein.

– Was ist passiert?

Ceren zeigt ihre rechte Handfläche vor und lacht.

– Ich hatte Angst davor.

Gül erahnt den Abdruck eines Lineals, und im ersten Moment möchte sie zur Schule rennen, den Lehrer am Kragen packen und ihn fragen, für wen er sich eigentlich hält.

Sie selber hat ihre Tochter nie geschlagen, weder diese noch die andere, und auch ihr Mann hat die Kinder nie geschlagen. Was glaubt der Lehrer, wer er ist, dass er sich mehr rausnehmen kann als die Eltern. Das sind keinen kleinen Kinder, die er am Ohr zieht, sondern junge Erwachsene, denen er mitleidslos mit dem Lineal auf die Handfläche klatscht. Gül selber ist auch schon mit dem Lineal geschlagen worden, aber nicht so, dass sie einen Abdruck davon hatte. Sie möchte den Lehrer packen und ihn anschreien, dass er nicht mehr glücklich werden wird, sollte er es noch einmal wagen, ihre Tochter zu schlagen.

Cerens Lachen geht derweil in ein Weinen über. Vielleicht weil sie das Gesicht ihrer Mutter sieht.

– Du bist mir nicht böse deswegen, oder?

Gül fällt dieses Gefühl ein.

Jeder Augenblick beinhaltet eine Wahrheit. Doch Augenblicke und Wahrheiten gehen vorüber, sie haben keinen Bestand. Manche Augenblicke sind aber so stark mit einem Gefühl verbunden, dass darin eine Wahrheit liegt, die sich nicht ändert. Gül erinnert sich daran, dass sie damals das klatschende Geräusch des Lineals schlimmer fand als den Schmerz. Dass sie weinte, weil sie dachte, ihre Mutter würde böse auf sie sein.

Dieses Gefühl kommt sie besuchen, und Gül nimmt Ceren in den Arm. Dieses Gefühl spricht die Worte durch Gül, ohne dass sie etwas dafür tun muss:

– Egal, was passiert ist, egal, was passieren wird, ich bin deine Mutter, ich werde immer hinter dir stehen. Immer. Und wenn du dich eines Tages auf der Straße verkaufen solltest, wird da Schmerz sein, aber ich werde deine Mutter bleiben und tun, was eine Mutter tut.

Dieser Augenblick wird für Ceren mit dem Gefühl der Umarmung ihrer Mutter verbunden bleiben. Die weichen Arme, der Duft der Haare an ihrer Nase, dieser Moment, in dem diese Umarmung ihr alle Last nimmt, alle Angst, allen Ekel, alle Zweifel. Aus einem Gefühl Güls wird ein anderes für Ceren, aus einer Wahrheit wächst eine andere, aus einer Angst wird eine Liebe, und jeder Augenblick bleibt für immer, auch wenn er vergeht.

Als sie sich voneinander lösen, ist Cerens Herpesblase natürlich immer noch so groß wie vor der Umarmung.

Ceren erzählt, wie die ganze Klasse gemeinsam beschlossen hat, die Matheaufgaben, die sie sowieso nicht verstanden hatten, einfach nicht zu machen. Nicht mal einen Lösungsversuch aufs Papier zu bringen. Was sollte der Lehrer schon tun, wenn alle ohne Hausaufgabe kamen. Und es hatten sich alle daran gehalten, auch die Streber.

Der Lehrer rief sie nacheinander vor, drückte ihnen Kreide in die Hand und gab ihnen die Gelegenheit, die versäumte Hausaufgabe an der Tafel zu lösen. Und jeder, der es nicht schaffte, bekam Schläge mit dem Lineal. Die wenigsten gingen überhaupt an die Tafel, sondern legten die Kreide gleich wieder hin und streckten die Hand aus. Einige versuchten erfolglos, die Aufgabe zu lösen, und mussten sich vom Lehrer auch noch verhöhnen lassen.

Ceren saß in ihrer Bank hinten links und wusste, dass sie geschlagen werden würde. Das erste Mal in ihrem Leben. Sie hatte ihrer Mutter nicht erzählt, dass sie die Hausaufgabe nicht gemacht hatte. Sie wusste nicht, ob sie gleich vor der ganzen Klasse losheulen würde, als Krönung aller peinlichen und beschämenden Situationen, in denen sie seit Beginn des Schuljahrs schon gewesen war. Sie wusste, dass heulen viel schlimmer wäre, als den Ball in den eigenen Korb zu werfen.

Der Lehrer fragte jeden einzelnen Schüler, den er aufrief, wer dafür verantwortlich war, dass sie alle keine Aufgabe hatten, auf wessen Mist diese Idee gewachsen war. Niemand gab eine Antwort, und mit der Wut des Lehrers wuchs auch die Anzahl der Schläge, die der Einzelne bekam.

Ceren verkrampfte sich immer mehr, damit all diese schlechten Gefühle keinen Platz in ihr hätten, und während der zwanzig Minuten, die sie dort saß wie jemand, der darauf wartet, sich vor allen Leuten in die Hosen zu machen, wurde es mit jedem weiteren Schlag, den jemand anders bekam, schlimmer für sie. Dann fing sie İlkays Blick auf, die erschrocken auf Cerens Unterlippe sah. Ceren fasste dorthin, spürte die Blase und fast gleichzeitig das Jucken. Eine Welle des Ekels und der Verzweiflung stieg in ihr hoch, und die Blase schien noch größer zu werden und ihr Körper sich noch stärker zu verkrampfen.

Wäre ich nur schneller drangekommen, wird sie später sagen, hätte ich nur weniger Zeit gehabt. Das Warten war das Schlimmste.

Es waren aber nicht alle drangekommen. Nach Ceren war İlkay mit der Kreide in der Hand an die Tafel getreten, und obwohl sie wusste, dass sie die Aufgabe nicht würde lösen können, hatte sie fast eine Viertelstunde Zeit geschunden, der Lehrer hatte sie nicht unterbrochen. Entweder war ihr Ansatz nicht völlig falsch oder aber er hatte auch keine Ahnung. Cenk hatte nach ihr das Gleiche versucht, aber ihn hatte der Lehrer nach wenigen Minuten unterbrochen: Leg mal die Kreide aus der Hand, das ist ja völliger Unfug. Zeig mir lieber mal die Handfläche. Nein, nein, die linke, in der du die Kreide gehalten hast.

Die Schulglocke hatte an diesem Tag acht Schüler vor Schlägen bewahrt.

Die kommen nächste Stunde dran, hatte der Lehrer angekündigt, er wollte sich nicht nachsagen lassen, dass er ungerecht wäre. Oder nicht alle Möglichkeiten ausschöpfte, um seinen Schülern die Mathematik nahezubringen.

Gül betrachtet die größte Herpesblase, die sie je gesehen hat und je sehen wird, und fragt sich, ob es die richtige Entscheidung war. Und sie fragt auch Ceren.

– Wir sind doch zusammen, sagt ihre Tochter.

Als hätte sich die Heimstraße ausgedehnt, hätte Seitenstraßen bekommen, die ebenfalls nicht asphaltiert sind, und die Seitenstraßen hätten sich ihrerseits weiter verzweigt, als wären sie Triebe und junge Äste eines Baumes, so kommt Gül manchmal die Stadt vor. Auch hier kennt jeder jeden, wenn auch nicht immer direkt, sondern um eine oder zwei Ecken. Der Cousin des Kochs Kadir, der hinter dem Krankenhaus wohnt, die Lehrerin Nesrin, deren Onkel Kemal bei der Verwaltung arbeitete, einer der Söhne des Pfeifenrauchers Fatih. Wenn man ein oder zwei Generationen zurückgeht, gibt es immer eine Beschreibung, mit der man die Person einordnen kann.

Gül weiß, dass es früher auch so war, sie musste nur sagen, sie sei die Tochter des Schmieds Timur, und alle wussten Bescheid, aber damals war sie noch klein, und die Stadt erschien ihr riesig, damals konnte sie sich nicht wirklich vorstellen, dass hier jeder jeden kennt. Sie war schüchtern und schnell verängstigt.

In einigen Tagen wird sie Großmutter sein, sie ist nun diejenige, in deren Gegenwart man sich ordentlich hinsetzt und nicht raucht. Als sie weggegangen ist, war sie eine junge Frau, alle sagten kızım zu ihr, mein Mädchen, oder bacı, Schwester, nun aber kommt sie zurück und ist nicht nur ihre Schwester, sondern für viele abla, große Schwester, und man begegnet ihr mit Respekt. Wie sagen sie: Es geht nicht nach dem Geldbeutel, es geht nach der Reihe.

Ich sollte keine Angst mehr haben, sagt Gül sich, ich sollte mich nicht klein fühlen, nur weil ich so kurz zur Schule gegangen bin und keine Bildung habe.

Der Glaube, dass man mehr über das Leben lernt und bessere Urteile fällen kann, wenn man eine gute Schulbildung genossen hat, wird ihr das Leben lang erhalten bleiben. Diese Befangenheit, die höchstens für einige Augenblicke weicht, die sie auch dann nicht verlässt, wenn sie liest, dass ein Professor eine Studentin sexuell genötigt hat, oder wenn Melike ihren Kindern beibringt zu lügen, weil es nicht die Ehrlichen sind, die es im Leben weit bringen, sondern die, die in der Lage sind, die Wahrheit etwas großzügiger auszulegen. Diese Unsicherheit wird dazu führen, dass sie weise werden wird, wirklich weise, weil sie nicht Gefahr läuft, auf ihre Weisheit auch noch stolz zu sein.

– Ihr seid verwandt, sagt Hayri, der Kaufmann, auch wenn ihr euch nicht kennt. Aysels Großmutter war eine Cousine von Timurs Vater. Einige Jahre nach euch ist Aysel nach Deutschland gegangen. Auch sie ist für immer zurückgekehrt, sie war mit Medet verheiratet, dem Sohn des Krämers.

Die Art, wie er das *war* betont und Aysel dabei einen Blick zuwirft, gefällt Gül nicht, doch sie tut so, als hätte sie es nicht bemerkt.

Aus einigen an diesem Tag im Laden gewechselten Worten wird beim nächsten Zusammentreffen ein Plausch auf der Straße, und bald darauf sitzen Aysel und Gül zusammen auf dem Sofa und trinken Tee.

Gül vermutet, dass Aysels Haare unter dem Kopftuch so tiefschwarz sind wie ihre Augenbrauen. Sie hat ein rundliches Gesicht, doch ihr Körper wirkt eher knochig, und selbst die weichen Wangen können nicht von den harten Falten um Stirn und Mundwinkel ablenken.

– Als wir nach Deutschland kamen, haben wir in den Weinbergen gearbeitet, sagt sie. Abends sind uns die Augen zugefallen, noch während wir die Haustür aufgeschlossen haben, ich dachte damals, wenn wir ein, zwei Jahre so arbeiten sollen, dann sind wir verbraucht, erledigt.

– Weinberge? Gül versucht ihr Bild von Deutschland mit Weinbergen in Einklang zu bringen. Wo sollen denn da Weinberge sein?

– Weinberge, bestätigt Aysel, ohne weiter darauf einzugehen. Von ihrem Bedürfnis, Gül ihre Geschichte zu erzählen, lässt sie sich nicht von solchen Zwischenfragen ablenken.

– Medet hat mich damals schon geschlagen, ich war regelmäßig grün und blau am ganzen Körper, dass ich schon gar nicht mehr wusste, wo es nicht weh tat. Fünf Fehlgeburten hatte ich in all den Jahren, weil er mich immer so geprügelt hat. Der muss mit dem Teufel im Bunde gewesen sein, dass er nach der Arbeit noch so viel Kraft hatte. Nach einem Jahr sind wir umgezogen, und Medet hat in einer Fabrik gearbeitet, die Farben herstellte, und ich habe geputzt. Er wollte ja unbedingt Kinder haben, aber wie soll das gehen, wenn man der Frau so in den Unterleib tritt. Er hat mich beschuldigt, ich wäre unfruchtbar, und mich beschimpft. Wären die Nachbarn Deutsche gewesen, sie hätten sicherlich die Polizei gerufen. Ich weiß nicht, was dieser Mann hatte, woher diese Wut in ihm kam, was er nicht verdauen konnte, aber nachdem er mir nicht nur die Nase, sondern später auch noch den Arm gebrochen hat, habe ich mich entschlossen, ihn zu verlassen. Was hat mich denn bei diesem Tier gehalten, diesem Handlanger des Bösen?

Gül erinnert sich an die Schmerzen, als ihre Nase gebrochen war, damals als Kind. Wie der Arzt mit einem Ruck den Knochen wieder gerichtet hatte, ein Ruck, der durch ihren Körper gegangen war, als wollte der Schmerz ihn ganz für sich haben.

– Es gab keinen Grund, zu bleiben. Heim und Herd soll man nicht verlassen, sagen sie immer, doch zum Glück gab es ja keine Kinder, und ein Heim war es auch nicht, sondern eher ein Boxring, nur dass ich nie zurückgeschlagen habe.

Aysel sieht Gül an, und das, was ihre Lippen andeuten,

könnte ein Lächeln sein, aber in ihren Augen ist etwas anderes, vielleicht Hoffnung oder Erleichterung, vielleicht auch Erstaunen darüber, dass sie so lange geblieben ist. Vielleicht auch alles zusammen.

– Wir kennen uns nicht, sagt Aysel, aber ich vertraue dir, kein Mensch weiß, warum. Ich habe mich scheiden lassen. Aber ist danach alles besser geworden? Medet hat ein paar Leute kennengelernt und wollte schnell reich werden, und sie haben ihn mit Drogen erwischt, und nun sitzt er im Gefängnis. Ich bekam keinen Unterhalt, und dann saß ich da in Gottes Hölle, in diesem Deutschland, allein, ohne richtige Arbeit. Was sollte ich denn machen? Die ganze Zeit nur Sozialamt?

Das Wort sagt sie auf Deutsch, *Sozialamt*, sie könnte es nicht übersetzen.

– Was hatte ich überhaupt in diesem Land verloren? Ich wollte nie dorthin, es war Medets Idee. Ich dachte, ich tue das Beste, wenn ich zurückkehre, hierhin, wo ich aufgewachsen bin.

Meine Eltern sind alt, sie haben selber kaum genug zum Leben. Ach, Gül, es ist manchmal so schwer, auch nur das tägliche Brot zusammenzukriegen, in Deutschland hätte ich Sozialhilfe gehabt. Ich dachte, hier wären wenigstens die Menschen wärmer, hilfsbereiter, freundlicher. Aber weißt du, wie die Männer hier eine geschiedene Frau betrachten? Wie Freiwild. Hast du bemerkt, wie dieser eklige Hayri mich anglotzt? Er tätschelt sogar meinen Hintern, ich habe ja keinen Mann, der ihn zur Rechenschaft ziehen könnte. Nicht mal einen Bruder habe ich hier, und mein Vater ist zu alt. Ich dachte, es würde reichen, wenn ich Medet verlasse, dann dachte ich, es würde reichen, wenn ich hierherkomme, aber weder das eine noch das andere stimmte. Man braucht eine neue Welt, eine ganz neue Welt. Du musst alles hinter dir lassen, von vorne anfangen. Am besten in einer anderen Sprache, in der du noch nicht so beschimpft worden bist. Aber wer will denn ganz neu anfangen? Wer will die Gesichter seiner Eltern vergessen, die Gesichter der Geschwister, der Nichten und Neffen. Wer will für immer in Deutschland bleiben? Hier ist es schwer für eine alleinstehende Frau. Aber in Deutschland hätten sie mich nie als eine der ihren angesehen, nie. So wie wir hier mit den Griechen. Sieh sie dir an, sie haben türkische Namen, sprechen kein Wort Griechisch mehr, leben seit Generationen hier, und wir nennen sie immer noch Griechen und geben ihnen keine Braut. Aber sie heiraten ja auch lieber untereinander. Man muss alles hinter sich lassen, aber man kommt nicht an, Gül, sagt sie, die Augen so voll, dass die Tränen jeden Augenblick hinabfließen werden.

– Ich weiß nicht, warum Gott diese Last auf mich geladen hat, wäre ich nicht nach Deutschland gegangen, hätte Medet mich nicht so zurichten können, oder? Seine Brüder, seine Eltern, die Nachbarn, irgendjemand hätte mir doch geholfen, ich hätte irgendwo Schutz suchen können. Hast du gehört, was ich gesagt habe, den Arm hat er mir gebrochen, weil ich ihn vors Gesicht gehalten habe. Willst du etwa die Hand gegen mich erheben, hat er gesagt.

Sie weint jetzt hemmungslos.

– Ach, Gül, verzeih, ich habe doch sonst niemanden.

Gül wagt kaum zu atmen. Da ist noch mehr, was sie nicht kennt, nicht bloß die Weinberge in Deutschland.

Wenn Gül an Fuat denkt, wenn sie mit ihm telefoniert, selbst wenn sie abends vor dem Einschlafen die Anwesenheit eines anderen Menschen vermisst, ist da keine Sehnsucht, sosehr sie auch in sich hineinhorcht.

Ihr fehlt jemand an ihrer Seite, wenn ihr auf der Straße Männer hinterherblicken, ihr fehlt die Möglichkeit, kurz vor Monatsende noch mal nach Geld fragen zu können, ihr fehlt Leben im Haus, Schritte, das Öffnen und Schließen von Schranktüren, der Klang des Wassers, wenn es in ein Glas läuft, ein Seufzer aus dem Nebenzimmer, das unvermittelte Ratschen eines Feuerzeugs, doch Sehnsucht, so wie sie Sehnsucht nach ihren Kindern hatte, diesen Hunger, der die Seele ganz hohl werden lässt, zerstückelt und leer, dieses Ziehen in der Brust, den Schmerz, der einen bis in den Schlaf hinein begleitet, das hat sie nicht.

Um so erstaunter ist sie über ihre Reaktion, als sie Fuat im Sommer wiedersieht. Er hat ein wenig abgenommen, was ihm gut steht, sonnig muss es gewesen sein in Deutschland, sein Gesicht ist gebräunt, und seine braunen Augen glänzen heiter.

Da ist unvermittelt Freude, als sie Fuat aus dem Wagen aussteigen sieht, einen Mann, dem man die lange Fahrt kein bisschen anmerkt. Gül ist so verblüfft von diesem Gefühl, dass sie sich im ersten Moment nicht bewegen kann. Die Freude erfüllt sie voll und ganz, ein, zwei Sekunden ist jede Bewegung unmöglich, nur ihr Herz scheint zu bersten.

Als sie schließlich einen Fuß vor den anderen setzen kann, zwingt sie sich, nicht zu rennen, diese paar Meter, die sie von ihrem Mann trennen, sie zwingt sich, ihr Gesicht zu halten, damit sich die Freude nicht in ihren Zügen widerspiegelt. Sie geht auf Fuat zu, lächelnd, das schon, und umarmt ihn. Zu sehr ist sie damit beschäftigt, sich im Zaum zu halten, um erkennen zu können, ob die Freude beiderseitig ist. Nach zwei Atemzügen in der Umarmung erst merkt sie, dass Fuat ein anderes Rasierwasser hat, und ihre Freude mindert sich, sie kommt sich betrogen vor.

– Wie war die Reise? Hast du Hunger? Komm rein, Ceren ist gerade beim Kaufmann, sie müsste jeden Moment zurück sein. Du hast ein neues Rasierwasser, fügt sie noch hinzu und sieht Fuat lächeln.

So ist er, nach 36 Stunden Fahrt hat er kurz vor der Stadt an einer Tankstelle gehalten, sich mit kaltem Wasser rasiert, um mit glatten Wangen hier anzukommen. Nicht wie Hayri, der mit seinen vierzehn Tage alten Stoppeln auf seinem Schemel sitzt und aus dessen Hosen sich die Flecken nicht mehr rauswaschen lassen.

Ceyda und Adem kommen zwei Tage nach Fuat, Gül sieht zum ersten Mal ihre Enkelin Duygu, und auch diesmal ist sie überrascht. Obwohl sie sich schon lange auf diesen Moment gefreut hatte, hat sie nicht geglaubt, dass es unter ihrer Haut prickeln würde, als wollte das Glück einen Weg nach draußen suchen und sich dann schließlich mit Tränen begnügen. Als sie Duygu zum ersten Mal auf dem Arm hält, ahnt sie schon, dass sie dieses Kind vermissen wird, in ihr Glück mischt sich gleich eine Ahnung von Schmerz. Und schon nach fünf Tagen fahren Ceyda und Adem in das Dorf, aus dem Adems Eltern kommen, doch Gül wird ihre Enkelin noch einmal sehen können, bevor sie zurück nach Deutschland fahren.

Gül geht es gut, auch wenn sie merkt, dass Fuat sich verändert hat, auch wenn sie spürt, dass ihm das Leben allein in Deutschland gefällt. Immer wieder nimmt sie es sich vor, doch sie wird ihn den ganzen Urlaub lang nicht fragen, wie viele Jahre er noch drüben zu bleiben gedenkt. In den letzten Tagen, bevor er zurückfährt, wird Fuat ungeduldig, aufbrausend. Gül ist gekränkt, weil es offensichtlich ist, dass er es nicht erwarten kann, aus seiner Heimatstadt wegzukommen, seine Frau und seine Tochter wieder zu verlassen.

Doch bis dahin hat Gül ihren Mann viele Stunden zufrieden in einem der Gärten der Sommerhäuser sitzen sehen, das Wetter und den Geschmack des Obstes lobend, die Freiheit in diesem Land, die Freiheit, nicht um Punkt sechs auf der Schicht sein zu müssen, die Freiheit, abends um zehn beim Kaufmann noch einen Rakı kaufen zu können, die Freiheit, das Leben zu genießen.

Gül hat ihn gesehen, Tee trinkend, die Würfel beim Backgammon mit der diebischen Freude der Siegesgewissheit werfend, Loblieder auf Deutschland singend, Hasstiraden schwingend gegen das Wetter dort, Reden, in denen er wortreich und mit Vergleichen, ungehört wie Platten frisch aus dem Presswerk, seine Zuhörer beeindrucken konnte.

Sie hat gesehen, wie seine Brust weit wurde, wie sein Herz sich geöffnet hat, und sie hat sich gefreut an diesem Bild ihres Mannes, sie hat sich gefreut, ihn abends neben sich zu hören, selbst wenn das Zimmer nach Anisschnaps roch, morgens noch schlimmer als in der Nacht.

Doch Gül hat auch gesehen, dass Ceyda nicht glücklich ist, obwohl sie sich bei ihrer älteren Tochter nie sicher ist, was in ihr vorgeht. Sie hat Adem beobachtet, diesen jungen Mann, der nicht trinkt, sich nicht über seine Arbeit beklagt, gerne und viel über Fußball redet und manchmal etwas abwesend scheint. Sie hat sich gefragt, was für Probleme Ceyda mit ihm haben könnte. In den wenigen Tagen, die sie sich gesehen haben, hat sie keine Gelegenheit gehabt zu fragen, doch da ist ein Schatten auf Ceydas Gemüt, ein Schatten, der für Augenblicke verschwindet, wenn sie Duygu auf dem Arm hält.

Gül hat mit Ceyda nicht in Ruhe reden können, doch sie hat Ceren beseitegenommen und gesagt:

– Hüte dich, eifersüchtig zu werden, weil du mich glücklich siehst. Dein Vater und deine Schwester machen mich nicht glücklicher, als du es tust. Hättest du nicht zugestimmt, wären wir nie hierhergekommen, ich weiß nicht, wie ich das ohne dich hätte schaffen sollen. Und wenn du merkst, dass du doch eifersüchtig wirst, dann denk an die Stunden, die wir am Ofen verbracht haben und …

Sie sucht nach Worten, aber ihr fallen keine ein, die diese Stunden am Ofen beschreiben könnten, doch an Cerens Augen kann sie erkennen, dass ihre Tochter sie auch so versteht.

Als Fuat schließlich weg ist, da klingt nicht die Freude dieser Wochen nach, sondern es drängen sich Dinge in den Vordergrund, die sie zwar wahrgenommen hat, die ihr aber nicht so wichtig schienen, solange Leben um sie herum war, Familienleben. Auch Melike und Mert haben einige Wochen im Sommerhaus verbracht, Nalan war da mit ihrer Tochter, Sibel und Aziz sind häufiger gekommen, Emin ist mit seiner Frau Meryem fast zwei Monate geblieben, der Schmied hat von morgens bis abends gestrahlt, das Leben pulsierte und suchte sich einen Weg wie das wilde Wasser.

Nun, da alle weg sind, sitzt Gül allein zu Hause, wenn Ceren in der Schule ist, und fragt sich, warum sie sich so fühlt, als könne sie den ganzen Tag weinen. Nicht mal das Geräusch des Mopedständers ihres Vaters kann sie erheitern.

Als die ersten Blätter fallen, fragt sie sich, wohin sie gehört, warum sie sich mit über vierzig Jahren immer noch so verloren fühlt auf der Welt, ob der Tod ihrer Mutter ihr damals so tief ins Herz geschnitten hat, dass es ein ganzes Leben nicht mehr aufhören wird, zu bluten. Ob sie je den Klang des Löffels vergessen wird, den ihr Vater bei der Todesnachricht gegen die Wand geschleudert hatte. Ob Menschen, die von ihrer Mutter großgezogen wurden, sich auch so fühlen, nie richtig ganz. Ob ihre Sehnsucht auch so schwer wiegt. Ob es besser ist, etwas kennenzulernen und dann zu verlieren, oder ob es besser ist, es nie kennengelernt zu haben. Ob Sibel, die sich überhaupt nicht an ihre Mutter erinnern kann, es nicht möglicherweise noch schwerer hat, weil sie nicht mal weiß, womit man die Sehnsucht stillen könnte.

Gül sitzt zu Hause und lässt sich von Fragen gefangennehmen, auf die es keine Antworten gibt und die einen immer weiter hinaustreiben in ein Meer aus Verlangen. Melancholie, eine Beschäftigung, um die Leere nicht zu spüren.

Dieser Zustand hält nicht lange an. Einige Wochen nach Schulbeginn ist die Luft im Haus anders, es herrscht eine Stimmung, eine Schwingung, die Gül zunächst nicht genau benennen kann. Sie weiß nicht, ob es am Licht liegt, ob sie sich insgeheim nicht doch auf einen weiteren Winter hier freut, ob ihr Vater sie öfter kost, weil er ihre trüben Gedanken spürt.

Ein, zwei Tage ist sie verwundert über diese Veränderung, bis sie abends beim Fernsehen zu Ceren schaut und merkt, dass ihre Tochter nicht dem Film folgt, dass die Bilder in ihrem Inneren ihr einen verklärten Gesichtsausdruck verleihen, ein sanftes Lächeln, als hätte das Leben keine Grenzen mehr.

Still betrachtet sie ihre Tochter aus den Augenwinkeln, und die Fragen und der Schmerz weichen diesem Lächeln, es reicht, wenn Gül ein Spiegel sein kann für das Glück der anderen.

Erst später, als Ceren zurück ist aus dieser inneren Landschaft und die beiden sich fertigmachen, um ins Bett zu gehen, fragt Gül:

– Was ist passiert?

– Nichts, beeilt sich Ceren zu antworten, beeilt sich etwas zu sehr. Was soll schon passiert sein?

– Woher soll ich das wissen? Irgendetwas ist anders an dir.

In den Zimtstaubton von Cerens Teint mischt sich nun Rot, Hitze umspült sie, und sie spürt die ersten kleinen Tropfen an den Haarwurzeln, aber sie weiß nicht, was sie sagen soll.

– Vielleicht … vielleicht … vielleicht bin ich müde … oder freue mich auf nächsten Sommer … oder …

Sie stehen im Flur vor der Küche und haben ihre Nachthemden bereits an.

– Komm, sagt Gül und geht noch mal ins Wohnzimmer und setzt sich auf die Couch. Komm her.

Cerens Schritte sind unsicher, als hätte sie verlernt zu gehen. Sie setzt sich neben ihre Mutter, die sie in den Arm nimmt.

– Was auch immer es ist, ich werde nicht schimpfen und mich nicht aufregen. Was ist los?

– İlkays Bruder, Mecnun, du kennst ihn nicht …

Sie macht eine lange Pause, und Gül fragt sich, warum sie nicht von selber drauf gekommen ist.

– Ichhabemichinihnverliebt.

Gül schmunzelt.

– Mecnun heißt er also, wie in *Leyla und Mecnun*. Du hast also gleich den Richtigen gefunden, ja? Warst du mit ihm aus, im Café oder im Park?

– Nein.

– Warst du allein mit ihm?

– Ja, bei İlkay, aber nur ganz kurz.

– Ist er auch verliebt in dich?

– Ich glaube schon … Ja.

– Was ist er denn für ein junger Mann?

– Ein ruhiger, ganz lieber. Nicht so ein Zampano und auch kein Weiberheld. Er raucht, er trinkt, aber in Maßen, so weit ich weiß. Er spielt nicht. Er möchte mal Lehrer werden. Er liest die Cumhuriyet, so wie Onkel Yılmaz. Manche sagen, er wäre ein Linker. Und er hat so dunkle, tiefe Augen, ein bisschen wie Kinderaugen, so sanft und neugierig.

– Wie alt ist er denn, dieser Mann?

– Einundzwanzig.

– Und was macht er?

– Er studiert Deutsch.

Einige Sekunden herrscht Stille. Ceren dreht vorsichtig den Kopf und sieht ihre Mutter an.

– Wo studiert er denn?

– In Adana.

Gül nickt.

– Dann kommt er an den Wochenenden manchmal nach Hause?

– Ja.

– Hat man euch irgendwo zusammen gesehen? Du musst mir die Wahrheit sagen.

– Nein. Ganz bestimmt nicht.

– Gut. Wir müssen einige Regeln aufstellen. Ich habe nichts dagegen, wenn du diesen Mecnun siehst, aber nicht in der Öffentlichkeit. Und auch nicht zu häufig bei İlkay zu Hause.

Das hier ist eine kleine Stadt, wir dürfen nicht zum Klatsch der Leute werden, so schwer dürfen wir uns das Leben nicht machen. Dein Vater darf nie, nie etwas davon erfahren. Unter keinen Umständen. Wir werden einen Weg finden, dass er hierherkommen kann, ohne dass die Nachbarn ihn gleich alle sehen. Vielleicht lassen wir ihn Besorgungen machen, Kohlen schleppen oder dergleichen. Ich werde alles tun, um dir Gelegenheiten zu verschaffen, aber ich möchte nicht, dass du sie missbrauchst, verstehen wir uns? Und wenn ihr euch Briefe schreibt, dann dürfen die niemals in die Hände eines anderen gelangen. Du darfst keine Angriffsfläche bieten.

In Cerens Augen sind Tränen, als sie ihre Mutter umarmt, sie weiß nicht, ob sie lachen oder weinen soll, ob das Glück ist, was sie empfindet, Erleichterung, Freude, Liebe oder eine unglaubliche Grenzenlosigkeit, als könnte sie fliegen.

Wie gut, denkt Gül, wie gut, dass wir hier sind und ich ihr diese Möglichkeit bieten kann. In der Heimstraße saßen wir viel enger aufeinander, wir waren wie eingeschlossen. Die Stadt war klein, dort hätten sie sich auch nicht irgendwo in der Öffentlichkeit treffen können, ohne dass sie früher oder später ein Nachbar gesehen hätte. Nach Bremen, sie hätten sich immer in Bremen treffen müssen, und da wäre Gül nervös geworden, zwei junge Menschen in einer großen Stadt, so weit außerhalb ihres Blickfelds. Hier scheint es ihr leichter. Wie gut, dass Fuat so weit weg ist. Auch ihr kommen die Tränen, es kommen Erinnerungen, und Mutter und Tochter sitzen an diesem Abend noch bis fast zwei Uhr in Decken gehüllt im Wohnzimmer, Gül erzählt, wie sie Recep kennengelernt hat in der Grundschule auf dem Dorf, wie er eines Tages, als sie bei der Schneiderin Esra arbeitete, unverhofft in der Stadt auftauchte und sich alle ihre Gedanken in dem Ton seiner Augen färbten. Zum ersten Mal in ihrem Leben erzählt sie jemandem von dem Brief, den Recep ihr geschrieben hatte und den sie nie gelesen hat, den sie in den Bach geworfen hat, bevor sich die Wörter vor ihren Augen zusammenfügen konnten, weil sie auf einmal Schritte hinter sich hörte. Sie erzählt von dem Lotterielos, das er ihr geschenkt hatte und das gewann, und wie sie keine Erklärung dafür hatte, wie sie an dieses Los gekommen sein könnte, und deshalb schwieg. Gül erzählt aus den Tagen, in denen sie jünger war als ihre Tochter heute, und auch wenn Ceren sich ihre Mutter nicht in diesem Alter vorstellen kann, sieht sie fasziniert die Bilder an, die Güls Stimme in ihrem Kopf malt. Wie gut, dass wir hier sind, denkt auch sie. Sonst hätte ich Mecnun nie kennengelernt. Sie ahnt an diesem Abend, dass dieser Weg weit offen steht. Ihre Ahnung wird sich bewahrheiten, doch niemand kann ahnen, wie sich der gemeinsame Weg wieder teilen wird. Niemand kann die Schmerzen der Zukunft sehen, sonst würde man sich fürchten vor dem Leben und nicht reden bis weit nach Mitternacht.

– Deiner war ja wenigstens ein paar Wochen hier, und du konntest das Jucken loswerden, aber wie hält diese Aysel das bloß aus? Das ist ja nicht einfach, nachdem man einmal Baklava gekostet hat, den Rest den Lebens ohne auszukommen. Wenn die Schleusen einmal geöffnet sind, braucht man doch immer mal etwas zum Stopfen. Diese Aysel, also wirklich, sagt Hayri, und Gül steht da, als hätte jemand Blei in ihre Beine gegossen und ihr Gehirn mit Eis eingerieben. Hat der Kaufmann das wirklich gerade gesagt? Wie kann er es wagen? Wie kann er so zu ihr sprechen? Wie kann er so über Aysel sprechen, und was, was kann sie nun antworten? Was nur?

So wird sie es später erzählen. Jetzt sind da nicht mal all diese Fragen in ihrem Kopf, vor lauter Empörung und Verwunderung sind da keine Worte, nur Starre. Ihr Magen verhärtet sich, die Gedanken blockieren, doch sie ahnt, dass sie etwas sagen muss, dass sie sich wehren muss, weil sie sonst ihr Gesicht verliert, weil Hayri sie sonst das nächste Mal noch unverschämter belästigen wird. Sie kann nicht so tun, als hätte sie nichts gehört.

– Ich wüsste nicht, was dich das angeht, sagt sie.

– Ach, komm, Gül, du weißt doch, wovon ich rede. Ihr redet doch auch darüber. Frauenvolk, den ganzen Tag klatscht ihr. Was habe ich denn verbrochen, dass ich nicht ein wenig mitreden darf?

– Du solltest dich schämen, sagt Gül, du solltest dich wirklich schämen.

Sie dreht sich um und möchte aus dem Laden gehen, als Hayri sagt:

– Warte, warte doch.

Gül hält inne, Hayri springt von seinem Schemel auf, Gül ist schon im Begriff, sich ihm erneut zuzuwenden, als sie den Kaufmann sagen hört:

– Sage ich etwa nicht die Wahrheit? Oder hat sie jemand, von dem ich nichts weiß?

Gül geht auf die Tür zu und hofft, dass man nicht sieht, wie ihre Hände zittern und ihre Lippen, sie hofft, dass ihr Rücken nicht von der Wut spricht, der Ohnmacht und den nahenden Tränen.

Hinterher weiß sie nicht mehr, wie sie die zwei Minuten bis nach Hause gegangen ist, ob Leute sie gesehen haben, ob Bekannte gegrüßt haben, ob sie die Tränen wirklich zurückgehalten hat, bis sie durch die Haustür getreten ist.

Was soll sie tun? Zu ihrem Vater gehen? Zu Aysel? Zu Fuat? Sie weiß, wohin sie nicht mehr gehen wird. Zu diesem schamlosen Hayri. Nie wieder. Soll er doch in der Nachbarschaft tratschen, was er möchte.

Sie versteht Aysel nun besser, aber sie möchte nicht zu ihr. Das würde nichts ändern. Es gibt keinen Hayri mehr. Sie streicht ihn einfach aus ihrem Buch des Lebens. Strich.

– Wir kaufen nicht mehr bei Hayri ein, sagt sie abends zu Ceren.

– Warum nicht?, fragt Ceren.

Obwohl sie zu erwarten war, hat Gül nicht mit dieser Frage gerechnet. Zum zweiten Mal an diesem Tag ist sie sprachlos, doch dieses Mal ist sie weder empört noch wütend, noch fällt sie ins Bodenlose. Auf der Suche nach den richtigen Worten blickt sie Ceren ins Gesicht.

– Wir kaufen dort nicht mehr ein, in Ordnung, sagt Ceren, man muss nicht für alles einen Grund haben. Ich werde seinen Laden nicht mehr betreten.

Als Mecnun zum ersten Mal zu den Yolcus kommt, ist er in Begleitung seiner Schwester. Während er Gül die Hand gibt, errötet er leicht und schaut zu Boden. Er ist ein hagerer Mann mit langen Gliedmaßen und zusammengewachsenen buschigen Augenbrauen, der reifer wirkt als 21 Jahre.

– Vielen Dank, murmelt er etwas linkisch, doch dann blickt er schon hoch und forscht in Güls Gesicht. Sein eigener Blick ist offen, verwundbar, aber auch selbstbewusst.

Er spricht ruhig und langsam, während sie zu viert im Wohnzimmer sitzen, wählt seine Worte mit Bedacht und ist in der Lage, sich gut auszudrücken. Man hört ihm gerne zu, wird Gül später sagen, doch noch wichtiger erscheint ihr, dass er auf Kleinigkeiten achtet, sein Teeglas vor Blicken abschirmt, wenn er vor den anderen ausgetrunken hat, damit Ceren nicht mehrmals zum Nachfüllen in die Küche muss. Wie er zwar zu Boden schaut, aber aufmerksam zuhört, wie seine kleinen Zwischenfragen erkennen lassen, dass er versucht, in seinem Kopf ein genaues Bild der Situation zu zeichnen. Wie er darauf bedacht ist, nicht zu viel Redezeit zu beanspruchen, obwohl er offensichtlich nicht nur gebildeter als die drei Frauen ist, sondern gebildeter als fast jeder, den Gül kennt, Yılmaz vielleicht ausgenommen, doch dem fehlt der Takt, den Mecnun hat.

– Komm, ich zeige dir mal meine neuen Spitzendecken,

sagt Gül zu İlkay, und sie gehen ins Schlafzimmer und lassen die beiden Verliebten nahezu eine Stunde allein. Gül schärft auch İlkay ein, dass niemand etwas erfahren darf, unter keinen Umständen.

– Ja, sagt sie, wer hätte das gedacht, Ceren und dein Bruder.

– Mein Bruder ist ein besonderer Mensch, ich bewundere ihn, sagt İlkay, und ich freue mich sehr für die beiden.

– Damit wir bessere Möglichkeiten haben, sind wir nach Deutschland, sagt Gül, bessere Möglichkeiten für uns und unsere Kinder. Man kann ja nicht ahnen, was der Herr mit einem vorhat, man kann nicht erahnen, wohin die Wege führen, die vor einem zu liegen scheinen. In Deutschland hätte ich Ceren diese Möglichkeit nicht bieten können.

– Deutschland, Deutschland, ach, Tante Gül, hör doch auf, sagt İlkay, das war mal, ihr lebt jetzt hier, am Anfang wart ihr vielleicht Deutschländer, aber jetzt seid ihr doch Einheimische, hör auf zu vergleichen. Wenn Onkel Fuat zurückkommt und sich erst mal eingelebt hat, werdet ihr Deutschland vergessen, so wie wir das Dorf vergessen haben, aus dem wir kommen. Wenn ich daran zurückdenke, kann ich mich nur noch an ein paar Farben erinnern, an sonst nichts.

Sie ist noch sehr jung, für sie sieht das Leben leicht aus, denkt Gül. Sie fragt sich, ob dieses Mädchen, dessen Urgroßvater noch an der Grenze gegen die Russen gekämpft hat, nicht einen weiteren Weg zurückgelegt hat als sie, von den Bergen Erzurums nach Anatolien, wo dieselbe Sprache gesprochen wird, man aber dennoch nicht dazugehört. Doch Gül freut sich, weil İlkay sie als eine der ihren betrachtet, selbst wenn sie sich immer noch nicht so fühlt und vielleicht nie fühlen wird.

Später, nachdem sie İlkay und Mecnun an der Tür verabschiedet haben, sieht Ceren ihre Mutter fragend an. Gül nickt.

– Ein vertrauenerweckender junger Mann. Und dieser Blick, mit dem er dich manchmal ansieht, das ist kein Feuer, das ist eine Glut, die hoffentlich noch lange halten wird. Mögen die Wege euch offenstehen.

Nach diesem Antrittsbesuch kommt Mecnun häufiger, meist allein, er kommt nach Einbruch der Dunkelheit, leise, darauf bedacht, dass niemand ihn sieht, oder er kommt tagsüber unter einem Vorwand, hilft Kohlen schleppen oder repariert etwas im Haus, und Gül achtet stets darauf, dass keiner der Nachbarn Grund hat zu behaupten, er ginge ein und aus, wie es ihm beliebt, oder er hätte gar Gelegenheit, allein mit Ceren zu sein. Sie ahnt, dass sie sich in Gefahr begeben, sie ahnt es, aber was soll sie sonst tun: Liebenden im Weg stehen?

Der Schnee schluckt die Geräusche. Selbst wenn Timur mit dem Moped gekommen wäre, hätte Gül ihren Vater nicht gehört. Er klopft an der Tür und ruft ihren Namen. Gül stürmt in das kleine Gästezimmer, in dem sie sich im Winter meist aufhalten, weil das Wohnzimmer zu groß ist, um es den ganzen Tag zu heizen.

– Ins Schlafzimmer, sagt Gül, und keinen Mucks. Mein Vater ist an der Tür. Nehmt euch Decken, raunt sie Ceren und Mecnun zu, während es erneut klopft und der Schmied den Namen seiner Tochter lauter ruft.

Gül öffnet, etwas außer Atem und mit einem Herzschlag, den sie bis in den Hals spürt, ihre Hände zittern, und sie weiß nicht, wo sie sie verstecken soll.

– Was ist los?, fragt Timur. Hörst du mich nicht? Willst du mich draußen erfrieren lassen?

– Ich bin wohl eingenickt am Ofen, sagt Gül, komm rein, wärm dich auf. Was bringt dich hierher um diese Zeit?

Nachmittags und noch dazu am Wochenende kommt er selten vorbei. Gül fragt sich, wann sie ihren Vater das letzte Mal angelogen hat. Da muss sie noch ein Kind gewesen sein.

– Ach, sagt der Schmied, und erst jetzt erkennt Gül, dass er schlechte Laune hat, und ist ein wenig erleichtert. Er ist zu sehr mit sich selbst beschäftigt, um zu merken, dass Gül nervös ist.

Timur legt seine Mütze ab, klopft sich den Schnee von den Hosenbeinen und der Jacke und geht ins Zimmer, in dem eben noch Ceren und Mecnun gesessen haben. Es riecht noch ein wenig nach Rauch, und Gül legt wie nebenbei eine Orangenschale auf den Ofen, doch ihr Vater scheint mehr als nur schlecht gelaunt zu sein, er schiebt sich ein Kissen in den Rücken, als wolle er das Kissen für etwas bestrafen, und atmet heftig aus. Gül ahnt nun, wem sein Zorn gilt.

– Zerrissen habe ich sie, sagt er, zerrissen habe ich diese beschissene Strickjacke, mit meinen eigenen Händen. Was glaubt diese Frau, wer sie ist? Mit Fatma habe ich mich in fünf Jahren keine fünf Mal gestritten, mit dieser hier streite ich mich fast fünf Tage die Woche. Bis hierher bin ich gelaufen, aber mein Zorn ist nicht verraucht in diesem Schnee. Ich kann mich nicht abkühlen, und da will dieses Weib mir tatsächlich noch eine Strickjacke andrehen. Was geht es sie an, woher will sie wissen, ob ich friere oder nicht? Sie wollen dich kontrollieren, all diese Frauen wollen einen immer nur kontrollieren, zieh dies an, tu das, fahr nicht Moped, du bist zu alt, rasier dich mal wieder, wasch dich, kauf Grütze, iss weniger Fett, steh nicht so nah am Ofen, tu dies nicht, mach das nicht, erledige jenes. Kaum sind die Kinder aus dem Haus, braucht sie jemand anderen zum Herumkommandieren.

Gül hat ihren Vater schon häufig wütend erlebt, auch wenn er mit Arzu gestritten hat, doch seit vor vier Jahren ihre Großmutter, Timurs Mutter, von ihnen gegangen ist, hat sich etwas verändert. Auch vorher schon war der Schmied stolz und stur, aber er war es gewöhnt, auf Frauen zu hören. Nachdem sein Vater früh gestorben war, hatte seine Mutter zu Hause ein strenges Regiment geführt, sie war der Grund dafür gewesen, dass er Fatma geheiratet hatte, und solange

Timur auf seine erste Frau gehört hatte, waren die Dinge gut gelaufen, sein Haus war gesegnet gewesen, und es hatte nicht gemangelt an Geld und Glück.

Er hatte auf Fatma gehört und später auf Arzu, aber er hatte früher schon gesagt, dass ihn mit Fatma auch sein Massel verlassen hatte. Seit dem Tod seiner Mutter stritt er sich häufiger mit Arzu, wurde eigenwilliger und schien schon aus Trotz das Gegenteil von dem zu tun, was sie wollte.

Bat sie ihn beim ersten Schnee, nicht mit dem Moped zu fahren, konnte man sich sicher sein, dass er sich auf die Maschine setzte, und sei es, um nur eine Runde zu drehen. Sagte sie, dass es zu spät sei, das Dach des Stalles zu reparieren, er würde im Dunkeln nichts mehr erkennen können, nahm er erst recht das Werkzeug zur Hand. Nachts stand er auf und kleckerte schlaftrunken auf den Boden vor dem Kühlschrank, während er stehend aß. Die Plastikschuhe, mit denen er im Garten arbeitete, zog er auch zu Hausbesuchen an und erklärte die Risse in seiner Anzughose damit, dass es im Schrank Motten geben musste, mit dem Moped war er jedenfalls nicht gestürzt, ob Arzu das glaubte oder nicht.

Und nun sitzt er bei Gül, zu Hause im Schlafzimmer liegt eine zerrissene Strickjacke, die er nicht anziehen wollte, weil er selber noch sehr gut entscheiden konnte, wann er fror und wann nicht.

– In Sehnsucht, sagt der Schmied, dieses ganze Leben vergeht in Sehnsucht. Erst ist deine Mutter nach drüben gegangen, und um euch nicht weggeben zu müssen, habe ich dieses Weib zur Frau genommen. Dann seid ihr gegangen, eine nach der anderen, meine drei älteren Mädchen, Fatmas Töchter, sind aus dem Haus, und weißt du, was der Lehrer gesagt hat, als Emin zum dritten Mal sitzengeblieben ist? Schmied, hat er gesagt, Schmied, deine anderen Kinder waren doch nicht so, was ist denn mit dem los? Der stammt von einem anderen Acker, habe ich gesagt. Ihr seid alle gegangen, du am weitesten fort, dann Melike nach Izmir, und Sibel, ja, sie wohnt hier, aber wie häufig bekommt man sie zu Gesicht? Sie sitzt zu Hause und malt Bilder, den lieben langen Tag hat sie einen Pinsel in der Hand. Ihr alle fort, alle Frauen sind aus meinem Leben gegangen, nur dieses Weib ist geblieben. Gott möge sie nicht bestrafen. Weißt du, was ich manchmal denke? Wie würde wohl die Welt aussehen, wenn Vermissen ein schönes Gefühl wäre?

Gül sieht ihren Vater an und ist sprachlos ob dieser Frage: Wie würde wohl die Welt aussehen, wenn Vermissen ein schönes Gefühl wäre?

– Ach, sagt der Schmied, die, die man will, sind weg, und die, die man nie wollte, macht einem das Leben zur Hölle. Komm, mach mal einen Tee, wir wollen uns wärmen an einem Tee dunkel wie Kaninchenblut. Lass mich ein wenig hier sitzen, ich mag nicht ins Kaffeehaus. Und nach Hause schon gar nicht.

Gül holt den Kessel und stellt ihn auf den Ofen.

Nach zwei Gläsern Tee fängt Timur an zu gähnen und sagt:

– Ich lege mich mal kurz hin, im Schlaf vergeht der Zorn und die Sehnsucht manchmal auch.

Er erhebt sich, und Gül sagt rasch:

– Bleib doch, im Schlafzimmer ist es kalt, eisigkalt. Leg dich einfach hier auf den Diwan, ich hol dir eine Decke.

Noch während sie es ausspricht, wird ihr klar, dass sie genau das tut, was ihren Vater ärgert: Es ist zu kalt. Zieh eine Strickjacke an. Sie weiß nicht, wie er nun reagieren wird, aber ebenso wenig weiß sie, wie er reagieren würde, wenn er Ceren und Mecnun entdeckte. Sie versucht zu atmen, doch es geht nicht. Ihr Herz rast, aber ihr Brustkorb hebt und senkt sich nicht.

Der Schmied setzt sich nicht wieder hin, sondern steht unschlüssig da.

– So kalt ist es draußen gar nicht, sagt er, doch Güls Herz

beruhigt sich schon wieder, weil sie nun ahnt, dass der Schmied sich hier hinlegen wird. Noch immer hört er auf Frauen, wenn auch nicht auf seine eigene.

– Ich habe …

Gül kann nicht weitersprechen, sie versucht noch einmal Luft zu holen.

– Ich habe sowieso in der Küche zu tun, hier bist du ungestört.

Sobald sie ihren Vater schnarchen hört, geht sie ins Schlafzimmer. Mecnun ist ganz blass vor Kälte, der arme Junge, so dünn wie ein Finger ist er, natürlich friert er, denkt sie, obwohl sie sich selber kaum mehr daran erinnern kann, wie es ist, schlank zu sein.

Sie legt einen Finger auf die Lippen, sieht, wie Mecnuns Kiefermuskeln unter der Haut spannen, wahrscheinlich beißt er die Zähne aufeinander, damit sie nicht klappern. Gül ist gar nicht wohl bei dem Gedanken, ihn so aus dem Haus zu lassen, doch was soll sie sonst tun?

Nachdem Mecnun gegangen ist, ohne dass ein Nachbar ihn gesehen hätte, fühlt Gül sich leichter, viel leichter, fast schon dünn. Sie setzt sich mit Ceren in die Küche, und die beiden hören dem Schmied beim Schlafen zu. Es ist das Schnarchen meines Vaters, denkt Gül, nur darum klingt es für mich wie Musik und nicht wie Fuats Schnarchen. Sie steht auf, und am Fuße des Diwans stehend, betrachtet sie ihren Vater, die verbliebenen grauen Haare auf seinem Kopf, irgendwo mögen noch blonde dabei sein, die man nun nicht mehr erkennt, seine Bartstoppeln hingegen waren schon immer etwas dunkler als seine Haare, und die Falten in seinem Gesicht machen es ihm mittlerweile schwer, sich zu rasieren.

Als Gül nach Deutschland gegangen ist, sagten noch alle Schmied zu Timur oder großer Bruder oder vielleicht mal Onkel. Nun weiß kaum einer von den Jüngeren, welchen Beruf er früher ausgeübt hat, die Leute begegnen ihm zwar immer noch mit Respekt, aber nennen ihn Großväterchen, obwohl er die meisten Menschen in dieser Gegend um gut einen Kopf überragt.

Gül kommt es so vor, als habe sie ihm nur kurz den Rücken zugewendet, und schon ist ihr Vater alt geworden. Wie würde die Welt aussehen, wenn Vermissen ein schönes Gefühl wäre?

Mecnun ist den ganzen Sommer über in der Stadt, da er Semesterferien hat, doch die Möglichkeiten, sich mit Ceren zu treffen, sind nun geringer. In der Öffentlichkeit wollen und können sie sich nicht gemeinsam sehen lassen, entlegene Ecken in den Obstgärten der Sommerhäuser sind auch nicht sicher, und bei den Yolcus kann Fuat unvermittelt auftauchen. So sehen sich die Verliebten letztlich weniger als im Winter. Gül übermittelt die Briefe, die die beiden sich schreiben, und jedes Mal, wenn sie einen Umschlag versteckt, erinnert sie sich daran, wie sich das kalte Papier auf ihrer nackten Haut angefühlt hat, als sie Receps Brief unter ihrem Pullover versteckt hatte.

Um herauszufinden, wie ihr Mann auf Mecnun reagiert, sagt Gül zu İlkay:

– Komm uns doch am Opferfest besuchen, bring deinen Bruder mit, sag, ihr hättet auf dem Weg zu deiner Tante kurz reinschauen wollen. Damit Fuat Mecnun einfach schon mal gesehen hat und nicht aus allen Wolken fällt, wenn ... wenn es so weit ist.

So sitzen Gül, Ceren, Fuat, İlkay und Mecnun am zweiten Tag des Opferfestes bei Yolcus im Besucherzimmer, trinken Tee und essen Baklava, während Fuat sich über die Arbeitsmoral in diesem Land aufregt.

– Vor einer Woche, vor einer Woche schon war ich beim Süßwarenhändler und habe eine Platte Baklava bestellt. Natürlich, hat er gesagt, natürlich, kein Problem, am Feiertag um zehn Uhr ist alles fertig. Und die Hälfte hat er gleich im Voraus kassiert. Und was war gestern? Nicht um zehn, nicht um elf, nicht um zwölf, nachmittags erst habe ich meine Platte bekommen, er hatte alles schon verkauft, als ich um kurz nach zehn dort ankam. Und nachmittags musste ich mir die Platte auch noch selber abholen. Was ist das denn für ein Dienst am Kunden? Und wie kann er es wagen, im Voraus zu kassieren, wenn er meine Baklava an jemand anderen verkauft. Es ist Feiertag, er weiß doch, dass er mehr verkaufen und gute Geschäfte machen wird, aber hier kassiert man das Geld und legt sich dann auf die faule Haut. So ein Volk sind wir. Wenn wir das A von Arbeit hören, dann schauen wir schon nach einem Ast, um uns in einem Baum zu verstecken. Ehrlose Trickbetrüger vom Süßwarenhändler bis zum Präsidenten, ein Volk von Hütchenspielern, so sind wir. Und entschuldigen kann er sich auch nicht. Fuat, sagt er, Fuat, du weißt doch, es ist Feiertag, ich tue, was ich kann. Mehr geht nicht. Ja, du Trottel, gerade weil Feiertag ist, habe ich vorbestellt und angezahlt. Wenn Ehre ein Pudding wäre, dann hätte er nicht mal Milch, dieser Süßwarenpanscher. Aber ehrlich.

– Dort geht immer alles seinen Gang, oder?, fragt Mecnun. Da passieren derlei Dinge nicht. Deswegen sind sie eine Wirtschaftsmacht und wir nicht.

– Genau, sagt Fuat, genau, du hast es erfasst. Du hast es erfasst, ohne je dort gewesen zu sein, es ist so einfach, aber dieser Zuckerbäcker begreift das nicht.

Gül glaubt nicht, dass Mecnun Fuat nach dem Mund reden möchte, doch sie ist auch wenig erstaunt über seine Reaktion, und sie staunt noch mehr über die Wendung, die das Gespräch nun nimmt.

– Einige Sachen liegen klar auf der Hand, sagt Mecnun, sie sind eine Wirtschaftsmacht, ein Staat, der soziale Sicherheiten bietet, ein Staat, in dem viel geschehen ist für die Rechte der Arbeiter gerade unter Brandt und Schmidt.

– Hm, macht Fuat, ebenfalls überrascht über diesen Spund, der wohl kaum zwei Jahre alt gewesen sein kann, als Brandt sein Amt antrat. Ist das etwa einer von diesen jungen Linken? Was macht er hier in dieser kleinen Stadt?

– Aber hier geschieht nichts für die Rechte der arbeitenden Klasse, fährt Mecnun nun fort, hier gibt es keinen Staat, der einen auffängt, hier hilft nur die Familie, und ansonsten gilt, jeder gegen jeden.

– Ja, genau, sagt Fuat, keine Einheit. Jeder ist nur auf seinen eigenen Vorteil bedacht, auf zwei Pfennig mehr Gewinn, weiter kann niemand schauen.

– Manches liegt, wie gesagt, auf der Hand, aber andere Dinge verstehe ich nicht. Darf ich Sie fragen, Onkel Fuat, ist es so, dass sie uns dort nicht akzeptieren, dass sie immer auf uns herabsehen? Dass wir wie Menschen zweiter Klasse sind?

Was für ein Student ist Fuat denn da am Feiertag ins Haus geschneit?

– Fremdenfeindlichkeit, sagt Fuat, Fremdenfeindlichkeit gibt es ja überall. Bei uns, bei denen, es ist nicht überall Sonnenschein, und nur in der Wüste gibt es keine Schatten, deswegen verdurstet man dort auch. Nein, es ist nicht immer leicht für uns dort, aber mit deren Hilfe haben wir all das hier – er macht eine ausladende Handbewegung – aufgebaut. Wenn jemand bereit ist zu arbeiten, ist es ein gutes Land, dieses Deutschland.

– Onkel Fuat, verzeih, wenn ich so frage, ich habe nur ein paar Bücher gelesen, ich bin nie im Ausland gewesen, aber so, wie ich es verstehe, wollen die Deutschen doch am liebsten, dass wir so werden, wie die Helden in ihren Büchern sind. Menschen, die ihrer Umwelt kritisch gegenüberstehen, die sich aus ihrem Umfeld herausentwickeln, die neue Wege gehen, auch gegen den Willen der Gesellschaft. In ihren Büchern sind Menschen, die aus einem Kampf als andere hervorgehen. Aber so sind sie doch nicht, oder? Es kann ja nicht eine ganze Gesellschaft so sein. Das ist doch nur, was sie gerne sehen wollen. Wir hingegen beschreiben das Stadt- oder Dorfleben in unserer Literatur und schimpfen auf den Staat und suchen dort den Schuldigen. Wir sind keine Individualisten, wir stellen uns nicht gegen Gesellschaft und Familie, wir stellen uns gegen Unterdrücker. Aber da hinken wir wohl noch zurück, ist es nicht so, Onkel Fuat?

Es entsteht eine kleine Pause, und Mecnun murmelt *Entschuldigung.* So viel redet er sonst nicht, er hat sich wohl ein wenig verrannt und auch zu viel Redezeit beansprucht.

– Ja, sagt Fuat, wir sind keine Individualisten, wir sind keine solchen Egoisten wie die Deutschen. Wir wissen, wann man sich schämt. Ich hatte einen Kollegen, Helmut, dem habe ich jeden Tag Kaffee mitgebracht, jeden Tag. Meine Freunde haben sich schon lustig gemacht über mich. Vergiss es, haben sie gesagt, der lernt es nie, der erzählt abends seiner Frau, was für ein Trottel du bist, nie und nimmer wird der dir auch mal einen ausgeben, dem wird es nicht peinlich, bis ans Ende seiner Tage immer nur danke zu sagen. Und ich habe ihnen gesagt, dass ich ihm so lange jeden Tag einen Kaffee ausgeben werde, bis es ihm unangenehm wird. Egoisten hin oder her, das sind ja Menschen wie wir. Nach acht Wochen, ich lüge nicht, nach acht Wochen hat Helmut mir einen Kaffee gekauft. Ich habe selber schon nicht mehr daran geglaubt. Zwei Monate hat der sich von mir einladen lassen. Jeden Montag habe ich gedacht: Aber diese Woche muss er sich doch revanchieren wollen. Alle meine Freunde haben geklatscht und gejubelt, aber glaub es oder nicht, Helmut hat gegrinst, dem war das kein bisschen peinlich. Wir werden nicht so wie die. Wenn wir nur hartnäckig genug sind, dann werden die wie wir. Wir haben nämlich mehr Reichtümer, wir sind ein reiches Volk, wenn auch keine Wirtschaftsmacht.

Mecnun sucht kurz Güls Blick, und seine Augen sagen *Entschuldigung*. Er wird noch viele Gespräche mit Fuat haben, sich aber nicht mehr so verrennen, er wird das Thema beim Fußball halten, auch wenn er sogar dort eine ganz andere Sicht hat als Fuat, doch Fußball wird nicht auf diesem Eis gespielt, keiner läuft Gefahr, einzubrechen und sich zu blamieren.

Erst am nächsten Tag des Festes kommen Ceyda, Adem und Duygu. Die meiste Zeit des Sommers sind sie wieder in dem Dorf, aus dem Adems Eltern kommen, und Gül führt das Missbehagen, das sie bei Ceyda spürt, drauf zurück. Aus Deutschland in ein Dorf, wo man es mit der Hygiene nicht so genau nimmt, wo alle in einem Raum schlafen, wo es kein fließendes Wasser gibt, wo Ceyda ständig in Sorge um Duygu ist, verhindern möchte, dass ihre kleine Tochter irgendwo Keime aufsammelt, Durchfall bekommt oder gar Typhus, wo es nachts möglicherweise unmissverständliche Geräusche gibt, weil jemand einem Bedürfnis nachgeht. Das Leben auf dem Dorf ist nicht leicht, vielleicht wirkt Ceyda deswegen so angeschlagen. Sie sieht blass und müde aus, und wenn sie lächelt, bewegen sich nur ihre Mundwinkel.

Erst nach zwei Tagen findet Gül eine Gelegenheit, mit Ceyda allein zu sein. Sie sitzen in der Küche, füllen Weinblätter. Ceren ist Basketball spielen, es ist für sie eine Beschäftigung weit über die Schulmannschaft hinaus geworden. Stundenlang kann sie Sprungwürfe üben, Korbleger, Crossover, sie mag es, wenn ihr Schweiß auf den Beton des Platzes tropft und wenn der Ball geräuschlos durch den nackten Ring fällt.

Fuat sitzt mit einigen Freunden am Bach, und sie tun, was sie früher schon am Bach getan haben, Rakı trinken, Honigmelone und Schafskäse essen, rauchen und reden. Adem ist ebenfalls dabei, der Einzige unter ihnen, der nicht trinkt. Mir wird schlecht von dem Geruch, sagt er und verzieht das Gesicht, wenn ihm jemand ein Glas unter die Nase hält.

Duygu liegt im Wohnzimmer und schläft, der Boden des Topfes ist schon mit gefüllten Weinblättern bedeckt, als Gül sagt:

– Irgendetwas ist doch, oder?

– Ja, sagt Ceyda, ohne hochzuschauen, ich bin wieder schwanger.

Gül legt ihr Weinblatt hin, steht auf und umarmt ihre Tochter, die Hände abgespreizt, um ihr keine Flecken auf die Kleidung zu machen.

– Das ist doch schön, sagt sie und versucht sich selber einzureden, dass Ceydas Laune auf die Hormone zurückzuführen ist.

– Ja, sagt Ceyda, und einige Momente lächelt sie. Momente, in denen sich ihre Augen schon füllen, obwohl sie sich Mühe gibt, ihre Miene zu beherrschen. Dann klingt es ganz kurz, als würde sie lachen, einen halben Atemzug lang vielleicht, dann bricht sie in Tränen aus, und Gül nimmt sie erneut in den Arm, die Hände immer noch abgespreizt.

– Weine nicht, mein Schatz, weine nicht, es gibt für alles eine Lösung, weine nicht, mein Herz, erzähl mal, was los ist. Schsch, beruhig dich, sagt sie, doch gleichzeitig ist ihr bewusst, dass sie beide sich schon lange nicht mehr so nah waren. Ceyda, die Kühle, die sich so gut im Griff hat. Gül erinnert sich an ihren Schrei: *Mama*.

Wie die Erinnerung an Klänge Schmerzen hervorholen kann.

Die Zeit heilt keine Wunden, sie lässt einen nicht Schmerzen vergessen, sie begräbt sie nur unter noch mehr Leben, aber genau wie der Klang, einmal ausgesprochen, für immer in der Welt ist, bleiben die Schmerzen in alle Ewigkeit bestehen. Sie schwingen nach, und selbst wenn man glaubt, man habe sie vergessen, dann holt eine Musik sie hervor und reibt sie ans Herz, als wären sie glühende Kohlen, die man mit Nägeln gespickt hat.

Herzen brechen nicht, auch wenn man das so sagt, genauso wenig wie Klänge und Schmerzen verschwinden. Herzen sind weich, sie können nicht brechen, sie werden nur schwerer und schwerer, und Gül glaubt ihres manchmal kaum noch tragen zu können.

– Weine nicht, mein Herz, ich bin da.

Es braucht mehrere Taschentücher, bis Ceyda sich beruhigt hat. Ihre Augen sind rot und geschwollen, sie zieht die Nase hoch, und nachdem sie sich das Gesicht am Spülbecken gewaschen hat, gibt Gül ihr Kölnisch Wasser, damit sie sich ein wenig erfrischen kann.

– Was ist denn los?

– Wir bekommen noch ein Kind, sagt Ceyda und schaut in den Topf mit den Weinblättern. Gül erinnert sich an ihre vermeintliche dritte Schwangerschaft und die Tränen, die sie damals vergossen hat. Sie wirkt geduldig, während sie ihre Tochter ansieht, doch in ihrem Kopf spielen sich Szenarien ab, schnell hintereinander, grausam, furchterregend, erschütternd und in einer Geschwindigkeit, dass Gül selbst sie kaum erfassen kann. Vergewaltigung, Schläge, Alkohol, Demütigung, zerbrochenes Geschirr, geplatzte Augenbrauen, blaue Flecken, Betrug, Kuckuckskind, Schande, Rache, Ehre, Seitensprung, kaum etwas, das ihr nicht einfällt, während ihre Tochter nach Worten sucht.

– Er trinkt nicht, sagt Ceyda als Erstes. Er trinkt nicht, nie. Als wir früher Vati aus dem Auto getragen haben, habe ich mir geschworen, keinen Trinker zu heiraten. Und ich habe es auch nicht getan. Er trinkt nicht, er schlägt mich nicht, aber manchmal wünsche ich fast, er würde es tun. Ich bin ihm egal, völlig egal. Und obwohl ich mir immer wieder sage, dass das nicht so schlimm ist, dass es viel Schlimmeres gibt, tut es weh. Es tut so weh. Ich will gar nicht, dass er es schätzt, dass ich den Haushalt mache und mich um Duygu kümmere, das ist meine Aufgabe, ich will auch nicht, dass er mich ausführt oder gar merkt, wenn ich ein neues Kleid habe.

Aber wenn ich einen Migräneanfall habe, mich den halben Tag übergebe, kommt er von der Arbeit und fragt, warum die

Vorhänge zugezogen sind. Ich sage ihm, warum, und er sagt nur: Aha. Dann zieht er die Vorhänge auf und setzt sich vor den Fernseher. Mama, ich könnte wahnsinnig darüber werden. Ich war mit der Kleinen beim Arzt, sie hatte seit Tagen Durchfall, sage ich, und er sagt: Aha. Immer nur Aha. Ich habe noch nie einen Menschen gesehen, der so gleichgültig ist. Und jetzt kriegen wir noch ein Kind, und auch das ist ihm egal, völlig egal. Wenn er trinken würde oder mit seinen Freunden um den Block ziehen, wenn er Überstunden machen würde oder spielen, wenn es irgendetwas gäbe, von dem ich sagen kann: Na gut, das ist ihm eben wichtiger als ich. Aber da ist nichts. Er schaut Fußball und liest die Zeitung, aber hat er beides nicht, stört es auch nicht. So einen Menschen kann man sich gar nicht vorstellen, Mama, er lebt wie unter Glas, unberührt von allem.

Ceyda schüttelt den Kopf, gibt sich noch einmal etwas Kölnisch Wasser in den Nacken und sagt dann:

– Er mag keine Nudeln. Stell dir das mal vor, er isst sonst alles, aber er mag keine Nudeln. Was für einen Mann habe ich nur geheiratet? Du hast es auch nicht leicht gehabt, ich weiß, aber er hat sich um dich gekümmert, wenn du krank warst, er wusste, wenn etwas im Haus fehlte, er hat sich für Technik begeistert, er hat ab und zu einfach mal Fragen gestellt, er war irgendwie da, er hat unter dem Auto gelegen und geschraubt, er hat Dinge im Haus repariert, aber ich, ich lebe mit einem Gespenst zusammen. Dass Adem da ist, merke ich daran, dass die Fernbedienung nicht an ihrem Platz ist. Mama, manchmal glaube ich, ich verliere den Verstand, er reagiert überhaupt nicht auf mich oder auf Duygu.

Man hört keinen Ton, lautlos laufen die Tränen aus Güls Augen. Was soll sie sagen, was kann sie schon tun? Was soll werden, wenn sie sich scheiden lassen? Wie soll es Ceyda schaffen, alleine dort drüben mit zwei kleinen Kindern? In einem Städtchen, in dem ihre Schwager, Schwägerinnen und

Schwiegereltern leben, in einem Städtchen, in dem sie niemanden hat? Soll sie zu ihrem Vater, der sie nur als Last empfinden würde? Zurück in die Türkei? Was soll sie nun ihrer Tochter raten, wie kann sie ihr eine Hilfe sein? Was sie am liebsten sagen würde, kann sie Ceyda nicht sagen, denn es wäre eine Lüge.

Tu, was du für richtig hältst, überlege gut und handle bedacht, was immer du tust, ich stehe hinter dir und werde dich unterstützen.

Sie steht hinter ihrer Tochter, das tut sie. Doch sie steht da mit leeren Händen.

Was waren das noch für Zeiten, als Fuat beim Militär war und seine Eltern Gül als Dienstmagd missbrauchten. Damals gab es Suzan, die ihr Rat gab, doch wen hat Gül nun? Nun muss sie selber jemand anderem ein starker Rücken sein, wie Suzan es damals für sie war, aber sie fühlt sich hilflos, schwach.

Die Hilflosigkeit und der Schmerz entwinden ihr ein Schluchzen, ein Schluchzen, das Ceyda ebenso wenig vergessen wird wie Gül den Klang des Wortes *Mama* in einem Sommer vor sechzehn Jahren.

Während sie bei Aysel sitzt, ist Gül versucht, von Ceyda und ihren Problemen zu erzählen. Ceyda ist zurück in Deutschland, Aysel kann man trauen, sie würde nicht tratschen. Aber gleichzeitig sind die Worte ihres Vaters in ihrem Kopf: Wenn du nicht möchtest, dass es die Leute erfahren, darfst du es niemandem erzählen. Nicht mal deinem besten Freund. Nicht mal, wenn er auf dem Totenbett liegt.

Als sei Timur immer geschickt gewesen, als hätte er seinen eigenen Rat stets befolgt.

Gül ist versucht, von Mecnun und Ceren zu erzählen, von Fuat, der den Fragen, wann er denn nachkommen wird, immer ausweicht. Bald, bald, nur noch ein paar tausend Mark, nicht mehr lange, wirklich nicht, willst du jetzt ein genaues Datum von mir? Fuat, den dieser Sommer nicht weich gemacht hat wie der vorherige, sondern der seit dem Opferfest nur noch geschimpft hat, was in diesem Land alles schiefläuft, wie sich alle vor der Arbeit drücken, als hätten sie gehört, man könne ins Schwitzen geraten, wenn man zu viel davon verrichtet. Bloß gehört, nie erfahren. Was für ein Chaos hier herrscht, dass es ein Wunder ist, dass es überhaupt Berufe gibt, weil ja eh niemand weiß, wie man sie ausübt. Der Maler nicht malen kann, der Bäcker nicht backen und der Elektriker nichts Besseres weiß, als seinem Lehrling zu sagen, er müsse sich an die Stromschläge gewöhnen, die gehörten nun mal dazu.

Gül möchte erzählen von Mecnun, wie er sich entschuldigt hat bei ihr, dass er so redselig geworden ist am Feiertag, sie möchte reden, um sich freier zu fühlen, leichter.

Wie lange ist sie nun schon mit Aysel befreundet? Und was hat diese Frau ihr nicht schon alles anvertraut. Was hat sie nicht geweint in ihren Armen, weil die Vergangenheit eine Musik ist, die man immer hören kann. Warum sollte sie nicht alles erzählen, warum sollte sie nicht auch teilen und dann für ein paar Stunden unbeschwerter atmen?

Aysel steht auf, um die Teegläser nachzufüllen, Gül holt tief Luft und denkt, dass sie wenigstens von Ceyda erzählen kann, nur das, nimmt sie sich vor, nur das, sonst nichts.

Doch als Aysel wieder sitzt, bemerkt Gül, wie ihre Freundin in ihren Tee blickt, sich sammelt. Sie möchte irgendetwas sagen, und Gül beschließt zu warten. Höre erst mal zu. Gott hat dir zwei Ohren gegeben, aber nur einen Mund, damit du doppelt so viel zuhörst wie sprichst.

Aysel schaut hoch, schiebt eine Strähne von ihrer Stirn unter ihr Kopftuch.

– Gül, sagt sie, Gül, ich werde wohl weggehen von hier. Das ist doch kein Leben. Kein Geld, außer dir habe ich hier keine Freunde, für die Verwandten meines Mannes bin ich tot, was stört es sie, dass er im Knast sitzt. Meine Eltern so alt, meine Geschwister in alle Winde verstreut, was soll ich hier. Ja, ich bin hier geboren und aufgewachsen, aber sieh doch, es hat sich alles verändert, nichts ist mehr wie früher, jeder ist bereit, seinen Nächsten zu verraten für ein paar Lira mehr. Es hat keinen Sinn, hierzubleiben, ich werde gehen. Am Opferfest sind fünf Leute mich besuchen gekommen, fünf insgesamt. Der dreckige Kaufmann Hayri hat mir Fleisch schicken lassen. Fünf Kilo, sogar Koteletts waren dabei. So ist das nun, ich zähle nun zu den Armen, und der Kerl sagt doch zu mir: Dann mach uns doch mal die Koteletts, das kannst du bestimmt besser als meine Frau, da bin ich mir sicher. Du kannst sicherlich auch einiges andere besser. Wann soll ich vorbeikommen? Ich habe viel eingesteckt von ihm, aber ich habe mir in dem Moment gewünscht, Medet wäre da und würde ihm so richtig die Fresse polieren, bis sie glänzt wie eine Juwelierauslage. Dass er hier ist und ihn vermöbelt, dass Hayri sich nicht mehr wiedererkennt, dass er entstellt ist für sein Leben, dieser ekelhafte, lüsterne, dicke Scheißkerl. Benimmt sich, als wüsste seine Frau nicht, wie man die Schenkel öffnet.

Es macht keinen Sinn mehr, Gül, ich krieche hier durch dieses Leben, in dieser Stadt werde ich wohl nie mehr den Kopf erheben können und auf meinen Füßen stehen.

– Zurück nach Deutschland?, fragt Gül, und sie weiß nicht, was sie mehr entsetzt, dass Aysel gehen möchte und ihr hier kein Halt mehr sein wird oder dass der Weg zurück offenstehen könnte, die Vorstellung, dass es dort tatsächlich besser sein könnte als hier.

– Ach was, sagt Aysel, Deutschland. Das Buch habe ich längst zugeschlagen. Dort gibt es auch keinen Segen für mich. Nein, ich werde nach Istanbul gehen.

– Nach Istanbul?

Diese Möglichkeit kommt Gül noch entlegener vor als

Deutschland. In eine riesige Stadt, in der man verlorengehen kann. Wo die Straßen so verwinkelt sind, dass Gül sich jeden Tag aufs Neue verlaufen könnte? Wo es Nachtleben, Drogen, leichte Mädchen, Diebe und Gesindel zuhauf gibt? Allein als Frau? In ein Monster aus Beton?

– Nach Istanbul, wirklich? Hast du den Verstand verloren, die Stadt zermalmt einen, ehe man sich versieht. Hast du dort jemanden?

– Nein, sagt Aysel und sieht Gül an mit einem Blick, der klarmacht, dass sie so leicht nicht zu zermalmen ist. Sie hat mehr eingesteckt als Gül, viel mehr, aber sie hat auch mehr Mut. Vielleicht auch nur, weil sie keinen anderen Ausweg sieht.

– Nein, ich habe dort niemanden, aber es ist eine große Stadt, ich werde da schon Arbeit finden. Ich bin ja nicht faul, ich kann putzen gehen, auf Kinder aufpassen, von mir aus wasche ich den ganzen Tag Windeln, das ist mir egal. Istanbul ist groß, es wohnen reiche Leute dort, und wo es viele Reiche gibt, fällt auch etwas für uns ab.

– Istanbul, das ist doch etwas für Stadtmenschen, sagt Gül, aber nicht für uns.

– Ach, Gül, entgegnet Aysel, wie viele Istanbuler sind denn in Istanbul? Du denkst doch an die Sechziger. Heute ist halb Anatolien dort. Manche sind reich geworden, andere müssen buckeln wie wir, aber man muss keine Angst vor dieser Stadt haben, sie gehört langsam uns. Das ist ja nicht wie in Deutschland, wo wir nur wenige waren, Istanbul ist voller Anatolier, Kurden, Lazen, Tscherkessen, was immer du möchtest, nur echte Istanbuler findet man dort kaum noch.

– Wer sagt das?, fragt Gül, erstaunt darüber, dass Aysel so wissend spricht.

– Mecnun sagt das, İlkays Bruder, du kennst ihn doch?

Gül überlegt, ob das eine Anspielung sein soll, ob Aysel etwas ahnt oder gar weiß.

– Ja, ich kenne ihn. Er studiert doch, oder?

– Ja. Er ist ein kluger junger Mann. Alles, was aus seinem Mund kommt, leuchtet ein. Glaubst du nicht auch, Gül? Glaubst du nicht auch, dass Istanbul voller Anatolier ist?

– Ja, sagt sie, ja, wie sollte es auch anders sein. Dieser Mecnun hat wohl recht. Istanbul wird größer und größer, wo sollen denn all die Menschen herkommen? Hat Mecnun dir geraten, dorthin zu gehen?

– Nein. Ich habe nur zufällig mitgehört, wie er über die Stadt gesprochen hat. Ich wollte schon vorher dorthin. Es gibt ja keine Lösung hier.

Gül nickt.

– Ich werde dich vermissen, sagt sie.

Würde jemand jetzt diese beiden Frauen sehen, wie sie fast weinen und dabei strahlen, wie sie den Raum zwischen sich füllen mit etwas, für das es keinen Namen gibt, nicht mal einen Klang, würde jemand sie so sehen, würde bei dem Bild alle Last von ihm abfallen, das Mark seiner Knochen würde Wärme in seinen ganzen Körper verströmen, und Verbundenheit würde sich auf immer anders anhören.

Gül steht vor dem Bild, und ihr Mund geht nicht zu, kein Laut entfährt ihrer Kehle, ihre Augen werden nicht feucht, ihr Herz schlägt nicht schneller, man könnte glauben, dass nichts geschieht. Sibel steht seitlich hinter ihr, und würde Gül sich umdrehen, würde sie sich umdrehen können, dann würde sie sehen, wie unangenehm diese Situation ihrer Schwester ist. Doch sie kann sich nicht bewegen, sie kann nicht mal atmen. Das Bild hat sie eingesogen in eine andere Zeit und lässt sie nun nicht mehr heraus.

Von klein auf hat Sibel gerne gemalt und gezeichnet, wenn sie nicht genug Papier hatte, hat sie die Ränder von Zeitungen benutzt. Und nun als verheiratete Frau ohne Kinder hat sie dem Malen immer mehr Zeit gewidmet, hat sich eine Staffelei gekauft, hat Ölfarben aus Ankara kommen lassen, hat Bilder über Bilder gemalt, die von den wenigen Menschen, die sie gesehen haben, bestaunt und gelobt werden.

Das alles wusste Gül, auch sie hatte einige Bilder gesehen, und sie wird nie vergessen, wie Sibel ihr einmal gesagt hat:

– Das kann man lernen. Man braucht viel Zeit und Geduld, aber mit der Übung kommt man von ganz allein auf einige Sachen. Dieses Pferd hier sieht lebendig aus, fast als könne es jeden Moment loslaufen, oder?

Gül hat genickt und gedacht, dass es ein wenig aussah wie ein Pferd, das ihr Vater mal besessen hat.

– Sieh, hat Sibel gesagt, das ganze Leben ist nur im Auge des Pferdes.

Und sie hat das Auge verdeckt, und Gül musste ihr recht geben, jetzt war es nur noch das Bild eines Pferdes, wie sie es schon oft gesehen hat, und nicht ein Anblick, bei dem man die Hufe schon hören konnte.

Gül wusste, dass Sibel meisterhaft malen kann, doch sie wusste nicht, wie viele Bilder ihre Schwester gemalt hatte. Und was für Motive. Sie hatte Sibel nur besuchen wollen in ihrem Haus am Rande der Stadt. Auf ihr Klopfen hat niemand reagiert, die Tür war nicht verschlossen, und Gül ist einfach hineingegangen. Im Haus hat sie niemanden vorgefunden, doch die Tür zu dem kleinen Hinterhof stand offen, und Gül ist hinausgegangen und hat Sibel in dem Raum gefunden, der früher als Stall gedient hat und dessen Tor zur Straße schon seit langem zugemauert ist.

Gül ist immer davon ausgegangen, dass Sibel und Aziz diesen Raum nicht nutzen, doch er ist voller Bilder, Gül kann nicht schätzen, wie viele es sind, die hier achtlos aneinandergelehnt und übereinandergestapelt sind. Zweihundert? Dreihundert? Mehr?

Auf dem Bild, das Güls Blick fesselt, auf der großen Leinwand, die, wenn man reinkommt, direkt links steht, sieht man eine Frühstücksszene. Auf dem Boden ist gedeckt, Menschen sitzen im Kreis um die Schüsseln mit Marmelade, Butter, Oliven, ein kleines Mädchen steht neben einem Mann, der gerade ausholt, um den Löffel in seiner Hand an die Wand gegenüber zu schleudern.

Je länger Gül bewegungslos vor diesem Bild steht, desto wärmer wird Sibel, sie tritt langsam von einem Fuß auf den anderen und wünscht sich, dass ihre Schwester endlich etwas sagt, weil sie selber das Schweigen nicht brechen möchte.

Gül dreht sich zu Sibel, die beides ist: verlegen und stolz. Und noch verlegener wegen ihres Stolzes.

– Wie … wie hast du das gemacht, Kleine? Wieso …?

– Du hast es uns ja erzählt. Du hast uns erzählt, wie Vater den Löffel geschmissen hat, als du ihm gesagt hast, dass Mutter tot ist. Ich habe nur gemalt, was du erzählt hast.

– Es sieht aus, als wärst du dabei gewesen. Warum … warum kannst du das?

Sibel zieht nur die Schultern hoch und blickt zu Boden.

– Du bist eine richtige Künstlerin, sagt Gül. Das wusste ich vorher schon, aber das … das hier … hast du noch mehr davon?

Sibel nickt.

Zwei Stunden später sagt Gül:

– Wenn ich malen könnte, dann würde ich das malen. Aber es ist nicht zu glauben, dass ein Mensch so malen kann. Wie viele Bilder sind das hier?

Wieder zieht Sibel nur die Schultern hoch.

– Schwesterherz, willst du die nicht irgendwo ausstellen? Was sollen denn alle diese Bilder hier im Stall? Warum versteckst du sie? Warum hast du sie nicht mal mir gezeigt?, fragt Gül, als sie wieder im Haus sind und in der Küche auf dem Diwan sitzen.

– Wo soll ich denn ausstellen? Hier im Vorraum der Stadthalle oder im Foyer vom Amt?

– Wir fragen Nalan, die kennt sich doch aus in Istanbul mit all diesen Sängern und Malern und Künstlern im Nachtleben.

– Was sollen die Bilder denn in Istanbul? Und was habe ich zu schaffen mit Künstlern und Nachtleben? Ich bin nur eine Grundschullehrerin in einer Kleinstadt.

– Ich verstehe ja nichts davon, sagt Gül, aber es sind unglaubliche Bilder. Die Landschaften und Tiere sind schon phantastisch, aber diese Bilder aus dem Leben. Mehr Gefühl kann man nicht malen. Das liegt doch bestimmt nicht nur an mir, weil ich so vieles wiedererkenne. Das muss auch für andere Menschen so sein. Das müssen die anderen auch sehen, so gut hast du es gemalt. Das ist das, was bei Fotografien immer fehlt.

– Warum sollte ich Nalan, diese Istanbuler Dame, die die Nase etwas höher trägt, um einen Gefallen bitten? Warum sollte ich überhaupt irgendjemand hinterherrennen?

– Schwesterherz, ich wäre stolz auf dich. Wir wären alle stolz auf dich. Du brauchst dich doch nicht zu verstecken. Warum hast du die Bilder überhaupt gemalt? Damit sie im Stall verrotten?

Sibel hat die Füße so angezogen, dass sie rechts neben ihnen sitzt, und schaut auf einen Punkt irgendwo vor ihren Knien, als würde dort etwas im Überzug des Diwans geschrieben stehen. Es dauert einige Zeit, bis sie etwas sagt. Sie spricht langsam und leise, aber bestimmt.

– Ich habe sie gemalt, weil ich malen wollte. Und weil ich malen kann. Nicht weil ich möchte, dass irgendjemand mich bewundert oder stolz auf mich ist. Weißt du, ich mag das Malen, ich mag das Gefühl, einen Pinsel in der Hand zu haben und die Farben zu verteilen. An vielen Tagen ist es so, dass ich hinterher noch einmal auf die Leinwand schaue, und ich kann nicht glauben, dass ich das gemalt haben soll. Gott führt nicht meine Hand, so ist es nicht, ich habe viel lernen müssen, aber es passiert eben etwas, das ich nicht verstehe und nicht erklären kann. Es gibt mich nicht mehr, nur noch das Bild und Frieden, und ich stehe nicht dazwischen. Deshalb male ich, nicht weil ich jemand anders etwas zeigen möchte. Oder beweisen. Oder Geld verdienen.

Weißt du, Aziz kommt manchmal von der Arbeit, und er nimmt sich die Gitarre und spielt. Es ist ihm egal, ob ich zuhöre oder jemand anders oder niemand. Er spielt und singt. Manchmal nimmt er auch die Saz, aber meistens die Gitarre. Er spielt für sich, weil es ihn entspannt und glücklich macht, weil er in der Musik verschwinden kann. So male ich.

– Aber, setzt Gül an, doch alles, was sie nun sagen könnte, kommt ihr unreif vor, kindsköpfig, als wäre ihre Schwester weise und sie selber ein schnell beleidigtes Blag.

Ist das die kränkliche, schwächelnde Sibel, um die sie sich früher immer gekümmert hat, das Kind, das ein Jahr vor seiner Zeit eingeschult wurde, weil es jeden Morgen weinte, als alle seine älteren Freundinnen auf einmal zur Schule gingen und es allein ließen? Ist das die stille, schüchterne Sibel, die immer unter Melikes Mutwillen zu leiden hatte?

Sibel schaut Gül an, die nun einfach nickt, weil ihr keine Einwände mehr einfallen.

– Es war ja nicht immer so, sagt Sibel, ich habe mir auch Dinge gewünscht und Aziz auch. Glaubst du, er wollte unbedingt in einer Zementfabrik arbeiten? Aber er hat die Musik, das hat ihm geholfen. Glaubst du, ich habe wirklich nie davon geträumt, in Istanbul auszustellen? Oder in New York? Glaubst du, wir beide wollten keine Kinder haben? Alle Menschen träumen und wünschen sich was, aber ich will diese Bilder nicht mehr ausstellen und herumzeigen. Ich will nicht, dass irgendjemand etwas darüber sagt. Ich möchte die Bilder nur malen.

Vielleicht hätte ich nie von hier weggehen sollen, denkt Gül.

Wie die Negative der Fotos, die sie früher im Urlaub gemacht haben, sehen die Sommer nun aus. Früher erschienen Gül die Sommer lang, obwohl die Zeit so schnell vorüberging. Sie schienen ihr lang, weil sie so voller Leben waren, sie gingen so rasch vorüber, weil das Glück eben flüchtig ist, weil ein Lachen heller klingt und schneller vergessen ist als ein dunkler Schmerz, der sich in deine Eingeweide frisst.

Doch Gül dachte oft an diese Sommer, die Gespräche, die Sonne, die kühle Abendluft, den Geruch ihrer Schwestern und den ihres Vaters, das Muhen der Kühe, die Äpfel, Maulbeeren und Kirschen aus dem Garten, die Besuche im Hamam, die Stimmen der Kinder, den Staub, der im Sonnenlicht tanzte, die Farbe der Hände, wenn sie Walnüsse von ihrer grünen Schale befreiten, einen Ausruf ihrer Mutter oder auch nur einen Pups, der Nalan entfahren ist in der Küche beim Kochen und alle zum Lachen gebracht hat.

Die Sommer waren ein Garten, der in ihrem Kopf angelegt wurde und in dem sie nach Belieben spazieren ging.

Doch nun sind die Sommer kurz. Auch wenn es viel länger heiß ist, auch wenn Ceren drei Monate Schulferien hat, auch wenn sie nun die ganze Zeit auskosten kann und nicht wieder wegfahren muss. Fuat kommt auf ein paar Wochen, Ceyda, Nalan, Melike, Mert, Emin, die Kinder, alle sind eine Zeitlang da. Aber es scheinen nur einige Tage zu sein, eine Abwechslung, ein Aufatmen, eine Pause. Nun scheint es Gül, als würde da kein Garten mehr angelegt werden, sondern ein Loch ausgehoben. Sobald die anderen weg sind, fällt man hinein in eine Leere, die die Sommer kürzer erscheinen lässt.

So war das also immer für Sibel und meinen Vater, denkt Gül, so haben sie das all die Jahre erlebt. Mit einer Katerstimmung sind sie zurückgeblieben, nicht mit einem Garten voller Erinnerungen, die über den Schmerz der Trennung hinweghelfen.

Ich habe geglaubt, ihr Leben hier würde einfrieren, wenn

ich nicht da bin, dabei war ihnen einfach nur kalt im Winter. Ich habe den Sommer genossen wie eine Rosine, und nun weiß ich, wie es ist, den ganzen Teig drumherum zu haben. Unser Leben war nicht unbedingt leicht in der Heimstraße, aber zurückzubleiben ist nicht einfach. Überhaupt nicht einfach.

Ihr Stolz gebietet ihr, weiterhin zu erzählen, dass Fuat nicht mehr lange in Deutschland bleiben wird, er selber aber weicht dem Thema aus, wiegelt ab und schiebt seine Rückkehr in eine unbestimmte Zukunft. Ihr Stolz gebietet ihr, den Schein aufrechtzuerhalten, auch gegenüber Ceren und ihrem Vater, und sogar Gül selber glaubt an eine Rückkehr, was soll sie auch sonst glauben?

Dass er froh ist, sie los zu sein, dass er nun das Leben lebt, das er sich schon immer gewünscht hat, dass sie nicht mehr wert ist als die paar Mark, die er jeden Monat schickt? Dass sie allein alt werden wird und er auch? Dass sie nur im Sommer ihre Enkel gemeinsam herzen werden? Dass man sie einfach so beiseiteschieben kann? Dass Ceydas Probleme sich von selber lösen werden? Fuat kümmert sich mit Sicherheit nicht darum. Fuat, der seine Tochter in Istanbul allein am Flughafen zurückgelassen hat.

Gül glaubt, dass Fuat und sie wieder unter einem Dach leben werden, sie glaubt daran, nicht nur, weil ihr Stolz ihr das gebietet, nicht nur, weil Familien nicht auseinandergerissen werden sollten, nicht nur, weil sie keinen anderen Weg sieht, nein, sie glaubt es, weil sie es fühlt.

Und dieses Gefühl wird recht behalten. Auch wenn Gül nicht ahnen kann, dass es ganz anders kommen wird, als sie es sich vorstellt.

Menschen wie Melike glauben, sie würden ihr Leben selber bestimmen, sie hätten die Fäden in der Hand, weil sie den Menschen in ihrer Umwelt ihren Willen aufzwingen können. Doch niemand ahnt, wohin die Fahrt geht, niemand bekommt sein Schiff auf den gewünschten Kurs, die Winde wehen, wie sie möchten, manchmal sogar rückwärts, und alles, was man tun kann, ist, Korrekturen vorzunehmen. Korrekturen, damit man nicht kentert, damit man sein Gesicht nicht verliert, seine Selbstachtung, die Freude, den Glanz.

Melike ist aus allem ausgebrochen, sie hat studiert, sie hat sich ihren Mann selber ausgesucht, ist nach Izmir gezogen, sie ist nicht abhängig von ihren Eltern und dem Gerede der Kleinstadt, von den Erwartungen der ehemaligen Nachbarn, aber sie ist in keinem Hafen. Sie ist nicht reich geworden, wie sie es sich gewünscht hat, sie misst sich mit den Kollegen in der Schule, mit den Nachbarn, von denen sie glaubt, sie würden auf sie herabsehen, weil sie aus Anatolien kommt, sie spurtet mit in dem Wettlauf im Viertel, wo es darum geht, wer was am Handgelenk, an den Ohren oder am Hals trägt, wessen Kostüm aus Europa kommt und wer sich ein Auto leisten kann. Nein, dort schert sich niemand darum, ob Melike auf der Straße raucht oder ob sie in Männergesellschaft gesehen wurde.

Die Hochzeiten stellen vielleicht Weichen, wird Gül später denken. Bei ihrer Hochzeit war es möglicherweise schon vorauszusehen, dass dieser Mann dem Ruf des Geldes nach Deutschland folgen würde. Bei Ceydas Hochzeit war es vielleicht vorauszusehen, dass Gül in die Türkei gehen würde, dass die Zeit in der Heimstraße nun vorüber war, dass Ceyda ihren eigenen Weg gehen würde.

Doch bei Cerens Hochzeit war es mit Sicherheit vorauszusehen, wird sie später denken, es war vorauszusehen, welche Veränderungen das mit sich bringen würde. Aber die Wege scheinen nur klar, wenn man stehenbleibt und sich umblickt. Wenn man nach vorne schaut, ist da nur Nebel.

Cerens letztes Schuljahr ist zugleich Mecnuns letztes Jahr an der Universität, danach wird er Deutschlehrer sein, und er weiß, dass er ohne einen Fürsprecher oder Bekannten beim Ministerium wahrscheinlich zunächst in den Osten des Landes geschickt werden wird.

– Ceren ist dann fertig mit der Schule, siehst du eine Möglichkeit, dass wir diesen Sommer heiraten?, fragt er Gül. Ich weiß, es wäre klüger gewesen, wenn wir das besprochen hätten, solange Onkel Fuat noch da war. Aber ... ich habe mich nicht getraut.

– Ich habe auch schon im Sommer daran gedacht, sagt Gül, aber es ist vielleicht besser so. Er hätte glauben können, das sei ein abgekartetes Spiel. Man muss die Männer in dem Glauben lassen, dass sie entscheiden.

Sie merkt erst, wem sie das gerade gesagt hat, als es schon aus ihrem Mund ist. Lächelnd schaut sie Mecnun an. Möglicherweise ist er anders. Ja. Ceren hat Glück gehabt.

– Ich werde ihn am Telefon bitten zu kommen, wir hätten einen ernsthaften Bewerber. Ihr müsst eure Rolle gut spielen, er darf nicht merken, dass ihr euch so lange kennt. Denkt gut nach vorher, macht keine Fehler, blamiert mich nicht und vor allem: Legt euch nicht selbst Steine in den Weg.

Fuat kommt mit dem Flugzeug und bleibt nur drei Tage. Als er Mecnun sieht, kann er sich nur noch dunkel erinnern, dass er diesen jungen Mann schon mal beim Opferfest gesehen hat, die Worte des seltsamen linken Studenten sind schon fast aus seinem Gedächtnis verschwunden wie vieles, was ihm nicht angenehm erscheint.

Mecnuns Eltern treten bescheiden auf, schmeicheln ein wenig Fuats Eitelkeit, machen Komplimente über das Haus und halten nicht hinterm Berg damit, dass sie finanziell schlechter gestellt sind als die Yolcus, doch ihr Sohn wird bald Beamter werden, wenn man mit einem Beamtengehalt auch nicht weit kommt in diesem Land, doch die Kinder fühlen sich gegenseitig angezogen, und das erscheint ihnen wichtig, sie hoffen, dass die Sache Fuats Zustimmung finden wird, und goldene

Armreife, dick wie die Beine eines Babys, würden sich mit Sicherheit finden, um sie Ceren bei der Hochzeit ums Handgelenk zu legen. Fuat überlegt nicht lange und gibt den beiden seinen Segen.

Nachdem Mecnun und seine Eltern fort sind, schenkt Fuat sich eine Whisky-Cola ein, lehnt sich zurück und schaut aus, als hätte er gerade ein gutes Geschäft abgeschlossen. Seinen dunkelblauen Anzug hat er an, und die Bräune in seinem Gesicht, die kann nicht noch vom Sommer stammen. Er sieht glücklich aus, und Gül fragt sich, wie es kommt, dass er auf die Sonnenbank geht, und ob er sich wirklich freut, dass seine Tochter einen so beachtenswerten Mann heiraten wird.

– Es ist schön hier, sagt Fuat, wie lange war ich nicht mehr im Winter hier. Diese Verlobung war eine gute Gelegenheit.

– Das kannst du ja immer haben, sagt Gül, ermuntert durch diese Sätze und seine Gelassenheit. Es dürfte wohl an der Zeit sein, Deutschland den Rücken zu kehren, fügt sie gar hinzu.

Einen Lidschlag lang sieht Fuat so aus, als sei ihm passiert, was Mecnun und Ceren so gut vermieden haben, als habe er sich verplappert. Einen Lidschlag lang, doch vielleicht täuscht Gül sich auch.

– Ja, sagt Fuat, ja, Deutschland den Rücken kehren, das werde ich. Das werde ich.

Er nimmt noch einen Schluck aus seinem Glas, und seine Mundwinkel heben sich.

– Nicht mehr lange, mit Gottes Hilfe, nicht mehr lange, sagt er und schaut dabei auf die Flüssigkeit in dem Glas.

Eine halbe Stunde später ist er mit Gül im Schlafzimmer, und Gül merkt, dass irgendetwas anders ist. Vielleicht ist es die lange Abstinenz, vielleicht wirkt sich die Sonnenbank so aus, vielleicht ist es, weil er heute Abend so glücklich wirkte, sie weiß es nicht, ebenso wenig, wie sie die Veränderung benennen kann. Er ist nicht zügelloser oder heftiger, nicht zärtlicher oder einfühlsamer, er ist nur anders.

– Von dir hätte ich das nicht gedacht, sagt ihre Englischlehrerin zu Ceren in der Pause. Von allen hier, aber von dir nicht. Schämst du dich nicht?

– Was … was?, stammelt Ceren.

Ihr letztes Schuljahr. Nach all den Anfangsschwierigkeiten, nachdem sie so oft zur Quelle der Belustigung geworden ist, so oft nicht wusste, wo es langgeht, nachdem ihr so häufig Pointen und Anspielungen erklärt werden mussten, nachdem es ihr schon zur Gewohnheit geworden war, zu spüren, wie das Blut in ihren Kopf schießt, kann sie sich nunmehr frei und sicher in der Schule bewegen. Hat sie gedacht, bis ihre Englischlehrerin sie auf dem Gang abgefangen hat.

– Was … was? Tu nicht so unschuldig. Du hast mich vielleicht nicht bemerkt, aber ich habe dich gesehen. Mitten auf der Hauptstraße. Mit einem jungen Mann. Hand in Hand auch noch.

Cerens Züge entspannen sich. Sie freut sich, dass ihre Lehrerin gesagt hat: Von dir hätte ich das nicht gedacht. Von allen hier, aber nicht von dir. Ceren freut sich. Ihr Ruf ist tadellos.

– Der junge Mann, Mecnun, das ist mein Verlobter, sagt sie und zeigt der Lehrerin den Ring an ihrem Finger.

– Aha … ach so …

Kurz sucht die Lehrerin nach Worten, dann lächelt sie und sagt:

– Entschuldige. Du hast es gut, noch nicht aus der Schule, aber schon einen stattlichen Mann an der Hand. Gratuliere. Was macht er denn, dein Mecnun?

– Er wird Deutschlehrer.

Nun stockt die Lehrerin erneut.

– Möget ihr glücklich werden, sagt sie schließlich, alles andere ist Nebensache, alles andere sind leere Worte, möget ihr glücklich sein, denn mehr braucht es nicht.

Jedes Wochenende kann man nun Mecnun und Ceren auf der Straße sehen, Mecnun geht bei den Yolcus ein und aus, ohne dass er sich nach Zeugen umschauen müsste, die beiden können Arm in Arm die Hauptstraße entlanggehen, und die Wärme, die sie einander so geben, lässt sie den Winter fast vergessen. Im Kino legt Ceren ihren Kopf auf Mecnuns Schulter oder eine Hand in seinen Nacken.

– Verlobt zu sein kommt uns jetzt wie ein großes Versprechen vor, sagt Mecnun, es scheint jeden Tag die Sonne, und wir sind verliebt, wir lachen über die Fehler des anderen und sind bereit, alles so anzunehmen, wie es kommt. Wir können uns nicht vorstellen, uns gegenseitig zu verletzen, doch auch das wird geschehen. Es ist alles schon vor uns passiert, und es wird auch nach uns passieren, aber ich möchte, dass du eins weißt: Ich werde bei dir bleiben, ich werde mich bemühen, dass wir glücklich sein können. Ich werde bei dir bleiben, so lange ich lebe, dessen kannst du dir sicher sein.

Er wird sein Versprechen einhalten. Jedoch ganz anders, als er sich vorgestellt hat.

Die Sätze, Pläne, Ahnungen, Versprechungen und üblen Träume bekommen ihren Sinn erst, wenn man die ganze Geschichte sehen kann.

Cerens Augen haben einen fast fiebrigen Glanz in diesem Winter, einen Glanz, der sich im Frühling mit der Vorfreude auf den Sommer und die Hochzeit noch verstärkt. Sie wird nicht krank, kein Herpesbläschen verunstaltet ihr Gesicht, und sogar ihre Noten verbessern sich. Gül ist glücklich, Ceren so zu sehen. Jeden Abend, wenn sie zu Bett geht, spricht sie dem Herrn ihren Dank aus. Sie kann sich nicht erinnern, wann sie das letzte Mal über so lange Zeit abends angenehm müde, ohne jeglichen quälenden Gedanken in ihrem Bett gelegen hat.

Die Tage, an denen sie mit Ceyda telefoniert, stechen aus dieser Zeit heraus. Wie geht es? Gut. Und bei euch? Auch gut. Der Alltag halt. Ich kümmere mich um den Kleinen, Adem geht arbeiten, Duygu kann sich ganz gut allein beschäftigen.

Deine Schwester wird immer besser in der Schule. Soll ich sie dir mal geben?

Ceydas zweites Kind ist ein Junge geworden, er ist gerade mal drei Monate alt, sie haben ihn Timur genannt, nach seinem Opa.

Mutter und Tochter tauschen Neuigkeiten aus, doch hinter den Worten ist dieser dunkle Klang, der einfach mitschwingt. Als wäre jeder Farbe noch ein Tropfen Trauer beigemischt. Man kann es nicht sehen, aber man spürt die drückende Last der Sorge, man spürt den Jammer, aber als würde das alles nur wahrer und schlimmer werden, wenn man es ausspricht, schweigen die beiden darüber. Und nicht nur das, Ceyda beteuert häufig, dass es ihr gutgeht, besser als im Sommer, sagt sie sogar an manchen Tagen, wenn sie sich stark genug fühlt, um die Wahrheit zu biegen. Mehr wird über dieses Thema nicht gesprochen. Was würden Worte auch helfen?

Wie schon zur Hochzeit seiner ersten Tochter lässt Fuat auffahren, was die Veranstalter von Hochzeiten zu bieten haben. Cola und Fanta für die Kinder, bis ihnen schlecht wird, Whisky, Rakı für die Erwachsenen, bis sie nicht mehr sitzen können, genug Speisen, um eine Armee zu ernähren, Girlanden, Luftschlangen, bunten Kitsch auf allen Tischen, Livemusiker, die sich rühmen, nicht den Einheitsbrei zu spielen, und auf die Wünsche der Gäste eingehen können, ein Team mit insgesamt vier Videokameras, um das Ereignis festzuhalten, und dazu noch zwei professionelle Fotografen.

Man kann Fuat vieles nachsagen, aber nicht, dass ihn bei solchen Gelegenheiten der Geiz packt. Wofür sonst hat er sich geplackt, wenn er es nicht zeigen kann?

Braungebrannt, in einem schwarzen Anzug, den Gül zum ersten Mal sieht, ein blütenweißes Hemd, eine Krawatte mit dezentem Fischgrätenmuster, ein wenig sieht er aus wie ein Mafiadarsteller in einem Film. Den ganzen Abend stolziert er herum, schüttelt Hände, küsst Wangen, gibt den Galan, tanzt mit den Damen, posiert für Fotos, und erst als Gül diese Posen sieht, begreift sie, was sie an ihrem Mann irritiert. Es ist nicht die Höflichkeit, nicht der etwas aufgesetzt wirkende Charme, nicht dieses weltmännische Getue, sondern die Tatsache, dass er gar nicht da ist.

Er läuft herum und kümmert sich um die Gäste, er redet, scherzt und trinkt, aber spätestens wenn er einen Fotoapparat oder eine Kamera in seiner Nähe sieht, merkt man, dass dies alles wirklich eine Rolle ist, dass er nur spielt. Er ist nicht mit all seinen Sinnen hier, sondern irgendwo anders, dort, wo die Filme und Fotos gezeigt werden.

Sein Körper ist hier, denkt Gül, nur sein Körper.

Wie bei jeder Hochzeit außer seiner eigenen sieht Fuat in den frühen Morgenstunden, als die meisten schon gegangen sind, derangiert aus. Er hat Schwierigkeiten, seinen Blick zu fokussieren, die Worte stolpern über seine Zunge, als wäre sie Glatteis, sein Krawattenknoten ist längst schief und sein Hemd zerknittert. Mittlerweile bleibt ihm kaum etwas anderes übrig, als das letzte bisschen Geist, das er noch zu fassen kriegt, hier zu halten und nicht auf die Reise nach irgendwohin zu schicken.

– Wie schade, sagt er zu einem Gast, der sich in einem ähnlichen Zustand befindet, wie schade, dass ich nur zwei Töchter habe. Hätte ich gewusst, wie gut mir diese Hochzeiten gefallen, hätte ich viel mehr Kinder gemacht. Viel mehr. Eine ganze Fußballmannschaft hätte ich gezeugt, mit Ersatzspielern. An Kraft fehlte es ja nicht. Aber wir haben uns den Rücken krummgebuckelt in dieser Fremde. Was für ein Leben die Reichen doch haben, essen, ficken und schlafen und sich nie Sorgen machen. Die müssen nicht zum Schichtdienst, die können den ganzen Tag auf ihrer Frau liegen und sich dann abends volllaufen lassen. Da kommt die gute Laune von ganz alleine. Und wenn du dann noch eine Schlanke hast, die meisten dieser reichen Tussen sind ja nicht viel dicker als ein Spieß von einem Schaschlik, ach, ach, was für ein Leben. Komm, lass uns noch einen heben auf dieses Fest hier. Was denn, du wirst doch nicht schon schlappmachen?

– Wann wirst du nachkommen?, fragt Gül ihren Mann später, als dieser ungelenk aus seinem Anzug steigt. So schwer geladen hat sie ihn nun schon lange nicht mehr gesehen.

– Ach, was weiß denn ich?, leiert es aus seinem Mund. Komm du doch zurück nach Deutschland.

Gül sieht ihn an. Genauso gut hätte er sagen können: Ich werde nicht mehr hierherkommen.

– Nach Deutschland? Ich habe die Rückkehrerhilfe in Anspruch genommen, ich habe keinen Pass mehr und überhaupt, was soll ich in Deutschland?

– Genau, was willst du denn in Deutschland? Also nerv mich nicht mit diesen Fragen. Wir haben unsere Tochter verheiratet, du hast Tränen vergossen, weil sie nun aus dem Haus ist, wir haben gefeiert, jetzt ist doch nicht der richtige Augenblick, um mich auf einen Zeitpunkt festzunageln.

– Sieh, sagt Gül nun und nimmt all ihren Mut zusammen. Er hat viel getrunken, vielleicht ist das die Stunde der Wahrheit. Sieh, wir haben jung geheiratet, wir waren beide fast noch Kinder. Es können viele Dinge geschehen auf dieser Welt. Wir haben zwei Kinder großgezogen, wir haben Dach und Bett und Geld und Sorgen geteilt, wir haben all diese Jahre gemeinsam verbracht. Gibt es etwas, das ich wissen sollte?

– Nein, sagt Fuat, nein, was sollte es da geben? Wovon redest du? Jetzt sei doch nicht so ungeduldig, hetz einen Mann doch nicht so, ich komme zurück, du wirst schon sehen. Verdammt.

Für eine Woche fahren Ceren und Mecnun an die Südküste in die Flitterwochen, die Fuat ihnen spendiert hat. Ceyda und Adem bleiben noch einige Tage, und sowohl Mutter als auch Tochter halten in dem ganzen Nachhochzeitstrubel nach einer Möglichkeit Ausschau, um ungestört reden zu können.

Am dritten Tag nach der Hochzeit sitzen sie gemeinsam auf dem Flachdach des Hauses, halbieren Aprikosen und legen sie auf einem Tuch zum Trocknen aus, die Tür, die auf das Dach führt, im Blick. Eine Viertelstunde arbeiten sie schweigend. Gül wartet, dass Ceyda das Wort ergreift. Sie rechnet mit allem Möglichen, aber nicht mit dem, was Ceyda nun sagt.

– Was wirst du tun? Mecnun und Ceren werden nach Erzurum ziehen, du wirst hier allein bleiben.

– Ja, sagt Gül, noch ein, vielleicht zwei Jahre, dann wird dein Vater nachkommen. Er hat hier schon Anrecht auf Rente, dort wird er eine Abfindung bekommen, und dann werden wir in diesem Haus hier leben.

Gül macht eine Pause und formt die Frage schon in ihrem Kopf: Und du, wie ist es bei dir? Was tust du und was wirst du tun?

Doch noch bevor sie ansetzen kann, überrascht Ceyda sie wieder, indem sie etwas sagt, das Gül in der Nacht der Hochzeit schon mal gehört hat:

– Komm doch zurück nach Deutschland.

Gül wiederholt die Worte murmelnd.

– Und wie soll ich das machen? Ich habe die Rückkehrerhilfe bekommen, ich habe keinen Pass mehr, keine Aufenthaltserlaubnis. Und ich weiß nicht, ob …

– Es wird sich eine Möglichkeit finden lassen, wenn du möchtest.

– Deutschland?, sagt Gül zweifelnd. Deutschland, ich weiß es nicht.

In etwas mehr als fünfzehn Jahren wird Ceren wieder in Deutschland sein, in einer Gegend, in der es Weinberge hat.

Als sei dieses Land ein Magnet, ein Magnet, der auch dann noch Kraft besitzt, wenn der Ruf des Geldes längst verklungen ist und die Unmutsäußerungen der Deutschen kaum mehr zu überhören sind. Als sei das Land eine Droge, von der man nicht mehr loskommt. Oder ein Fluch, der auf einem lastet. Oder ein Versprechen, das man nicht vergessen mag. Oder eine Bequemlichkeit, die man nicht mehr missen möchte. Vielleicht auch eine Heimat, deren Ruhe und Ordnung man schätzt, obwohl man sich gleichzeitig nach Überschwang und warmem Chaos sehnt.

– Überleg es dir, sagt Ceyda, und es klingt nicht, als würde sie es leichthin sagen. Überleg es dir in Ruhe, ich werde mal beim Ausländeramt fragen, was sich machen lässt. Ich bin dort, Vater ist dort, es wird schon irgendwie gehen. Tu einfach, was du für richtig hältst.

Ceyda sieht auf ihre Aprikosen hinunter, und Gül legt ihre Hand auf das Häuflein mit den Kernen, von denen einige schon in der Sonne getrocknet sind.

– Und bei dir?, fragt sie.

Ceyda blickt auf.

– Mach dir keine Sorgen. Wirklich nicht. Wir sind aus dem gleichen Holz. Wir streichen nicht die Segel.

Es klingt nicht, als würde sie sich selbst oder jemand anderem Mut machen, es klingt, als käme eine melancholische Musik tief aus ihrem Inneren.

Eine Musik, die Gül auch in sich selbst hört, nachdem sie nun so lange zufrieden auf ihr Kissen gesunken ist. Güls Horizont ging bis zur Hochzeit, und ihr ist, als würde sie schon jetzt jeden Morgen allein in diesem Haus aufwachen, in dem die Einsamkeit von den Wänden hallt und sich mit Sorgen mischt.

Wir streichen nicht die Segel. Dieses Boot wird einen Weg finden, das Wasser ist weit, und die Welt ist groß.

Am Ende des Sommers gewöhnt Gül sich an, den Fernseher den ganzen Tag über laufen zu lassen, damit die Stimmen ihr Gesellschaft leisten. Selten schaut sie auf den Bildschirm, es gibt jede Menge neuer Kanäle, doch Gül achtet nicht auf das Programm. Auch bei anderen läuft der Fernseher nebenbei, selbst wenn Besuch da ist. Seit es die privaten Kanäle gibt, geht der Verleih von Videos so weit zurück, dass nach und nach alle dieses Geschäft aufgeben.

Nur weil so plötzlich das Leben aus dem Haus ist, werde ich trübselig, weil die Wohnung zu groß ist für eine Person, nur weil Ceren kein Telefon hat, nur weil ich vorher jeden Abend zufrieden war, nur deswegen erscheinen mir Ceydas Worte und Deutschland auf einmal so verlockend, sagt Gül sich. Und verbietet es sich, weiter darüber nachzudenken. Was soll sie schon in Deutschland?

Ihr Vater kommt sie fast jeden Tag besuchen, sie schaut öfter als früher bei Sibel vorbei, ratscht mit den Nachbarn, geht immer an Hayris Laden vorbei und nimmt trotz ihrer vielen Kilos gerne einen weiteren Weg mit vollen Netzen in den Händen in Kauf.

Sie sitzt in der Küche, kocht und isst gegen etwas an, von dem sie nicht weiß, ob es Trauer ist, Langeweile, Leere, Melancholie oder Angst. Sie sitzt wieder in der Küche, und wenn ihr Mund nicht beschäftigt ist, sind es ihre Hände, mit Kochen oder mit Handarbeiten oder auch mit dem Umblättern der Seiten. Sie liest nicht mehr die Satiriker, Widrigkeiten entlocken ihr kein Lächeln mehr, sie liest Romane, ausländische Romane, die ihr von anderen Sorgen und Problemen berichten, Bücher, in denen sie sich und ihre Umgebung nicht wiederfindet, aber das möchte sie auch gar nicht, sie liest, als würde sie den Fernseher laufen lassen.

In diesem Jahr nach Cerens Hochzeit geschieht es mehr als einmal, dass der Schmied mit Flecken auf dem Anzug bei Gül ankommt.

– Was ist passiert?, fragt Gül beim ersten Mal.

– Wieso, was soll geschehen sein?, entgegnet der Schmied etwas zu schnell.

– Du hast Flecken auf dem Anzug, sagt Gül und beginnt ihn abzuklopfen.

– Wirklich? Hm, weiß gar nicht, woher die kommen.

Während sie notdürftig den Staub aus der Jacke klopft, sieht Gül die schwieligen, trockenen Hände des Schmieds, die er sogar mit dieser sandigen Seifenpaste nie ganz sauber bekommt. In seinen Handflächen sind tiefe, rote Schrammen.

– Bist du etwa hingefallen?

– Nein, sagt Timur, nein, nein. Wie kommst du denn darauf?

– Weiß nicht, sagt Gül und wechselt das Thema.

Als sie ihn später zur Tür bringt, bemerkt sie die Kratzer am Tank des Mopeds, das ramponierte Pedal, den Lenker, der leicht verzogen zu sein scheint.

Es ist das erste Mal, dass sie mitbekommt, dass ihr Vater gestürzt ist. Es werden noch viele Stürze folgen in den kommenden Jahren, unbemerkte und nicht zu verbergende. Die Autos werden schuld sein, die schlechten Straßen, der Platzregen, die Pfuscher in der Werkstatt, und niemand wird ihm dieses Moped ausreden können, und nie wird er sich ernsthaft verletzen, und die großflächigen Abschürfungen, die er manchmal davonträgt, wird er mit einem Lächeln abtun. Nicht, weil er jemandem etwas beweisen möchte, sondern weil er noch nie wehleidig war.

Mein Vater braucht langsam jemanden, der sich um ihn kümmert, denkt Gül und schiebt den Gedanken an Deutschland noch weiter weg. Ceyda fragt am Telefon auch nicht nach, und so vergeht ein Winter zwischen Stimmen aus dem Fernseher, Gerichten auf dem Gasherd und der Frage, warum Leere sich so schwer anfühlen kann.

Für drei Wochen fährt sie nach Erzurum, das junge Paar

besuchen. Dort ist es so kalt, wie sie es aus ihrer Heimatstadt nicht kennt, auch wenn Gül sich noch erinnert, wie sie nachts, wenn sie trinken wollte, die Eisschicht auf der Schüssel mit Wasser neben ihrem Bett erst mit dem Daumen eindrücken musste. Doch hier verwandelt sich kochend heißer Tee in einen roten Klumpen, wenn man mit dem Glas in der Hand auf eine Zigarettenlänge vor die Tür gehen möchte. Gül denkt, dass alles sein Gutes hat, auch diese Pfunde, die sie wenigstens ein bisschen vor der bitteren Kälte schützen.

Ceren ist schwanger, wie sie ihrer Mutter erst erzählt, nachdem Mecnun schon zu Bett ist. Er unterrichtet Grundschulkinder, wofür er nicht ausgebildet ist.

– Ich gebe mir Mühe, es zu lernen, hat er gesagt, aber wenn ich es kann, werden wir wahrscheinlich diese Provinz verlassen können, und ich werde wirklich als Deutschlehrer arbeiten. Zwei Jahre sind wir nur hier, die vergehen doch wie im Flug. Und so bekomme ich auch noch eine Zusatzausbildung, was soll ich mich da beschweren. Und wir stammen ja ursprünglich aus dieser Gegend, hier hat der Vater meines Großvaters noch gegen die Russen gekämpft.

Er hat gelächelt, sich einen Schluck von seinem Rakı genehmigt, er nimmt das Leben nicht so schwer, obwohl er immer so sanft scheint, als könnten die Ereignisse ihn verformen.

Manchmal, wenn sie Mecnun ansieht, erinnert Gül sich an Rafa und fragt sich, was aus ihm geworden ist, diesem kleinen spanischen Jungen, mit dem sie in ihren ersten Tagen in Deutschland auf der Straße Beştaş gespielt hat. Nie wird sie erfahren, dass Rafa in Marburg Soziologie studieren und nach dem Studium nach Madrid ziehen wird, um dort bei einer Presseagentur zu arbeiten. Nie wird sie erfahren, dass auch er sich manchmal an sie erinnert und sich wünscht, ihr noch einmal zu begegnen, dieser Frau, die in seiner Erinnerung immer diese junge propere Person bleiben wird, deren Lächeln so warm und herzlich war, als würde sie mit ihren Lippen seinen ganzen Körper umfangen. Fast jedes Mal wird er beim Wort *abrazo* an Gül denken, obwohl sie ihn selten umarmt hat, und sich fragen, ob auch andere Menschen so beständige Assoziationen haben.

Ceren ist schwanger, mein Vater wird alt, ich sehe meine anderen Enkel nicht aufwachsen, wenigstens dieses Kind möchte ich um mich haben, denkt Gül, als sie frierend im Bus sitzt und zurückfährt.

Erst im Frühling fasst sie den Entschluss abzunehmen. Das Gewicht behindert sie nur noch, die Hausarbeit fällt ihr schwer, und immer schneller gerät sie außer Atem. Sie folgt einer Diät, die sie von einer Nachbarin hat. Jeden Morgen nimmt sie einen Esslöffel Essig auf nüchternen Magen, um Fett zu verbrennen, und dann isst sie zwei hartgekochte Eier zwanzig Minuten vor jeder Mahlzeit. Statt Zucker tut sie Süßstoff in den Tee, es gibt keine Baklava mehr und keine Butter, zum Essen kein Brot und keine Zwischenmahlzeiten.

Bereits nach einer Woche mag sie keine Eier mehr sehen, aber sie hält tapfer durch. Und als sie mal wieder ein Ei pellt, klopft es an der Tür, und draußen steht Aysel. Die beiden fallen sich in die Arme.

– Ich wollte dich überraschen, sagt Aysel, und Gül meint:

– Das ist dir gelungen. Willkommen, mein Herz, was machst du hier?

– Ach, frag nicht, ich musste hierher, wo ich gemeldet bin, wegen dieser Scheidungssache. Ich habe ja ein wenig Angst, in zwei Jahren werden sie ihn entlassen, und dann wahrscheinlich direkt hierher abschieben, und er wird seine Wut an mir auslassen wollen. Die Wut, die sich in diesen engen Wänden aufgestaut hat.

– Ich mache uns erst mal etwas zu essen, du hast doch Zeit? Du bist ja ganz mager geworden in Istanbul, bekommt dir das Leben dort nicht?

Sie gehen gemeinsam in die Küche, wo Gül die gepellten Eier in den Kühlschrank legt und anfängt, Auberginen zu schneiden, um sie anzubraten.

– Was soll ich schon sagen? Istanbul. Eine große Stadt. Sie kann einen Menschen bei lebendigem Leib verschlingen. Aber wenigstens habe ich Arbeit, auch wenn es kaum für die Miete und den Minibus reicht.

– Was für Arbeit denn?

– Putzen. Jeden Tag woanders. Morgens um sechs stehe ich auf, und abends bin ich um sieben oder acht wieder daheim. So haben wir nicht mal in Deutschland gearbeitet. Hier ist es kein Akkord, und niemand hetzt dich, aber mein Leben vergeht in den Häusern der Reichen. Ich kann niemandem empfehlen, nach Istanbul zu gehen, egal, wie viele Anatolier dort sind. Dieser Verkehr, diese weiten Wege, diese vielen Menschen, es braucht dich keiner auf Trab zu halten, du kommst auch so nie zur Ruhe. Wie gerne wäre ich zur Hochzeit gekommen, aber ich habe einfach nicht genug Zeit, du kannst dir ja nicht einfach so Urlaub nehmen, die Herrschaften suchen sich dann gleich jemand Neuen, wenn du Pech hast. Ach, Gül, Gott seis gedankt, ich habe Arbeit, und ich werde jeden Tag satt.

– Ja, sagt Gül, danken wollen wir. Auch wenn du nicht so aussiehst, als würdest du wirklich genug essen.

Die nächsten Stunden unterhalten die Frauen sich über andere Dinge, über Romane, die Gül gelesen hat, Serien, die Aysel verfolgt, sofern die Hausherren nicht daheim sind, den Klatsch aus der Nachbarschaft, die Istanbuler Kinder, die Verdünner schnüffeln, die Zeiten in Deutschland, wie sie kaum ein Deutsch Wort sprechen konnten und dass sie das wenige, was sie konnten, auch schon vergessen haben. Gül erzählt von Saniye und Yılmaz und wie Saniyes Sohn plötzlich wieder auftauchte und dass es sie interessiert, was der Junge wohl jetzt macht.

Die langjährigen Freundschaften aus Deutschland wiegen weniger als die Verwandten in der Türkei, ist man zurück, verliert man sie aus den Augen. Die Zeit vergeht schnell, während die beiden Frauen den Raum mit ihren Worten füllen, in einer Wolke aus Wohlklang schweben, die beide verbindet.

Gül entgehen Aysels eingefallene Wangen nicht, die Ringe unter den Augen, ihre Freundin sieht müde aus, fast schon gebeugt, das Lächeln auf den Lippen reicht nicht, um auch den Rücken aufzurichten.

Sie geht dort vor die Hunde, denkt sie später, als die beiden sich schon verabschiedet haben, sie geht zugrunde in jener Stadt, Tag für Tag, Stück für Stück, und wie kurz ist sie erst dort. Was Medet nicht geschafft hat, scheint Istanbul zu besorgen.

Wie würde es Gül ergehen, wenn sie nicht mehr jeden Monat Geld von der Bank abheben könnte? Welche Sicherheiten hat sie? Die paar goldenen Armreife, die sie besitzt, und dazu noch einige Münzen, ebenfalls aus Gold. Wie weit würde sie damit kommen? Und wem würde sie danach zur Last fallen können? Weder ihrem Vater noch ihren Töchtern, weder Melike, auf die sie sich nicht verlassen möchte, noch Nalan, die mittlerweile allein mit zweifelhaftem Ruf eine Tochter großzieht, noch Emin, dessen Geiz fast schon sprichwörtlich ist. Sibel. Nur Sibel fällt ihr ein. Die kleine Sibel, die so krank war, dass sie sie schon nicht mitgezählt haben, als sie nach dem Tod ihrer Mutter eine neue Frau für ihren Vater suchten. Sibel, die die Vergangenheit festgehalten und in einem Stall versteckt hat. Sibel, die sie mit offenen Armen aufnehmen würde, daran zweifelt Gül nicht. Doch sie möchte niemandem zur Last fallen, sie will ihr Leben nicht auf Kosten anderer bestreiten. Wie hat sie ihren Vater so oft sagen hören? Eher esse ich meinen eigenen Schwanz, als dass ich beim Metzger um ein Stück Fleisch bettele. Nicht mal einen Knochen würde ich als Almosen nehmen. Alles habe ich im Schweiße meines Angesichts verdient, damit mein Rücken gerade und meine Schultern straff bleiben.

Den ganzen Frühling über wälzt Gül die Frage in ihrem Kopf hin und her, während sie mit der Diät Pfund um Pfund verliert, ohne sich leichter zu fühlen. Diese Frage, die ihr schlaflose Nächte bereitet hat und die sie mit niemandem besprochen hat, auch nicht mit Sibel, obwohl sie einige Male versucht war, ihre kleine Schwester nach deren Meinung zu fragen. Diese Frage, die so schwer zu stellen ist, als müsste man Steine hochwürgen.

– Könntest du tatsächlich mal schauen, ob es eine Möglichkeit gibt, mich nach Deutschland zurückzuholen?

Gül hängt zusammen mit Ceyda auf dem Dach Wäsche auf, und es klingt so leicht, als würde sie um eine Zigarette bitten.

– Ja, mache ich, sagt Ceyda, als würde sie eine aus der Packung schütteln. Und als würde sie nach einem Feuerzeug tasten, fügt sie hinzu: Das kriege ich schon hin.

Den Rest des Sommers verlieren die beiden kein Wort mehr darüber.

– Du scheinst nicht kommen zu wollen, sagt Gül zu Fuat. Das Beste wird wohl sein, ich komme nach Deutschland zurück. Ceren ist verheiratet, ich sitze hier den ganzen Tag herum, irgendeine Arbeit wird sich schon finden, und wenn ich putzen gehe.

Diese Sätze kosten sie nicht mal Mut, den hat sie auf dem Dach gebraucht.

– Wie stellst du dir das vor, möchte Fuat wissen, der auch

dieses Mal wieder braungebrannt in den Urlaub gekommen ist. Du hast keinen Pass mehr, keine Aufenthaltserlaubnis, du hast die Rückkehrerhilfe in Anspruch genommen, in Deutschland hat alles seine Ordnung, wie willst du das also anstellen? Ich glaube nicht, dass das geht.

– Ceyda sagt, es ginge. Du brauchst dich nicht darum zu kümmern, sagt Gül.

– Wie stellst du dir das vor auf zwanzig Quadratmetern, mein Apartment ist kleiner als unsere erste Wohnung dort, wo willst du da hin?

– Es ist nicht die einzige Wohnung, die es dort gibt, sagt Gül.

Fuat nimmt den Sportteil der Zeitung in die Hand, etwas erstaunt über diese Bestimmtheit, doch er scheint nicht daran zu glauben, dass Gül nach Deutschland kommen wird, also nickt er einfach zustimmend, bevor er sich einem Artikel über Galatasaray widmet.

In den folgenden Monaten wird er sich verfluchen dafür, dass er diesen Moment so hat verstreichen lassen.

Ceyda setzt alles in Bewegung, um ihrer Mutter eine Rückkehr zu ermöglichen, und nach anfänglichen Schwierigkeiten sieht es schon bald so aus, als würde es tatsächlich gelingen.

Am Telefon weiß Fuat nun gar nicht mehr, was er sagen soll, die Wohnung ist zu klein, viel zu klein, so auf die Schnelle lässt sich nichts Neues finden, nein, nein, er möchte seiner Frau nicht einen Schlafplatz verweigern, wie käme er dazu, er braucht nur noch ein wenig mehr Zeit.

Er möchte sie nicht dort haben, das kränkt Gül, wie sollte es auch anders sein. Aber welche Möglichkeit hat sie sonst? Soll sie nach Istanbul? Sich scheiden lassen und auf Unterhalt hoffen? Auf Sibel? Auf Gott? Auf ihre Töchter? In Deutschland wird sie nicht verhungern und niemandem zur Last fallen.

Die Ablehnung schmerzt sie, egal, was in all den Jahren zwischen den beiden war, jede Ablehnung schmerzt, doch sie ist entschlossen, seit dem Ende des Frühlings ist sie schon entschlossen.

Ihr Vater ist der Erste in der Türkei, dem sie ihren Entschluss mitteilt. Sie sind beim Mittagessen, es gibt einen Auberginenauflauf, dazu Reis und Joghurt, und der Schmied isst über seinen Teller gebeugt und merkt nicht, dass seine Tochter nervös ist.

– Ich habe mich entschieden, sagt Gül, ich werde zurück nach Deutschland gehen.

Ihr fällt das Mittagessen ein, bei dem ihr Vater geweint hatte, grüne Bohnen und Hack gab es da, es war Herbst, und Gül hatte ihrem Vater, den die vergangene Trennung noch schmerzte, versprochen, für immer zu bleiben.

Der Schmied kaut weiter, ohne aufzusehen, und Gül fragt sich, ob er sie möglicherweise nicht gehört hat. Oder ob er Tränen verbergen möchte. Und wie oft sie schon ihr Wort gebrochen hat.

– Weißt du noch, sagt er dann leise, dieser Tag, an dem es grüne Bohnen gab …

Gül nickt, und der Schmied schluckt, richtet sich auf und lehnt sich zurück.

– Da habe ich schon gedacht, dass wir wieder getrennt werden. Frag mich nicht, warum, ich bin kein Hellseher, und ich habe auch keine Ahnungen, aber damals habe ich gespürt, dass du nicht für immer hier bist. Und dass Fuat nicht zurück möchte, habe ich schon gemerkt, als er mir dieses Haus gezeigt hat.

Er lächelt seine Tochter an.

– Wir haben uns ein paar Jahre lang gesehen, wir sollten glücklich darüber sein.

– Ja, bestätigt Gül erleichtert, ja. Und dieses Mal werde ich dich nach Deutschland holen, damit du sehen kannst, wie es dort ist, damit du nicht mehr mit einer Stimme aus dem Jenseits telefonieren musst.

Wie kann ich so vollmundig so etwas versprechen, wie kann ich ihm etwas für seine Zukunft versprechen, wenn ich meine nicht mal klar sehen kann?, fragt sie sich. Warum habe ich das gesagt?

– Fahr erst mal hin und richte dich ein, sagt Timur, mach es dir behaglich. Freu dich an deinen Enkeln. Und wenn Gott mir noch genug Zeit gibt, dann werde ich kommen und es mir mal ansehen, dieses Deutschland. Wann soll die Reise denn losgehen?

– So bald wie möglich. Ceyda kümmert sich um die Papiere. Das geht ja alles nicht von jetzt auf gleich, es wird schon einige Monate dauern.

– Und dieses Haus hier?

– Ich weiß nicht, ob Fuat es wieder vermieten möchte.

– An jemanden, der beim Auszug auch die Türen mitnimmt.

Gül ist erstaunt, dass ihr Vater die Sache so leicht zu nehmen scheint.

– Jetzt weiß ich ja schon, was auf mich zukommt, sagt der Schmied, Schmerzen, die man kennt, kann man besser ertragen.

An Ceren muss Gül einen Brief schreiben, es ist nicht der erste Brief, den sie an ihre Tochter schreibt, seit diese in Erzurum wohnt, aber es ist der längste und schwerste, in dem sie versucht zu erklären, warum sie Ceren abermals allein in diesem Land zurücklassen wird.

Und Ceren antwortet: Mama, damals hast du mich gefragt, ob ich mitkommen möchte in die Türkei, und ich habe ja gesagt, und hätte ich heute nicht einen Mann, würde ich wieder mitkommen. Du wirst schon das Richtige tun. Um uns mach dir keine Sorgen, was soll mir passieren mit einem Mann wie Mecnun an meiner Seite? Er freut sich so, dass er bald Vater wird.

Melikes erste Reaktion hingegen, als sie die Nachricht am Telefon hört, ist:

– Dann werdet ihr ja bald wieder mehr Geld verdienen.

Als sei es das, was zählt, als wäre es für Gül jemals darum gegangen. Melike und Mert haben sich ein Auto gekauft, eines, mit dem man bei den Nachbarn nicht viel Eindruck schinden kann, aber immerhin ein Auto, eines, das man nicht Schrottkarre nennen kann.

Sibel hingegen bricht in Tränen aus, als sie erfährt, dass ihre Schwester wegziehen wird, sie weint fast so herzzerreißend wie Ceren damals am Fuß der Treppe.

Mit dieser Heftigkeit hat Gül nicht gerechnet und kann Sibel auch nicht trösten, die Schwestern liegen sich in den Armen, und obwohl es noch nicht so weit ist, sieht es aus wie eine dieser Szenen, die Fuat immer *Abschiede mit zu viel Nasenschleim* nennt.

– Hier haben wir uns erst richtig kennengelernt, sagt Sibel, so wie wir als Erwachsene sind, nicht so, wie wir als Kinder waren. Hier erst hat uns die Gegenwart aneinandergebunden, und nun müssen wir wieder auf die Bande der Vergangenheit vertrauen.

Es fällt Gül nicht leicht zu gehen, es fällt ihr nicht leicht, wieder alles zurückzulassen und, ohne ihre neugeborene Enkeltochter in Erzurum gesehen zu haben, zu einem Mann zu gehen, der mehrere Monate lang beständig behauptet hat, er würde auf die Schnelle keine Wohnung finden, in der sie beide Platz hätten. Es fällt ihr nicht leicht, aber was hätte sie sonst tun können, fragt sie sich wieder und wieder. Wohin hätte ich mich sonst wenden sollen, welchen anderen Weg hätte man aufrecht gehen können?

Es ist wieder Frühling, als sie in Hamburg aus dem Flugzeug steigt. Die Stadt, die Saniye nicht mochte. Sie hat einen neuen Pass in der Tasche. Ihr Magen krampft sich zusammen, als könnte sie nie wieder etwas essen, ihr Herz scheint in die

Halsschlagader gerutscht zu sein, sie schwitzt am ganzen Körper und hat das Gefühl, als könnte sie jeden Moment in Tränen ausbrechen. Wie viel fremder war ihr dieses Land, als sie das erste Mal hierherkam, und wie viel ruhiger war sie damals.

Danke:

A. H.
Seher Özdoğan, Tufan Özdoğan, Gülten Ertekin, Vedat Ertekin, Nermin Turan, Nesrin Demirhan, Maria Steenpass, Markus Martinovic, Tolga Özdoğan, Lutz Freise, Katy Derbyshire, Sabine Kaufmann, Angela Drescher, Marcel Vega.

Leseprobe aus

Selim Özdogan

Die Tochter des Schmieds

Roman

An diesem Tag überließ Timur die Schmiede wieder seinem Gehilfen, der sich wunderte, weil Timur sonst nie so lange wegblieb.

Erneut ging der Schmied zu dem Haus, in dem Fatma wohnte, und als er seine Füße vor Kälte bereits nicht mehr spürte, kam sie gerade mit einem Tonkrug aus der Tür. Er hatte sich hinter einen Mauervorsprung gestellt, und Fatma sah ihn erst, als sie fast schon vor ihm stand. Sie wußte, daß das der Mann war, dem sie gestern versprochen worden war, und sie machte kehrt und lief ein Stück zurück, bevor sie unvermittelt stehenblieb. Offenbar war ihr eingefallen, daß sie nicht ohne Erklärung zurück ins Haus kommen konnte. Sie drehte sich wieder um, sie mußte zum Nachbarn, Essig holen. Unentschlossen ging sie zwei Schritte vorwärts, langsam, zögernd, den Blick auf den Boden gerichtet. Dann machte sie wieder einen Schritt rückwärts, ihre Wangen glühten, der Schnee knirschte unglaublich laut unter ihren Füßen, und sie blieb stehen. Sie hörte ein weiteres Knirschen, dann noch eins und noch eins, und als sie langsam den Kopf hob, sah sie den breiten Rücken des Schmieds.

Timur zündete sich eine Zigarette an und lächelte. Vielleicht hatte sie keine Brüste, aber sie war schön. Sie war schön wie ein Stück vom Mond. Sie war schön, als wären da immer noch Sterne in seinen Haaren.

Timur kehrte nicht sofort zurück in die Werkstatt, er ging zum Kaufmann, um sich das einzige Bett zeigen zu lassen, das zum Verkauf stand. Er folgte dem Kaufmann ins Lager, glitt langsam in die Hocke und sah das Gestell lange und aufmerksam an.

– Möchten Sie es kaufen? fragte der Kaufmann, der ein Geschäft witterte. Seit einem halben Jahr stand dieses Bett nun schon herum. Nahezu alle Bewohner dieser kleinen Stadt schliefen auf dem Boden auf Matratzen oder Sitzkissen oder auf dem Diwan, und selbst von den Reichen schien zur Zeit niemand ein Bett kaufen zu wollen, es gab keinen Anlaß.

Als Timur nichts erwiderte, fuhr der Kaufmann fort:

– Werden Sie heiraten? Darf man gratulieren?

Timur brummte etwas Unverständliches, ohne seinen Blick von dem Bettgestell abzuwenden.

– Wir können Ihnen natürlich mit dem Preis ein wenig entgegenkommen.

Der Schmied gab keinen Laut von sich und kniff die Augen leicht zusammen, nickte kurz, dann erhob er sich und umrundete langsam das Gestell. Schließlich sagte er zum Kaufmann:

– Ja, ich werde heiraten. Im Frühling. Im Frühling, wenn alles grün wird und duftet. Nein, ich werde das Bett nicht kaufen, aber vielen Dank und einen ertragreichen Tag noch.

Timur ging gut gelaunt in die Werkstatt, es gab viel zu tun, er würde länger bleiben müssen, wenn er heute noch mit dem Bettgestell anfangen wollte. Die Bettpfosten sollten genauso werden wie bei dem Modell, das beim Kaufmann stand, kniehoch und rund und glänzend. Und darauf würde er die Latten setzen, genauso wie er es sich abgeguckt hatte. Doch das Kopfteil sollte keine so geraden Stäbe wie Gefängnisgitter haben, sondern geschwungene, wie rankende Rosen.

Er arbeitete fast bis Mitternacht in der Schmiede, und als er schließlich auf seiner Matratze lag, schloß er zufrieden die Augen. Ein Stück vom Mond.

Fatma und Timur schliefen in ihrer Hochzeitsnacht zum ersten Mal in einem richtigen Bett. Beide hatten, nachdem sie das Zimmer betreten hatten, kein einziges Wort mehr gesagt. Doch als Timur später kurz vor dem Einschlafen war, murmelte Fatma:

– So schlafen also die Könige.

Und Timur war nicht nur stolz, sondern auch verwundert,

wie genau die Worte das trafen, was er gerade selber empfand. Er fühlte sich reicher, mächtiger, beschützter, er fühlte sich groß genug, um die Welt zu beherrschen.

Es war Frühling, sie waren frisch verheiratet, Timur hatte genug Arbeit in der Schmiede, sie hatten Geld, Fatma brachte ihm jeden Mittag etwas zu essen, und dann saßen sie ein wenig zusammen und redeten, redeten, bis es für Fatma Zeit wurde, zu gehen, und für Timur, weiterzuarbeiten. Das Essen stand meistens noch unangerührt da, aber Fatma wußte, Timur würde es bis zum Abend gegessen haben, und er würde wieder Hunger haben, wenn er nach Hause kam, er war ein großer Mann, der hart arbeitete. Es war Frühling, sie hatten ein eigenes Zimmer im Haus, das Timurs Mutter von ihrem Mann geblieben war.

Und so fingen die Probleme an. Zeliha sah, wie sich ihr Sohn um diese junge Frau kümmerte, um dieses Mädchen, wie er ihr fast jeden Abend eine Kleinigkeit mitbrachte, ein Stück Stoff, damit sie sich etwas nähen konnte, einen Sesamkringel, ein neues Kopftuch, manchmal auch Süßigkeiten oder ein Stück Schokolade. Zeliha sah, wie ihr Sohn die Nähe ihrer Schwiegertochter suchte, wie verliebt er war und wie er sie umsorgte.

Eines Abends, es war schon Sommer, zog sie ihn beiseite:

– Deine Frau, sie ist faul, sie erfindet Ausreden, um nicht im Haus helfen zu müssen. Heute ist ihr Knöchel verstaucht, und morgen hat sie Magenschmerzen. Und wenn sie etwas tut, dann gibt sie sich keine Mühe. Am letzten Waschtag hat sie sich an den Waschtrog gesetzt und zwei Stunden lang nicht einmal das Wasser gewechselt. Sie hat unsere Wäsche mit dem schmutzigen Wasser gewaschen.

– Warum hast du nichts gesagt?

– Das habe ich. Sie hat aufgestöhnt und behauptet, sie hätte das Wasser gewechselt. Sie hat sogar aufgestöhnt. Du solltest ihr etwas mehr Respekt beibringen.

– Mutter, du hattest doch gesagt, sie sei fleißig und zuverlässig.

– Da habe ich mich wohl vertan, sie ist faul und respektlos.

Abends im Bett erzählte Timur seiner Frau, daß seine Mutter sich beschwert hatte. Und Fatma sagte mit leiser Stimme:

– Ich mache wirklich alles, was ich kann. Ich strenge mich an, aber deine Mutter … ist manchmal ungerecht, glaube ich.

Die Beschwerden häuften sich: Fatma schnitt den Käse falsch, sie schnitt die Spüllappen entzwei, wenn sie Messer abwusch. Wenn sie rausging, lief sie absichtlich wie eine Ente, damit sie noch vor dem Winter neue Schuhe bekäme, sie schmierte sich die Butter zu dick auf das Brot, und Timur begriff langsam das Problem.

– Hör mal, sagte er eines Abends zu Fatma, hör mal, ich glaube, ich weiß, was wir tun können. Das nächste Mal, wenn meine Mutter sich beschwert, dann ziehe ich dich hier ins Zimmer, und ich schlage auf die Sitzkissen und brülle ein wenig herum, und du schreist auf wie vor Schmerz, dann gehe ich raus, und du bleibst noch ein wenig drinnen.

Jedesmal, wenn Zeliha sich bei ihrem Sohn über ihre Schwiegertochter beschwerte, gingen die beiden nun in ihr Zimmer, und kurz darauf hörte man Schläge und Schreie. Die Beschwerden wurden immer seltener.

Timur erzählte seinen Freuden begeistert von diesem Trick, und sie lachten gemeinsam, stießen an und tranken. Und als der Herbst zu Ende ging, wußte es die ganze Stadt.

– Wir müssen uns etwas Neues ausdenken, sagte Timur, als sie eines Abends nebeneinander auf der Matratze lagen. Das Bettgestell hatten sie verliehen, eine entfernte Verwandte Timurs hatte geheiratet, und auch sie wollte ihre Hochzeitsnacht in einem richtigen Bett verbringen. Um dieses Bett, dessen Füße er mit Messing verziert hatte, beneideten den Schmied selbst die Reichen.

– Wir könnten doch fortgehen, sagte Fatma, du könntest

eine Werkstatt aufmachen, ein wenig Handel treiben, ich könnte Teppiche weben. Du hast zwei Pferde, wir könnten woanders leben.

Ja, er hatte zwei Pferde und einen Esel, ja, er hatte etwas Geld, aber wo sollten sie hin? Fort aus der Stadt, weg von allen Verwandten und Freunden, in eine andere kleine Stadt, wo sie niemanden kennen würden?

– In die Fremde? fragte er.

– Wir könnten aufs Dorf ziehen, sagte Fatma.

– Du weißt doch gar nicht, wie das ist, das Leben dort ist ganz anders. Die haben nicht mal Klos, die hocken sich in die Sträucher.

– Wir könnten ein Klohäuschen bauen. Du könntest die Schmiede behalten und hin- und herreiten, nebenbei das Obst und Gemüse der Bauern auf dem Markt verkaufen. Timur, wir könnten unser eigenes Leben leben.

– Ich überlege es mir.

Und damit er besser nachdenken konnte, nahm er sich frei und fuhr mit dem Zug nach Ankara. Er wollte ein paar Tage lang das Leben in der großen Stadt genießen, Autos sehen, die Häuser der Reichen, die Geräusche und Gerüche, die Menschenmassen. Tagsüber saß er in Teehäusern und fing Gespräche mit den Großstädtern an. Die einen sagten, der Krieg würde bald vorbei sein, die anderen sagten voraus, er würde noch lange andauern und die Deutschen würden in einem halben Jahr vor Istanbul stehen wie die Osmanen einst vor Wien. Für Timur war dieser Krieg trotzdem weit weg, er hörte zu, aber als sich eine Gelegenheit ergab, wechselte er schnell das Thema und versuchte herauszubekommen, wer wie er Anhänger von Beşiktaş war. Fußball interessierte ihn mehr als Politik.

Und am meisten interessierten ihn die Abende in der Großstadt. Ein paar Stunden in einem Lokal den leicht bekleideten Sängerinnen zuhören und dabei ein, zwei Gläser trinken, ein Stück Honigmelone essen, etwas Schafskäse, und schon nach dem dritten Glas verschmolz er mit dem Klang. Und noch später lag er allein und entspannt in einem billigen Hotelzimmer, die Sorgen hatten aufgehört, sein Geschäft war weit weg, seine Mutter auch, hier kannte ihn niemand, er hatte sich verloren in der großen Stadt, er hatte sich verloren, als würde er Habgier verlieren, Streben, Bedenken, Ketten. Er hatte sich verloren, um sich lächelnd auf einem Hotelbett wiederzufinden, sein Atem gleichmäßig und ruhig.

Als er zurückkam, sagte er:

– Der Winter ist keine gute Zeit zum Umziehen.

Im Frühjahr hatte Timur ein Haus gefunden und ihren Hausrat auf dem Rücken der Pferde und des Esels dorthin gebracht. Er hatte einen Pferdewagen gemietet, um das Bett, das mittlerweile zurückgekommen war, zu transportieren, und schließlich hatte er seine Frau geholt. Zwei Stunden hatte sie auf dem Rücken des Esels gesessen, bis sie ankamen. Der Ritt auf einem der Pferde dauerte nur etwa halb so lang.

Es war Fatmas Idee gewesen, aufs Dorf zu ziehen, doch sie kannte Dörfer nur aus Erzählungen, und Dorfbewohner waren ihr bisher nur als Händler auf dem Markt begegnet.

Als sie an ihrem ersten Tag im neuen Haus abends im Bett lagen, fragte Fatma:

– Sind die Frauen hier alle miteinander verwandt?

– Nein, wieso?

– Die tragen alle die gleichen Kleider.

Timur lachte.

– Das ist hier so. Wir sind jetzt auf dem Dorf.

Er lachte, aber er machte sich Sorgen. Er fragte sich, ob Fatma sich hier einleben könnte, während er fast jeden Tag zur Schmiede in die Stadt reiten würde, um dort zu arbeiten. Doch als er nach einer Woche kurz vor der Dämmerung im Dorf ankam, sah er Fatma auf dem Dorfplatz sitzen, die jungen Frauen und Mädchen hatten sich um sie versammelt und hörten ihr zu.

Als Fatma ihn erblickte, sprang sie auf, doch er bedeutete ihr, sitzen zu bleiben, stieg ab, führte sein Pferd am Zügel in den Stall und rauchte auf den Stufen vor dem Haus eine Zigarette, während er zusah, wie die Sonne unterging.

– Märchen, war das erste Wort, das Fatma sagte, als sie hinüberkam. Ich habe ihnen Märchen erzählt. Sie kennen keine Märchen. Das ist doch erstaunlich, oder? Ich dachte immer, die Märchen kämen aus den Dörfern in die Stadt … Du bist früh dran, ich habe gedacht, du kommst so spät wie in den letzten Tagen. Das Essen ist fertig.

Drinnen blickte der Schmied auf den Teppich im Webstuhl, sah, daß sie gearbeitet hatte, und lächelte leise in sich hinein.

Timur kaufte den Dorfbewohnern Bohnen ab, Weizengrütze, im Sommer und Herbst auch Tomaten, Brechbohnen, Melonen, Weintrauben, Äpfel und Aprikosen. Er belud seinen Esel, um die Sachen auf dem Markt zu verkaufen, und er machte einen guten Schnitt dabei. Er kaufte sich zwei Kühe, einige Hühner, auf Fatmas Drängen auch noch einen kleinen Weinberg, seine Werkstatt lief gut, er verdiente mehr als zuvor.

Gegen Ende des Herbstes verkaufte er die Teppiche, die Fatma gewebt hatte, und als er nach diesem erfolgreichen Sommer so viel Bargeld in den Händen hielt, fuhr er wieder in die große Stadt. Dieses Mal aber nicht nach Ankara, er fuhr bis Istanbul, denn dort spielte Beşiktaş im Stadion, und dort waren die Frauen noch schöner und sangen noch lieblicher, und der Wein rann die Kehle hinab wie flüssiges Sonnenlicht.

Eine Woche später war er wieder da, die Hälfte des Geldes hatte er in Istanbul gelassen.

Fatma verstand sich gut mit den Dorfbewohnern, alle achteten und schätzten sie, und das nicht, weil sie die Frau des Schmieds war, die Frau des Mannes, dessen Kraft alle rühmten und der zudem noch einen guten Kopf größer war als die meisten, die Frau eines Mannes mit stechend blauen Augen, der stolz mit geradem Rücken auf seinem Pferd saß. Nein, die Frauen des Dorfes mochten Fatma, weil sie noch so jung war, weil sie Geschichten erzählen konnte, weil sie immer freundlich zu allen war und sich nicht als etwas Besseres fühlte, nur weil sie aus der Stadt kam oder weil sie Geld hatte. Sie mochten sie, weil sie gutmütig war und immer versuchte zu schlichten, wenn es Streit gab, sie mochten ihr sanftes, aber bestimmtes Wesen.

Als Fatma im Winter schwanger wurde, ohne auch nur ein einziges Mal ihre Regel gehabt zu haben, freuten sich alle Frauen des Dorfes mit ihr.

Der Schmied hatte den Handel ausgedehnt, es hatte sich in den umliegenden Dörfern herumgesprochen, daß es da einen Mann gab, der den Bauern anständige Preise für ihre Waren zahlte. Im Frühling, als sich Fatmas Bauch schon rundete, nahm Timur sie eines Tages mit in ein Dorf, das fast eine Tagesreise entfernt war, weil er ihr eine Abwechslung bieten wollte. Immer noch brachte er ihr Geschenke mit, immer noch sorgte er sich um sie. Nicht mehr so wie in der ersten Zeit, aber das lag am Alltag und nicht daran, daß sein Gefühl an Kraft verloren hatte.

In dem Dorf schliefen sie bei einem dicken Mann auf einer Matratze, wie sie es seit einiger Zeit auch zu Hause wieder taten. Ein Freund Timurs hatte geheiratet und sich deswegen das Bettgestell ausgeliehen.

Am nächsten Morgen verhandelte Timur sehr lange mit einem Bauern, der hartnäckig feilschend ein paar Kuruş mehr herausschlagen wollte. Als man das Geschäft endlich besiegelt hatte, war es bereits Zeit zum Mittagessen, und ihr

Gastgeber wollte sie nicht hungrig aufbrechen lassen. So war es schließlich nach Mittag, als sie zu zweit auf dem Pferd saßen.

Sie waren noch weit von ihrem Dorf entfernt, als der Tag sich neigte, aber es war gefährlich, in der Dunkelheit zu reiten, nicht nur weil man kaum etwas sehen konnte, sondern auch weil man auf der Hut sein mußte vor Wegelagerern, die nachts die Reisenden überfielen.

– Wir werden hier schlafen und morgen früh weiterreiten, sagte Timur.

– Aber wo sollen wir uns denn hinlegen. Hier sind wir doch nirgends sicher, ich könnte kein Auge zutun.

– Ich weiß einen Platz, sagte der Schmied. Es ist nicht mehr weit.

Mit der Dämmerung erreichten sie einen Friedhof.

– Hier traut sich nachts niemand hin, sagte Timur und fügte hinzu: Du brauchst keine Angst zu haben, vertrau mir, das ist der sicherste Platz, um im Freien zu übernachten.

In dieser Nacht war Fatmas Schlaf ruhig, wenn auch sehr leicht, und von da an sollte sie der Schmied häufiger mitnehmen, wenn er Geschäfte in entfernten Dörfern hatte, und seine Frau würde sich an diese Nächte gewöhnen. Es gefiel ihr, in der Stille und Dunkelheit so neben ihrem Mann zu liegen, über ihnen die Sterne, und der Boden unter ihnen kam ihr vor wie Daunen, wenn sie nur den Kopf auf seine Schulter legte und er ihr über die Haare strich und sagte: Mein Mädchen, mein Stück vom Mond.

Sie fand, daß sie Glück gehabt hatte mit diesem Mann. Es machte ihr nichts aus, daß er die Hälfte des Geldes, das er für die Teppiche erhalten hatte, verjubelte, auch wenn sie einen ganzen Sommer dafür am Webstuhl gesessen hatte. Natürlich gab es manches, das sie störte. Einmal hatte er seinem Gehilfen sein Pferd geliehen. Gott allein wußte, warum er das gemacht hatte, sein Gehilfe war ein guter Arbeiter, aber ein kopfloser junger Mann mit aufbrausendem Temperament. In seinem Übermut hatte der Gehilfe das Pferd im Galopp über die Hauptstraße gejagt, die Leute waren erschrocken beiseite gesprungen und hatten ihn verflucht, und schließlich hatte die Polizei ihn angehalten und ihm das Pferd abgenommen. Die Polizisten wußten, was Timur dieses Pferd wert war, um es wiederzubekommen, hatte er eine ordentliche Summe hinlegen müssen, er hatte es praktisch noch mal gekauft.

Ein anderes Mal hatte Timur gebürgt, als einer seiner Freunde ein Feld kaufen wollte und nicht genug Geld hatte. Warum kaufte dieser Mann ein Feld, wenn er kein Geld besaß? Timur hatte es am Ende bezahlt, das Feld, aber es gehörte seinem Freund.

Fatma machte sich keine Sorgen, er verdiente gut, es war immer Geld da, aber sie hatte begriffen, daß er mit diesem Geld nicht umgehen konnte, und sie ahnte, daß auch andere Tage kommen würden. Doch solange er an ihrer Seite war, konnte sie auch diesen Tagen lächelnd entgegensehen.

In ihrer ersten Nacht auf dem Friedhof lagen sie mit offenen Augen nebeneinander und schwiegen. Timur dachte immer wieder, nur noch zwei Minuten, nur noch zwei Minuten die Sterne ansehen und meine Frau im Arm spüren, dann drehe ich mich um und schlafe ein.

– Gül, sagte Fatma leise in die Stille hinein.

– Hm? machte Timur.

– Es wird ein Mädchen, ich kann es fühlen. Ich möchte sie Gül nennen, Rose, ich möchte ein kleines Mädchen haben, das Rose heißt.

Der Schmied legte seine Hand auf ihren Bauch.

– Gül, sagte er. Und wenn es ein Junge wird, nennen wir ihn Emin.

– Es wird kein Junge.

Gül wurde an einem warmen Septembertag geboren. Als der Schmied in der Dämmerung heimkam, lag dieses kleine Wesen neben seiner Frau im Bett.

– Sind die Hände und Füße normal? fragte er als erstes, und Fatma nickte.

Vorsichtig berührte er Gül, sie wirkte, als könnte allein das Gewicht seiner großen Hand sie verletzen. Mit feuchten Augen küßte Timur seine Frau und hauchte auch seiner Tochter einen Kuß auf den Kopf. Schließlich ging er hinaus und setzte sich auf die Stufen vor dem Haus. Unter seiner Haut prickelte etwas, nicht wie Luftblasen, sondern eher wie eine warme Abendbrise. Leicht fühlte er sich, als würde sein Körper sanft angehoben werden von dieser Brise, als hätte er etwas von seinem Gewicht an die Erde abgegeben. Er saß auf den Stufen und vergaß zu rauchen.

In jenem Herbst schien es ihm, als würde alles von selbst laufen. Er kaufte die reiche Ernte der Bauern und verkaufte sie auf dem Markt in der Stadt, sein Weinberg trug reichlich Trauben, für die Arbeit in der Schmiede stellte er einen zweiten Gehilfen ein, und als es wieder Frühling wurde, kaufte er ein Sommerhaus mit einem großen Apfelgarten und einem Stall am Rande der Stadt, um wenigstens im Sommer einen kürzeren Weg zur Arbeit zu haben.

Viele Städter hatten Sommerhäuser am Rande der Stadt, wo sie der Hitze entflohen, in den großen Gärten ein paar Beete mit Tomaten bepflanzten, mit Gurken, Paprika, Zucchini und Mais, so daß sie zu essen hatten. Außerdem erhofften sie sich einen kleinen Nebenverdienst, wenn ihre Apfelbäume im Herbst Früchte trugen. Ihre Stadthäuser vermieteten sie in den Sommermonaten meistens an reiche Leute aus Adana, die der Hitze ihrer eigenen Stadt entfliehen wollten, die sehr viel sengender war als die Hitze der Kleinstadt, aus der Timur stammte.

Wenn die Hitze sich selbst im Sommerhaus staute, konnte

man sich draußen in den Schatten eines Walnußbaumes legen. Man konnte dem Rascheln der Blätter zuhören, aber es war kaum mehr als eine halbe Stunde Fußweg, bis die Stadthäuser mit ihren kleinen Hinterhöfen, in denen oft nicht mal ein Baum wuchs, wieder dicht an dicht standen.

Anfang Mai zogen sie um. Timur hatte jemanden gefunden, der ihr Bett und den Hausrat mit einem kleinen Lastwagen ins Sommerhaus fahren konnte. Nachdem sie den Lastwagen vollgeladen hatten, war nicht mal mehr im Führerhaus Platz. Der Fahrer schlug vor, die Sachen zum Sommerhaus zu fahren, zwei Burschen zu suchen, die ihm beim Ausladen halfen, und dann zurückzukommen, um Timur und Fatma zu holen, Gül war schon bei ihrer Großmutter.

– Gut, sagte Timur und steckte ihm Geld in die Tasche seines Hemdes, damit er die Burschen bezahlen konnte. Wir machen uns dann schon mal langsam zu Fuß auf den Weg.

Als Mann und Frau friedlich auf der staubigen Straße entlanggingen, näherte sich ihnen von hinten ein Auto, und der Fahrer ging vom Gas. Er hatte pechschwarze Haare, die vor Brillantine glänzten, und buschige Augenbrauen. Nachdem er das Fenster runtergekurbelt hatte, fragte er:

– Wohin des Wegs?

– In die Stadt, sagte Timur.

– Ich kann euch mitnehmen, steigt ein, sagte der Mann.

Fatma hatte noch nie in ihrem Leben in einem Auto gesessen. Niemand in ihrer Stadt besaß in jenen Tagen ein Auto. Sie war schon mal in einem Lastwagen mitgefahren, im Führerhaus oder hinten auf der offenen Ladefläche, aber noch nie in einem Auto. Einen kurzen Moment fühlte sie sich eingesperrt, nachdem sie sich auf die Rückbank gesetzt und Timur die Beifahrertür zugezogen hatte.

Die Hände des Fahrers sahen nicht aus, als müßte er mit ihnen arbeiten, doch er hatte eine kräftige Statur, zu der sein dünner, gestutzter Schnurrbart nicht so recht passen wollte.

Als sie einen kleinen Hügel hochfuhren, wurde der Wagen langsamer, und plötzlich machte er einen Satz nach vorne und blieb stehen.

– Verdammt, sagte der Fahrer und wandte sich an Timur: Bruder, du bist ein kräftiger Mann, wie ich sehen kann. Wenn du vielleicht aussteigen möchtest und das Auto das letzte Stück der Steigung hochschieben. Sobald es wieder bergab geht, springt es sicherlich an.

Der Schmied nickte, lächelte, in seinen blauen Augen waren Tatendrang und Stolz, er stieg aus und stemmte sich gegen den Wagen. Es war einfacher, als er gedacht hatte, und als es wieder bergab ging, war er noch nicht mal ins Schwitzen gekommen. Das Auto rollte, sprang an, und der Mann gab Gas.

Er will, daß der Motor warm wird, dachte Timur im ersten Moment, ehe er begriff, daß der Mann einfach wegfuhr. Ihm wurde heiß, und er fing an zu laufen, dem Wagen hinterher. Er würde den Mann töten, er würde ihn töten, selbst wenn er ihn heute nicht zu fassen bekam, er würde ihn umbringen, wenn er seinen Mutwillen mit Fatma trieb.

Timur bekommt nicht mit, daß der Wagen hält und Fatma aussteigt, er ist einfach nur gelaufen, ohne etwas wahrzunehmen, und nun sieht er sie am Straßenrand stehen. Doch er läuft nicht langsamer, er rennt, bis er vor ihr steht. Das Auto ist schon nicht mehr zu sehen.

– Was, fragt Timur, was ist passiert?

– Mach meinen Mann nicht zum Mörder, habe ich ihm gesagt, halt an, mach meinen Mann nicht zum Mörder. Halt an, und laß mich raus, und dann verpiß dich, so schnell du kannst. Er wird dich finden und töten, habe ich gesagt, er ist ein Mann von Ehre. Ich habe ihm von hinten meinen Arm um die Kehle gelegt und gesagt: Mach meinen Mann nicht zum Mörder.

Timur ist dankbar, er ist dankbar, und er glaubt, daß das Leben immer größer und schöner werden wird, solange Fatma an seiner Seite ist. Gestern noch war er ein kleiner Junge, und heute ist er mit ihr verheiratet und glaubt, daß sie alle Gefahren gemeinsam meistern werden.

Timur kaufte eine weitere Kuh, er bestellte die Beete, hämmerte in der Schmiede, abends nahm er seine Tochter auf den Arm und koste sie. Fatma freundete sich mit den Nachbarn an, sie molk die Kühe im Morgengrauen und dann noch mal am Abend, wenn sie von der Weide zurückkamen. Wenn sie mit Gül allein war, redete sie viel mit ihrer Tochter, erzählte ihr, was sie gerade tat und an wen sie dachte, erzählte, daß sie selber keine Mutter gehabt hatte, daß ihre Adoptivmutter sich gut um sie gekümmert hatte, aber vielleicht nur, weil sie das Mädchen war, das sie sich gewünscht und nie bekommen hatte. Mit ihren drei Brüdern hatte Fatma sich nicht gut verstanden, die hatten sie geärgert und gequält, einmal hatten sie sie gezwungen, einen verfaulten Apfel zu essen, ein anderes Mal hatten sie ihre Kleider versteckt, als sie im Fluß badete, doch das alles war lange her, jetzt hatte sie Timur, und sie hatte Gül, und wenn Gott es wollte, würde sie noch mehr Kinder bekommen.

So verbrachten sie den Sommer, und als der Herbst fast schon vorbei war, zogen sie wieder auf das Dorf, weil es zu kalt wurde in den kleinen Sommerhäusern ohne Ofen, weil es nicht mehr viel zu tun gab, nachdem die Äpfel geerntet waren, weil auch die Nachbarn fortzogen, zurück in die Stadt, in ihre Häuser, aus denen die Leute aus Adana auszogen, um in ihrer Stadt einen milden Winter zu verbringen, in dem sie wahrscheinlich wieder keinen Schnee sehen würden. Timur, Fatma und Gül zogen zurück aufs Dorf, weil hier niemand mehr war zum Reden, um Mehl auszuborgen oder eine Schubkarre voll

Dünger. Sie zogen zurück aufs Dorf, aber ohne ihr Bett, das sie wieder jemandem geliehen hatten, der gerade heiratete, ohne Bett, aber mit den Kühen und Hühnern.

– In ein paar Jahren wird jeder in der Stadt wissen, wie die Könige schlafen, sagte Timur und tat so, als würde er sich darüber ärgern. Doch in Wirklichkeit war er stolz auf dieses Bett, und wenn es gerade ausgeborgt war, dachte er voller Vorfreude daran, schon bald wieder morgens aufwachen zu können, ohne als erstes den festgestampften Lehmboden zu sehen und zu riechen.

Gül hatte sehr schnell angefangen zu sprechen. Dafür brauchte sie länger als andere Kinder, bis sie laufen lernte, sie war fast schon zwei, und ihre Mutter fing an, sich Sorgen zu machen, während der Schmied nur lachte. Gül krabbelte, aber nicht so wie andere Kinder, sie krabbelte rückwärts und drehte immer den Kopf über die Schulter, um zu sehen, was hinter ihr war.

– Eine verrückte Rose, sagte Timur.

Als Fatma zum zweiten Mal schwanger wurde, konnte Gül schon laufen. Eines Nachts lag Fatma wieder in Timurs Armen auf einem Friedhof und spürte es erneut ganz deutlich. Es war Neumond, und Fatma hatte das Gefühl, daß die Geister der Toten ihr wohlgesonnen waren, wohlgesonnen und erstaunlich nahe.

– Timur, sagte sie, hättest du eigentlich lieber einen Sohn oder noch eine Tochter?

– Die Hände und Füße sollen an den richtigen Stellen sein, antwortete der Schmied, das Kind soll gesund sein und mit einer Mutter und einem Vater aufwachsen. Das ist das wichtigste.

– Du wirst noch eine Tochter bekommen. Weißt du schon, wie du sie nennen möchtest?

– Melike.

Melike schrie die Nächte durch, sie brüllte, bis sie im Gesicht ganz lila wurde, mal saugte sie gierig an der Brust, mal mochte sie gar nichts, und manchmal schien es, als würde sie nur schlafen, wenn alle ohnehin bei Kräften waren. War Fatma übermüdet und ausgelaugt und schwach, konnte sie sicher sein, daß Melike die ganze Nacht lang weinen würde. Doch kein einziges Mal hörte man Fatma stöhnen.

– Was ist das nur für ein Kind? fragte Timur seine Frau.

– Es ist ein anderes Kind, antwortete sie. Sie ist unruhig und eigenwillig. Du hast sie Melike genannt, Königin, und jetzt benimmt sie sich auch so.

Timur lachte, nahm die Kleine auf den Arm, biß sie leicht in die Wange und sagte:

– Das werden wir dir noch austreiben.

Fatma lächelte. Wenn Timur das Dach ausgebessert hatte und am nächsten Tag ein Tropfen Regen von der Zimmerdecke in seinen Tee fiel, schleuderte er sein Glas gegen die Wand. Daran konnte sie nichts ändern. Wenn Beşiktaş verloren hatte, konnte er tagelang aufbrausend sein. Wenn in der Schmiede etwas nicht gelang, hämmerte Timur wie wild und hatte hinterher schwarze Blutergüsse unter den Nägeln.

Dieser Mann würde Melike gar nichts austreiben, er liebte seine Töchter, ja, er nahm sich Zeit für sie, er war ganz vernarrt in die Mädchen, aber ebensowenig, wie Fatma ihn ändern konnte, würde er seine Kinder ändern können.